1017

Minette Walters

Il corpo del nemico

TEA DUE

W0252999

MINETTE WALTERS

IL CORPO DEL NEMICO

Romanzo

Traduzione di
Gioia Guerzoni

TEA

Visita *www.InfiniteStorie.it*
il grande portale del romanzo

TEA - Tascabili degli Editori Associati S.p.A.
Corso Italia, 13 - 20122 Milano
www.tealibri.it

Copyright © 2000 by Minette Walters
First published 2000 by Macmillan
an imprint of Macmillan Publishers Ltd, London
Longanesi & C. © 2001 - 20122 Milano, corso Italia, 13
Edizione su licenza della Longanesi & C.

Titolo originale
The Shape of Snakes

Prima edizione TEADUE settembre 2002

Ristampe: 10 9 8 7 6 5 4 3 2 1
2006 2005 2004 2003 2002

IL CORPO DEL NEMICO

Per John, Henry e Frank

«Soltanto cristiani di Razza Bianca, di discendenza non ebrea, non negroide, non asiatica... possono diventare Cavalieri del Ku Klux Klan»

«Il termine Ku Klux Klan deriva dal termine greco *kuklos* che significa circolo, cerchio... In questo contesto, *kuklos* significa semplicemente Fratellanza Razziale Bianca»

Il simbolo del clan, la Goccia di Sangue, indica «il sangue di Gesù Cristo che fu versato per la Razza Bianca Ariana»

La Croce di Fuoco «viene usata per chiamare a raccolta le forze della Cristianità contro le sempre più numerose orde dell'anticristo e dei nemici della... Razza Bianca»

«I Cavalieri del Ku Klux Klan non si considerano nemici dei non-bianchi... [ma] ne opporranno l'integrazione in tutte le sue manifestazioni»

PROPAGANDA INCENSURATA
DEL KU KLUX KLAN SU INTERNET

«I tic si possono distinguere in motori o vocali, semplici o complessi [...] I sintomi complessi includono: sferrare colpi con le mani e i piedi, camminare sulle dita dei piedi, parlare da soli, urlare; spasmi del corpo, saltellamenti, coprolalia (impulso a pronunciare parole o frasi oscene o socialmente inaccettabili) [...] I tic aumentano in relazione a tensione o stress.»

Sezione di Kansas City dell'Associazione
della sindrome di Tourette

«L'infelicità ha l'abitudine di essere trasmessa...»

MARGARET ATWOOD
Book Club, BBC Radio 4, 9 maggio 1999

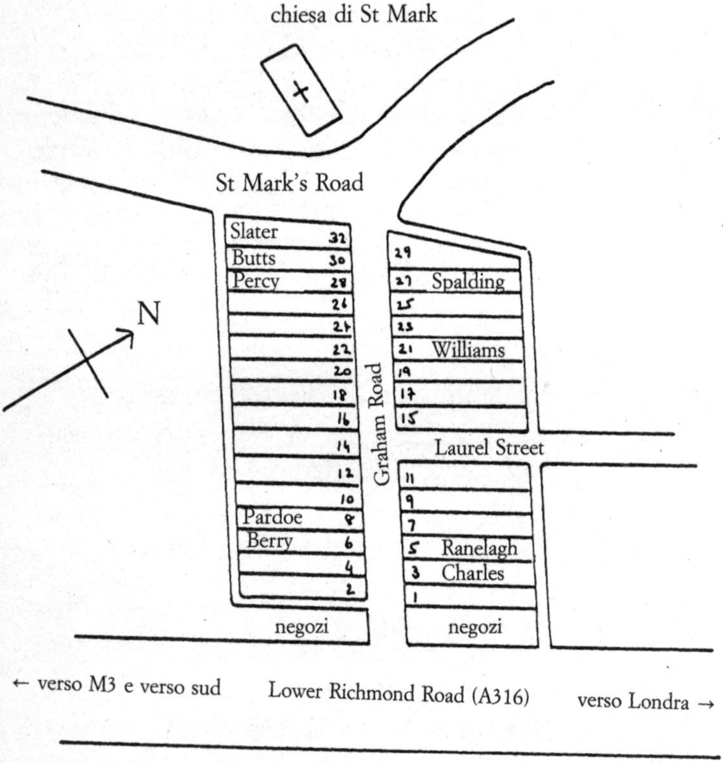

QUARTIERE LONDINESE
DI RICHMOND UPON THAMES

1

Non riuscivo a capire se «Annie la matta» fosse stata assassinata perché era pazza o perché era nera. A quell'epoca abitavamo nella zona sud-ovest di Londra e ricordo ancora lo shock che provai quando, rientrando dal lavoro in una piovosa serata di novembre, la trovai riversa sul marciapiede davanti a casa nostra. Era il 1978 – l'inverno dello scontento, come venne chiamato –, il governo aveva perso il controllo sui sindacati, gli scioperi erano all'ordine del giorno, gli ospedali avevano smesso di prendersi cura dei malati e la spazzatura giaceva in enormi ammassi sui marciapiedi. Se non avessi riconosciuto il vecchio cappotto a scacchi l'avrei probabilmente ignorata, pensando che quel fagotto nel canalino di scolo fosse un cumulo di abiti scartati.

Si chiamava Ann Butts, ed era l'unica persona di colore che abitava nella nostra strada. Era una donna robusta, con un'espressione riservata e una profonda avversione per i contatti sociali; era risaputo che le piaceva bere, soprattutto rum caraibico, e spesso in estate la si vedeva seduta sul marciapiede a cantare inni gospel. Si era guadagnata l'appellativo di «matta» perché faceva strane smorfie e borbottava tra sé mentre avanzava a scatti, in una specie di trotto zoppicante.

Si sapeva ben poco delle sue condizioni, tranne che, alla morte della madre, aveva ereditato la casa e una piccola rendita e che, a parte una schiera di gatti randagi che si erano stabiliti da lei, viveva da sola. Si diceva che la madre fosse più pazza di lei e che per quel motivo il padre le avesse abbandonate. Uno dei più vecchi residenti in Graham Road giurava di aver visto la signora

Butts urlare oscenità ai passanti e roteare come un derviscio, ma, siccome era morta da tempo, la storia circolava ormai di sicuro ingigantita. Personalmente non ci credevo più di quanto credessi alle voci secondo cui Annie allevava in casa polli che poi uccideva, mettendoli a bollire interi, con le penne e il resto, per la cena sua e dei suoi gatti. Erano stupidaggini – come tutti comprava la carne nel supermercato locale –, ma i suoi vicini più prossimi parlavano di grossi ratti nel suo giardino e di un terribile puzzo che proveniva dalla cucina; ecco com'era nata la storia dei polli. Io ribattevo sempre che Annie non poteva avere topi *e* gatti insieme, ma nessuno voleva mai ascoltare la voce della ragione.

Sempre gli stessi vicini le rendevano la vita difficile denunciandola regolarmente al consiglio comunale, all'RSPCA* e alla polizia, ma le loro lamentele non portavano mai a nulla, perché il consiglio non poteva cacciarla da casa sua, i gatti non risultavano maltrattati e Annie non era abbastanza folle da essere rinchiusa in un istituto. Se avesse avuto parenti e amici a difenderla, avrebbe potuto portare quei diffamatori in tribunale, ma era una persona solitaria, e difendeva la sua privacy. Ogni tanto gli assistenti sociali o sanitari tentavano, invano, di convincerla a trasferirsi in una casa di cura, e una volta alla settimana il pastore locale bussava alla sua porta per assicurarsi che fosse ancora viva. Veniva regolarmente investito da un fiume d'imprecazioni urlate da una finestra al piano di sopra, ma lui non se la prendeva e perseverava, benché Annie rifiutasse persino di avvicinarsi alla chiesa.

La conoscevo solo di vista, perché abitavamo all'estremità opposta della strada, ma non capii mai perché gli abitanti provassero tanto astio nei suoi confronti. Mio marito sosteneva che avesse a che fare solamente con il

* Sigla di Royal Society for the Protection of Animals, l'ente inglese per la protezione degli animali. (*N.d.T.*)

valore immobiliare della zona, ma io non ero d'accordo. Quando c'eravamo trasferiti in Graham Road, nel 1976, non nutrivamo illusioni sul perché ci potevamo permettere di abitare in quella zona. Il codice postale era quello di Richmond, ma senza dubbio si trovava « dalla parte sbagliata del binario », come si diceva, cioè in un quartiere povero. Le abitazioni, costruite per gli operai nel 1880 circa, erano una fila doppia di *terrace*: una sorta di casette a schiera, due su e due giù, a poca distanza dalla A316 tra Richmond e Mortlake; nessuno di quelli che, come noi, avevano acquistato casa in quella strada si aspettava di far fortuna da un giorno all'altro, soprattutto perché le case di proprietà del comune erano mischiate a quelle dei privati. Era facile comunque distinguerle, grazie alle porte tutte gialle, e venivano guardate male da chi di noi si era comprato la casa, perché almeno due di esse ospitavano famiglie problematiche. Personalmente ritenevo che il modo in cui i bambini trattavano Annie fosse un metro più affidabile per giudicare i sentimenti degli adulti. La schernivano senza pietà, la insultavano e scimmiottavano il suo trotto zoppicante in una crudele dimostrazione del loro diritto di sentirsi superiori, poi scappavano, lanciando gridolini terrorizzati se le loro angherie l'avevano irritata abbastanza da farle alzare il capo, fulminandoli con uno sguardo truce. Sembrava un combattimento di cani contro un grosso orso. La punzecchiavano con disprezzo, ma ne avevano anche paura.

Col senno di poi, ovviamente, mi pento di non aver preso le sue parti ma, come tutti gli altri che se ne stavano zitti, avevo dato per scontato che potesse badare a se stessa. Di certo i bambini non erano gli unici a trovarla minacciosa. Una volta tentai di parlarle e lei mi si rivoltò contro rabbiosamente, chiamandomi « sporca bianca » e non ebbi il coraggio di riprovarci. In seguito a quell'episodio mi capitava ogni tanto di uscire di casa e di trovarla a fissare la nostra abitazione, ma, non appena mi vedeva, se la svignava in tutta fretta. Mio marito mi consigliò di non affrontarla più e io ribattei che, secondo me, Annie stava cercando di chiedermi scusa; lui scoppiò a ridere e disse che ero un'ingenua.

La notte della sua morte cadeva una pioggia gelida. Gli alberi curvi che bordavano il marciapiede, neri e impregnati d'acqua, rendevano la strada davvero tetra quando svoltai nella via dalla strada principale. Dall'altro lato, una coppia si era fermata per un attimo sotto uno dei pochi lampioni, poi si era separata: l'uomo aveva proseguito e la donna attraversato in diagonale davanti a me. Alzai il bavero del cappotto per proteggermi dalla pioggia pungente, poi scesi dal marciapiede e mi misi a correre attraverso il muro d'acqua verso casa mia.

Trovai Annie a terra, sul margine del fascio di luce gialla del lampione, tra due macchine parcheggiate. Ricordo di essermi chiesta come mai la coppia non l'avesse notata. Forse aveva preferito ignorarla, credendo, come feci io, che fosse ubriaca. Mi chinai a scrollarle le spalle, ma lei si mise a urlare e io indietreggiai immediatamente. Giaceva sull'asfalto con la testa tra le braccia, le ginocchia rannicchiate vicino al mento, e pensai che si stesse proteggendo dalla pioggia. Siccome emanava un forte odore di urina, immaginai che avesse avuto un incidente, ma non sopportavo l'idea di pulirla, quindi le dissi che sarei andata a casa a chiamare un'ambulanza.

Pensava che non sarei tornata? Fu quello che la spinse ad alzare la povera testa e a piantarmi addosso quegli occhi pieni di dolore? Non avevo idea che sarebbe morta in quell'istante – poi dissero che probabilmente accadde così perché le fratture al cranio erano tanto gravi che qualsiasi movimento avrebbe potuto essere letale –, però so che non vivrò mai più una sensazione d'intimità così intensa con un altro essere umano. Provavo tutto ciò che provava lei – pena, angoscia, disperazione, sofferenza – e, ancora più profondamente, il suo assoluto stupore davanti al motivo per cui qualcuno avesse voluto ucciderla. Non sono degna di amore? sembrava chiedere. Sono un'ingrata? Merito meno degli altri perché sono diversa?

Parecchie ore più tardi, la polizia sviscerò i miei vaneggiamenti. La signorina Butts aveva davvero detto quelle cose? No. Aveva accusato qualcuno in modo esplicito? No. Aveva detto qualcosa? No. Avevo visto qualcuno scappare via? No. Quindi non c'erano altre prove a corroborare l'ipotesi di omicidio se non uno sguardo stupito negli occhi della vittima? No, non ce n'erano.

Non potevo biasimarli per il loro scetticismo. Come avevano sottolineato, era improbabile che avessi potuto interpretare lo sguardo di Annie con accuratezza. Le morti improvvise risultano sempre difficili da analizzare perché le emozioni che le circondano sono complesse. Cercarono di convincermi che la mia immaginazione si era acuita in seguito allo shock e mi consigliarono un sostegno psicologico per superare lo stress di quel trauma. Rifiutai. Soltanto la giustizia m'interessava. Per quello che mi riguardava, qualsiasi eventuale residuo di shock sarebbe svanito nell'istante in cui l'assassino (o gli assassini) di Annie fosse stato preso e condannato.

Non accadde mai.

Il verdetto del coroner, basato sui risultati dell'autopsia e sulle affermazioni dei testimoni, fu: morte accidentale. Dipinse l'immagine di una donna il cui contatto con la realtà era già labile da sobria e che, nella notte in questione, aveva bevuto parecchio. I livelli di alcol nel sangue erano alti ed era stata vista barcollare sulla strada da parecchi passanti e vicini. Uno di questi affermò di aver tentato di convincerla ad andare a casa, ma ammise di aver lasciato perdere non appena Annie aveva iniziato a insultarlo. Le lesioni – soprattutto le fratture al cranio e al braccio sinistro – potevano corrispondere a una rapidissima collisione con un mezzo pesante, probabilmente un camion, che l'aveva gettata tra le macchine parcheggiate e il lampione. A causa della fitta pioggia di quella sera, non sorprendeva che sul lampione non fossero state rinvenute tracce di sangue, capelli o tessuti.

Non fu considerato significativo nemmeno il fatto che nessun conducente si fosse fatto avanti per dichiarare la propria responsabilità. Era buio, pioveva a dirotto, i veicoli parcheggiati limitavano la visibilità e l'illuminazione stradale era inadeguata. Con una breve nota di biasimo ai funzionari comunali, i quali permettevano che le strade malamente illuminate nelle aree più povere diventassero scorciatoie per il traffico pesante, il coroner appoggiò la teoria della polizia, secondo cui la signorina Butts aveva perso l'equilibrio ed era inciampata sulla cordonatura del marciapiede, cadendo contro il fianco di un camion senza che, con ogni probabilità, il guidatore si accorgesse del contatto. Era impossibile stabilire quando fosse avvenuto l'incidente, anche se, considerata la gravità delle ferite della signorina Butts, era improbabile che fosse sopravvissuta per più di quindici, trenta minuti.

Era un caso triste, disse il coroner che sottolineava la necessità, in alcuni casi, della coercizione nel trattamento di soggetti vulnerabili in una società moderna. C'erano prove evidenti – lo squallore della sua casa quando la polizia vi entrò il giorno dopo la sua morte, la dipendenza dall'alcol – che la donna era incapace di badare a se stessa, ed era sua opinione che, se gli assistenti sociali e sanitari fossero riusciti a costringere la signorina Butts ad accettare il loro aiuto, lei sarebbe stata ancora viva. Secondo la testimone che aveva trovato il corpo della signorina Butts, i vicini avevano orchestrato una campagna razziale contro la vittima, ma non c'erano prove a sostegno della sua affermazione, e il coroner era convinto che le azioni dei vicini di casa della vittima fossero state dettate soltanto dalla preoccupazione per il suo benessere. In conclusione, e nonostante le insistenze della stessa testimone, secondo cui la signorina Butts era stata deliberatamente spinta contro un veicolo di passaggio, il verdetto del coroner era inequivocabile. Morte accidentale. Caso chiuso...

Poco dopo mi ammalai e rimasi a letto per parecchi giorni. Al medico che venne a visitarmi dissi di avere l'influenza, ma lui diagnosticò una depressione e mi prescrisse dei tranquillanti, che rifiutai di prendere. Incominciai ad avere paura del telefono e qualsiasi rumore proveniente dalla strada mi faceva sobbalzare. Mio marito, Sam, si dimostrò inizialmente molto comprensivo, ma perse interesse quando incominciai a dormire nella camera degli ospiti e a sentire rumore di topi nel bagno al pianterreno. Dopodiché sviluppai una lieve forma di agorafobia e trovai sempre più difficile andare al lavoro. Insegnavo alla scuola secondaria locale, e i miei colleghi, oberati di lavoro, furono ancora meno comprensivi di Sam quando dissi loro che mi sentivo soffocata dal modo in cui i bambini mi accerchiavano in corridoio. Dopo qualche settimana, smisi del tutto di andare a scuola.

L'intera faccenda – dalla morte di Annie alla perdita del lavoro – creò profonde divergenze tra me e Sam che, per settimane, mi girò intorno in punta di piedi, poi incominciò a parlare per ore al telefono con mia madre. Badava a chiudere la porta, ma io riuscivo ugualmente a sentire gran parte della conversazione attraverso le pareti sottili, nelle rare occasioni in cui mi prendevo la briga di ascoltare. Le frasi più ricorrenti erano « convivenza impossibile... », « ha un esaurimento nervoso... », « mania dei ratti... », « stupido polverone per una dannata donna di colore... », « divorzio... »

In febbraio i miei genitori arrivarono in macchina dall'Hampshire, dove vivevano. Tre settimane prima, Sam si era trasferito a casa di un amico e il nostro matrimonio era di fatto naufragato. Saggiamente, mio padre rifiutò di farsi coinvolgere, ma mia madre non poté resistere alla tentazione di schierarsi dalla parte di Sam. Appartiene a quella generazione secondo cui il matrimonio, per le donne, è la chiave della felicità, e mi disse, in termini per nulla vaghi, che se intendevo respingere Sam non avrei dovuto cercare il sostegno suo o di mio padre. Sottolineò anche che ero stata abbandonata dai miei amici perché il mio comportamento era così bizzarro... stavo diventando anoressica, non avevo lavoro... e peggio ancora non avevo nessuna prospettiva di trovarlo, me ne stavo chiusa a vegetare in casa. Cosa avevo in mente di fare?

Mi limitai a esprimere un lieve fastidio per il fatto che credesse a tutto quello che Sam le diceva e le suggerii di mettere in dubbio, per una volta nella sua vita, l'onestà di un uomo. Fu come sventolare un panno rosso davanti a un toro. Non potevamo parlare di sesso – o meglio della mancanza di sesso, che rappresentava il nucleo del problema per Sam –, perché era un argomento tabù fra noi, quindi mi fece un sermone sul modo in cui mi stavo lasciando andare, sulla mia incapacità di cucinare qualche buon pranzetto per quel duro lavoratore di mio marito, sulla mia trascuratezza nella pulizia della casa e, inevitabilmente, sulla mia assurda ossessione per la morte di una persona di colore.

«Avrebbe forse un po' più di senso se fosse stata una di noi», concluse, acida, «ma non era nemmeno inglese... Solo un'altra infelice immigrata che viveva del sussidio e riempiva gli ospedali di malattie importate. Perché mai li facciamo entrare non lo so proprio, e che tu metta in pericolo il tuo matrimonio...» S'interruppe bruscamente. «Non capisci quanto ti stai rendendo ridicola?»

Non lo capivo, ma non era un argomento su cui intendevo discutere. Come prevedevo, il mio silenzio la convinse di aver avuto la meglio nella discussione, mentre l'unica cosa di cui era riuscita davvero a convincermi era quanto poco m'importasse dell'opinione altrui. Stranamente, la sua completa mancanza di comprensione era più liberatoria che fastidiosa, perché mi persuadeva che il potere sta nelle mani di chi meno si preoccupa di dimostrare che lo esercita. Con fredda deliberazione, accettai di rappezzare il matrimonio, se non altro per avere un tetto sulla testa.

Tre mesi dopo, Sam e io ci trasferimmo all'estero.

GIURIA DEL CORONER

Referto medico sulla signorina Ann Butts, sottoposto al signor Brian A. Hooper, coroner, il 12 dicembre 1978, dalla dottoressa Sheila Arnold, medico generico, all'epoca socia dell'ambulatorio di Cromwell Street, Richmond, Surrey, e attualmente *fellow* presso la clinica Howarth, Chicago, Illinois, USA.

(La dottoressa Arnold era assente all'epoca della morte della signorina Butts, essendosi trasferita in America per un anno sabbatico il 10 settembre 1978. Sebbene la signorina Butts fosse stata affidata a uno dei soci della dottoressa Arnold durante l'anno sabbatico, morì prima che il suddetto socio avesse avuto il tempo di conoscerla e sottoporla a una valutazione. Si è quindi concordato che la dottoressa Arnold inviasse il seguente referto dagli Stati Uniti. L'ambulatorio di Cromwell Street ha fornito al coroner una serie completa di note relative alla signorina Butts.)

Ann Butts è stata mia paziente dal giugno 1969 al momento della mia partenza per gli Stati Uniti, il 10 settembre 1978. Soffriva della sindrome di Tourette, un disturbo neuropsichiatrico caratterizzato da ricorrenti spasmi muscolari e vocalizzazioni involontarie. Era quasi certamente ereditaria, dal momento che la madre aveva una forma complessa del disturbo che si manifesta anche con la *coprolalia*, cioè la compulsione a pronunciare parole o frasi oscene. Ann, che si prese cura di sua madre per molti anni fino alla sua morte nel 1968, conosceva bene la sindrome di Tourette e aveva imparato a gestire la propria condizione con successo. I sintomi più evidenti in Ann erano: 1) tic motori nel viso e nelle spalle; 2) coazione a parlare da sola; 3) comportamento ossessivo, particolarmente in relazione alla sicurezza personale e della casa.

Nel dicembre 1969 l'ho indirizzata dal dottor Randreth Patel (ospedale del Middlesex) che ha preso il caso di Ann particolarmente a cuore e ha accettato la sua ferma decisione di non assumere farmaci psicoattivi, che riteneva avessero peggiorato le condizioni della madre piuttosto che migliorarle. Anche se non è stata ancora scoperta una cura per la sindrome di Tourette, il disturbo tende ad affievolirsi con l'età. Da quanto ho potuto dedurre, i suoi tic erano molto più pronunciati quando era adolescente (data di nascita 12.3.36), e per questo veniva presa in giro e maltrattata dai compagni. In seguito al precoce ritiro da scuola, si è trovata ben presto a disagio in situazioni sociali.

Negli ultimi anni i sintomi di Ann si erano relativamente attenuati, anche se di tanto in tanto l'eccessivo indulgere all'alcol tendeva a esacerbarli. Il suo QI era nella media e la donna non aveva difficoltà a condurre una vita indipendente, anche se l'ossessione per la sicurezza propria e della casa l'aveva portata a evitare qualsiasi compagnia. Mi sono impegnata a visitarla ogni 6-8 settimane e, in occasione della mia ultima visita – 8 settembre 1978 –, l'ho trovata in buona salute, sia fisica sia mentale.

Sheila Arnold

Dottoressa Sheila Arnold

VENT'ANNI DOPO

Corrispondenza familiare prima del ritorno dei Ranelagh in Inghilterra, datata 1999

CURRAN HOUSE
Whitehay Road
Torquay
Devon

Giovedì 27 maggio 1999

Cara,

non so perché devi sempre arrabbiarti così tanto quando qualcuno mette in dubbio le tue decisioni. Non è affatto da signora urlare come una pescivendola al telefono, soprattutto considerando che ti trovi a cinquemila chilometri da qui. Ovviamente papà e io saremo felici di averti a casa, ma non puoi aspettarti da noi salti di gioia per quella tua sciocca idea di affittare un cascinale a Dorchester. È a più di due ore di macchina e tuo padre non riuscirà mai a fare andata e ritorno in giornata. E poi mi dispiace così tanto... Abbiamo visto i nostri nipoti soltanto due volte in vent'anni – e ogni volta in occasione di vacanze molto costose – e abbiamo sempre sperato che li avreste portati a vivere vicino a noi, se vi foste trasferiti qui.

Sono convinta che non è troppo tardi per trovarvi qualcosa nel Devon. Conosciamo un bravissimo agente immobiliare che ha una lista di proprietà con un affitto ragionevole. Ti sei almeno presa la briga di far ispezionare quel rustico da qualcuno? La descrizione che mi hai dato era molto vaga e francamente 650 sterline al mese mi sembrano davvero troppo per una casa in mezzo al nulla. Ti rendi conto, immagino, che ci sono in giro un sacco di ciarlatani e che è molto facile mettere un annuncio sul Sunday Times nella speranza di far abboccare qualche straniero per il periodo estivo.

Sai che detesto criticare, ma mi chiedo se Sam e i ragazzi sono stati consultati riguardo a questo trasferimento. Temo che, come al solito, tu abbia preso una decisione unilaterale, ignorando totalmente i desideri di tutti gli altri.

Dici che vuoi affittare quel posto soltanto per tre o quattro mesi, ma, ti prego, spiegami perché il Dorset è preferibile al Devon. Non posso credere alla scusa che vuoi rivedere i luoghi dove hai trascorso la luna di miele. Pensavo fossi più ragionevole, e non ti limitassi a inseguire ricordi che risalgono al 1976.

Siamo felici che Sam si sia rimesso, ma abbiamo trovato i commenti di Luke e Tom sul suo cuore ballerino in un certo senso inadeguati e irrispettosi, soprattutto considerando che Sam stava chiaramente ascoltando la conversazione telefonica. Faccio fatica a credere che abbiano già diciotto e diciannove anni.

francamente mi sarei aspettata un po' più di maturità da ragazzi della loro età e ho paura che tu li abbia viziati.

Attendo notizie dall'agente immobiliare.

Con tutto il mio affetto,

Mamma

P.S. Cara M, personalmente ho trovato fantastico il cuore ballerino e mi ha fatto piacere sentire Sam che se la rideva. Che relazione meravigliosa avete con i vostri ragazzi, e che benedizione sono stati negli ultimi mesi! Non vedo l'ora di spassarmela un po' con i Ranelagh junior, anche se ciò significa dover guidare ben più di due ore! Di' a Luke che sono fermamente intenzionato a provare il suo surf, anche se finirò a gambe all'aria. Sarò pure un vecchio strambo, ma non sono ancora nella tomba.

Con affetto,

Papà

x x x

Città del Capo
5 giugno

Cara mamma,

due righe in fretta. Scusami per le urla, ma la linea era disturbata. Includo una fotocopia dei dettagli del cascinale. Ho chiesto referenze e, secondo fonti affidabili, ho saputo che 650 sterline è un buon prezzo. Sarebbe molto più alto, a quanto pare, se non fosse una proprietà con un certo « carattere » che, secondo gli agenti immobiliari, equivale a « praticamente in sfacelo ». Comunque Sam e i ragazzi sono pronti ad accamparsi quanto me. Se tutto va bene, dovremmo essere lì nella prima settimana di luglio e aspetto te e papà per la fine del mese. Ti telefono per confermare un fine settimana non appena ci siamo sistemati. Stiamo tutti bene e vi abbracciamo.

M

Dorchester: cascinale in pietra del XVIII secolo per periodi di affitto brevi o lunghi. Edificio di carattere in idilliaco scenario rurale, 4 chilometri dal centro città. 5 camere da letto, 3 sale da ricevimento, 2 bagni, grande cucina con pavimentazione in mattonelle. Giardino di 1 acro, adiacente prato cintato. Completamente ammobiliato, riscaldamento centralizzato a gasolio, cucina Aga, garage. 650 sterline mensili. Tel.: 01305 231494

2

RICONOBBI la dottoressa Arnold non appena le aprii la porta, anche se dal suo sguardo non pareva che lei mi avesse riconosciuto. Non ero sorpresa. Avevamo entrambe vent'anni di più e io, dopo due decenni all'estero, ero cambiata molto più di lei. Era più magra e aveva i capelli argentei – probabilmente si avvicinava ai sessant'anni –, ma aveva ancora gli stessi occhi grigi inquisitivi e un'aria d'incontestabile competenza. Nell'unica altra occasione in cui l'avevo incontrata mi era sembrata profondamente intimidatoria, ma quel giorno mi diede uno schiaffetto amichevole sul braccio quando le dissi che mio marito accusava dolori al petto.

«Secondo lui è solo uno stiramento muscolare», dissi, facendole strada lungo le scale del cascinale, «ma ha avuto una trombosi coronarica sei mesi fa e temo che stia per averne un'altra.»

In quel caso, Sam aveva ragione – era uno stiramento muscolare che si era procurato il giorno prima zappando per ore in giardino – e io nascosi la mia totale mancanza di sorpresa dietro un sorriso di scuse. La dottoressa Arnold lo rimproverò per avermi accusato di essere troppo apprensiva. «Non può permettersi di rischiare», gli disse, ritirando lo stetoscopio. «Non quando c'è già andato vicino una volta.»

Sam, la cui memoria per i visi era pessima quasi quanto quella per i nomi, si riabbottonò la camicia e mi lanciò uno sguardo irritato. «Si preoccupa inutilmente», si lamentò. «Le ho detto che sarei andato in ambulatorio, ma lei non mi ha lasciato... Si è messa in testa di trattarmi come un dannato invalido.»

«Mi ha gridato dietro tutta la mattina», spiegai alla dottoressa Arnold. «È una delle ragioni per cui ho pensato che potesse essere una cosa grave.»

«Dannazione!» esplose Sam. «Che ti prende? Ho detto soltanto che avevo un dolorino al fianco... Il che non sorprende, vista la quantità di erbacce che ho strappato ieri. Il giardino è un disastro, la casa è in sfacelo. Cosa dovrei fare? Starmene con le mani in mano tutto il giorno?»

La dottoressa Arnold tentò di placare le acque. «Dovrebbe essere grato di avere qualcuno che si prende ancora abbastanza cura di lei da fare una telefonata», disse, ridendo. «Una volta avevo un paziente che stava male. La moglie l'ha lasciato agonizzare sul pavimento della cucina e si è scolata una bottiglia di gin per festeggiare l'imminente vedovanza.»

Sam non era il tipo da rimanere arrabbiato a lungo. «È sopravvissuto?» chiese con un sorriso.

«Per un pelo. Il matrimonio, no.» La dottoressa studiò il viso di Sam per un attimo, poi mi rivolse uno sguardo incuriosito. «Ho l'impressione di conoscervi entrambi, ma non so perché.»

«Io l'ho riconosciuta non appena ha aperto la porta», dissi. «È una coincidenza straordinaria. Lei era il nostro medico generico a Richmond. Abbiamo vissuto in Graham Road dal '76 fino all'inizio del '79. Una volta è venuta a casa nostra perché Sam aveva una brutta bronchite.»

Annuì immediatamente. «La signora Ranelagh. Avrei dovuto riconoscere il nome. Lei ha trovato il corpo di Annie Butts. Mi sono chiesta spesso dove fosse finita e cosa avesse fatto.»

Lanciai uno sguardo noncurante prima a lei poi a Sam e, con sollievo, notai sui loro visi un'espressione di piacevole sorpresa e neanche un'ombra di sospetto...

Sam si era assicurato un buon lavoro – direttore delle vendite oltreoceano per una compagnia navale – che ci portò prima a Hong Kong, poi in Australia e infine in Sudafrica. Fu un bel periodo e capii perché le famiglie spesso mandano all'estero le pecore nere perché possano rifarsi una vita. Per il carattere è un toccasana tagliare i vincoli emotivi che ti legano a luoghi e a persone. I nostri due figli crebbero come alberelli nel sole perenne e ben presto ci superarono in altezza. Io riuscivo sempre a trovare lavoro come insegnante in qualsiasi scuola frequentassero i ragazzi.

Come tutti, ci consideravamo immortali, quindi la trombosi di Sam all'età di cinquantadue anni arrivò come un fulmine a ciel sereno. Visto che i medici l'avevano messo in guardia dal rischio di un altro attacco di cuore se non avesse cambiato stile di vita – cioè troppi viaggi, troppe ore passate a intrattenere clienti, troppo poca attività fisica –, ritornammo in Inghilterra nell'estate del '99, senza lavoro e con due ragazzi quasi ventenni che non avevano mai visto la loro patria.

Per nessuna ragione in particolare, se non quella che nel Dorset avevamo trascorso la luna di miele nel '76, decidemmo di affittare un vecchio cascinale vicino a Dorchester. Avevo trovato l'annuncio nel *Sunday Times* quando abitavamo a Città del Capo. L'idea era di concederci una lunga vacanza estiva mentre ci guardavamo intorno in cerca di un posto definitivo dove stabilirci. Non avevamo legami con nessuna parte dell'Inghilterra in particolare. I genitori di mio marito erano morti e i miei si erano trasferiti nella vicina contea del Devon, per via del clima mite di Torquay. Iscrivemmo i ragazzi al college per l'autunno e partimmo alla riscoperta delle nostre radici. Avevamo guadagnato piuttosto bene all'estero e potevamo prendercela con calma per trovare un lavoro. O perlomeno la pensavamo così.

La realtà si dimostrò piuttosto diversa. Mentre eravamo via, l'Inghilterra era diventata la *Cool Britannia* del

New Labour, gli scioperi erano quasi sconosciuti, il ritmo di vita si era velocizzato in modo sorprendente e c'era una nuova, diffusa ricchezza che non esisteva negli anni '70. Non riuscivamo a credere che fosse tutto così costoso, quanto fossero trafficate e affollate le strade, che impresa fosse parcheggiare da quando lo shopping era diventato il passatempo preferito degli inglesi. Ben presto i ragazzi ci abbandonarono per unirsi ai loro coetanei. Le feste in giardino e le partite di cricket al villaggio erano cose da vecchietti. Vestiti griffati e musica techno erano un must, club e pub a tema i posti giusti dove farsi vedere, soprattutto quelli che rimanevano aperti fino alle prime ore del mattino e i cui megaschermi mostravano immagini satellitari da tutto il mondo.

Alla fine della prima settimana, mentre sedevamo come una coppia di pensionati nella veranda del nostro rustico a guardare i cavalli che pascolavano nel prato vicino, Sam mi chiese, in tono cupo: «Non hai la sensazione di essere stata lasciata indietro?»

«Dai ragazzi?»

«No. Dai nostri coetanei. Oggi ero al telefono con Jock Williams» – un vecchio amico dai tempi di Richmond –, «e mi ha detto che lo scorso anno ha guadagnato un paio di milioni di sterline vendendo uno dei suoi negozi.» Fece una smorfia. «Allora gli ho chiesto quanti negozi gli erano rimasti, e lui ha risposto: solo due, ma insieme valgono dieci milioni. Voleva sapere cosa stessi facendo *io*, e così ho mentito.»

Mi chiedevo come mai Sam sembrava non rendersi conto che Jock era un gran sognatore, proprio come lui, soprattutto considerando che si era vantato per anni delle sue «vendite super» e non era mai riuscito a trovare il tempo – *o i soldi?* – per prendere un aereo e venire a trovarci. «E cosa gli hai detto?»

«Che abbiamo fatto un colpaccio sulla Borsa di Hong Kong prima che passasse alla Cina e che potevamo permetterci un pensionamento anticipato. Ho detto anche

che stavamo per comprare una villa con otto camere da letto e cento acri di terreno nel Dorset.»

«Mmm.» Sradicai con il piede alcuni ciuffi d'erba che crescevano tra le crepe del patio, sintomatiche dell'atmosfera di trascuratezza che pervadeva tutta la proprietà. «È più probabile una scatola di mattoni in qualche complesso moderno. Ieri ho dato un'occhiata alla vetrina di un'agenzia immobiliare e, a quanto pare, qualsiasi cosa di qualsiasi dimensione va oltre le nostre possibilità. Un edificio come questo che abbiamo in affitto costerebbe più o meno trecentomila sterline, senza contare la ristrutturazione. Speriamo che a Jock non venga in mente di farci visita.»

A quella prospettiva, Sam s'incupì ancora di più. «Se avessimo avuto un po' di buon senso, ci saremmo tenuti la casa di Graham Road. Secondo Jock, adesso varrebbe dieci volte di più di quello che l'abbiamo pagata nel '76. Venderla è stata una follia. Bisogna tenere un piede nel mercato immobiliare, se si vuole fare un po' di strada.»

A volte la memoria di mio marito mi faceva impazzire. Era di un genere stranamente selettivo che gli permetteva di ricordare i dettagli di trionfi lavorativi lontani nel tempo, ma gli faceva regolarmente dimenticare dov'erano le posate in ogni cucina che avevamo avuto. Questo aveva i suoi vantaggi – era facile convincerlo che si sbagliava –, ma di tanto in tanto mi toccava sul vivo. Perlomeno avrebbe dovuto rammentare le terribili settimane seguite all'inchiesta sulla morte di Annie...

«Ho deciso *io* di andare via», dissi, pacata, «e non m'importa se finiremo a vivere in un camper, è una scelta di cui non mi pentirò mai. Tu saresti potuto restare in Graham Road, io no di certo... Comunque non dopo che sono iniziate le telefonate.»

Mi lanciò un'occhiata nervosa. «Pensavo che ti fossi dimenticata di quel periodo.»

«No.»

Senza nessun motivo apparente, i cavalli partirono al

galoppo, dirigendosi verso l'altra parte del campo, e mi chiesi quanto fosse sensibile il loro udito, se percepissero vibrazioni di rabbia in una singola parola. Li guardammo in silenzio per un attimo, mentre io scommettevo sul fatto che Sam avrebbe evitato come sempre di parlare di quel periodo che ci aveva portato a un passo dal divorzio. Infatti decise di cambiare argomento.

«Però, in termini puramente finanziari, Jock ha probabilmente ragione», disse. «Se avessimo tenuto la casa dandola in affitto, non solo avremmo avuto una rendita in tutti questi anni, ma anche un aumento del mille per cento sul nostro capitale.»

«Avremmo dovuto fare un mutuo. Quindi la rendita sarebbe servita a pagarlo e non avremmo mai visto un soldo.»

«Però Jock dice...»

Ascoltai distrattamente le opinioni di Jock sui benefici effetti per i mutuatari dell'inflazione galoppante di fine anni '70 e inizi '80 e su come la rivoluzione della Thatcher avesse permesso agli imprenditori di giocare alla roulette con i soldi di altre persone. Jock non mi era mai piaciuto granché quando vivevamo a Londra e, dai racconti di Sam sulle telefonate che si facevano da un capo all'altro del mondo, non vedevo ragioni per cambiare idea. Avevano un rapporto competitivo, che si basava sull'esibizionismo vanaglorioso di Jock e sulle ridicole rivendicazioni di Sam, che chiunque con un briciolo di cervello avrebbe smascherato subito.

Non appena rimase in silenzio, partii all'attacco. «Jock Williams ha mentito sui soldi fin dalla prima volta che l'abbiamo incontrato», mormorai. «Ci ha abbordato al pub unicamente per farsi offrire qualcosa da bere, dicendo che aveva dimenticato il portafoglio a casa. Disse che avrebbe ricambiato, ma non l'ha mai fatto. Non gli credevo allora e non gli credo adesso. Se lui vale dieci milioni», conclusi, mostrando i denti, «io ho il corpo di una ventenne.»

Stavo facendo un favore a Sam, anche se lui non se ne accorgeva perché non gli sarebbe mai passato per la testa che potessi sapere di Jock più di quanto ne sapesse lui. Com'era possibile? Jock e io c'eravamo persi di vista fin da quel giorno di saluti tirati, in cui Sam e io avevamo lasciato Londra. Eppure sapevo esattamente quanto poco valeva Jock e sapevo anche che l'unica persona che ci avrebbe perso il sonno sarebbe stato Jock stesso, quando le sue bugie da spaccone fossero saltate fuori.

La tetraggine di Sam incominciava a svanire. « Oh, su », disse. « Le cose non vanno poi così male. Il vecchio sedere è un po' cadente, ma le tette sono ancora in forma. »

Gli diedi un buffetto affettuoso sulla testa. « Io, almeno, ho ancora tutti i miei capelli. »

TESTIMONIANZA FORNITA ALLA POLIZIA

Data: 16.11.78
Ora: 18.27
Ufficiale incaricato: agente Quentin, polizia di Richmond
Testimone: Sam Ranelagh, 5 Graham Road, Richmond, Surrey
Caso: morte della signorina A. Butts in Graham Road il 14.11.78

Martedì 14.11.78 sono arrivato alla stazione di Richmond alle 19.30 circa. Il mio amico Jock Williams, che abita al 21 di Graham Road, si trovava sullo stesso treno e mi ha raggiunto mentre superavo la barriera dei biglietti. Pioveva a dirotto, e Jock ha proposto di fare una deviazione e andare a berci una pinta all'Hoop and Grapes in Kew Road. Ero stanco, quindi ho pensato che fosse più comodo tornare a casa. Mia moglie, che insegna, aveva una riunione con i genitori e non sarebbe arrivata a casa prima delle 21.30. La camminata sulla A316 richiede approssimativamente un quarto d'ora, quindi Jock e io abbiamo svoltato in Graham Road alle 19.45 circa.

Abito in Graham Road da due anni e conoscevo di vista Ann Butts. In parecchie occasioni negli ultimi sei mesi l'avevo notata davanti a casa nostra, che fissava le finestre. Non avevo idea del perché lo facesse, ma credo che tentasse d'intimidire mia moglie, che aveva chiamato « sporca bianca ». Considerando il brutto tempo, fui sorpreso di vederla là, martedì sera (14.11.78). Non appena voltato l'angolo, lei si è spostata. Era chiaramente ubriaca e quando l'ho indicata a Jock, abbiamo usato entrambi il termine « paralitica » per descriverla. Eravamo riluttanti ad avvicinarla perché sembrava nutrire un forte disprezzo per i bianchi. Abbiamo attraversato la strada alle sue spalle e siamo entrati in casa mia.

Jock è rimasto da me per circa un'ora e mezzo, e siamo stati quasi sempre in cucina. La cucina si trova sul retro della casa e la porta che dà sul corridoio era chiusa. Non abbiamo sentito nulla dalla strada che potesse suggerire un pericolo o un incidente. Jock se n'è andato più o meno alle 21.15 e io l'ho accompagnato alla porta. Mi ero completamente dimenticato di aver visto Ann Butts poco prima e non mi è venuto in mente di cercarla. Ho guardato Jock uscire dal cancello e svoltare a destra verso casa sua, poi sono rientrato.

Sono rimasto senza parole quando mia moglie si è precipitata in casa, un quarto d'ora dopo, dicendo che Annie la matta era riversa sul marciapiede e sembrava morta. Sono uscito di corsa con la torcia e ho trovato il suo corpo tra due macchine parcheggiate davanti al numero 1. Mi sembrava evidente che fosse già morta. Aveva gli occhi aperti e non si sentiva battito né al polso né al collo. Ho cercato di farle la respirazione bocca a bocca, ma non reagiva. Poco dopo è arrivata l'ambulanza.

Mi dispiace molto di non aver fatto nessun tentativo di assistere Ann Butts quando l'ho incontrata davanti a casa mia alle 19.45 anche se sono convinto che avrebbe rifiutato la mia offerta di aiuto.

Firma: 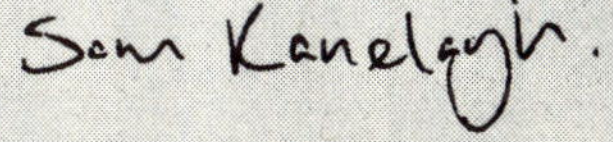

Alla presenza di: 

Lettera di Libby Williams – in precedenza residente al 21 di Graham Road –, datata 1980

39a Templeton Road
Southampton
Hampshire
Regno Unito

20 maggio 1980

Mia cara!

Sono rimasta di stucco quando ho ricevuto la tua lettera. E che bella notizia il bambino! Ha sette mesi, eh? Concepito in Inghilterra e nato a Hong Kong... Gli porterà fortuna, di sicuro! Ovvio che rimarremo amiche. Dio solo lo sa, non ho certo passato ore ad ascoltare i tuoi patemi dopo la morte di Annie per abbandonarti non appena ti trasferisci all'estero, no? Sono così felice che tu mi abbia scritto perché, da come stanno le cose – io e Jock non ci parliamo, per niente –, non sapevo come contattarti. Ti aiuterò come posso anche se mi preoccupa un po' il fatto che la tua lettera sembra sottintendere che Jock e Sam c'entrano qualcosa nella morte di Annie. Per quanto detesti quel verme infedele, non mi pare proprio il tipo da uccidere qualcuno e di certo non qualcuno che conosceva a malapena. Per non parlare di Sam! Fammi il piacere!

Okay, così una sera Sam si è ubriacato e ha confessato di aver mentito alla polizia riguardo a dove si trovava con Jock e ora si rifiuta di parlare di Annie. Be', credimi, tesoro, non penso che tu debba leggere troppo tra le righe, anche se ti assicuro che capisco quanto tu sia arrabbiata. Sam non avrebbe dovuto coprire Jock, per quanto «valida» fosse la causa. Eppure, gli uomini sono fatti così. Si appiccicano l'uno all'altro come colla, ma si dimenticano facilmente delle loro donne, quando gli fa comodo!

Risposta alle tue domande:

1) Se ho detto alla polizia che Jock era con Sam? Sì. Come sai, hanno incominciato a bussare a tutte le porte il giorno dopo l'accaduto, per sapere se qualcuno aveva visto o sentito qualcosa. Ho detto che ero a casa da sola a guardare la tele e non avevo sentito niente, quindi mi hanno chiesto subito dov'era mio marito e io ho risposto che era andato a bere qualcosa da Sam Ranelagh, al numero 5.

2) Se Jock mi aveva detto dov'era stato quando è arrivato a casa oppure gliel'avevo chiesto io? Gliel'ho chiesto la sera del 14. Quel piccolo bastardo è entrato in casa barcollando mezzo sbronzo come al solito e io gli ho detto: «Dove diavolo sei stato?» «Da Sam a bere una birra», ha risposto come un fulmine. Avrei dovuto capire che mentiva! Ha sempre usato Sam per cavarsela dai guai.

3) A che ora è arrivato a casa Jock? Saranno state più o meno le nove e un quarto, non ricordo esattamente, ma sono certa che il telegiornale delle 21 non era ancora finito.

4) Se ho idea di quando Jock possa aver parlato con Sam per crearsi un alibi? Conoscendo Jock, avrà telefonato a Sam sul lavoro il mattino dopo dicendogli che era stato beccato in flagrante e che doveva inventarsi una bugia su due piedi. «Se qualcuno ti chiede qualcosa, io ero con te. Allora non piantarmi in asso, okay?» Una cosa del genere.

Comunque, dubito fortemente che Jock abbia ripreso a giocare d'azzardo, qualsiasi cosa abbia detto a Sam.

Aveva una puttanella in Graham Road, una vampira ossigenata di nome Sharon Percy, praticamente una prostituta. Lui sostiene che aveva una storia con lei, ma il mio avvocato lo ha costretto a mostrare i movimenti bancari e sembra che le facesse pagamenti regolari ogni martedì, in cambio di sesso. Al momento Jock nega i pagamenti (ma non la « storia d'amore », di cui sembra piuttosto orgoglioso!), ma il mio avvocato è convinto che, se rifiuta di arrivare a un accordo ragionevole, gli tireremo fuori la verità e finiremo in tribunale.

Comunque il punto è che Annie è morta di martedì e ho il sospetto che Jock fosse impegnato a scoparsi Sharon più che a giocare d'azzardo... Per quello che ne so, potrebbe essere stata la prima volta perché non si è mai più curato di spiegare i suoi ritardi di martedì. O di qualsiasi altro giorno, a dire la verità! Hai ragione, la prospettiva del divorzio imminente è un gran sollievo e ho intenzione di spennarlo il più possibile. Ha mostrato qualche documento solo dopo che il mio avvocato l'ha torturato per benino, e spiega l'acquisto di una casa in Alveston Road (un lussuoso appartamento con cinque camere da letto da settantamila sterline a uno sputo dal parco di Richmond, completo di biondina a tempo pieno!) come un « investimento a lungo termine fatto con un mutuo consistente ». Impossibile, considerando le misere diecimila sterline che si è preso per il suo cinquanta per cento della casa di Graham Road. Ma mi faccia il piacere! I conti non tornano, no? Il massimo che potevo permettermi io è stato questo bilocale a Southampton.

Non esitare a chiedermi qualsiasi tipo di aiuto. A me non sarebbe mai venuto in mente che parlare di Annie potesse « risvegliare le chimere »; certo che Sam è proprio buffo a tirar fuori un'espressione così antiquata. Nessuna donna di mia conoscenza crederebbe a queste idiozie, e dubito persino che gli uomini lo facciano. Eppure, è un'altra delle invenzioni dell'uomo per minare la marcia vittoriosa della supremazia femminile. Sì, sono acida, e... sì, per quanto mi riguarda, l'intero genere maschile può andare a farsi fottere... Ho seguito il tuo esempio e sono venuta a Southampton per iniziare la carriera d'insegnante... Dannazione, ragazza, se tu riesci a guadagnarti da vivere insegnando ai cinesi a Hong Kong, di sicuro posso farlo anch'io dando lezione ai marmocchi di qui!

Un abbraccio,

Libby

P.S. Per ragioni puramente egoistiche sono felice che tu non voglia far sapere a Sam e a Jock che stai facendo domande! Il mio avvocato mi ha consigliato di non aprir bocca su quello che so già delle losche manovre di Jock, altrimenti seppellirà i suoi beni in chissà quali conti nascosti e io non avrò mai la mia equa parte di bottino!

3

«LA storia si è sgonfiata molto in fretta», mi disse Sheila Arnold, mentre scendevamo le scale. «Però la casa di Annie è rimasta vuota per circa tre anni. Non aveva fatto testamento e nessuno sapeva se avesse dei parenti ancora in vita. Alla fine, la casa è stata assegnata al governo e la proprietà messa in vendita. È stata acquistata da un imprenditore che l'ha ristrutturata prima di venderla a una giovane coppia con due figli piccoli.»

«Una coppia bianca, presumo», commentai, senza mascherare il sarcasmo.

Ignorò il commento, anche se sulla sua bocca si dipinse un debole sorriso. «Sono stata in quella casa poco dopo che vi si erano trasferiti, quando il bambino più piccolo si è ammalato, ed era assolutamente irriconoscibile», proseguì. «Avevano sventrato tutto il piano terra, trasformandolo in un enorme open-space con porte finestre che si affacciavano sul giardino.» C'era una vaga incertezza nelle sue parole, come se non fosse sicura che un open-space rappresentasse un miglioramento.

«Non le piaceva?»

Si fermò sulla porta. «Oh, era davvero splendido, ma non potevo fare a meno di ricordare com'era ai tempi di Annie. Ci è mai entrata quando viveva lì?» Scossi la testa. «Era come la caverna di Aladino. Lei e sua madre tenevano di tutto. L'atrio era zeppo di oggetti provenienti dall'America Centrale e dalle Indie Occidentali, che il padre di Annie aveva portato in Inghilterra negli anni '40 e '50. Alcuni erano di valore, soprattutto i pezzi d'oro. Ricordo che sulla mensola del camino c'era una statuetta con occhi di smeraldi e labbra di rubini.»

«Non sapevo che ci fosse un signor Butts», mormorai, sorpresa. «Ero convinta che la madre fosse stata abbandonata mentre era incinta.»

«Buon Dio, no. Il padre di Annie è morto di tumore ai polmoni verso la fine degli anni '50. Non l'ho conosciuto, ma uno dei miei colleghi lo ricorda con grande affetto. Si chiamava George. Prima di andare in pensione, faceva il marinaio su una nave mercantile e raccontava sempre aneddoti sui suoi viaggi in giro per il mondo. Aveva sposato la madre di Annie in Giamaica negli anni '30 e si è trasferito con lei e Annie a Graham Road poco dopo la guerra.» Sorrise ancora. «Disse che non poteva portarle in Inghilterra quando i suoi genitori erano ancora in vita, perché non avrebbero approvato una nuora di colore.»

Scossi la testa, stupita, rendendomi conto di quante cose non sapessi di quella donna con cui non avevo mai parlato. I vicini di Annie sapevano che era mezza bianca? mi chiesi; e sarebbe stato diverso, se l'avessero saputo? Risposi istintivamente di no a entrambe le domande. Erano venuti ad abitare in quella strada ben dopo di noi... e Annie era troppo scura di pelle per non essere etichettata come «negra». «Non ne sapevo niente», dissi a Sheila. «Di certo non sapevo che suo padre fosse un bianco. Perché nessuno è venuto a rivendicare la sua casa? Di sicuro avrà avuto parenti inglesi, no?»

«Apparentemente, no. Secondo il mio collega, George aveva un fratello più giovane, in marina, che perse la vita nell'Atlantico del Nord, ma oltre a lui...» S'interruppe con un'alzata di spalle. «È tragico, ma non insolito. Intere famiglie furono annientate durante le due guerre mondiali, soprattutto quelle con figli maschi e nessuna femmina.» Diede un'occhiata controvoglia all'orologio. «Purtroppo devo scappare. Ho altri due pazienti da visitare.» Ma si muoveva lentamente, come se non volesse spezzare quel legame con il passato. «È ancora dell'idea che sia stata assassinata?»

«Ne sono certa.»

«Perché?»

Le feci strada sul vialetto. «Non so spiegarlo. Ci ho provato una volta, ma tutti hanno pensato semplicemente che fossi pazza quanto lei. Adesso non me ne importa.»

«No, intendo: perché qualcuno avrebbe dovuto ucciderla?»

Ecco la grande questione imponderabile. «Perché era diversa», suggerii. «Forse l'avrebbero lasciata in pace, se fosse stata pazza ma non nera... o nera ma non pazza... Qualche volta penso che la disprezzassero per il colore della pelle, altre volte perché immagino che avessero paura di lei.»

Ci fermammo davanti alla macchina. «Vuol dire che, secondo lei, l'ha uccisa uno dei vicini?»

Non dissi nulla, mi limitai a una lieve alzata di spalle che poteva interpretare a suo piacimento. Mi guardò per un istante, poi aprì la portiera posteriore e mise la borsa sul sedile. «Non era pazza», disse, decisa. «Aveva la sindrome di Tourette, che la portava a fare smorfie e a parlare da sola, ma sotto tutti gli altri aspetti era normale, quanto lei o me.»

«Non è l'idea che ha avuto il coroner.»

La dottoressa Arnold annuì tristemente. «Quell'uomo era un idiota. Non sapeva assolutamente niente della sindrome e non si è nemmeno preso la briga d'informarsi. Mi sono sempre sentita in colpa per non aver testimoniato di persona, ma me n'ero andata per un anno sabbatico negli Stati Uniti prima che Annie morisse e non avevo idea che quel tizio avrebbe del tutto ignorato i referti medici che la riguardavano.» Notò l'improvvisa speranza che si era dipinta sul mio viso. «Il verdetto sarebbe stato lo stesso», aggiunse, come per giustificarsi. «Non c'erano prove a dimostrazione che potesse trattarsi di altro se non di un incidente; però mi ha mandato in bestia scoprire in seguito come è stata distrutta la reputazione di quella donna.»

Pensai con cinismo che l'angoscia da me colta negli occhi moribondi di Annie non c'entrava nulla con il timore per la propria reputazione. «Ha letto il referto del patologo?»

«Me ne hanno mandato una copia con il verdetto dell'inchiesta. Era molto conciso: era stata colpita di striscio da un camion e aveva sbattuto contro un lampione. Francamente, era una tragedia che ci si aspettava, prima o poi – non avrebbero mai dovuto permettere che Graham Road venisse usata come scorciatoia –, ma ho sempre pensato che sarebbe successo forse a un bambino, non a una persona attenta e ossessionata dalla sicurezza come Annie.»

Annuii. «Indossava un cappotto scuro la notte che è morta, e pioveva a dirotto... muri d'acqua. L'ho vista solo perché ci ho praticamente inciampato sopra, mentre attraversavo la strada.» Le misi una mano sul braccio quando lei lo allungò per aprire la portiera. «Ha detto che le hanno distrutto la reputazione. Ha seguito quello che è successo?»

I suoi occhi assunsero un'espressione distante, come se stesse cercando un orizzonte lontano. «No, non per tre anni almeno. Può suonarle insensibile, ma mi sono completamente dimenticata di Annie mentre mi trovavo in America, ed è stato solo quando ho visto cosa aveva fatto l'impresa edile alla sua casa che mi è venuto in mente di chiedere che ne era stato del contenuto.»

«Probabilmente è stato venduto.»

Proseguì come se non mi avesse sentito. «La gente aveva un'idea completamente distorta di Annie, per il modo in cui si vestiva o comportava, ma non era povera. Una volta mi mostrò un elenco di valutazioni che un esperto aveva fatto di alcuni oggetti, e mi sembra che il totale ammontasse a cinquantamila sterline. Era una somma considerevole negli anni '70.»

«La polizia deve sapere cosa ne è stato», dissi. «L'ha chiesto a loro?»

Rabbrividì con fare teatrale. «Non a loro», ribatté, sarcastica. «Soltanto a uno. Un uomo che rispondeva al nome di Drury, sergente Drury: il fratello più giovane, più rozzo e più aggressivo di Stalin. Il caso era suo, quindi non mi è stato permesso di parlare con nessun altro.»

Risi. «Lo conosco. È un'ottima descrizione.»

«Sì... Be', secondo lui, Annie era indigente. Il giorno dopo hanno chiamato alcuni ispettori dell'RSPCA per portare via i gatti e Drury ha detto che non c'era niente di valore. Peggio ancora, ha descritto l'interno della casa come una specie di porcile.»

Assentii. Lo ricordavo. «È stato citato durante l'inchiesta. Il coroner ha detto che gli uomini dell'RSPCA avrebbero dovuto portarle via i gatti quando i vicini si erano lamentati dell'odore la prima volta.»

«Peccato che lo squallore era assolutamente alieno alla sua natura», disse la dottoressa Arnold, accomodandosi al volante. «Le facevo visita regolarmente e dovevo combattere perché non saltasse in piedi ogni dieci minuti per andare a lavarsi le mani. Aveva la mania dei germi – è un sintomo comune della sindrome di Tourette – e anche la compulsione di andare a controllare se la porta era chiusa bene. Ovviamente Drury non mi ha creduto. Era accaduto tre anni prima, e lui mi ha accusato di confondere la casa di Annie con quella di qualcun altro.» Si allungò per chiudere la portiera, apparentemente sicura che capissi di cosa stava parlando.

La tenni aperta. «A che cosa non credeva il sergente?»

Sbatté le palpebre, sorpresa. «Be'... ovviamente... al fatto che la casa di Annie era stata saccheggiata e ogni oggetto di valore rubato.»

In passato, Sam si era sempre sottratto alle discussioni su Annie. Ricordo il suo imbarazzo quando avevo affrontato un commissario a una festa, a Hong Kong, tenendolo inchiodato al muro per un'ora con un sermone sulle ingiustizie della polizia di Richmond. Alla fine, Sam mi aveva trascinato via, e nel tragitto fino a casa il suo imbarazzo si era trasformato in furia. *Ti rendi conto che sembri una folle quando incominci a parlare di quella dannata donna?* mi aveva aggredito. *Non puoi fare un sermone a perfetti sconosciuti, tentando di convincerli che gli occhi sono le finestre dell'anima, o stronzate del genere, se vuoi che ti prendano sul serio. Sei mia moglie, Cristo, e la gente incomincia a evitarci entrambi perché pensano che tu sia pazza quanto lei.*

Vent'anni più tardi, e dopo aver meditato a lungo sulla bizzarra coincidenza di avere Sheila Arnold come medico per la seconda volta – *Devi ammetterlo... mi fa venire la pelle d'oca... Solo un paio di giorni fa Jock mi ha ricordato di Graham Road* –, Sam si dimostrò sorprendentemente interessato a quello di cui avevamo parlato Sheila e io. Pensavo di capire il perché. Non era mai stato incline a credere a quello che dicevo, ma adorava farsi grattare il pancino dai dottori... soprattutto di genere femminile.

«È d'accordo con te? Pensa che Annie sia stata assassinata?»

«Non ne sono sicura», risposi. «Ha detto solo che la casa è stata saccheggiata.»

Meditò ancora un attimo. «Quando? Prima che Annie morisse o dopo?»

«Che differenza fa?»

«Se è successo dopo, significa che qualcuno sapeva che lei era stesa sul marciapiede e ha colto l'opportunità d'introdursi in casa sua», disse con calma. Si sfregò la guancia con fare pensoso. «Il che a sua volta significa che probabilmente Annie era lì a terra da molto più tempo di quello che sostiene il coroner.»

«È un altro modo di guardare la cosa», concordai, prima di andare in cucina a preparare il pranzo. Le vecchie abitudini sono dure a morire, e l'argomento Annie era stato tabù tra noi per un tempo così lungo che non era facile farlo risorgere dalla tomba.

Sam mi seguì. «E se è successo *prima* che morisse, ciò potrebbe spiegare perché lei ha bevuto fino allo stordimento. Dev'essere stato uno shock terribile andare a casa e scoprire che tutti i suoi tesori erano spariti. Povera donna, non ho mai capito perché lo facesse. Voglio dire, l'ho vista un po' alticcia qualche volta, ma mai così conciata da non sapere cosa stesse facendo.» Mi fece un sorrisetto come per scusarsi. «Ho sempre fatto fatica a credere che uno dei vicini l'avesse spinta contro un camion. Okay, alcuni erano degli stronzi e altri le hanno reso la vita grama lamentandosi di lei, ma erano ben lontani dal commettere un omicidio a sangue freddo.»

Aprii il frigo e mi chiesi quale pranzetto avrei potuto inventarmi con mezza scatola di pelati, un pezzo di formaggio vergognosamente vecchio e un cespo di lattuga iceberg. «Era alta uno e settantacinque e pesava novanta chili», mormorai. «Inoltre il suo tasso di alcol nel sangue era esattamente quindici milligrammi oltre il limite legale per la guida, l'equivalente di cinque bicchierini di liquore o cinque pinte di lager. Pur lavorando con l'immaginazione, non si può dire che una quantità simile significhi bere fino allo stordimento.» Estrassi la scatola di pelati e controllai se erano ammuffiti. «Anzi era molto probabile che non fosse nemmeno alticcia, visto che era una bevitrice consumata e probabilmente poteva ingerire il doppio di alcolici di quanto potremmo fare noi prima di mostrare la minima traccia di ubriachezza.» Gli sorrisi. «Guarda te stesso, se non mi credi. Pesi sei o sette chili meno di Annie e sei cinque centimetri in più, e puoi scolarti otto pinte di lager prima di diventare... imbarazzante.»

Si richiuse subito a riccio, perché per lui una cosa era introdurre un argomento, un'altra che io sfidassi i fatti. «Tutti dicono che era mezza paralitica», mormorò, risentito.

« Anche se così fosse, che cosa ti fa pensare che uno dei suoi vicini non abbia potuto cedere alla tentazione impulsiva di darle uno spintone? » lo incalzai. « Era buio... pioveva a dirotto... era pazza come un cavallo... assai fastidiosa... la strada era vuota... e c'era un camion in arrivo. Una veloce spintarella e, voilà, problema risolto. Nessun negro nella strada e il valore immobiliare risale immediatamente. » Inarcai un sopracciglio, divertita. « Nessuno ha mai detto che l'omicidio fosse premeditato, Sam. »

Due o tre giorni dopo, una cartelletta di documenti fotocopiati mi arrivò per posta da Sheila Arnold, con ANNIE BUTTS scritto sulla prima pagina.

Ho pensato che questi documenti potrebbero interessarle, scriveva su un bigliettino allegato. *Non è molto, mi dispiace, ma ho lasciato perdere quando mi sono resa conto di sbattere la testa contro un muro. P.S. Che piacere incontrare di nuovo lei e suo marito!*

Per puro caso, era lo stesso giorno in cui Sam e io eravamo andati a pranzare a Weymouth, e Sam se l'era presa con un uomo che apparentemente mi fissava. Avevamo scelto un pub che si affacciava sul porto, con i tavolini fuori, e ci godevamo il sole, osservando gli yacht che entravano e uscivano ogni volta che il ponte girevole si sollevava. Era un bel posto per trascorrere piacevolmente un paio d'ore, con case settecentesche che bordavano le banchine ricoperte di ciottoli e sgangherati pescherecci che scaricavano casse di crostacei, ma Sam incominciò a lagnarsi che il gestore del pub continuava a venire alla porta per guardarmi e il mio piacere per quella scena serena evaporò. Portavo gli occhiali da sole e, senza farmi notare, studiai l'uomo da dietro le lenti. Era ossuto e rapace come sempre, e senza dubbio altrettanto malvagio. Ma era più affascinante di Stalin, o del fratello di Stalin...

RAPPORTO DELL'INDAGINE

Data: 15.11.78

Ora: 11.15

Ufficiale incaricato: sergente Drury, polizia di Richmond.

Caso: accesso autorizzato al numero 30 di Graham Road, in seguito alla morte della proprietaria, signorina Ann Butts. I vicini avevano affermato che alcuni gatti erano intrappolati all'interno dell'abitazione. Non è stato rintracciato nessun parente.

Funzionari presenti: sergente Drury, agente Quentin. Presenti inoltre: ispettori RSPCA John Howlett, Tony Barrett.

L'accesso alla proprietà è avvenuto dalla porta principale con una chiave Yale che la signorina Butts portava attaccata a una cordicella intorno al collo al momento della morte. La casa era gelida, priva di riscaldamento centralizzato. C'erano due stufe a gas in ciascuna delle stanze al piano terra, ma non erano accese al momento del nostro arrivo. Nessuna delle finestre era aperta; una piccola apertura nello sgabuzzino sul retro era tuttavia chiusa malamente a causa di una guarnizione rotta. Gli ufficiali erano stati informati dai vicini che c'erano almeno venti gatti nella proprietà e l'odore di urina già nell'atrio era insopportabile. L'interno della casa si presentava squallido e sporco, soprattutto lo sgabuzzino al piano terra e il bagno al piano di sopra, dove non era stato tirato lo sciacquone e il pavimento era ricoperto di carta igienica sporca. Sono state trovate feci umane in due stanze al piano terra. Vari scatoloni di bottiglie di vodka vuote erano ammucchiati contro le pareti della cucina.

In cucina l'odore di urina di gatto era particolarmente forte. La lettiera era stata sparpagliata sul pavimento di linoleum e usata indiscriminatamente dai gatti. Gli ispettori dell'RSPCA hanno notato che la signorina Butts aveva spostato una piccola cassettiera contro la gattaiola, che lei stessa si era convinta a installare dopo una loro precedente visita. Sul pavimento giacevano numerose ciotole per l'acqua e per il cibo, tutte vuote.

L'ispezione degli armadietti in cucina ha rivelato una grave insufficienza di provviste sia per la signorina Butts sia per la sua colonia di gatti. Quasi assenti cibi in scatola o in lattina, ma c'erano quindici litri di latte nel frigorifero e un po' di carne cruda, principalmente pollo. Gli adesivi « scontato » suggerivano che la signorina Butts avesse acquistato il cibo a basso prezzo, ma i successivi interrogatori al supermercato locale hanno rivelato che l'aveva preso dagli scatoloni di « merci scartate », cioè gratuite.

C'erano due stanze al piano terra, escluse la cucina e lo sgabuzzino, le cui porte erano entrambe aperte. Anche quelle due stanze erano state sporcate dagli animali, seppure un po' meno rispetto alla cucina. Nel salotto sono stati trovati tre gatti morti sotto una pila di cuscini in un angolo. Secondo John Howlett (RSPCA) tutti e tre erano morti da almeno 4 giorni. Due di essi, entrambi maschi, non avevano più pelo sul muso e il corpo risultava gravemente graffiato; apparentemente erano morti per le ferite subite durante una lotta e poi non curate. Il terzo, anch'esso un maschio, aveva perso quasi tutto il pelo ed era morto per una frattura al collo. Altri due maschi morti, avvolti in asciugamani e posti nel guardaroba, sono stati trovati al piano di sopra nella camera da letto della signorina Butts. Entrambi erano gravemente malnutriti, privi di pelo e con il collo spezzato.

Le porte di tutte le camere al piano superiore erano chiuse. Cinque gatti vivi, tutti maschi, sono stati trovati nella camera da letto sul retro. Gli animali erano gravemente turbati e avevano sporcato la stanza per parecchi giorni. Tutti presentavano ferite da morsi e graffi da lotta. C'erano alcune ciotole per terra, che avrebbero potuto contenere acqua o cibo, ma al momento dell'ispezione erano vuote. Eccetto i gatti morti trovati nel guardaroba, la camera da letto anteriore ospitava quattro femmine vive e due maschi castrati, anch'essi gravemente turbati.

Il numero totale di gatti prelevati dagli ispettori RSPCA era 21, 5 dei quali morti.• Il referto su questi ultimi (allegato) conclude che i gatti maschi avevano subìto i maltrattamenti peggiori, mentre le condizioni delle femmine e dei maschi sterilizzati erano meno preoccupanti. Secondo gli ispettori, la signorina Butts aveva permesso agli animali di sporcare la casa per un certo tempo, soprattutto ai maschi, il cui odore è potente e distinto. Gli esperti hanno anche indicato come chiara prova di crudeltà il pelo malridotto o strappato, i colli rotti, e la presunta compiacenza nel lasciar combattere gli animali « fino alla morte »; hanno poi sottolineato che soltanto gli animali maschi sembravano essere stati vittime di tortura. Le inadeguate provviste in cucina e la valutazione del momento di decesso dei gatti suggeriscono che la signorina Butts aveva smesso di prendersi cura di loro già 5-7 giorni prima della sua morte.

Un'ispezione superficiale della casa non ha rivelato nulla riguardo a nomi o indirizzi dei parenti della vittima. Da un armadio in salotto è stato prelevato per successiva analisi uno scatolone contenente parecchie carte.••

I presenti hanno avuto l'impressione generale che la signorina Butts vivesse da un certo tempo in condizioni di estrema indigenza. Nessuna delle stanze al pianterreno conteneva tappeti, quasi tutti i mobili erano rotti o malconci, e c'erano ben pochi soprammobili od ornamenti. La temperatura in casa era bassissima, ma la manopola del gas nell'armadietto sotto le scale era stata chiusa. Inoltre, vari fusibili erano stati rimossi dai circuiti elettrici, anche se l'impianto centrale risultava ancora funzionante. Quando si è tentato di far scorrere l'acqua nei gabinetti, si è scoperto che anche il rubinetto di regolazione sotto il lavandino era stato chiuso. Una spiegazione plausibile è che la signorina Butts non sapesse come pagare le bollette, forse a causa della sua dipendenza dall'alcol.

• Le autopsie veterinarie dei 5 gatti morti concordavano con la valutazione di John Howlett al momento dell'ispezione. 2 erano morti per le ferite non curate in seguito a una lotta; 3 dopo la frattura del collo. Tutti mostravano chiari segni di tortura e in modo specifico: pelo strappato dal muso, probabilmente con l'applicazione di scotch o altro tipo di nastro adesivo, poi rimosso. Inoltre, a 2 degli animali morti era stata applicata colla sulle labbra e sulle palpebre, di cui sono state rilevate tracce sui residui di pelo intorno agli occhi e alla bocca. Momento del decesso: tra i 4 e i 7 giorni prima del ritrovamento dei corpi, considerando anche che la bassa temperatura nell'edificio ha rallentato la decomposizione.

•• Tutte le carte erano ufficiali: varie ricevute, alcune pagate, altre no (gas ed elettricità); un libretto di assegni, estratti conto; un libretto di una società di credito immobiliare (Abbey National) con 15.340,21 sterline in un conto fruttifero; abbonamento TV; ricevute di tasse e rate. In una busta c'erano alcune fotografie di una donna (nera) e di un uomo (bianco) con scritto sul retro « mamma » e « papà » o « Elizabeth » e « George »; nient'altro di natura personale.

Una successiva verifica alla banca della signorina Butts ha rivelato gli atti dell'abitazione, vari certificati azionari e un estratto conto di conto corrente bancario in credito di 4324,82 sterline. (N.B.: il direttore della banca della signorina Butts ha affermato che era « invariabilmente offensiva nei confronti dei cassieri e aveva l'idea fissa che le rubassero i soldi ». Ha anche aggiunto che non si sarebbe sorpreso se la donna avesse detto di non essere sicura di poter pagare le bollette, perché « non c'era tanto con la testa ».)

Corrispondenza tra la dottoressa Sheila Arnold e l'ispettore John Howlett dell'RSPCA, datata 1983

39 LYVEDON AVENUE, RICHMOND, SURREY

Ispettore John Howlett
RSPCA
Guardian House
Twickenham
Surrey

22 febbraio 1983

Egregio signor Howlett,

avrei bisogno di alcune informazioni riguardo a una visita che lei e il suo collega, Tony Barrett, avete fatto al 30 di Graham Road, Richmond, poco più di quattro anni fa, il 15 novembre del 1978. La casa apparteneva a una donna di nome Ann Butts, morta in un incidente stradale, e la polizia vi aveva interpellato il giorno dopo l'incidente per recuperare i suoi gatti. Ho una copia del rapporto della polizia, ma quello fatto da lei e dal suo collega è stato omesso. Ne ha ancora una copia in archivio? E se così fosse, potrebbe farmela avere?

Sono stata il medico curante di Ann Butts per parecchi anni e ho vari dubbi sul modo in cui la polizia ha descritto le sue condizioni di vita. «Squallore» e «condizioni di estrema povertà» non si accordano con i miei ricordi della signorina Butts e/o della sua casa. Per quanto riguarda i gatti, da quanto rammento erano sempre pulitissimi e curati con grande amore. Inoltre, da quello che ho capito, in seguito alle lamentele dei vicini della signorina Butts, voi avete fatto parecchie visite al 30 di Graham Road nel 1978, ma nessuna delle lamentele si è rivelata fondata.

Da quanto lei ricorda di quelle visite, può descrivere qualcuno dei manufatti o dei soprammobili provenienti dall'America Centrale e dalle Indie Occidentali che Ann Butts teneva nell'atrio di casa sua? Mi stupisce che la polizia non abbia riportato la presenza di quegli oggetti, considerando il fatto che Ann ne andava orgogliosa e spesso mi aveva detto che erano molto preziosi.

La ringrazio per qualsiasi informazione potrà fornirmi.

In fede,

Sheila Arnold

Dottoressa Sheila Arnold

White Cottage
Littlehampton
Nr Preston
Lancashire

Dottoressa Sheila Arnold
39 Lyvedon Avenue
Richmond
Surrey

7 marzo 1983

Gentile dottoressa Arnold,

mi dispiace informarla che mi sono ritirato dall'RSPCA nel giugno 1980 e, anche se i miei colleghi sono stati così gentili da inoltrare la sua lettera al mio nuovo indirizzo, non ho più accesso agli archivi e non posso fornirle la copia del rapporto che mi ha chiesto.

Ciononostante, ricordo il caso piuttosto bene e sono felice di dirle tutto ciò che rammento della signorina Butts.

Ha ragione quando dice che abbiamo fatto alcune visite (quattro in tutto) in Graham Road nei mesi precedenti la morte della signorina Butts. Ha ragione anche sul fatto che nessuna delle lamentele dei vicini si è rivelata fondata. I suoi gatti erano tutti ben curati e in condizioni eccellenti. Tuttavia, in nessuna di quelle visite abbiamo trovato più di sette gatti nell'abitazione (sei nell'ultima occasione, in seguito alla morte di un animale, evento che aveva profondamente rattristato la Butts), e non c'erano indizi a suggerire che tenesse altri gatti.

Durante la prima visita nel marzo 1978, le avevo fatto due raccomandazioni: 1) che installasse una gattaiola per dare ai gatti libero accesso al giardino; 2) che facesse sterilizzare i maschi per evitare le lamentele dei vicini riguardo all'odore fastidioso. La signorina Butts ha seguito entrambi i miei consigli e, benché ci siano state altre lamentele da parte dei vicini, non avevo motivo di sospettarla per trascuratezza e/o crudeltà nei confronti degli animali. Ovviamente avevo suggerito alla polizia che le lamentele fossero dettate dalla malvagità e che sarebbe stato necessario fare un'indagine. Tuttavia, non penso sia stato fatto nulla in quella direzione.

Quello che il mio collega e io abbiamo trovato a casa sua il 15 novembre '78 era però tutt'altra cosa. Tra la mia ultima visita – nell'agosto '78 – e quella mattina di novembre, sembrava aver acquisito altri quindici gatti. Se ha una copia del rapporto della polizia, saprà che abbiamo trovato cinque gatti maschi morti e altri cinque gravemente turbati e feriti, dietro la porta chiusa della sua camera da letto sul retro. Per parlare chiaro, i gatti morti si erano ammazzati a vicenda a forza di morsi e graffi oppure gli era stato spezzato il collo, e quelli vivi erano stati così trascurati e torturati da essere ridotti a pelle e ossa, coperti da graffi e morsi probabilmente inflitti durante lotte sanguinose. Si è deciso di abbatterne tre immediatamente, mentre gli altri due sono morti nel giro di quarantott'ore. Tra i restanti undici gatti, tutti femmine o maschi castrati, ho riconosciuto i sei che avevo visto nelle mie visite precedenti.

La definizione « squallida » riguardo alla casa mi sembra un eufemismo. In verità era disgustosa. La gattaiola in cucina era stata bloccata con una cassettiera, e di conseguenza gli animali avevano defecato nella stanza per parecchi giorni. I bagni della stessa signorina Butts erano in stato pietoso, gli sciacquoni dei gabinetti non tirati, carta igienica sporca e feci umane sul pavimento.

Non riesco a descriverle come fossi sconvolto e disgustato dalle condizioni in cui trovammo quella casa, anche se non ho idea del perché fossero peggiorate a tal punto tra agosto e novembre. C'erano prove che avesse bevuto parecchio – ricordo che la polizia aveva scoperto più di cinquanta bottiglie vuote di alcolici sparpagliate in casa – e questo potrebbe aver contribuito al suo declino.

Mi dispiace di non poterle dare nessuna chiara descrizione di manufatti provenienti dalle Indie Occidentali e dell'America Centrale. Ricordo senza dubbio che la signorina aveva parecchi oggetti interessanti e colorati nell'atrio, ma non mi ha mai permesso di osservarli abbastanza a lungo per poterglieli descrivere.

Purtroppo, mi trattava con sospetto a causa della mia uniforme e preferiva parlare con me in cucina. Ricordo alcuni dipinti vivaci sulla parete di fronte alla porta del salotto e un fascio di piume di pavone contenute in un obice d'ottone accanto alla porta principale; inoltre, rammento di aver notato nell'atrio una coppia di dipinti di profilo simmetrici, e che la signorina Butts mi aveva detto che rappresentavano i suoi nonni. Tuttavia, la casa era totalmente priva di ornamenti il 15 novembre e io pensai che avesse venduto tutto per comprare gli alcolici.

Per quanto riguarda i venti e più gatti che abbiamo trovato nella casa, posso solo ipotizzare che abbia incominciato ad accogliere randagi in seguito alla mia visita in agosto, e che si fosse lasciata prendere dal panico quando i maschi hanno incominciato a lottare. Mi sembra significativo che: 1) era evidente che le bocche dei gatti erano state tappate con nastro adesivo, il che implica che avesse forse tentato d'impedire che si mordessero l'un l'altro; 2) la gattaiola era stata chiusa con l'intenzione, presumo, d'impedire ad altri randagi di entrare, anche se il motivo per cui aveva deciso di trattenere quelli che erano già entrati rimane un mistero. I gatti maschi avevano ricevuto il trattamento peggiore, cosa che ho trovato piuttosto preoccupante – prova, forse, che la signorina Butts aveva sviluppato una specie di ossessione contro gli uomini in generale? –, e mi chiedo se avesse deciso di tenerli per non dare ai vicini prova di trascuratezza e crudeltà, accuse che le attribuivano continuamente.

Per concludere, mi è sempre dispiaciuto che la sua vita fosse finita in quel modo. Non era una donna facile, come lei di sicuro sa meglio di me. Tuttavia, nonostante la natura ufficiale delle mie visite, credo che mi considerasse un amico e mi rattrista che non abbia pensato di chiamarmi quando un mio intervento avrebbe potuto modificare la situazione.

In fede,

39 LYVEDON AVENUE, RICHMOND, SURREY

John Howlett, Esq
White Cottage
Littlehampton
Nr Preston
Lancashire

23 marzo 1983

Egregio signor Howlett,
grazie per la sua lettera del 7 marzo. Mi preme dirle che sono andata a trovare Annie a casa sua due mesi prima che morisse e nulla indicava un possibile declino nelle sue condizioni di vita. Non sono una patita di gatti, quindi non ho osservato con particolare attenzione quelli che giravano per casa quel giorno. Tuttavia, se ce ne fossero stati più del solito, sono sicura che me ne sarei accorta. Senza dubbio non c'era nessun odore sgradevole.

Uno dei motivi della mia visita era quello di informare Annie che sarei stata via per un anno. Come prevedevo, è rimasta molto turbata dalla notizia. Chi soffre della sindrome di Tourette detesta i cambiamenti, quindi sono stata seduta con lei per circa un'ora a parlare del collega che mi avrebbe sostituito. Di conseguenza, ho avuto tutto il tempo di guardarmi intorno e valutare la stanza e ciò che conteneva. Prima di andarmene, Annie ha detto che voleva darmi un regalo d'addio e mi ha invitato a scegliere qualcosa. Abbiamo passato un quarto d'ora abbondante a esaminare i numerosi tesori che possedeva – la maggior parte piuttosto piccoli –, e posso dire con assoluta certezza che quel giorno, l'8 settembre, la casa era zeppa di oggetti ornamentali.

Purtroppo ho gravi difficoltà a convincere la polizia che la spiegazione più probabile per il fatto che la casa fosse « vuota » nove settimane dopo era che fosse stata saccheggiata. Ho mostrato la sua lettera al sergente James Drury, uno degli ufficiali che l'ha accompagnata quel giorno, ma lui ha ribattuto che, se non avessi trovato qualcuno che aveva visto l'interno della casa nella settimana precedente la sua morte, sarebbe stato costretto a concludere che Ann Butts aveva venduto tutti i suoi beni per comprare alcolici. Questo è stato il suo utilissimo contributo!

Ancor più inutile è stata la sua insinuazione che ricordassi male o, peggio ancora, che stessi deliberatamente mentendo per coprire la mia incapacità di tutelare il benessere della paziente. Ovviamente, nessuna di queste insinuazioni è fondata. Non mi stancherò mai di ripetere che, l'ultima volta che l'ho vista, Annie era in buona salute, sia mentale sia fisica. Nulla suggeriva che stesse bevendo più del solito e soprattutto che fosse incontinente.

Al momento della sua morte ho dato per scontato che le uniche informazioni privilegiate che avevo su di lei fossero la sua storia clinica. Tuttavia, ora mi rendo conto che avevo informazioni privilegiate anche riguardo all'interno della sua casa, perché ero tra le poche persone cui era permesso di oltrepassare la soglia. Persino il pastore doveva rimanere sulla porta, perché Annie non si fidava dei suoi rapporti, probabilmente amichevoli, con il vicinato. Ho rintracciato un'assistente sociale che Annie ha lasciato entrare in salotto nel '77, ma la sua descrizione, sebbene concordasse con la mia, è stata definita troppo superata per essere di qualche utilità. Il sergente Drury rifiuta la sua descrizione di « dipinti vivaci », « piume di pavone » e « dipinti di profilo » per lo stesso motivo – la sua ultima visita è avvenuta nell'agosto '78 –, sostenendo che in tre mesi Ann Butts avrebbe potuto vendere tutto.

Non la annoierò con la mia profonda irritazione (e rabbia!) per il fatto che tanto la mia memoria quanto la mia esperienza professionale siano state messe in dubbio da un poliziotto che è chiaramente riluttante a riaprire un vecchio caso, ma mi chiedo se lei ricordi cosa c'era sul lato destro della mensola del camino in salotto. Il regalo di addio che Annie mi ha donato veniva da lì e, dal momento che lo conservo ancora, sarebbe molto utile se riuscissi a dimostrare al sergente Drury che almeno a quel riguardo non mi « immagino le cose ». Una risposta positiva e spontanea da parte di uno dei suoi pochissimi « amici » sarebbe davvero preziosa.

Mi sembra doveroso dirle che ho ricevuto un'impressione estremamente negativa sia dal sergente Drury sia dal coroner; entrambi sembrano aver adempiuto in modo puramente formale alla loro responsabilità d'indagare sulla morte di Annie. Anche se non mi spingerei a dire che è stata assassinata – come pare abbia fatto una sua vicina –, sono convinta che una potenziale violazione della sua casa e il furto dei beni che le stavano tanto a cuore possano averla ridotta a uno stato di ansia estrema. Ciò a sua volta potrebbe aver portato a un deterioramento delle sue condizioni e a un'eccessiva indulgenza all'alcol, fattore che ha forse contribuito alla sua morte.

In fede,

Dottoressa Sheila Arnold

White Cottage
Littlehampton
Nr Preston
Lancashire

Dottoressa Sheila Arnold
39 Lyvedon Avenue
Richmond
Surrey

24 marzo 1983

Gentile dottoressa Arnold,

mi dispiace confessarle che non ricordo affatto la mensola del camino o che cosa ci fosse sopra, ma mia moglie mi ha rammentato che uno dei dipinti in salotto era un mosaico incorniciato di un dio azteco, Quetzalcoatl, altrimenti noto come Serpente Piumato. Mia moglie è una patita di D.H. Lawrence e ricorda che, dopo una mia visita in Graham Road, le avevo detto che la signorina Butts possedeva uno straordinario mosaico del « Serpente Piumato ». Purtroppo io rammento a malapena sia la conversazione sia il dipinto, ma mia moglie è convinta che fosse la « donna di colore un po' matta che teneva i gatti » ad avere un Quetzalcoatl alla parete.

Spero che le possa essere d'aiuto.

In fede,

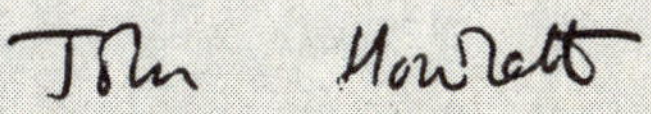

Corrispondenza tra la dottoressa Sheila Arnold e la polizia di Richmond, datata 1983

39 LYVEDON AVENUE, RICHMOND, SURREY

Sergente J. Drury
Stazione di polizia di Richmond
Richmond
Surrey

25 maggio 1983

Egregio sergente Drury,

Oggetto: signorina Ann Butts, 30 Graham Road, Richmond, Surrey

In seguito alle numerose conversazioni con lei, sia di persona sia telefoniche, ho dovuto constatare con crescente rabbia che vi rifiutate d'investigare su un possibile furto nella proprietà della signorina Ann Butts prima della sua morte, avvenuta il 14.11.78. In assenza di qualsiasi altra spiegazione, sono costretta a concludere che la polizia di Richmond è indifferente alla signorina Butts oggi, come lo è evidentemente stata all'epoca della sua morte.

Trovo inaccettabile affermare, come lei ha fatto questa mattina al telefono, che « chiunque sia pazzo come Annie la matta può facilmente spendere una fortuna in alcolici nel giro di nove settimane ». Come afferma lei stesso nel rapporto dell'epoca, la signorina Butts aveva quattromila sterline sul conto in banca e quindicimila in una società di credito immobiliare, quindi non aveva nessuna necessità, come lei sostiene, di vendere beni cui era molto legata. E non mi stancherò mai di sottolineare che la sindrome di Tourette non è una forma di pazzia, ma piuttosto l'incapacità di controllare certe funzioni motorie, e il fatto che la signorina Butts facesse smorfie e borbottasse tra sé non influenzava in nessun modo la sua intelligenza.

Sono ormai convinta che il suo declino straordinariamente rapido sia collegato a un probabile furto in casa sua avvenuto nella settimana precedente la sua morte. Le ho ripetuto varie volte che un'invasione della sua proprietà le avrebbe provocato un'ansia profondissima, a causa della sua ossessione compulsiva – e quindi incontrollabile – per la sicurezza della casa e personale, ed è inutile continuare a ribattere che avrebbe chiamato la polizia se tale invasione si fosse verificata.

Qualsiasi estraneo la metteva in agitazione, inclusi i funzionari in uniforme (cfr. lettera di John Howlett, datata 7 marzo '83), e se lei e i suoi colleghi l'avete trattata da viva con l'indifferenza che sembrate dimostrare ora, non vedo perché avrebbe dovuto fidarsi di voi. Sotto questo aspetto, la fiducia negli estranei, il comportamento di Ann poteva essere descritto come irrazionale, ma solo perché il comportamento ossessivo è compulsivo. Sotto qualsiasi altro aspetto il suo comportamento si presentava del tutto normale.

Esito a dire che la sua indifferenza nei confronti di Ann equivalga al disprezzo, ma sono abbastanza infuriata da pensare che sia proprio così. Sì, Ann soffriva di un disturbo neuropsichiatrico, e, sì, era nera, ma ciò non dovrebbe di certo influenzare la sua decisione di far valere la giustizia, seppur in ritardo.

Ovviamente è vero, e cito le sue stesse parole, che il costo di perseguire i presunti ladri supererebbe di gran lunga qualsiasi vantaggio che i contribuenti potrebbero godere dal recupero dei suoi beni, ma da quando la giustizia ha qualcosa a che fare con i costi? La giustizia è, e dovrebbe essere, imparziale, e tuttavia il suo commento suggerisce che la polizia esercita una selezione su come, quando e per chi applicare la legge.

In fede,

Sheila Arnold

Dottoressa Sheila Arnold
per conoscenza: Commissario Hathaway, polizia di Richmond, Onorevole William Whitelaw, ministro dell'Interno

Commissario A.P. Hathaway,
polizia metropolitana, Richmond

Dottoressa Sheila Arnold
39 Lyvedon Avenue
Richmond
Surrey

21 giugno 1983

Rif: APH/VJ

Egregia dottoressa Arnold

Oggetto: signorina Ann Butts, 30 Graham Road, Richmond, Surrey

Grazie per la copia della sua lettera del 25 maggio al sergente Drury, insieme con le fotocopie della corrispondenza e con le note delle conversazioni telefoniche, che ho letto con interesse. Ho discusso il caso in modo approfondito con il sergente Drury e, pur accettando in parte la sua ipotesi che la signorina Butts sia stata derubata prima della sua morte, concordo con il sergente Drury che un'ulteriore indagine non porterebbe alcun vantaggio.

Il sergente Drury ammette che l'inchiesta del novembre 1978 non tenne conto della possibilità di un furto, tuttavia sottolinea che non gli è stato suggerito da nessuno che le condizioni in cui è stata trovata l'abitazione della signorina Butts fossero insolite. È vero piuttosto il contrario.

C'erano considerevoli prove, già dai rapporti in seguito alle lamentele dei vicini, che la casa era invasa dai gatti; che dall'abitazione proveniva costantemente un odore sgradevole; e che le sue condizioni di vita erano antigieniche e squallide. In queste circostanze, non ritengo che il sergente Drury si sia dimostrato indifferente o negligente nel gestire il caso. L'incidenza di furti e violazioni di domicilio in Inghilterra e in Galles aumenta del quindici per cento circa ogni anno, con rari casi di condanna in seguito alle indagini della polizia. Queste cifre sono ormai di dominio pubblico e i politici di tutti i partiti richiedono sentenze più severe e un aumento dei fondi destinati alle forze di polizia, allo scopo di frenare quello che è di fatto divenuto un crimine epidemico.

In un clima tale, sarebbe irragionevole ordinare l'indagine su un furto che potrebbe, o no, essere avvenuto cinque anni fa; di cui la presunta vittima non è più in vita per fornire prove; di cui non esiste un inventario accurato di ciò che l'abitazione conteneva; e di cui le possibilità di un esito positivo sono assolutamente nulle.

Pur rendendomi conto che non è quello che avrebbe voluto sentirsi dire, spero che lei comprenda il ragionamento che ci ha portato a questa decisione. Sarebbe diverso se ci fossero punti interrogativi sulle modalità del decesso della signorina Butts, ma il verdetto del coroner è stato inequivocabile.

Per concludere, mi permetta di garantirle che la polizia di Richmond considera in modo estremamente serio le proprie responsabilità nei confronti di tutti i cittadini, a prescindere da razza, colore, fede o handicap.

In fede,

A. P. Hathaway

Commissario di polizia A.P. Hathaway

4

«In una delle sue lettere all'ispettore dell'RSPCA, lei ha citato un regalo d'addio che Annie le aveva fatto», dissi a Sheila Arnold quando lei e suo marito vennero a pranzo la domenica successiva. «Che cos'era?»

Allungò un braccio. «Un braccialetto di giada», rispose, facendo ruotare il monile verde pallido sul polso sottile. «Ne teneva una serie sulla mensola del camino e ha scelto questo per me perché riteneva che si addicesse ai miei colori. All'epoca avevo i capelli rossi.»

«Lo ricordo», dissi.

Suo marito Larry, un americano alto e affabile, si sporse in avanti. «Anzi, è giadeite», precisò, «cioè la più preziosa delle giade. L'abbiamo fatta valutare nell'83, in modo che Sheila potesse dimostrare alla polizia che non si stava solo immaginando il valore di ciò che conteneva la casa di Annie.» Carezzò il braccialetto con l'indice e il pollice. «È di origine messicana... probabilmente del XVIII secolo... vale più di duecento sterline. Considerando che secondo Sheila ce n'erano almeno dieci, ci si può fare un'idea iniziale della ricchezza di Annie.»

Sam emise un breve fischio. «Non mi sorprende che volevate che la polizia investigasse.»

Sheila sospirò. «Penso ancora che avrei dovuto fare più pressione... perlomeno costringere Drury ad affrontare un'udienza disciplinare. È stato negligente in modo spaventoso. Ancor peggio, razzista. Dava semplicemente per scontato che una donna nera vivesse nello squallore.»

Larry fece schioccare la lingua con fare impaziente. «È una visione troppo ristretta. Certo, sono d'accordo con te sul fatto che quell'uomo fosse un idiota, ma su una cosa aveva ragione... nessuno ha suggerito che ci fosse qualcosa di strano in quella casa... persino John Howlett, l'ispettore dell'RSPCA, non ha messo in dubbio la situazione.» Aveva parlato con sorprendente fermezza, come se per loro quell'argomento fosse spinoso. «E non c'erano abbastanza ore nella giornata perché tu potessi impegnarti maggiormente nella causa di Annie, non con l'ambulatorio e due bambini da crescere. Inoltre», proseguì voltandosi verso di noi, «il commissario aveva ragione quando parlava di probabilità di successo nulle. Sheila aveva fatto un elenco degli oggetti che ricordava, ma era molto vaga sui dettagli e, come la polizia ha sottolineato, non c'era speranza di perseguire qualcuno se non riusciva a essere più precisa nelle descrizioni. Alla fine, sembrò inutile continuare.»

Eravamo seduti in terrazza, sotto un ombrellone malconcio i cui colori erano stati cancellati dalle lunghe estati di sole. Il giardino digradava sul retro della casa e qualche persona di buon senso, in un passato remoto, aveva avuto l'ottima idea di costruire una piattaforma in pietra di Portland, da cui si godeva una vista meravigliosa sull'altro lato della sinuosa vallata in cui vivevamo. Mi sorprendeva come fosse mutato il clima inglese negli anni in cui eravamo stati via. Avevo sempre considerato quel posto verde e lussureggiante, ma il giardino, i prati e i campi erano diventati marroni per il gran caldo e i fiori si erano tutti afflosciati. Sheila e Larry indossavano entrambi il panama e formavano proprio una coppia elegante, lei in abito di cotone giallo pallido, lui in camicia bianca e pantaloni di tela kaki. Lui poteva avere una decina d'anni più di lei e mi chiesi dove si fossero incontrati, quando si erano sposati, e se i due figli fossero suoi o di un marito precedente.

Mi sporsi sul tavolo per colmare di vino i bicchieri, pensando di entrare a prendere il pranzo, una cosa semplice: affettati, insalata e una baguette. «Se fosse stato uno dei vicini a derubarla», dissi in tono quasi indifferente, «avrebbero potuto tenersi alcuni dei pezzi, soprattutto se non erano di valore. Le piume di pavone nell'obice, per esempio... quello che ha descritto John Howlett. Quando ho letto la sua lettera non ho potuto fare a meno di pensare che erano il tipo di cose che qualcuno si sarebbe tenuto, se non altro per il fatto che delle piume non potevano essere specificatamente identificate come appartenenti ad Annie.»

Sheila mi guardò incuriosita. «Sembra avercela parecchio con i suoi vicini», notò. «Perché?»

Sam rispose al mio posto. «Tutta la maledetta strada se l'è presa con lei dopo che li ha definiti razzisti durante l'inchiesta. Ci hanno tormentato per settimane con telefonate offensive. Per quello ce ne siamo andati.»

Bugiardo! pensai.

«Non mi sorprende che sia arrivata a odiarli», disse Larry, comprensivo.

Era una frase buttata lì che Sheila, con uno sguardo interrogativo, m'invitò a spiegare. Invece io mi alzai e dissi che era ora di pranzo. Avevo imparato a parlare di telefonate minacciose senza diventare stridula... Ma arrivare a *odiare*? Quella era tutta un'altra questione.

Dopo pranzo, Sheila e io c'incamminammo verso il recinto dei cavalli e ci appoggiammo alla staccionata per guardarli brucare con fare apatico la vegetazione riarsa. «Larry e io abbiamo sempre dato per scontato che si trattasse di ladri professionisti», mi disse. «Penso che non mi sia mai venuto in mente che avrebbe potuto essere qualcuno più vicino a lei.»

«Come facevano dei professionisti a sapere cosa c'era nella casa?» chiesi. «L'ha detto lei stessa che non lasciava mai entrare nessuno.»

«Valeva anche per i vicini», sottolineò a ragione. «Era più sospettosa di loro di quanto fosse degli estranei.»

«Spiavano spesso dalle finestre di casa sua», dissi, ricordando di essermi imbattuta in una banda di teppistelli che le facevano smorfie davanti ai vetri. «I bambini erano i peggiori. Si divertivano a spaventarla.»

Sheila afferrò il bordo del cappello quando una brezza calda soffiò sul campo. «Larry è convinto che il ladro fosse la persona che le aveva fatto la valutazione che mi mostrò. Secondo lui, era una truffa, qualcuno che bussa alla porta e si fa passare per esperto d'arte o di antiquariato per scoprire quale casa vale la pena di derubare.»

Non faceva una piega, pensai.

«Ma io non sono d'accordo con lui», proseguì. «Sono quasi certa che fosse una valutazione della Sotheby, perché ricordo di aver pensato che, se venivano da una casa d'aste rinomata, le cifre dovevano essere esatte.» Sospirò. «E ora sono infuriata con me stessa per non aver fatto più domande, allora. Voglio dire, tutta la situazione era molto strana. Che cosa l'ha spinta a chiedere una valutazione? E come diavolo ha potuto far entrare un estraneo a esaminare i suoi tesori?» Scosse il polso, facendo tintinnare il braccialetto di giada contro l'orologio. «Quando mi ha chiesto di scegliere un regalo non mi ha lasciato toccare niente. Ho dovuto scegliere con la vista, non con il tatto.»

«Quando le ha mostrato la valutazione?»

«In estate, non ricordo esattamente in che mese, ma ricordo che Annie era particolarmente difficile quel giorno. Un momento voleva che leggessi il documento, il momento dopo me lo strappava di mano come se pensasse che intendessi rubarglielo. Le capitava spesso di rimanere intrappolata in circuiti mentali che la portavano a ripetere le stesse parole e azioni all'infinito, finché qualche novità non la immetteva su un altro percorso. Poteva essere molto stancante quando era di quell'umore, e probabilmente è per quel motivo che non le ho chiesto a cosa serviva la valutazione.»

«Una condizione dettata da una compagnia assicurativa?» proposi. «Niente valutazione, niente assicurazione.»

Trasse un sospiro esasperato. «È quello che ha detto la polizia, mandandomi su tutte le furie. Dovete decidervi, ho detto. O era un'idiota completamente pazza che si è fatta rovinare l'esistenza da gatti e alcol, oppure era così in gamba da riuscire a farsi un'assicurazione. Sarebbe stato forse utile se fossi riuscita a parlare con il direttore della sua banca, ma, quando mi è venuto in mente, se n'era andato da tempo. Qualcuno mi disse che si trovava in Arabia Saudita, ma non verificai.» (*Io* invece l'avevo fatto, e ricordo la sua risposta, parola per parola, in un gracchiante collegamento telefonico con Riyadh. «Mi dispiace, non posso esserle d'aiuto. Purtroppo la signorina Butts era convinta che le stessi rubando i soldi, quindi ho passato la gestione del suo conto al mio vice, che è morto cinque anni fa.»)

«Ha pensato di contattare la Sotheby per scoprire se avevano ancora una copia della valutazione e se sapevano perché l'aveva richiesta?»

«No, ma non avrebbe fatto nessuna differenza», disse, con una risata tirata. «Larry ha incominciato a criticarmi per la quantità di tempo che stavo sprecando, quindi ho messo marito e figli al primo posto e ho lasciato perdere Annie.»

Pensai alla rabbia di Sam per il sermone che avevo fatto a quel poliziotto a Hong Kong.

«È molto fastidioso, vero?»

«Cosa?»

«Fare il proprio dovere.»

«Già.» Fece un sorriso sarcastico. «Ma il peggio deve ancora venire.»

«Cosa intende?»

«Larry è più vecchio di me e sta qui di malavoglia, finché non andrò in pensione... e mancano solo due anni. Poi ci ritireremo nel suo appartamento in Florida.»

«Perché?» chiesi incuriosita.

«È il patto che abbiamo fatto quando si è accollato me e i bambini.» Lesse la mia espressione come una critica. «Noi non abbiamo lo stesso tipo di rapporto che lei ha con suo marito. Il progetto era di ritornare negli Stati Uniti quando Larry fosse andato in pensione, ma ha accettato di aspettare che concludessi il mio lavoro qui nel Dorset. Diceva di poter sopportare ancora qualche anno, gli bastava che non fossimo a Londra.» Sospirò. «È una lunga storia... piena di compromessi.»

«Pare proprio», dissi, comprensiva. «Ma lei vuole vivere in Florida?»

«No», ammise. «Però vorrei ancor meno una vecchiaia solitaria. Ne ho vista abbastanza per considerarla un'opzione.»

Era un monito salutare, considerando che veniva da un medico. «Cosa le fa pensare che io e Sam abbiamo un matrimonio diverso?»

Si strinse nelle spalle. «Non l'abbandonerebbe, se lei gli desse un ultimatum.»

Stavo per ribattere che Sam l'aveva già fatto una volta e non c'era motivo di pensare che non l'avrebbe fatto più. A un certo punto i nostri ruoli si erano ribaltati e adesso era Sam a temere gli ultimatum. «Teme la solitudine più di me», dissi lentamente. «Il che significa che sono io a condurre il gioco nella nostra relazione... proprio come Larry fa nella vostra.»

Mi guardò sorpresa. «È un modo davvero pragmatico di considerare la situazione.»

«Tutta esperienza», dissi, con leggerezza. «Penso che la solitudine vera sia essere abbandonati *all'interno* di una relazione... ritrovandosi a mettere in dubbio il proprio valore ogni volta. So cosa si prova e so di poterlo superare. Immagino che lo stesso valga per Larry. Lui ha fatto tutte le tappe del percorso, lei no. E Sam nemmeno. Siete entrambi in svantaggio.»

«Larry non saprebbe cos'è la solitudine nemmeno se ci sbattesse contro», ribatté lei. «È la creatura più gregaria che conosca. Qualche volta mi fa impazzire. Mi trascina sempre a qualche avvenimento sociale, quando tutto quello che vorrei è dormire, perché sono stanca morta dopo aver assistito malati dal mattino alla sera.»

Le sorrisi. «È proprio quello il punto. Lei ha una vita piena, Larry no. Deve uscire di casa per trovare uno scopo. Il suo scopo invece è così nitido che si addormenta subito, per prepararsi alle sfide dell'indomani.»

Puntellò le mani sulla recinzione e osservò i campi. «È questa la sua maniera di dirmi che Annie rappresentava il suo scopo?»

«In parte.»

«Aveva dei figli piccoli», disse. «Loro non riempivano il vuoto?»

«E i suoi?»

«No, però io avevo una carriera. In ogni caso, non sono per nulla materna. Mi sta bene che i miei pazienti dipendano totalmente da me... ma non i miei figli. Mi aspetto che camminino con le loro gambe.»

Mi chiesi se stesse ascoltando se stessa e se avesse chiesto a Larry cosa ne pensava della separazione tra la sfera professionale e quella privata.

«I miei hanno solo aumentato l'ansia generale», dissi, appoggiandomi anch'io alla palizzata. «O perlomeno il più grande. Ci trasferimmo a Hong Kong quando ero incinta e un figlio era l'ultima cosa di cui avevo bisogno in quel momento.»

«E come la prese Sam?»

«Alla cieca.»

Sheila fece una risatina. «Cosa vorrebbe dire?»

«Stava per avere un figlio», dissi, asciutta. «Era eccitato... sempre che qualcun altro se ne prendesse cura.» Rimanemmo in amichevole silenzio per un po', comprendendoci a vicenda. «Ha ancora una copia della lista che aveva fatto degli oggetti di Annie?» le chiesi.

«Non è nel fascicolo che le ho mandato?»

«No.»

Sembrava dubbiosa. «Darò un'occhiata quando torno a casa... Il problema è che abbiamo gettato via tanta roba quando ci siamo trasferiti qui sette anni fa... Manca anche la mia corrispondenza con l'assistente sociale. Ricordo che mi aveva scritto una lunga lettera in cui descriveva l'interno della casa di Annie, ma non c'era quando ho fotocopiato tutto ciò che avevo per mandarlo a lei. Temo che sia andata persa nel trasloco.»

Mi chiesi cos'altro fosse andato perso e mi lasciai trascinare da alcuni pensieri negativi su Larry, che chiaramente non era al di sopra di qualche piccolo sabotaggio, giusto per assicurarsi che i suoi bisogni venissero per primi. *Un po' come Sam?*

«Riuscirebbe a metter giù un'altra lista?»

«Potrei provare. Ma non sarebbe dettagliata come la prima. Cosa si aspetta di trovare?»

«Nulla di valore», dissi. «Piccole cose che qualcuno potrebbe aver pensato bene di tenersi.»

«Come le piume di pavone?»

Annuii.

«Non potrebbero essere usate come prove.»

«Lo so, ma...» Esitai, temendo di sembrare ridicola. «È un'idea stupida, in effetti, ma supponiamo che lei metta nel suo elenco le piume di pavone, i ritratti di profilo dei suoi nonni e... be', altre cose di nessun valore... una statuetta di legno, per esempio...» Non avevo altre idee. «Pensavo solo che se trovassi qualcuno che ha una combinazione di oggetti simili in casa sua, potrei immaginare di essere sulla pista giusta.»

Mi lanciò uno sguardo sbigottito. «Vuole dire che intende andare a cercarli?»

Alzai le spalle, imbarazzata.

«Ma da dove incomincerebbe, per amor del cielo?»

«Da Graham Road? Sarà pure rimasto qualcuno che ci abitava già nel '78. Se busso a qualche porta, potrei scoprire qualcosa.» Parlai soltanto per darle una risposta, non perché avessi davvero intenzione di tentare un approccio così diretto.

Da sorpresa, divenne scettica. «Ma perché? Sarebbe solo un sacco di lavoro per niente. Larry aveva ragione quando ha detto che non si arriverebbe a nessuna accusa.»

«Non intendo un'accusa per furto, Sheila, ma di omicidio. Come il commissario le ha detto nella lettera, sarebbe diverso se ci fossero dubbi sulla morte di Annie.» Sorrisi. «Be', ci sono... e io voglio dimostrarlo.»

Mi scrutò per un istante. «Che cosa accadde tra lei e Annie quella notte?» mi chiese, bruscamente. «Drury mi mostrò la sua testimonianza, in cui lei dice che Annie non le ha parlato.»

«Infatti.»

«Allora... *perché*?»

«Non ho niente di meglio da fare al momento.»

Non era una gran spiegazione, ma apparentemente le bastò. «Dubito che ci siano ancora dei vicini di Annie», disse. «La maggior parte se n'è andata prima ancora che ci trasferissimo noi.»

«Cosa mi dice del pastore?» le chiesi. «Faceva spesso un giro di visite a Graham Road.»

Abbassò la tesa del cappello per ripararsi gli occhi dal sole. «Non penso sia più lì.»

Sollevai una spalla per sciogliere i muscoli. «Il suo successore a St Mark dovrebbe essere in grado di dirmi dov'è. Sa come si chiama?»

«Il nuovo pastore? No.»

«E quello che conosceva Annie?»

Non rispose subito, e io mi voltai a guardarla. Era impossibile decifrare la sua espressione, perché aveva gli occhi ancora in ombra, ma mi pareva che serrasse la mascella. «Peter Stanhope», mormorò.

Lettere di Libby Williams – in precedenza residente al 21 di Graham Road –, datate 1982 e 1983

Southampton

3 ottobre 1982

Cara M,

ho pensato che ti potesse interessare l'articolo allegato. Sono andata da alcuni amici di Richmond e mi sono trovata per le mani il giornale locale. La disonestà impera, a quanto pare, e lo stetoscopio e l'abito talare si vedranno come cane e gatto dopo i commenti diffamatori del pastore! Lo ricordo al funerale di Annie – un piccoletto grassoccio con le mani sudate –, ma non penso di aver mai incontrato la dottoressa. Jock e io avevamo un pastore con enormi baffi.

Qui tutto bene. Sono all'ultimo anno e, dopo vari tentativi – una ragazza deve fare quello che deve, se non vuole ripetere lo stesso errore! –, ho finalmente incontrato il tipo giusto. Un ragazzo dolce che si chiama Jim Garth. Non voglio dire di più per scaramanzia!

Baci,

Libby

Medico locale nega accusa di negligenza

La dottoressa Sheila Arnold, 41 anni, socia dell'ambulatorio di Cromwell Street, Richmond, nega le accuse di negligenza dopo che Frederick Potts, 87 anni, è stato ritrovato moribondo, all'inizio della settimana, nel suo appartamento di Channing Towers. Il signor Potts deve la vita alla sua vicina, la signora Gwen Roberts, 62 anni. «Ho sentito Fred che batteva sul muro divisorio e allora ho chiamato la polizia», ha affermato la donna.

La polizia ha descritto le condizioni del signor Potts come « sconvolgenti ». Non riusciva ad alzarsi dal letto da parecchi giorni e accusava forti dolori a causa di ulcere non curate sulle gambe e sulla schiena; inoltre era malnutrito e disidratato. La dottoressa Arnold è stata interrogata dalla polizia in seguito alle accuse dei vicini, secondo i quali si era rifiutata di organizzare un servizio di assistenza per il signor Potts perché « in passato si era dimostrato offensivo nei confronti degli assistenti ». La dottoressa Arnold nega tutte le accuse.

Sono stati tracciati alcuni paralleli tra questo caso e quello di Ann Butts, 42 anni, un'alcolizzata con una storia clinica di malattia mentale; anche la Butts era paziente della dottoressa Arnold. In seguito alla morte della signorina Butts, nel novembre 1978, il coroner descrisse le condizioni in cui aveva vissuto come « penose ». « Gli assistenti sociali e sanitari hanno la responsabilità di proteggere i membri più vulnerabili della nostra società », ha affermato. La dottoressa Arnold nega che il coroner si riferisse a lei, dichiarando che si trovava in America quando la signorina Butts, in stato di ubriachezza, è caduta davanti a un camion, riportando fratture letali al cranio.

Secondo Peter Stanhope, 45 anni, pastore della chiesa di St Mark, al signor Potts verrà offerta una sistemazione in una casa di cura, non appena potrà essere dimesso dall'ospedale. « Non ci sono scuse per questo genere di negligenza », ha dichiarato il pastore Stanhope. « La morte di Ann Butts avrebbe dovuto essere una lezione, così da evitare che si ripetessero gli stessi errori. »

Richmond & Twickenham Times
venerdì 18 giugno 1982

Southampton

12 febbraio 1983

Due righe in fretta. Questo è il seguito della saga dottoressa/pastore. Secondo round vinto dal medico, penso, anche se l'articolo è così minuscolo che dubito l'abbia letto qualcuno!

Con affetto,

Libby

L'Ordine discolpa medico

Ieri, la dottoressa Sheila Arnold, 42 anni, dell'ambulatorio di Cromwell Road, Richmond, durante una breve udienza, è stata prosciolta dall'Ordine dei medici dall'accusa di negligenza. Sono state fornite prove scritte per dimostrare che il signor Potts, 87 anni, era registrato in un altro ambulatorio al momento dell'incidente e non era paziente della dottoressa Arnold dal maggio 1980.

Richmond & Twickenham Times
venerdì 28 gennaio 1983

5

Una cappa d'imbarazzo cadde sul nostro gruppetto quando Sheila disse a Larry che avevo intenzione di rintracciare Peter Stanhope per capire cosa ne sapeva dei beni di Annie. Nessuno dei due sembrava remotamente interessato al fatto che il pastore non fosse mai stato a casa sua e non poteva affatto sapere che cosa ci fosse dentro. Il semplice fatto di citare il suo nome diffuse un lieve malessere.

A Larry l'idea non piacque del tutto e mi guardò con sospetto da dietro il bicchiere di vino, mentre Sam lanciava sguardi preoccupati a noi tre, chiedendosi evidentemente chi fosse Peter Stanhope e perché il suo nome dovesse preoccupare tanto Larry. Di conseguenza, Sam diventò un po' chiassoso – detestava trovarsi in una posizione di svantaggio – e, in modo ben poco gentile, io mi beavo del suo imbarazzo. Doveva rimproverare solo se stesso, dopotutto, perché era stato lui a imporre il silenzio su tutta la questione.

Quella sera, passai una mezz'ora buona a cercare il numero telefonico di Peter Stanhope, ma non c'era nessuno con quel nome a Richmond e l'operatore rifiutò di cercarlo in altre parti dell'Inghilterra. Nemmeno la chiesa di St Mark era in elenco e, visto che non sapevo il nome dell'attuale pastore, non potevo ottenere nemmeno il numero della parrocchia. Sarebbe stato molto più facile se Sam non mi fosse stato appiccicato, mentre telefonavo – avrei potuto suggerire all'operatore di controllare se c'era qualche Stanhope a Exeter –, ma non ero pronta a mettere le carte in tavola così apertamente. Alla fine, buttandolo lì come uno scherzo, proposi a Sam di telefonare a Jock Williams, ateo convinto, e chiedergli di andare alla chiesa di St Mark, che era dall'altra parte di Richmond rispetto a casa sua, a vedere se il nome del nuovo pastore compariva sulla targa. Con mia grande sorpresa, Sam accettò.

«Vuole sapere che cosa c'è sotto», mi disse quando tornò in cucina, dove stavo lavando i piatti.

«Cosa gli hai detto?»

«Che il capo me la farà passare brutta, se non l'aiuto a rintracciare gli oggetti dispersi di 'Annie la matta'.» Fece un sorrisetto furbo. «Pensava che ti mancasse qualche rotella, vent'anni fa. Adesso pensa che manchi a tutti e due. Mi ha chiesto come diavolo si può pensare che una vecchia barbona come Annie avesse in casa qualcosa di prezioso.»

Misi un bicchiere sullo scolapiatti. «E tu cos'hai risposto?»

«Ho ripetuto quello che ci aveva detto Larry della giadeite. Ci è rimasto male, in effetti... Era convinto che Annie fosse povera in canna.»

«Immagino che sarebbe stato più carino con lei, se l'avesse saputo», replicai, acida. «Jock reagisce sempre meglio al tintinnio dei soldi.»

«Mmm, be', mi ha appena consigliato di mettere i miei enormi guadagni ottenuti a Hong Kong in un certo fondo off-shore che gestisce all'isola di Man. Non sa più come evitare le tasse e mi ha proposto di partecipare all'affare, se m'interessa.»

«Conoscendo Jock, sarà illegale.»

«Immorale di certo», disse Sam allegramente, «ma d'altronde non crede nello Stato assistenziale. Dice di essere contro la teoria evoluzionista di Darwin. I malati, i disabili e i poveri sono destinati a morire, è così che funziona la selezione naturale.»

Alzai una forchetta e ne esaminai i rebbi. «Avrà la punizione che merita, un giorno», dissi. «Succede sempre ai bastardi arroganti ed egoisti. Quella è la legge non scritta della selezione naturale: i vecchi idioti muoiono soffrendo.» Lo guardai con sospetto. «Spero che tu gli abbia detto dove ficcarsi la sua ansia da tasse.»

«Non proprio», disse. «L'unico motivo per cui si è messo al volante ed è andato alla chiesa di St Mark di domenica sera è perché pensa che riempirò i suoi forzieri di fiumi di denaro.» Si mise a cavalcioni su una sedia. «Come mai tu e Jock vi conoscete così bene? Da quello che ricordo, lo evitavi il più possibile.»

La domanda mi colse di sorpresa. «Di che genere di 'conoscenza' parli?»

«Non ne ho idea. Per questo chiedo.»

Cercai invano di nascondere un sorriso. «Stai alludendo al genere biblico?»

«Forse.»

Mi uscì una risata nasale. «È buffo.»

«Perché?»

«È un tipetto insignificante con un complesso di potere», dissi. «Persino sua moglie non ne era attratta, quindi non vedo cosa ti fa pensare che lo fossi io.»

«Era solo una domanda», ribatté, imbronciato.

«Come ti è venuta in mente?»

«Non era sorpreso quando gli ho detto che avevi riabbracciato la causa di Annie. Ha detto che se lo aspettava.»

«Allora?» chiesi, curiosa.

«Sembra conoscerti meglio di me. Io pensavo che te ne fossi dimenticata del tutto. Non hai fatto il suo nome per vent'anni.»

«Mi hai chiesto tu di non farlo.»

«Io?» disse, accigliandosi con fare sorpreso. «Non ricordo.»

Non ero sicura di quanto fosse autentico il suo cipiglio, quindi cambiai argomento. «Non dovresti credere a tutto quello che ti dice Jock», gli suggerii. «Ti sta punzecchiando, proprio come fa quando ti descrive le montagne di soldi che ha lui. Gode nel metterti in imbarazzo.»

«Perché?»

Scossi la testa davanti a tanta ingenuità. Il problema di mio marito, pensavo spesso, era che prendeva le persone per come gli sembravano di primo acchito, dall'aspetto esteriore. Questo suo modo di fare avrebbe potuto costituire uno svantaggio nella sua carriera, invece stranamente aveva funzionato alla perfezione, perché la gente rispondeva in modo positivo alla sua facile accettazione dell'immagine che di sé voleva offrire. Quando lo conobbi, pensai che utilizzasse una forma particolarmente sofisticata di psicologia inversa ma, con il passare del tempo, arrivai a capire che non aveva la minima idea della varietà dei lati nascosti nel carattere della maggior parte delle persone. Era la sua qualità più attraente... ma anche la più irritante...

«Jock è un provocatore», dissi, con leggerezza. «Invidia la felicità altrui... soprattutto quando sono implicate le relazioni. Lui ha vissuto soltanto esperienze disastrose... genitori divorziati... un fratello che si è tolto la vita... un matrimonio fallito... niente figli.» Puntai una spugna al cuore di Sam. «Non ti punzecchierebbe affatto se gli avessi detto della tua trombosi e non gli avessi mentito riguardo a quanti soldi hai fatto. Per quanto ne sa, hai tutto. Salute. Ricchezza. Felicità. Pensione anticipata. Una moglie fedele. *E* due figli.»

Sam intrecciò le dita dietro la testa e fissò il soffitto. «Non ha mai superato la morte di suo fratello», disse.

«Dici sempre così, ma non spieghi mai il perché.»

«Non volevo che tu traessi conclusioni affrettate.»

Lo guardai male. «Come si è ucciso il fratello?»

«Si è impiccato a un albero. Non aveva lasciato niente di scritto, quindi la polizia pensò che fosse un omicidio e i sospetti caddero soprattutto su Jock perché aveva preso dei soldi dalla camera del fratello dopo la sua morte. Alla fine, il coroner ha accettato l'ipotesi che il ragazzo fosse depresso per il divorzio dei genitori e ha emesso il verdetto di suicidio, ma la famiglia ne è uscita a pezzi, secondo Jock. Hanno finito per darsi la colpa l'un l'altro.»

«Che triste», mormorai, sincera. «Quanti anni aveva?»

«Sedici. Tre anni meno di Jock.»

«Dio santo, è tremendo. Che cos'è successo ai genitori?»

«Jock ha ormai perso ogni contatto con loro. Penso che non sappia nemmeno dove si trovano... se sono ancora vivi... o se a loro importa ancora qualcosa di lui. Sostiene che non gliene frega niente, poi passa ogni ora di veglia a cercare di dimostrare che è un uomo con cui bisogna fare i conti.» Sam abbassò gli occhi per guardarmi. «Questo non gli impedisce di essere un bastardo arrogante ed egoista, ma almeno spiega perché lo è diventato.»

Spiegava molte cose, pensai, ripromettendomi di essere un po' più gentile quando Jock fosse arrivato con il nome del pastore di St Mark. Quello che non spiegava era dove Jock avesse trovato i soldi extra che gli avevano permesso di scambiare la sua parte del 21 di Graham Road con una proprietà più lussuosa, e più costosa, vicino a Richmond Park.

Solo il mercoledì successivo riuscii finalmente a parlare con Peter Stanhope. Con le mie precedenti chiamate ero sempre incappata nella segreteria telefonica e mi era sembrato sciocco riempire il nastro con lunghe spiegazioni su chi ero e sul perché volevo parlargli. La sua nuova parrocchia si trovava a Exeter, un centinaio di chilometri a ovest di Dorchester. Stavo per scrivergli una lettera, quando finalmente rispose lui al telefono.

Gli avevo parlato soltanto una volta quando viveva a Richmond, e non pensavo che ricordasse bene me quanto io ricordavo lui. Gli dissi come mi chiamavo e che volevo parlargli di Annie Butts, «la donna di colore che è stata travolta da un camion».

Ci fu una lunga pausa in cui ebbi il tempo di rammentare la descrizione di Libby: «un piccoletto grassoccio con le mani sudate». Incominciavo a chiedermi se il motivo del silenzio fosse che gli era sfuggito il ricevitore di mano, quando all'improvviso gridò: «Ha detto Ranelagh? C'entra qualcosa con la donna secondo cui Annie era stata assassinata?»

«Sono io», risposi. «Pensavo che il mio nome non significasse molto per lei.»

«Oh, cielo, certo che lo ricordo! È stata piuttosto famosa per un po'.»

«Per una quindicina di minuti», concordai in tono secco. «E non è stato il quarto d'ora più piacevole della mia vita.»

«No, immagino di no.» Silenzio. «Mi pare che abbia passato un brutto periodo, in seguito.»

«Sì.»

Era evidente che non gli piacevano le risposte monosillabiche e cercò di cambiare argomento. «Qualcuno mi ha detto che lei e suo marito vi eravate trasferiti all'estero. È andato tutto bene?»

Immaginai che fosse una maniera educata per chiedermi se ero ancora sposata, quindi lo rassicurai che lo ero, gli feci una breve descrizione dei miei vent'anni all'estero, menzionai i miei due ragazzi, poi gli chiesi se potevo andare a trovarlo. «Per parlare dei vicini di Annie», spiegai, pentendomi di non essere riuscita a mettere un po' più di entusiasmo nella mia voce alla prospettiva di rivederlo. Speravo che accettasse almeno per senso del dovere, ma ritenevo che non ne avesse una gran voglia, proprio come me.

Una traccia di circospezione più evidente s'insinuò nella sua voce. «Le sembra saggio?» chiese. «Vent'anni è un periodo molto lungo, e lei sembra aver fatto tanta strada con suo marito... siete rimasti insieme... avete formato una famiglia... gettato le discrepanze alle spalle.»

«Allora ricorda la nostra breve chiacchierata?»

«La ricordo bene», disse.

«Quindi capirà perché voglio parlarle dei vicini di Annie.»

Lo sentii sospirare. «Che vantaggio può esserci nello scavare tra ceneri spente da tempo?»

«Dipende da quello che si trova», replicai. «Una volta mio padre mise un ceppo nel fuoco, e quando fu ridotto in cenere trovò una sovrana d'oro. Evidentemente qualcuno aveva nascosto la moneta in un incavo dell'albero e un paio di secoli dopo mio padre raccolse il bottino.»

Un altro silenzio. «Penso che stia commettendo un errore, signora Ranelagh, ma sono libero venerdì pomeriggio. Avrò piacere di accoglierla a qualsiasi ora dopo le 14.»

«Grazie.» Toccava a me stare in silenzio. «Perché sto commettendo un errore?»

«La vendetta è un'ambizione indegna.»

Fissai uno specchio dalla cornice dorata appeso alla parete di fronte a me. Era vecchio e rigato, e, dalla posizione in cui ero, rifletteva un'immagine allungata che faceva sembrare il mio viso affilato e crudele. «Non cerco vendetta», dissi, con un tono intenzionalmente leggero. «Solo giustizia.»

Il pastore emise una risata che non mi aspettavo. «Non penso, signora Ranelagh.»

Non avevo intenzione di farmi accompagnare a Exeter da Sam, quindi gli dissi che era inutile andare in due, visto che bisognava tagliare il prato e ripulire le aiuole di fiori. Sembrava soddisfatto, anche se mi accorsi che mi guardava in modo strano, mentre facevamo colazione.

«Cosa c'è?»

«Mi stavo solo chiedendo perché sembra che tutti si trasferiscano a ovest», disse.

La parrocchia di Peter Stanhope era nella zona St David di Exeter. Arrivai con troppo anticipo e rimasi seduta in fondo alla strada per un'ora, a guardare il mondo dal finestrino. Ero sul margine del campus universitario, e i pedoni sembravano tutti studenti: gruppi di ragazzi e ragazze con i libri sottobraccio, o giovani coppie che procedevano appiccicate come gemelli siamesi. Mi ritrovai a invidiarli, in particolar modo le ragazze con quegli abiti striminziti, le minigonne vertiginose e le maglie tagliate alla vita, che volteggiavano nel sole e irradiavano quella fiducia che io non avevo mai avuto.

La parrocchia originaria era un'imponente dimora vittoriana, nascosta da alte siepi, con un cartello di un'agenzia immobiliare che proponeva un «piacevole attico» in vendita. La nuova parrocchia era invece un cubo costruito al risparmio, dall'altra parte della strada rispetto alla chiesa, che mancava di fascino e di carattere. Mentre parcheggiavo, alle due esatte, incominciai a pentirmi di non aver trascorso quell'ora di attesa in un pub. Il coraggio prodotto da un po' di alcol sarebbe stato meglio di niente. Una parte di me pensava di andarsene con la coda tra le gambe... ma a un tratto notai una tenda spostarsi in una finestra al piano terra e capii di essere stata vista. L'orgoglio è sempre più forte del coraggio.

Aprì la porta una donna alta, cadaverica, con il naso adunco, capelli grigi fino alle spalle, che parlava alla velocità di un mitragliatore. «Lei dev'essere la signora Ranelagh», esordì, prendendomi per mano e conducendomi all'interno. «Sono Wendy Stanhope. Peter è in ritardo. Oggi andava al centro di assistenza per le mogli maltrattate, povere donne. Venga in cucina. Mi ha detto che viene da Dorchester. Ha fame? Vuole qualcosa da bere? Un bicchiere di Chardonnay?»

La seguii nell'atrio minuscolo. «Grazie.» Mi guardai intorno nella cucina di laminato bianco tremendamente asettica, dove si faticava a muoversi in due. «Carina.»

Mi porse un bicchiere, con dita lunghe e ossute. «Trova?» chiese, sorpresa. «Personalmente non la sopporto. Preferivo di gran lunga quella che avevamo a Richmond. La chiesa non dà molta scelta, come vede. Bisogna accontentarsi di una cucina squallida e minuscola.» Inspirò a fondo. «Ma non importa», continuò allegramente. «È soltanto colpa mia. Nessuno mi ha costretto a sposare un pastore.»

«Ha avuto una vita piacevole?»

Si riempì il bicchiere e lo fece tintinnare contro il mio. «Oh, sì, non ho molti rimpianti. Qualche volta mi chiedo come sarebbe stato fare la danzatrice del ventre, ma cerco di non pensarci troppo.» Gli occhi le brillarono maliziosi. «E che mi dice di lei, mia cara?»

«Non penso di avere il fisico adatto per la danza del ventre», risposi.

Rise divertita. «Volevo dire, la vita è stata generosa con lei? Mi sembra in forma, quindi immagino di sì.»

«Sì, è stata generosa», risposi.

Aspettò che proseguissi e, visto che non lo facevo, disse, allegramente: «Peter mi ha detto che avete vissuto all'estero. Dev'essere eccitante, no? E ha due figli, da quanto ho capito».

C'era una curiosità così manifesta nel suo viso affilato che mi fece compassione – non era colpa sua se il marito era in ritardo –, così fui felice di raccontarle degli anni passati all'estero e dei figli. Mentre parlavo, mi studiava da sopra l'orlo del bicchiere e colsi nel suo sguardo un bagliore scaltro che non mi piaceva molto. Non ero abituata a confrontarmi con persone che mi fissavano apertamente, quasi vedessero dentro di me, dopo tanti anni passati a costruirmi una corazza impenetrabile.

«Siamo stati fortunati», conclusi debolmente.

Sembrava divertita. «È brava a mentire quasi quanto me», disse, schietta. «In genere riesco a trattenere le mie frustrazioni, ma ogni tanto prendo la macchina, vado sul picco di una scogliera e mi metto a urlare. Peter non ne sa niente, ovvio, altrimenti penserebbe che sono pazza e non sopporterei di averlo addosso tutto il giorno, preoccupato per la mia salute mentale.» Scosse la criniera da re Lear, in una grottesca parodia di danzatrice del ventre. «È davvero assurdo. Siamo sposati da quarant'anni, abbiamo tre figli e sette nipoti, eppure non immagina minimamente quanto detesti la totale futilità della mia esistenza. Sarei stata un pastore eccellente, ma ho avuto soltanto la possibilità di ricoprire un ruolo secondario per un uomo.»

«È per quello che va a urlare?»

Mi riempì nuovamente il bicchiere. «È più divertente che sbronzarsi e poi avere il mal di testa.»

Referto psichiatrico della signora M. Ranelagh, datato 1979

QUEEN VICTORIA HOSPITAL
HONG KONG

REPARTO DI PSICHIATRIA

Ci è stata richiesta una consultazione per la signora M. Ranelagh, residente al 12 di Greenhough Lane, Pokfulam, Hong Kong, dal suo medico curante, il dottor J. Tang, per indagare su una presunta depressione post-partum in seguito alla nascita del figlio Luke (nato il 21.10.79). Secondo il marito, soffre di depressione da qualche tempo. Rifiuta qualsiasi farmaco. La signora Ranelagh ha avuto una seduta di due ore con il dottor Joseph Elias il 19 dicembre 1979.

(I seguenti brani sono tratti dal rapporto del dottor Elias, inviato alla signora Ranelagh nel febbraio 1999.)

[...] La signora Ranelagh era una paziente difficile. Ha insistito fin dall'inizio nel chiarire che l'unico motivo per cui mi aveva consultato era dimostrare una volta per tutte che non soffriva di depressione. Era aggressiva e non collaborava. Ha espresso una notevole ostilità per « gli uomini d'autorità » e per « le persone che si danno troppa importanza », e ha citato varie volte le parole « coercizione », « sbruffonaggine » e « intimidazione ». Quando le ho suggerito che quelle affermazioni erano ben lontane dal farmi propendere per una perfetta sanità mentale e anzi mi portavano a immaginare l'esistenza di un disturbo paranoico, ha accettato di collaborare.

[...] Ammette di essere stata emotivamente provata in seguito ad alcuni eventi che si erano verificati alla fine dell'anno precedente, il primo dei quali a Londra. Ha rifiutato di discuterli in dettaglio per timore di confermare i miei sospetti di paranoia, tuttavia ne ha citati tre – due di natura prettamente personale –

per spiegare la sua «rabbia». Mi ha mostrato diversi ritagli di giornale come prova che il primo incidente era reale – la morte di una donna di colore –, ma non è stata in grado di dimostrare le altre asserzioni. Senza conferme indipendenti, non posso stabilire se gli eventi successivi siano accaduti realmente o rappresentino un'invenzione della paziente per dare veridicità al senso d'ingiustizia che provava nei confronti del caso della donna di colore.

[...] I bersagli principali del suo risentimento sono il marito (che risiede con lei a Hong Kong) e la madre (che risiede in Inghilterra); la paziente ritiene che, per varie ragioni, l'abbiano entrambi tradita. Ciò ha portato a una «freddezza» nei loro confronti che la paziente dice di «aver bisogno di tempo per superare». Descrive la sua gravidanza come «mal concepita» (gioco di parole intenzionale?) sottolineando le difficoltà nel cominciare una nuova vita all'estero, portando a termine una gravidanza. Parla con affetto del figlio, chiamandolo «il mio bambino», ma biasima il marito per averla «esposta a una gravidanza non pianificata». Ha mantenuto un forte legame con il padre (residente in Inghilterra) cui telefona regolarmente e che rappresenta il suo unico confidente. Inoltre, ha elencato vari problemi personali: le dà fastidio essere toccata, si sente insicura quando è sola in casa, è ossessionata dall'igiene, non le piacciono certi suoni, campanelli, accenti londinesi, raspare di topi (?)

[...] Le ho consigliato di non formare alleanze – soprattutto con il padre che sta «facendo alcune ricerche» per lei –, perché suo marito lo considererebbe quasi sicuramente come un tradimento, se lo scoprisse. Ho anche sottolineato il pericolo potenziale di manipolare il figlio affinché diventi suo alleato quando crescerà. Ha concordato su entrambi i punti, ma è irremovibile sul fatto che, se sarà costretta a confrontarsi nuovamente con il marito, il suo matrimonio terminerà all'istante. Non è quello che vuole. Ha rifiutato la mia offerta di fare una seduta insieme con il marito, perché crede che nessuno dei due riuscirebbe a parlare in modo onesto senza causare la separazione immediata citata prima. I suoi sentimenti per il marito sono confusi. Sembra aver mantenuto un forte legame con lui, nonostante il risentimento, e crede che la decisione presa qualche tempo fa di non separarsi sia quella giusta. Ciononostante è intenzionata a punirlo per peccati di « omissione e commissione ».

[...] La signora Ranelagh si presenta come una donna intelligente e consapevole, che cerca di venire a patti con alcune problematiche estremamente spiacevoli e tuttora irrisolte della sua vita. Quando ha capito di avermi convinto di non essere « depressa » – un'opinione che io favorivo –, ha parlato a lungo della sua intenzione di trovare una « conclusione », anche se è evidentemente ambigua sul genere di conclusione che cerca. In parole semplici, preferisce la descrizione più confortante di « giustizia » per la sua amica di colore a quella, di gran lunga più precisa, di « vendetta » per se stessa.

[...] Quando l'ho messa in guardia sul fatto che una rabbia trattenuta a lungo, sia fondata sia immaginaria, poteva portare al genere di disturbo paranoico – persecutorio, maniacale, fobico – da cui intendeva a tutti i costi dissociarsi, ha detto che il danno era già stato fatto. « Sono tra l'incudine e il martello, dottor Elias. Una codarda se lascio perdere e una megera nevrotica se reagisco. »

[...] Per concludere, non ho rilevato tracce di depressione in questa paziente. È ossessiva ed estremamente abile nella manipolazione, ma ha anche una perfetta padronanza di sé. Personalmente, penso che questa donna incuta timore [...]

6

Alla fine, scambiai meno di venti parole con Peter Stanhope. Arrivò trafelato con mezz'ora di ritardo, si scusò in mille modi e poi si allontanò per rispondere a una telefonata. Mi disse che era molto importante e poi sparì nel suo studio, lasciando la moglie a mormorare convenevoli al ricevitore finché lui non alzò quello nell'altra stanza. Non aveva importanza. Wendy si rivelò una miniera d'informazioni, ed ero sicura che non erano del genere che avrei ottenuto dal marito, dal momento che si trattava in gran parte di pettegolezzi, alcuni scurrili.

Mentre aspettavamo che Peter tornasse, c'eravamo spostate in soggiorno, dove Wendy aveva cercato di liberarmi del mio zainetto monospalla, senza rendersi conto che lo tenevo legato con una fibbia. Fu sorpresa nel constatare quanto pesasse e quanto fossi riluttante a lasciarlo. Cedetti solo per slacciare la fibbia al petto e abbassarlo sul divano accanto a me; comunque, anche se molto probabilmente si chiedeva perché dovessi andarmene in giro con un macigno in borsa, era troppo educata per dire qualcosa. Restavo evidentemente un enigma per lei, perché qualsiasi immagine avesse in mente di una fanatica militante non somigliava di certo a me.

Fece una piccola smorfia mentre riponeva il ricevitore e mi chiesi quante volte fosse stata costretta a difendere il forte e quanto accomodante sarebbe stato Peter se i loro ruoli si fossero invertiti, lei il pastore e lui il consorte. La mia espressione doveva essere più rivelatrice di quanto mi rendessi conto.

« L'ha delusa, mia cara? » chiese, nel silenzio che si era creato.

« Niente affatto », la rassicurai. « Volevo solo parlare dei vicini di Annie in Graham Road, e penso che lei ne sappia comunque di più. »

Mi fissò con quegli occhi che vedevano tutto. « Intendevo in passato », disse, con gentilezza. « Mio marito l'ha delusa, in passato? »

« In un certo senso », mormorai, guardandomi in giro per la stanza per evitare di fissare lei. « Mi disse che ero isterica, ma ovviamente non lo ero affatto. » A quanto pareva, Wendy era una collezionista di statuette di porcellana, perché spuntavano su ogni superficie occupabile. Sulla mensola del camino aveva una bella serie di damine in porcellana di Dresda bianca, e in una piccola vetrina alla parete alcuni uccellini dipinti a mano. Le fotografie erano l'altra sua passione, con immagini di famiglia dappertutto e un ingrandimento gigantesco di sette bambini sghignazzanti appeso a una parete. « Chi sono? » chiesi, alzando la testa verso la foto.

Accettò il cambiamento di discorso senza esitazioni. « I miei nipoti. È stato uno dei rari momenti in cui erano tutti quanti al meglio. » Fece una risatina. « Di solito, almeno uno ha bisogno di una sgridata. »

« Chi l'ha scattata? »

« Io. »

« È bellissima », commentai, sincera. « Lasci stare la carriera di pastore, lei avrebbe dovuto fare la fotografa professionista. »

« L'ho fatto per un certo periodo... Be', semi-professionista. Di solito fotografavo i matrimoni alla chiesa di St Mark, soprattutto per le coppie che non avevano tanti soldi. » Aprì un cassetto in una scrivania accanto al camino ed estrasse un album fotografico strapieno. « Penso che le possa interessare. La maggior parte dei vicini di Annie compare da qualche parte, in questo album. »

Me lo passò e io sfogliai la storia illustrata di matrimoni, battesimi, funerali e funzioni festive a St Mark. Le foto degli anni '70 mi fecero sorridere – quella moda era così superata! – uomini in abiti con i pantaloni a zampa d'elefante, camicie con ruche e massicci braccialetti con il nome inciso; donne con i capelli gonfi, in abiti stile impero e scarpe aperte in punta. C'era persino una foto di me al funerale di Annie, ventiquattrenne disperatamente impacciata in un gigantesco cappotto nuovo che non avevo provato bene al momento dell'acquisto e mi dava l'aria di un'orfanella con indosso gli abiti scartati da qualcun altro. Riconoscevo ben pochi visi perché non erano tutti del mio periodo, ma alcuni li ricordavo.

«Perché ha scattato così tante foto?» chiesi a Wendy. «Non può essere stata pagata per tutte.»

«Pensavo che sarebbe stato interessante per le generazioni future», disse. «Volevo lasciare delle copie per il registro parrocchiale, così, se qualcuno fosse venuto a chiedere informazioni sulla sua famiglia, ci sarebbero stati documenti visivi oltre che scritti.» Rise. «Non è stata una grande idea. Ci voleva così tanto tempo e lavoro per abbinare le foto alle didascalie che ben presto ne fui sopraffatta. Ma continuai a fare le foto per divertimento.»

Quella donna cominciava a essermi simpatica, anche perché faceva parecchie cose per diletto. Iniziai persino a chiedermi se avrei potuto giustificare allo stesso modo quello che facevo io. Qualcuno avrebbe accettato l'idea che facessi domande sulla morte di Annie perché ero annoiata? Avvicinai un dito alla foto di un gruppo di famiglia. «I Charles», esclamai. «Abitavano accanto a noi, al numero 3.»

Wendy venne a sedersi vicino a me sul divano. «Paul e Julia, più due figli di cui non ricordo il nome. Peter ha battezzato uno dei due, il quale ha frignato dall'inizio alla fine della funzione. Queste erano le foto del battesimo.»

«Jennifer piangeva tutta la notte», ricordai. «Una volta Sam è uscito per andare a lamentarsi, perché non riuscivamo a dormire dal gran baccano, ma Julia era così esausta che è scoppiata a piangere non appena ha aperto la porta e Sam non è riuscito a dirle niente. Dopodiché abbiamo incominciato a usare i tappi per le orecchie. Adesso Jennifer dovrebbe avere più o meno ventiquattro anni e ho sentito che lavora come procuratore legale a Toronto. Tutta la famiglia si era trasferita in Canada nel 1980.»

«Santo cielo! Lei è davvero ben informata!»

«Questo viso non mi è nuovo», dissi, indicando un'altra foto.

«Derek Slater», mi disse. «Era un tale bruto... Picchiava la moglie e i figli quando era ubriaco. La poverina si rifugiava sempre da noi perché era terrorizzata.» Voltò una pagina e indicò una donna dai capelli scuri con un bambino piccolo in braccio. «È lei... Maureen Slater. Ha avuto quattro figli da lui, due maschi e due femmine, e tutti le prendevano, di tanto in tanto. Derek veniva sempre arrestato... di solito per ubriachezza molesta... ma credo avesse anche accuse per furto.» Indicò il bambino. «Di sicuro Derek ha passato un po' di tempo in carcere perché questo piccolino è nato molto dopo gli altri tre. Per quanto ne so, Maureen abita ancora in Graham Road, ma Dio solo sa dov'è finito Derek. C'è stata una scenata terribile tra il '79 e l'80, quando il figlio maggiore ha trovato il coraggio di ribellarsi con una mazza da baseball e di dirgli di andarsene.»

«Sarebbe Alan?»

«Sì. Lo conosceva?»

«Gli ho insegnato inglese per un anno... Un ragazzino alto e massiccio con mani grosse come zappe. Abitavano vicino ad Annie, nell'ultimo gruppo di case. Al numero 32. Ha una foto di Alan?»

«Penso di sì... ma non era in chiesa quando gliel'ho fatta. Da quanto ricordo, l'unica volta in cui ha messo piede a St Mark è stato per vedere se c'era qualcosa che valesse la pena di rubare.» Fece schioccare la lingua. «Era un ladro abilissimo, mi ha rubato la spilla di mia madre da sotto il naso quando ho accolto Maureen, un

Maureen e Danny Slater
davanti alla chiesa di
St Mark, estate 1978

Derek Slater su una
panchina del parchetto
davanti alla chiesa di
St Mark, estate 1978

giorno che mi aveva chiesto di ospitarla perché era terrorizzata, e non lo perdonerò mai per quello che ha fatto. Comunque, tutti i suoi figli erano ladri... C'era da aspettarselo con un padre come Derek. È molto triste come i figli vengano puniti per le colpe dei padri.»

«Ha denunciato il furto?»

Sospirò. «Era inutile. Non avrebbe fatto altro che negarlo. Ed era colpa mia, a ogni modo. Avrei dovuto fare più attenzione. In seguito, quando venivano a trovarmi mettevo tutte le cose preziose sotto chiave.»

Mi chiesi in quanti altri casi Alan l'aveva passata liscia. «Ha cercato di rubare qualcosa anche a me», dissi. «Ho lasciato la mia borsa sulla scrivania mentre andavo a prendere alcuni appunti in sala insegnanti e quando sono tornata stava aprendo il mio portafoglio. Non l'ho denunciato neanch'io.» Mi picchiettai un dito sul labbro, dove pulsava un minuscolo spasmo di odio sotto la pelle. «Io non permetterei mai che i miei figli la passassero liscia.»

«No», concordò lei, guardandomi con quegli occhi penetranti e parlando piano, «ma non penso che Alan le fosse granché simpatico, quindi è tutto ingigantito.»

Non replicai nulla.

«Mi ero dimenticata che lei insegnava», disse Wendy, per rompere il silenzio.

Annuii. «Per i miei peccati.» Chinai il capo per osservare meglio il viso di Derek Slater. Aveva lunghi capelli scuri e un viso piacevole e sorridente: era impossibile immaginare che picchiasse la moglie. «Per che cos'è andato in prigione Derek?»

«Non ne ho idea. Furto? Aggressione?»

«A sua moglie?»

«Di certo a una donna. Non penso che avesse il fegato di prendersela con gli uomini.»

«E questa chi è?» chiesi, sfiorando la foto di una bionda pesantemente truccata e con un cappello a tesa larga che sorrideva civettuola davanti alla macchina fotografica.

Sharon Percy a un matrimonio di fronte alla chiesa di St Mary, primavera 1983

Alan Slater e Michael Percy nel vicolo dietro Graham Road, marzo 1979

«Sharon Percy», rispose Wendy con una smorfia. «Pensa sempre di avere quindici anni. Era vicina ai quaranta quando è stata scattata quella foto, ma ha le tette ben in vista e la gonna che le copre a malapena le mutande. Non può averla dimenticata. Viveva davanti agli Spalding, accanto ad Annie, e si lamentava perennemente di lei.» Sospirò. «Povera Annie. Era schiacciata tra le due famiglie peggiori della strada: un gruppo di ladri e violenti, gli Slater, da un lato, e una sgualdrina con un figlio incontrollabile dall'altro.»

Sharon Percy, ovvero la puttanella di Jock e la «vampira ossigenata» per Libby, pensai divertita. «Non credo di averla mai vista», dissi, «oppure non me ne ricordo. Ho avuto suo figlio... Michael... come studente nello stesso periodo in cui insegnavo ad Alan Slater, ma non penso che sua madre si sia mai avvicinata alla scuola.»

«Era una donna spaventosa», disse Wendy, acida, «di ben poco migliore di una prostituta... Ogni sera accoglieva un uomo diverso in casa sua... eppure pensava di essere superiore a una donna di colore... Ha reso la vita di Annie un inferno con le sue continue lamentele al comune.»

Studiai quel viso giovane-vecchio con interesse, e mi vennero in mente alcuni dei contadini bianchi che avevamo conosciuto in Sudafrica. «È la sindrome del 'bianco povero'», dissi lentamente. «Più sei in basso nella scala sociale, più è importante avere qualcuno sotto di te.»

«Mmm, di certo valeva per Sharon.»

Il suo mi sembrava un atteggiamento ben poco cristiano e mi chiesi che cosa avesse fatto quella donna per risultare così antipatica a Wendy. «Come mai ne sa così tanto sul suo conto?» chiesi, incuriosita. «Andava in chiesa regolarmente?»

«Oh, certo. Regolare come un orologio, sempre che Peter le concedesse un'ora alla settimana per discutere dei suoi problemi. Ah!» sbuffò. «*Presunti* problemi, sarebbe meglio dire. Lo chiamava *padre* Stanhope perché sapeva di far leva sulla sua vanità. Fu solo quando lei cominciò a mettergli una mano sulla coscia che mio marito si rese conto di che cosa aveva in mente e le disse che non l'avrebbe ricevuta più se non in mia presenza. Dopodiché quella donna non mise più piede in chiesa.»

Trattenni un sorriso. Nonostante tutta la frustrazione dichiarata per il suo matrimonio, era ancora gelosa. «Si è mai sposata?»

«Non nel periodo in cui l'abbiamo conosciuta noi. Non so chi fosse il padre di Michael e suppongo che nemmeno Sharon lo sapesse. Quel povero ragazzino finiva sempre nei guai con la polizia e Peter veniva trascinato fuori casa a mezzanotte per presenziare *in loco parentis*, perché sua madre era a spassarsela in qualche letto.»

«Ha compiuto quattordici anni nel '78», dissi, immersa nei ricordi. «Capelli scuri, aspetto piuttosto adulto... indossava sempre T-shirt bianche e blue jeans.»

Annuì. «Non era un ragazzo cattivo, era soltanto del tutto incontrollabile. Era molto sveglio ed eloquente; proprio l'opposto di Alan Slater, che non riusciva a costruire una frase senza dire oscenità. Gli ero molto affezionata, devo ammettere, ma lui non era il tipo da ricambiare facilmente.» Un'espressione malinconica le si dipinse sul viso. «Circa sei anni fa, ho letto sul giornale che un certo Michael Percy era stato condannato a undici anni di carcere per rapina a mano armata. L'età era giusta, ma il ragazzo della foto era molto diverso da quello che ricordavo.»

Non ebbi il coraggio di distruggere le sue illusioni. «Sharon vive ancora al numero 28?»

«Presumo di sì. Di certo era lì quando ce ne siamo andati nel '92.» Prese l'album e lo sfogliò finché non trovò la foto di un uomo dai capelli grigi, con un viso appuntito e sciupato che ricordava il muso di una tartaruga. «Geoffrey Spalding», disse. «Sposato con una donna di nome Vivienne, che morì di tumore al seno nell'82. Povera creatura, ha combattuto una lunga battaglia, quasi cinque anni in tutto. Ho scattato questa foto al funerale. Viveva dall'altra parte della strada rispetto a Sharon, ed è stato uno scandalo: mentre quella poverina di sua moglie stava morendo, Geoffrey trascorreva più tempo a casa di Sharon che nella sua. Si è trasferito definitivamente da lei circa sei mesi dopo la morte di Vivienne.» Sospirò ancora. «Le figlie di Geoffrey ne uscirono distrutte e rifiutavano persino di riconoscere l'esistenza di Sharon.»

«Anche le due figlie si trasferirono da Sharon?»

«Certo che no. Loro rimasero nella casa di famiglia, da sole. Era una situazione tristissima. Praticamente non avevano più contatti con Geoffrey; si limitavano a infilargli sotto la porta le bollette del gas e dell'elettricità. Penso che lo incolpassero della morte della madre.»

«Immagino che tutti noi ce la prendiamo con il mondo quando ci sentiamo feriti», dissi, pensando a Jock e ai suoi genitori. «È la natura umana.»

«Erano ragazze molto tranquille... persino troppo tranquille. Non ricordo di averle mai viste ridere. Incominciarono a prendersi cura della madre quando erano troppo piccole. Voglio dire, non sono mai riuscite a farsi degli amici della loro età.»

«Ricorda come si chiamavano?»

«Oh, Signore, questa sì che è una domanda difficile.» Meditò per un istante, poi scosse la testa. «No, cara, mi dispiace. Erano due belle ragazzine con i capelli biondi e gli occhi azzurri... Mi hanno sempre ricordato due piccole Barbie.»

«Ha detto che erano adolescenti quando persero la madre. Ricorda quanti anni avevano esattamente?»

«La più grande quindici e l'altra tredici.»

Feci un po' di calcoli. «Quindi avevano undici e nove anni quando è morta Annie?»

«Più o meno.»

«Si chiamavano Rosie e Bridget», rammentai. «Andavano a scuola a piedi, mano nella mano, indossando uniformi impeccabilmente stirate, e sembravano le ragazzine più ingenue sulla faccia della terra.»

«Proprio così», confermò Wendy. «Che memoria meravigliosa!»

Non proprio, pensai. Prima che Annie morisse, ero più o meno amica delle due ragazzine. Ci salutavamo con sorrisi e cenni della mano, io diretta alla mia scuola, le sorelline alla loro. Poi, per un motivo che non compresi mai, tutto cambiò nei mesi che seguirono la morte di Annie. I loro ampi sorrisi svanirono ed evitavano persino di guardarmi. Una volta, Bridget aveva le treccine come sua sorella, finché qualcuno non gliele tagliò e imbucò nella mia cassetta delle lettere i suoi lunghi capelli biondi. Tutto ciò che sapevo era che Rosie diventò sempre più magra e pallida, mentre Bridget, che aveva nove anni, aveva i capelli lunghi un giorno e corti l'indomani. Ma non ho mai capito perché mi abbiano mandato quelle ciocche o che significato avessero.

«Non sapevo che la madre fosse malata», dissi, rattristata. «Pensavo che dovesse essere una persona meravigliosa, perché le due sorelle si comportavano sempre bene rispetto ad altri ragazzini.»

Altri sospiri. «Erano smarrite dopo la sua morte. Cercai di aiutarle, ma Geoffrey divenne paurosamente aggressivo e mi disse di smetterla d'impicciarmi. Non potevo farci molto, sfortunatamente... E Geoffrey me le ha messe contro, convincendole che cercavo di mandarle in un istituto. Non era vero, ma gli credettero, ovviamente.» Al ricordo, atteggiò la bocca a una smorfia di tristezza. «Era un omuncolo bestiale... non mi è mai piaciuto.»

«Le due ragazze abitano ancora in Graham Road?» chiesi.

Sembrava turbata. «No, e la cosa peggiore è che non ho idea di dove siano o che ne sia stato di loro. Credo che Michael abitasse con loro a un certo punto, ma entrava e usciva dal riformatorio, quindi era difficile stargli dietro. Una volta chiesi a Geoffrey che fine avevano fatto i ragazzi, ma lui mi ha scostato come se fossi un moscerino fastidioso. Una creatura davvero funesta. Ho sempre pensato che lui e Sharon si meritassero a vicenda.»

La riportai a Rosie e Bridget. «Si sono sposate, le ragazze?»

Scosse la testa. «Non saprei, mia cara. Se anche così fosse, non è stato nella chiesa di St Mary.» S'interruppe un istante per riflettere. «Mi è venuto in mente l'articolo sulla rapina a mano armata, quello su Michael Percy: citava sua moglie, che faceva Bridget di nome... e a quel tempo pensai...» – protese le labbra simili a un minuscolo bocciolo di rosa –, «bene, bene! Quei ragazzini erano così affezionati, se ne andavano in giro sempre insieme... non si riusciva a staccarli.»

Non ero lì allo scopo di aggiudicarmi punti per una maggiore conoscenza dei fatti, quindi decisi di cercare una foto di Jock Williams. Come prevedevo, non la trovai. Si vantava del suo ateismo quanto un Cristiano Rinato si vanta dell'amore di Gesù, e non avrebbe messo piede in chiesa nemmeno se avesse rischiato l'anima. C'era una foto di Libby che parlava con me e Sam al funerale di Annie. La indicai a Wendy e le chiesi se avesse mai incontrato il marito. «Si chiamava Jock Williams. Abitavano al 21.»

«Che aspetto aveva?»

«Sui trent'anni... quattro o cinque in più di Libby... capelli scuri, di bell'aspetto, uno e ottanta circa.» Scosse ancora la testa. «Lui e Libby hanno divorziato diciotto mesi dopo la morte di Annie. Libby si è trasferita a Southampton e Jock in una bella casa di tre piani in Alveston Road.»

Wendy sorrise, come per scusarsi. «Se devo essere sincera, non avrei saputo chi era questa donna, se lei non me l'avesse detto. È importante?»

«Probabilmente no.»

Mi guardò per un attimo. «Il che vuol dire che lo è», dichiarò. «Ma perché?»

Geoffrey Spalding al funerale di sua moglie, di fronte alla chiesa di St Mark, estate 1982

Libby Williams e i Ranelagh al funerale di Ann Butts, novembre 1978

Fissai una statuetta su un tavolino: aveva la stessa tonalità del braccialetto di Sheila. «In genere, quando le persone divorziano, devono accontentarsi di una casa più piccola», dissi, pensando che mi sarebbe piaciuto saperne di più in fatto di giada. «Jock si è trasferito in una più grande.»

Era chiaramente sorpresa dal mio interesse. «Vivevamo così all'epoca. La gente rischiava cifre enormi sulle proprietà, dopo che la Thatcher era andata al governo. Qualche volta funzionava, altre volte no. Ricordo che uno dei parrocchiani si è accollato un mutuo di quasi duecentomila sterline e ha raddoppiato il suo investimento nel giro di cinque anni. Un altro ha comprato quando il mercato è salito al massimo e in pochi mesi si è ritrovato a dover pagare più di quanto valesse la casa. Il suo amico ha semplicemente avuto fortuna.»

«E cosa ne sa delle case di Maureen Slater e Sharon Percy?» le chiesi. «Se vivono ancora in Graham Road, sono rimaste in affitto o le hanno riscattate dal comune?»

«Oh, le hanno comprate, ovviamente», rispose in tono acido. «Tutto ciò che era di proprietà pubblica è stato venduto nel giro di due o tre anni. Davano via le case a un prezzo ridicolo... Nessuna persona sana di mente avrebbe voltato la schiena a un'offerta del genere. Sharon ha pagato subito la sua; Maureen ha optato per un pagamento rateale. Adesso, ovviamente, costerebbero un sacco. Le loro case valgono più o meno duecentomila sterline... e le hanno pagate davvero una sciocchezza perché i poveri contribuenti sovvenzionavano le vendite.»

Sorrisi. «Non approva, a quanto pare.»

«Perché dovrei?» ribatté, irritata. «Ogni volta che vedo un barbone su un marciapiede penso sia davvero un crimine che non ci siano alloggi per quelli che non possono permetterseli, per le persone davvero indigenti.»

«Qualcuno potrebbe dire che Maureen Slater era davvero indigente», mormorai. «È stata punita a sufficienza dal marito.»

«Sì, be', Maureen è diversa», ammise di malavoglia. «Quel bruto le ha ridotto il cervello in pappa. Peter la descriveva come 'sacco ubriaco' per tutte le botte che prendeva, ma, se devo essere onesta, penso che il suo alcolismo avesse un ruolo fondamentale. Dipendeva dall'alcol quanto il marito... anche se era in un certo senso più giustificata.» Notò la mia espressione sorpresa. «Anestesia», spiegò. «Dev'essere stato molto doloroso essere usata come un punching-bag.»

«Eppure... Se aveva il cervello in pappa, come ha fatto a comprarsi la casa? Probabilmente non riusciva a lavorare, quindi dove ha trovato i soldi... anche se ce ne fossero voluti pochi?»

Ci fu un lungo silenzio.

«Che cosa mi vuole dire?» chiese alla fine Wendy.

Presi tempo per pensare alla risposta, ma alla fine decisi di essere franca con lei. «Di recente ho incontrato Sheila Arnold... il medico di Annie. Mi ha detto che Annie era stata derubata. E adesso mi chiedo chi possa averlo fatto, quanto ci abbia guadagnato e per cosa siano stati usati i soldi.»

«Oh, cielo!» esclamò Wendy, sinceramente preoccupata. «Penso che non ci sia niente di vero in questa storia. Sheila Arnold se l'è inventata quando l'hanno accusata di negligenza nei confronti di un altro paziente... tre o quattro anni dopo la morte di Annie. Non era nemmeno vagamente interessata alla cosa finché non ne sono andati di mezzo i suoi interessi.» Avvicinò la punta delle dita, agitandole, nervosa. «È troppo strano... non una parola per anni... e poi all'improvviso Sheila vuole convincerci che, ben lontana dall'essere l'anima vulnerabile che pensavamo fosse, Annie era una donna ricca, che viveva in modo agiato fino a poco tempo prima di morire. Poi la situazione è precipitata così rapidamente... insulti che volavano... tutti che accusavano tutti di mentire.»

Non dissi nulla e Wendy sembrò convinta di avermi turbato.

«Ho detto qualcosa che non dovevo?» chiese. «Mi dispiace davvero. Peter mi ha riferito che la morte di Annie per lei è stata un vero shock.»

«La prego, non si scusi.» Mi chiesi che cos'altro avesse divulgato Peter. «Non ha detto niente di male.» Aprii il mio zainetto per estrarne una cartelletta spessa almeno quindici centimetri, poi sfilai una busta piena di ritagli di giornale e li sfogliai fino ad arrivare al giugno 1982. «È questa la storia cui alludeva?» le chiesi, passandole l'articolo intitolato: «Medico locale nega accusa di negligenza».

«Sì», rispose lei, alzando lo sguardo dal foglio ingiallito. «Da quanto ce l'ha?»

«Da sedici anni. Era la quinta volta che il nome di Annie veniva citato dalla stampa dopo il battage provocato dalla sua morte. Questi...» proseguii, estraendo gli altri ritagli dalla busta e facendo scorrere il pollice sui bordi, «sono tutti gli altri riferimenti. La stampa mirava a dimostrare i pericoli insiti nel permettere a persone vulnerabili di cavarsela da sole.» Sorrisi debolmente davanti all'espressione sorpresa di Wendy. «Parecchi amici mi hanno segnalato gli articoli. Inoltre, pago la biblioteca della mia vecchia università per cercare qualsiasi riferimento ad Ann Butts sulla stampa locale e nazionale», spiegai.

«Santo cielo!»

«E per qualsiasi citazione riguardante i due agenti di polizia che hanno indagato sulla sua morte», precisai, estraendo un'altra busta. «Questi sono gli articoli in cui vengono citati. Il primo, l'agente Quentin, è morto in un incidente automobilistico sette anni fa, l'altro, il sergente Drury, è andato in pensione nel 1990 e gestisce un pub della catena Radley's. Ci sono anche ritagli che si riferiscono a chiunque sia stato citato negli articoli precedenti... Per esempio, qui si parla del trasferimento della dottoressa Arnold a Dorchester... e quest'altro spiega che lei e suo marito avete lasciato St Mark per andare in una parrocchia a ovest.»

Guardò l'articolo sulla presunta negligenza di Sheila. « Il riferimento a noi era la frase di Peter alla fine, vero? »

« Non ha risparmiato colpi. 'Non ci sono scuse per questo genere di negligenza. La morte di Ann Butts avrebbe dovuto essere una lezione, così da evitare che si ripetessero gli stessi errori.' » Lo sguardo mi cadde nuovamente sulla statuetta di giada. « Sapeva di che cosa stava parlando? Era mai stato in casa di Annie? »

Wendy scosse la testa. « Non parlava mai con lui perché sapeva che Maureen si rifugiava spesso da noi in parrocchia. »

« Quindi non sapeva niente di 'questo genere di negligenza' », mormorai. « Da quello che diceva, invece, sembrava tanto informato da poter fare un paragone. Quindi non mi sorprende che Sheila se la fosse presa tanto. »

« Lo so », concordò lei tristemente. « L'unica cosa positiva è che non l'ha citata per nome. »

Feci spallucce. « Non ce n'era bisogno. Era perfettamente chiaro a chi si riferiva. In ogni caso, il giornale probabilmente ha eliminato il nome per evitare una denuncia di diffamazione. Tutto l'articolo era costruito per sottolineare che Sheila *negava* le accuse di negligenza, senza mai accusarla esplicitamente. »

Wendy emise un altro sospiro sincero. « È stata colpa mia, in effetti. Sono stata io a ricordare a Peter di Annie, e lui è uscito subito come una furia per parlare con la stampa. Sheila non l'ha mai perdonato, e quell'episodio le ha reso la vita molto difficile, in seguito. »

« Posso immaginarlo », dissi, estraendo l'articolo intitolato: « L'Ordine discolpa medico ». « Soprattutto considerando il fatto che è stata esonerata. Il signor Potts non era nemmeno suo paziente. »

« Era troppo tardi, ormai. Il danno era stato fatto. Peter ha cercato di scusarsi, ma Sheila non ne ha voluto sapere. » S'interruppe. « Ma non era colpa soltanto di Peter, sa. Sheila si era messa ad accusarlo di rimando, sostenendo che il motivo per cui Annie non si fidava di lui era che Peter aveva appoggiato i tentativi dei vicini di cacciarla dalla strada. Ha persino suggerito che fosse un razzista.»

«E lo è?»

Pensai che avesse potuto offendersi, ma non fu così. «No. Ha molti difetti, ma il razzismo non è fra questi. Anche Sheila lo sapeva. Non è stata una bella cosa da dire.»

«Avete passato un brutto momento anche voi», mormorai.

«È stato terribile!»

«Ma ciò non vuol dire che Sheila avesse torto, quando diceva che Annie era stata derubata», sottolineai.

«Sembra così improbabile...» disse Wendy. «Nessuno pensava che Annie avesse una casa piena di tesori quando era in vita. *Lei* se lo immaginava?»

«No», ammisi. «Però Sheila è in possesso di alcune prove che corroborano la sua tesi. Le lettere dell'ispettore dell'RSPCA, per esempio, quello che è andato a casa di Annie a controllare i gatti. E se è vero che Annie è stata derubata, è anche vero che l'indagine della polizia dopo la sua morte è viziata, perché non ha tenuto in considerazione che qualcuno le ha sottratto una piccola fortuna, prima o dopo la sua morte.»

«Ma chi, per amor del cielo?»

«È quello che sto cercando di scoprire», dissi, rimettendo i ritagli nelle buste. «Qualcuno piuttosto vicino alla casa di Annie, immagino... Qualcuno che sapeva cosa c'era in quella casa.»

Inclinò la testa di lato per studiarmi con quei suoi occhi acuti, perspicaci. «Che opinione ha suo marito di questa faccenda?»

«Nessuna», risposi. «In casa nostra l'argomento non è stato toccato per vent'anni.»

Mi appoggiò una mano sulla spalla con dolcezza. «Mi dispiace.»

«Non ce n'è bisogno», tagliai corto, in tono asciutto. «È un progetto mio, non suo.»

Pensava che il termine «progetto» fosse inadeguato? «Lei non deve biasimarsi per la morte di Annie», mormorò in tono sincero. «Non si deve sentire in colpa.»

«Non mi sento in colpa.»

Forse non mi credette. Forse vide una contraddizione tra la mia apparente compostezza e la prova della mia ossessione, il fascicolo che stringevo in grembo. «Nessuno sfugge alla giustizia», disse, abbassando una mano per prendere la mia e stringerla dolcemente tra le sue. «Spesso non vediamo o non capiamo la giustizia, ma la punizione è sempre adeguata.»

«Immagino che lei abbia ragione, ma non m'interessa una punizione astratta. Voglio una punizione *visibile*... occhio per occhio... inesorabile.»

«Allora ne rimarrà delusa», ribatté. «Non c'è gioia nel causare dolore... per quanto degna possa essere la motivazione.»

Non seppi rispondere in altro modo se non restituendo la pressione delle sue dita sulla mia mano. Era un riconoscimento, in un certo senso, e sembrò raddolcirla, ma la preoccupazione le rimase incisa nello sguardo finché non me ne andai.

Corrispondenza familiare, datata 1999

CURRAN HOUSE
Whitehay Road
Torquay
Devon

Mercoledì 28 luglio '99

Carissima M,

se mi permetti di darti un consiglio – e ovviamente non c'è motivo per cui tu debba accettarlo –, ti direi di parlare chiaro con Sam prima del nostro arrivo, sabato. Tua madre è ancora molto amareggiata per il vostro trasferimento a Dorchester e temo che farà pressione sui ragazzi per avere qualche risposta, se non la otterrà da te. Sam le ha detto che il cascinale era l'unica proprietà disponibile con un preavviso così breve – il che è chiaramente quello che crede –, ma ora la mamma è convinta che ci sia sotto qualcosa, perché dice che, all'inizio di giugno, il suo servile agente immobiliare ti ha mandato via fax una lista di affitti ragionevoli nel Devon.

Scusami se ti sembro noioso, ma trovo che il vecchio detto: «Tra due mali, scegli il minore» sia proprio valido. Sai com'è tua madre quando ci si mette, e temo che

Sam soffrirebbe alquanto se scoprisse la verità dai suoi figli dopo un interrogatorio della nonna! Non sarà facile confessare; la segretezza dà un'assuefazione spaventosa, mia cara, come ho scoperto io stesso, rendendomi conto di quanto ci siamo avvicinati tu e io nella nostra comune crociata e di quanto gelosamente desidero difendere il nostro legame, ma penso che sia giunta l'ora della sincerità. So che non feriresti mai Sam inutilmente.

Con affetto,

Papà

xxx

7

QUANDO rincasai, quella sera, trovai la casa piena di giovani e un barbecue improvvisato sulla nostra terrazza. «Un'altra festa di fine quadrimestre», spiegò il mio figlio più giovane, sbucando dalla cucina con un vassoio di costolette di maiale. Mi strizzò l'occhio con fare malizioso. «Hanno votato Luke e me come i più abili, potenzialmente, a organizzare una bella festa.» Era a braccetto con una bella ragazza, i cui capelli erano biondi e lunghi quasi quanto i suoi. «Georgie», buttò lì come presentazione. «Mamma.»

La ragazza era troppo inebetita per guardarmi a lungo. «È stata gentile a invitarmi», disse.

Annuii, chiedendomi come avessero fatto Luke e Tom a diventare così rapidamente il centro dell'attenzione. Alla loro età, io mi nascondevo dietro una frangia, sperando di essere notata quando invece venivo invariabilmente ignorata; Sam al contrario aveva seguito la scia dei vari Jock Williams del mondo, che conquistavano le ragazze grazie al potere trascinante dei loro amici. I ragazzi avrebbero detto che si trattava dell'altezza, dell'aspetto aitante da surfisti e del bel sedere, ma io pensavo che avesse più a che vedere con il lavoro da cassieri al supermercato locale Tesco, a quanto pare l'equivalente moderno della piazza in un villaggio. Tutti i sentieri s'incrociavano alla cassa di un supermercato. Con la promessa di fare una breve apparizione non appena mi fossi cambiata, mi rifugiai in camera nostra, dove trovai Sam disteso sul letto a fissare il soffitto. «È un casino, di sotto», disse imbronciato. «Perché non mi hai detto che i ragazzi avevano in mente d'invitare mezza Dorchester a scroccare pranzi?»

«Me n'ero dimenticata», mentii.

«Be', per tua informazione, stavo prendendo il sole nudo quando sono spuntati da dietro l'angolo della casa», borbottò. «È stato maledettamente imbarazzante.»

Sorridendo, mi lasciai cadere accanto a lui. «È per questo che ti sei nascosto quassù?»

«No», disse, indicandomi con il mento una cassetta in un angolo. «Sto facendo la guardia al mio vino. Ho trovato in cucina una ragazza che cercava di aprire una bottiglia di Cloudy Bay pensando che fosse gazzosa scadente, quindi le ho dato una lezione sulla qualità della viticoltura neozelandese e lei è scoppiata a piangere.»

«Non mi sorprende, se non avevi addosso nulla. Avrà pensato che eri un maniaco.»

«Ah-ah», fece lui, ancora più imbronciato.

«L'avrai mica sgridata?»

«Le ho detto che non l'avrebbe passata liscia se non imparava a distinguere tra una gazzosa repellente e un inestimabile Sauvignon Blanc. Anzi stavo quasi per chiederle la carta d'identità, nel caso venissimo razziati. Avrà avuto non più di dodici anni.»

Aveva un viso piacevole, mio marito, con le rughe di espressione intorno agli occhi e alla bocca. Pensai che portava davvero bene i suoi anni ed era cambiato davvero poco nel quarto di secolo in cui avevo vissuto con lui. Aveva il tipo di carattere che metteva a suo agio le persone, perché si arrabbiava di rado e si placava rapidamente, e il suo viso rispecchiava quelle affascinanti qualità. Quasi sempre, almeno.

In quel momento mi stava guardando con fare pensoso. «Com'è andata? Il pastore ti ha detto qualcosa di utile?»

Scossi la testa. «Praticamente non gli ho parlato.»

«Allora perché hai fatto così tardi?»

«Ho chiacchierato a lungo con la moglie», spiegai. «Ha tenuto una documentazione fotografica del periodo in cui è stata alla parrocchia di St Mark e mi ha prestato le foto di alcune persone che vivevano in Graham Road nel '78.»

Mi studiò per un istante. «Che fortuna.»

Forse avrei dovuto cogliere l'occasione per essere onesta con lui, ma come al solito non riuscivo a decidere se quello fosse davvero il momento giusto. Mi limitai ad annuire.

«Immagino che sapesse i nomi di tutti», proseguì Sam.

«Della maggior parte delle persone.»

«Ed è riuscita a dirti tutto di loro?»

«Qualcosa.»

Mi spostò una ciocca di capelli dalla fronte. «Non penso ci siano molte mogli di pastori che fotografano i parrocchiani del marito.»

Mi strinsi nelle spalle. «Era una fotografa semi-professionista, faceva servizi ai matrimoni delle coppie che non potevano spendere molti soldi. Poi ha smesso. È piuttosto brava, in effetti. Se avesse avuto quarant'anni di meno, avrebbe fatto carriera.»

Sam lasciò cadere la mano sul copriletto. «Avresti potuto guidare fino a Exeter per trovare una casalinga frustrata che non aveva mai fatto altro se non cuocere torte per il banco di beneficenza, e invece hai incontrato un David Bailey in gonnella. È incredibile, non trovi?»

Mi chiesi che cosa lo infastidiva. «Non proprio. Solo alla fine ho saputo che aveva alcune foto del funerale di Annie. Ricordi che ci ha fatto una foto insieme con Libby Williams? È una donna particolare, alta e ossuta... Somiglia a un avvoltoio... È abbastanza difficile non notarla.»

Scosse la testa. «Come facevi a sapere che era la moglie del pastore e non una fotografa della stampa?»

«Me l'aveva detto Julia Charles. A quanto pare, Wendy – la signora Stanhope – ha fatto le foto al battesimo di Jennifer, quindi Julia la conosceva piuttosto bene.» M'interruppi, vedendo che scuoteva la testa tristemente. «Cosa c'è?» chiesi.

Con uno scatto sollevò le gambe dal letto e si alzò, mentre l'incredulità pareva scoppiettargli sul viso in piccole scariche elettriche. «È venuto a trovarmi Larry, questo pomeriggio. Dice che stai suscitando un vespaio facendo domande su Annie. Vuole che lasci perdere.»

«Spero che tu gli abbia detto che non sono affari suoi.»

«Al contrario. Lo capisco. A quanto pare, Sheila ha avuto un mezzo esaurimento l'ultima volta che ne è stata coinvolta. È stata trascinata davanti all'Ordine dei medici dopo che il tuo prezioso pastore l'ha accusata di negligenza. Erano tutte stupidate, ovviamente, ed è stata assolta subito, ma Larry non vuole una replica della faccenda.»

Andò alla finestra: risate squillanti riecheggiavano dalla terrazza. Incrociai le dita nella speranza che Tom non scegliesse proprio quel momento per alzare lo stereo a tutto volume, cosa che faceva perdere le staffe a suo padre.

«Che altro ha detto Larry?» chiesi.

«Voleva sapere che cosa ci ha portato a Dorchester. Sostiene di non credere alle coincidenze.» Mi guardò in cagnesco, ferito. «Gli ho detto che si sbagliava: *era* una coincidenza. Non potevamo sapere dove lavorasse Sheila. A quel punto mi ha accusato di essere un ingenuo. 'Sua *moglie* lo sapeva', ha affermato. 'È andata all'ambulatorio il giorno dopo che vi siete trasferiti qui, per farsi assegnare specificatamente alla dottoressa Arnold, poi ha chiesto una copia dei turni di Sheila per essere sicura di aver lei come medico.'»

Ricambiai lo sguardo incattivito. «E come si è messo in testa un'idea del genere?»

«Ha chiesto alla segretaria di Sheila se la signora Ranelagh sapeva quale medico avrebbe risposto alla sua richiesta di una visita a domicilio.»

Mi sedetti a gambe incrociate. «Pensavo che quel tipo d'informazione fosse confidenziale», mormorai.

Aspettò che proseguissi e, visto che non lo facevo, mi puntò contro un dito. «Tutto qui?» chiese. «Mi fai fare una figura da idiota e parli di riservatezza?»

Alzai le spalle, indifferente. «Cosa vuoi che ti dica? Sì, sapevo che questa casa si trovava nella zona di Sheila. Per questo ho voluto affittarla.»

«Perché non me lo hai chiesto?»

«Chiesto cosa?»

«Se mi stava bene.»

«L'ho fatto. Hai risposto che Dorchester andava bene, che era un posto come un altro.»

«Però non mi hai spiegato che avevi un piano, vero?» Stava cercando di controllare la voce, ma sentivo il tremore della collera che gli stava montando dentro. È proprio quello il problema di chi ha un carattere controllato: se perde le staffe, lo fa alla grande. «Avrei potuto prenderla diversamente, se mi avessi detto che avevi in testa di resuscitare Ann Butts. *Gesù!* Non pensi che abbiamo già passato un periodo tremendo?»

Immagino che tutti abbiano un argomento particolare che li manda su tutte le furie: per me, era il malvagio talento di mia madre nell'agitare le acque; per Sam, era la paura di Annie la matta e di tutto ciò che la sua morte rappresentava. Credo che lui abbia sempre sperato in un'interpretazione piuttosto libera del principio del *karma*: se rifiutava di guardare sotto la superficie, allora la superficie era la realtà. Ma non riusciva a liberarsi dalla paura di essersi sbagliato.

Presi tempo per rispondere. «La mia decisione non avrebbe superato un interrogatorio. Sarei venuta qui ugualmente.»

Un lampo di sbigottimento gli passò negli occhi. «Senza di me?»

«Sì.»

«Perché?»

Era una parola così piccola, eppure le sue interpretazioni erano infinite. Perché avrei dovuto pensare di lasciarlo? Perché ero così subdola? Perché non mi fidavo di lui abbastanza da dirgli la verità? Se si fosse preso la briga di porsi quelle domande, avrebbe potuto rispondere meglio di me, perché aveva avuto molto più tempo per pensarci. Devo ammettere che non l'avevo mai sfidato apertamente con quegli interrogativi, ma sono certa che a volte, nel cuore della notte, lui si era preparato qualche spiegazione, nel caso l'avessi fatto.

Andai dritta al punto. «Ho scelto il Dorchester perché immaginavo che Sheila avesse più informazioni di chiunque altro, anche se, a dirla tutta, non era poi così importante dove andavamo. La diaspora da Graham Road è stata tale che avremmo avuto questa conversazione sia che fossimo stati qui o a Timbuctu.» Alzai di nuovo le spalle. «Paul e Julia Charles si trovano in Canada; Jock e molti altri sono ancora a Londra; Libby si è risposata e vive felicemente con il secondo marito e le tre figlie nel Leicestershire; gli Stanhope sono nel Devon; il coroner è andato in pensione nel Kent; John Howlett, l'ispettore dell'RSPCA, è nel Lancashire; Michael Percy, il figlio della vicina di Annie, è in carcere a Portland; Bridget Percy, nata Spalding – una delle ragazze che viveva di fronte ad Annie –, lavora a Bournemouth...» Non mi vennero in mente altri nomi, così presi a pizzicare il brutto copriletto ricamato che faceva parte dell'arredamento e che mi riempiva di disgusto ogni volta che lo guardavo.

L'avevo sconvolto fin nel profondo. «Come fai a sapere tutte queste cose?»

«Proprio come tu sai che Jock vive in Alveston Road. Sono rimasta in contatto. Ho un fascicolo di corrispondenza da parte di mio padre, che per anni ha scritto lettere per conto mio, e Julia e Libby mi scrivono qualche riga ogni sei mesi circa per tenermi informata sui movimenti delle persone.»

Sembrava stravolto dall'orrore. «Jock sa che ti sei tenuta in contatto con Libby?» chiese, con un tono che insinuava il mio coinvolgimento in un complotto particolarmente malvagio. *Il che era piuttosto divertente, considerata la situazione...*

« Ne dubito », risposi. « Non si parlano fin dal divorzio. »

« Ma lui ha sempre creduto che fossimo dalla sua parte, dannazione. Anzi gliel'ho detto io. »

« Avevi ragione solo a metà », dissi, intenta a stuzzicare il copriletto con le unghie. « *Tu* sei sempre stato dalla sua parte. »

« Sì, ma... » S'interruppe, evidentemente travolto da altri pensieri sgradevoli. « Tua madre sa che tuo padre ha scritto varie lettere per te? »

« No. »

« Andrà su tutte le furie », disse, allarmato. « Era convinta che quel dannato casino fosse stato sepolto vent'anni fa, lo sai benissimo. »

Strappai un ciuffo particolarmente grosso di peluria dal ricamo e lo pigiai al suo posto quando mi resi conto di aver fatto un buco. Mi chiesi se Sam ricordava che i miei genitori sarebbero venuti a trovarci il giorno dopo oppure se, come faceva con tutte le cose sgradevoli della sua vita, avesse cacciato quell'idea dalla mente. « Non mi preoccuperei troppo », mormorai. « Non sarebbe arrabbiata con te... Solo con me. »

« E che mi dici di tuo padre? » mi domandò, con la voce che si alzava sempre di più. « Lei lo scuoierà vivo per aver agito alle sue spalle. »

« Non vedo perché dovrebbe scoprirlo. »

« Lo scoprirà », borbottò lui in tono pessimista. « Scopre sempre tutto. »

Pensai al consiglio di mio padre riguardo al minore dei mali. Se non altro, l'incapacità di Sam di celare i propri sentimenti avrebbe indotto mia madre a mettersi a caccia di segreti nascosti. « Potrebbe tenere il broncio per un paio di giorni, finché non si convince che è solo colpa mia. È programmata per non dare mai la colpa agli uomini. Secondo lei, Eva ha corrotto Adamo...» Guardai Sam e sostenni il suo sguardo. «... mentre dovrebbe sapere che quasi sicuramente Adamo ha preso Eva senza il suo permesso.»

Ebbe il garbo di arrossire. «Hai fatto tutto per questo? Per vendicarti?»

Non risposi.

«Non potevi dirmelo?»

«Dirti cosa? Che stavo inseguendo qualcosa che per me è importante? Da quello che ricordo, l'ultima volta che ti ho detto una cosa del genere, mi hai accusato di essere una nevrotica e hai minacciato di divorziare se avessi pronunciato ancora il nome di Annie in tua presenza.»

Agitò tristemente la mano. «Non intendevo farlo davvero.»

«Invece sì», dissi, pacata. «E se fossi stata sicura di me stessa almeno la metà di quanto Tom e Luke sono ora, ti avrei detto dove potevi ficcarti il tuo patetico divorzio. Sono rimasta con te solo perché non sapevo dove andare. Mia madre si è rifiutata di accogliermi se ne avessi avuto bisogno e nessuno dei miei amici desiderava una pazza parcheggiata nella camera degli ospiti.»

«Hai detto che volevi restare con me.»

«Ho mentito.»

Sam si sedette sulla cassetta delle bottiglie. «Pensavo che fosse tutto finito anni fa. Pensavo che ti fossi lasciata questa storia alle spalle.»

«No.»

«Gesù», mormorò, lasciando cadere la testa tra le mani e rimanendo a lungo in silenzio. Alla fine si alzò. «Mi hai *mai* amato?» chiese, con una profonda amarezza nella voce.

Volevo dirgli che era una domanda infantile; se non conosceva la risposta dopo ventiquattro anni, allora non c'erano parole che potessero cambiare le cose. Credeva che qualcuno potesse vivere a tempo indeterminato con una persona che non amava? *Lui* avrebbe potuto farlo? Ma poi, fuori in terrazza, i bassi dello stereo di Tom rombarono all'improvviso, facendo vibrare le pareti e i pavimenti del vecchio cascinale, e dunque mi fu risparmiata la necessità di rispondere.

Andai in bagno a cambiarmi e lasciai sul letto il mio zainetto, affinché Sam potesse frugarci dentro. Era un modo codardo di offrire informazioni, ma non mi sentivo affatto in colpa. Come dice il vecchio proverbio: « Si raccoglie quello che si semina », e il raccolto di Sam era atteso da troppo tempo.

E-mail della signora Julia Charles – in passato vicina di casa dei Ranelagh al numero 3 di Graham Road, ora residente a Toronto, Canada –, datata 1999

M. Ranelagh

Da: Julia Charles (juliac@cancom.com)

Data: 11 febbraio 1999 18.50

A: M. Ranelagh

Oggetto: I ragazzi Slater!

Non crederai ai problemi che abbiamo avuto a rintracciare soltanto uno degli Slater! Non quello che volevi, temo, perché è il più giovane (Danny), ma potrebbe essere il più malleabile e forse riuscirà a convincere sua madre a rispondere alle tue lettere. Non ti annoierò con i dettagli dei contatti e delle scorciatoie: ti basti sapere che l'amica d'infanzia di Jennifer che abitava al numero 6 (Linda Berry) si è tenuta in contatto con un'altra amica d'infanzia (Amy Trent) che andava al liceo artistico con Danny, ed è ancora in contatto con lui. Abbiamo tentato di tutto per trovare Alan, ma invano, purtroppo. A quanto pare, si è sposato sei o sette anni fa e vive da qualche parte a Isleworth, ma non so se l'informazione è precisa. Varrebbe la pena di chiedere all'elenco abbonati per capire se c'è un A. Slater in quell'area, ma è un nome comune e potresti trovarne parecchi.

Comunque, Danny Slater vive a Brixton (non ho l'indirizzo né il telefono) e insegna arte in un college per adulti. L'indirizzo del college è: Freetown Community Centre, Brixton, London. Ma la buona notizia è che ha un indirizzo e-mail – michelangelo@rapmail.com – e controlla regolarmente i messaggi da un internet café vicino alla stazione di Waterloo. Se Luke e Tom non se la sentono, Jennifer è pronta a stabilire il contatto, ma penso che sarebbe più veloce se lo contattassi tu direttamente. N.B. La tua idea di dire che si tratta di un progetto informatico via internet è ottima, e ha funzionato perfettamente con Linda e Amy.

Sono felicissima di sapere che Sam sta meglio. Dev'essere stato un tale spavento per te!

A presto, cara,

con affetto,

Julia

Parte della corrispondenza via e-mail tra Luke Ranelagh e Danny Slater nei primi sei mesi del 1999

Luke Ranelagh

Da: Danny Slater (michelangelo@rapmail.com)

Data: 20 febbraio 1999 20.50

A: Luke Ranelagh

Oggetto: Progetto informatico; Database: Graham Road

Senti, amico, chiunque abbia voglia di fare un database per un buco di fogna come Graham Road si deve far esaminare il cervello. Okay, sei dall'altra parte del mondo e non sai niente dell'Inghilterra. È una specie di scusa – e immagino di poterla accettare per quello che è –, ma fammi il favore, mandami qualche foto di bellezze in bikini! Ho uno spiccato senso di apprezzamento estetico per le belle donne. Descrizioni minuziosissime andranno bene, se non hai uno scanner. La verità è che FACCIO DI TUTTO per dimenticare di aver vissuto in quella f*****a Graham Road. Se avessi conosciuto mia madre, capiresti! Ciao. Danny.

Danny Slater

Da: Luke Ranelagh (beachbum@safric.com)

Data: 22 febbraio 1999 15.22

A: Danny Slater

Oggetto: Bellezze in bikini

Cosa ne pensi di queste? La mia è la bellezza bionda sulla destra. Descrizioni ricche di dettagli di Graham Road andranno benone, se non hai uno scanner. Sono un ex compatriota, santo Dio! Ho uno spiccato senso di apprezzamento estetico per tutto ciò che è inglese. Ciao. Luke.

Brani tratti dal referto psicologico di Alan Slater (32 Graham Road), richiesto dal preside del corpo docenti per la proposta di esclusione permanente da scuola, datato aprile 1979

[...] Alan ha una modalità di comportamento aggressivo. Utilizza la propria forza per intimidire gli altri con esibizioni di violenza non provocata, e utilizza un linguaggio offensivo con bambini di gruppi etnici diversi. Ha un passato di problemi disciplinari e reagisce in modo aggressivo con gli insegnanti che cercano di dominarlo, specialmente se donne [...]

[...] Il suo rendimento scolastico, assai scarso in tutte le materie, lo fa sentire inadeguato e mina la già scarsa stima di se stesso. Si considera isolato dal gruppo dei coetanei e perde le staffe per motivi apparentemente futili. Si sente rifiutato dalla famiglia, dai compagni e dagli insegnanti e sembra cercare ulteriori rifiuti con un comportamento distruttivo, così da fornire a se stesso il motivo per cui nessuno gli si affeziona. Ci sono prove di violenza domestica. Dice di odiare il padre e si riferisce alla madre come a una «donnaccia depravata». Ha un legame piuttosto stretto con Michael Percy, compagno di scuola e vicino di casa, che considera altrettanto disadattato [...]

[...] Per concludere, sono seriamente preoccupata per il pericoloso senso di alienazione che Alan prova, e che potrebbe portare a un comportamento criminale. Credo che sia fondamentale agire con solerzia per evitare che la situazione peggiori. Ci sono problemi a casa e a scuola, ma l'esclusione permanente non rappresenta una soluzione. Necessita di un sostegno intensivo per aumentare la propria autostima e dovrebbe essere incoraggiato a stringere relazioni salde e positive con gli adulti, sia all'interno della scuola sia nella comunità in cui vive. Ha bisogno di sentirsi apprezzato: solo allora avrà le motivazioni necessarie per correggere i suoi atteggiamenti asociali e aggressivi...

8

TROVAI Luke, il mio figlio maggiore, a cavalcioni di una sedia in cucina. « Il tuo uomo è uscito a fumarsi una canna », mi gridò nell'orecchio, sovrastando la cacofonia che giungeva dalla terrazza. « Gli ho detto di non dare troppo nell'occhio, caso mai papà lo vedesse, quindi si è accucciato dietro una siepe in fondo ai gradini della terrazza. » Mi passò una lattina di lager, poi si alzò per condurmi alla porta finestra. « È un po' lagnoso », mi avvertì. « Continua a dire che dobbiamo essere straricchi se possiamo permetterci un posto così, e non smette di ripetere che non ha mai avuto fortuna in vita sua. »

Annuii.

« Allora, dov'è papà? »

« Sopra », gridai nel frastuono.

Luke sorrise, imbarazzato. « Non sarà ancora arrabbiato per il suo Cloudy Bay, eh? »

« No, ma sta per impazzire per il baccano. »

« Okay. » Si fece strada tra la folla e abbassò il volume a un livello sopportabile. Quando tornò, era seguito da un uomo sui venticinque anni, dai capelli scuri e ispidi e dal cipiglio nervoso. « Danny Slater », disse Luke, presentandoci. « È uno dei ragazzi che mi ha dato informazioni su Graham Road... Insegna arte al Community Centre di Brixton. Starà sulla penisola di Portland tutta l'estate, per imparare a scolpire la pietra in un laboratorio della Cava Tout. Quando mi sono reso conto che eravamo a due passi, non riuscivo a crederci... Mi è sembrata una buona occasione per conoscersi. »

Luke parlava a vantaggio di Danny, non mio. Come aveva sottolineato parecchie volte, era poco diplomatico trascorrere mesi a cercare di diventare amici di una persona, e poi permettere che quella scoprisse, la prima volta che ci s'incontrava, che c'era un piano segreto dietro quell'amicizia, che la ragione per cui vivevi a meno di venti chilometri dal suo luogo di vacanza era conoscere i suoi genitori. «Se succedesse a me, non ci vedrei più dalla rabbia», mi aveva detto con fermezza. «Quindi usiamo un po' di tatto. Okay? Mi piace, è tosto... E le sue e-mail sono divertenti.»

Mi sentivo in colpa per aver reso mio figlio un alleato? Sì. Ricordavo il monito del dottor Elias sul fatto che Sam si sarebbe sentito tradito se l'avesse scoperto? Sì. Tutto ciò mi avrebbe impedito di usare Luke? *No.* Avevo abbastanza fiducia in mio marito per credere che non avrebbe mai biasimato i figli per qualcosa che avevano fatto per la madre.

Questa paziente... è ossessiva... estremamente abile nella manipolazione... e incute timore...

Danny non era il giovane più attraente del mondo, ma sfoggiai il mio sorriso migliore e gli strinsi calorosamente la mano, mentre Luke si allontanava, dirigendosi verso il barbecue. «Probabilmente non ti ricordi di me», esordii, «ma mio marito e io abitavamo al 5 di Graham Road. Tu non avevi più di tre o quattro anni all'epoca, però conoscevo tuo fratello Alan molto bene... Ero la sua insegnante d'inglese al King Alfred.»

Scosse la testa. «Non può essere stato mio fratello», rispose. «Alan ha trentacinque anni. Dev'essersi confusa.»

«No», gli assicurai. «Era di sicuro Alan. Sono stata la sua insegnante nel '78, quando aveva quattordici anni. Era una peste, però immagino che ormai si sia calmato», conclusi con una risata.

Danny mi esaminò attentamente, poi estrasse dalla tasca un pacchetto di sigarette. «Deve aver avuto una vita facile, allora», disse, come se fosse una critica più che un complimento. «Mia madre non ha superato da molto i cinquanta, ma sembra sua nonna.»

Sorrisi. «Dipende se pensi che insegnare sia facile. Io non lo penso, ma d'altronde non ho mai insegnato arte. Forse è meno stressante che cercare di ficcare in testa Shakespeare a una massa di ragazzini riluttanti.»

Abboccò subito alla mia esca e io ascoltai con pazienza le sue lamentele sull'insostenibile necessità di un artista di guadagnarsi un salario regolare; sulla fatica di sopportare l'egocentrismo arrogante di studenti che non hanno un briciolo di creatività; su come, se fosse stato abbastanza fortunato da vivere in un Paese in cui la cultura veniva valorizzata, avrebbe avuto una borsa di studio per dedicarsi alla propria arte, invece di essere costretto a insegnarla a un manipolo di rozzi individui senza cervello...

Annuii, comprensiva, quando tirò il fiato. «E immagino che la tua famiglia non sia nella posizione di aiutarti, vero?»

«Non sono sposato.»

«Volevo dire i tuoi genitori. Ricordo abbastanza bene tuo padre.» Pensai alla fotografia di Derek Slater che Wendy Stanhope mi aveva prestato. «Capelli scuri, bell'aspetto, molto somigliante a te, in effetti.»

Non si lasciava lusingare facilmente. «C'è solo mia madre, e sopravvive con il sussidio d'invalidità», replicò. Mi offrì una sigaretta e se ne accese una quando scossi la testa. «Papà ci ha abbandonato anni fa... Non ricordo neanche che faccia avesse.»

«Mi dispiace.»

Un'alzata di spalle. «È stato meglio così», disse, senza emozione. «Ci picchiava con la cinghia. Alan le prendeva più di tutti. Il papà lo picchiava sulla testa quando cercava di proteggere la mamma e gli sono rimaste le cicatrici.»

«Me l'ero immaginato», replicai, anch'io in tono distaccato. «Molto spesso arrivava con un occhio pesto a scuola, ma mi diceva sempre che aveva fatto a botte con ragazzi di bande rivali. 'Dovrebbe vedere gli altri', mi diceva sempre.»

Per la prima volta, Danny sorrise. «Era un bravo bambino. Si è preso un sacco di botte da papà, finché a quindici anni non gli ha schiantato la mazza da baseball sulla faccia. È stato allora che se n'è andato.» Un'altra alzata di spalle. «Io non ricordo papà, ma tutti dicono che era un gran bastardo. Ha contattato una delle mie sorelle, anni fa, ma poi non ne è venuto fuori niente. Voleva soltanto soldi. Sally ha cercato di persuadere Alan ad aiutarlo, ma lui non ne voleva sapere e da allora non abbiamo avuto più sue notizie.»

«Sai dov'è adesso?»

Esitò. «Da qualche parte a Londra, penso.»

In carcere? mi chiesi. «E Alan?» domandai poi in tono rassicurante, per mostrarmi più interessata al mio ex alunno che a suo padre. «Come sta? È sposato?»

Danny annuì. «Ha due bambini, un maschio e una femmina... Non alza mai la voce con loro... non gli dà mai nemmeno una sculacciata.» Fece un tiro nervoso dalla sigaretta. «Vado giù di testa quando lo vedo. Abita in una bella casetta a Isleworth e sua moglie è fantastica. Si chiama Beth... Non è niente di che, paffuta in tutti i punti sbagliati... Però, ogni volta che vado a trovarli, penso che così dovrebbero essere le famiglie, con tutti che si amano e i bambini che si sentono protetti. Ti fa capire quello che hai perso.» I suoi occhi vagarono verso Luke e Tom che stavano discutendo su quale CD mettere. «Direi che anche i suoi figli sono fortunati.»

Mi resi conto all'improvviso di quanto fosse vulnerabile, e mi vergognai del modo in cui lo stavo usando. Fino a quella sera, era stato un nome sullo schermo del computer, un bambino dimenticato da vent'anni, che aveva risposto a un'e-mail, convinto ingenuamente di poter aiutare un tizio a Città del Capo a completare un progetto informatico assolutamente banale. Eppure non aveva nessuna responsabilità per la morte di Annie, e mi chiesi addirittura se sapesse che una donna di colore era morta in Graham Road nel '78. Di sicuro il nome «Ranelagh» non gli diceva niente, e quindi forse sia Annie sia io eravamo già state dimenticate quando Danny era diventato abbastanza grande da capire che una donna era morta nella sua strada e un'altra aveva accusato i suoi vicini di aver perpetrato un omicidio spinti da un movente razzista.

Seguii il suo sguardo. «Luke e Tom potrebbero ribattere che sei tu il fortunato.»

«E questa come le è venuta in mente?»

«Perché il modo in cui sono cresciuti significa che non avranno mai la tua creatività o il tuo impegno a dimostrare quanto vali. Il dolore interiorizzato è sempre uno stimolo più forte della sicurezza e della soddisfazione. La gente appagata dà per scontata la felicità. La gente angosciata lotta per trovarla attraverso l'espressione di sé. Almeno tu hai l'opportunità di diventare famoso.»

«Ci crede davvero?»

«Sì.»

«E allora perché non fa vivere i suoi figli in un inferno?»

La domanda era abbastanza ingenua da farmi sorridere, basata com'era sull'ipotesi che l'amore dei genitori si potesse accendere o spegnere a seconda delle circostanze... Ma forse, per lui, quella era la realtà dell'infanzia. «Non dovresti prima chiedermi se considero la fama qualcosa cui una madre ragionevole dovrebbe ambire per i suoi figli?»

«Perché non dovrebbe?»

«Perché le probabilità sono a sfavore. L'angoscia esistenziale non garantisce il successo, semplicemente offre una possibilità. Dopodiché è tutta una questione di genio. Comunque, per quanto riguarda Luke e Tom, sono guidata totalmente dall'egoismo. Voglio piacere ai miei figli.»

Non sembrava impressionato dalla mia schiettezza. «Tutti sono motivati dall'egoismo, inclusi Luke e Tom», ribatté. «Si comportano come lei si aspetta da loro perché pensano di ottenere qualcosa in cambio. Alan s'inchinava sempre davanti a mio padre, sperando di evitare le botte, e scommetto che Luke e Tom s'inchinano solo per i soldi.»

«Molto spesso.»

«I bambini di Alan fanno la stessa cosa. Hanno appena smesso di mettere il pannolone e tengono già il padre in pugno.» Buttò a terra il mozzicone e lo schiacciò sotto il tacco. «Basta che scoppino a piangere perché vogliono il gelato e lui svuota le tasche. Io gli ho detto che si sta facendo prendere in giro, ma lui è così fottutamente paranoico per come ci ha trattato papà che non vuole sentire ragioni.»

Mi chiesi se Danny si rendesse conto di quanto fosse confusa la sua visione del ruolo dei genitori e di come interpretasse male il concetto di «ragione». Come diceva il proverbio? «Il medico pietoso fa morire l'ammalato.» Probabilmente era vero, anche se continuava a risultarmi oscuro il motivo per cui lui, al pari di molti altri, era convinto che la durezza avesse un più alto valore educativo rispetto all'indulgenza. «Che ne pensa tua madre?»

«Chi cazzo lo sa. S'imbottisce di Prozac, quindi dipende da che umore è», rispose, acido. «Va già bene se riesce a trascinarsi fuori del letto... In quanto al fatto di avere un'opinione su qualcosa...» Tacque, fissando il pavimento.

«Mi dispiace», ripetei.

«Già, è un casino», commentò con un'amara risata. «Immagino che sia delusa.»

«Per cosa?»

«Che un tipo come me risponda alle e-mail di Luke. Probabilmente sperava in qualcosa di meglio.»

«Non giudico mai le persone», risposi in tutta sincerità. «Se lo facessi, dovrei portare anch'io un cartellino al collo, e non è una cosa che sono disposta a fare. A ogni modo, non penso di aver capito che tipo di persona pensi di essere.»

Diede un calcetto al pavimento lastricato. «Una fottuta nullità», borbottò. «L'ultima cosa che ho sentito di mio padre era che l'avevano sbattuto nel carcere di Scrubs per aggressione. Però ci siamo finiti tutti, lì. A me hanno dato sei mesi per aver preso delle auto senza il permesso del proprietario. Alan si è fatto quattro anni di riformatorio per spaccio... Le mie sorelle sono state un po' al fresco per furti nei negozi. Portiamo sempre guai. Povera la mia vecchia, se metteva il naso fuori casa la trattavano tutti male per quello che combinavamo noi.» Un breve silenzio, denso di tristezza. «Immagino sia per quello che non esce più dal letto.»

L'ammissione lo feriva, evidentemente. Mi chiesi se non ci avesse cercato – o avesse cercato comunque gente come noi, immune dal pregiudizio anti-Slater – con la stessa determinazione con cui noi avevamo cercato lui. Tuttavia, se fosse stato così, perché avrebbe confessato con tale prontezza il totale fallimento della sua famiglia? L'occhiata astuta che mi lanciò nel rialzare la testa mi convinse che quel ragazzo stava cinicamente mettendo alla prova il mio rifiuto di etichettarlo, e la mia comprensione per lui diminuì un poco. Immaginavo che gli piacesse portare rancore e cercasse il rifiuto per alimentarlo... Inoltre mi chiesi chi di noi due fosse più colpevole di manipolazione.

«Pensavo che ti saresti definito un artista che lotta per sopravvivere», dissi con una risatina. «Non avevo considerato la 'fottuta nullità'. Ciò significa che perderei tempo se venissi a vedere il tuo laboratorio di scultura?»

Fece un sorrisetto riluttante. «No. Sono un bravo scultore.»

«Immagino di sì», gli dissi. «Tuo fratello aveva un gran talento, a quattordici anni.»

Sembrava sorpreso. «Alan?»

Annuii. «Ho ancora una statuetta di legno che ha scolpito per me. È un serpente con tante piume intorno alla testa.»

«Allora è proprio sua», esclamò Danny. «Ha la mania di quel dio azteco metà serpente e metà uccello. Sono tutte stronzate, ma lui è sicuro che 'sto tizio fosse un alieno venuto sulla terra per fondare una civiltà in Messico che poi è sparita.»

«Quetzalcoatl?» suggerii.

«Proprio lui. Ha un mosaico che lo raffigura sulla parete del soggiorno.»

Non venni a sapere nient'altro del mosaico di Alan quella sera, perché Danny sembrava più interessato a deridere la passione del fratello per gli alieni che a discutere del suo gusto artistico. Mi aggrappai al filo di pazienza che mi era rimasto per ascoltare le sue noiose recriminazioni e mi sentii in un certo senso sollevata allorché una brunetta alta un metro e ottanta e con le gambe che parevano arrivare fino alle ascelle lo sedusse con una sigaretta.

Li osservai nelle fasi iniziali della danza di corteggiamento – una strana accozzaglia di spalle ondeggianti e finta naturalezza, mentre abbassavano la testa per accendersi la sigaretta – e stavo per rientrare quando Sam mi raggiunse con un'offerta di pace. «È Cloudy Bay», disse imbronciato, mettendomi il bicchiere in mano. «Stavo per scolarmelo tutto per affogare i miei dispiaceri, poi ho pensato: al diavolo, non è colpa tua se Larry mi ha fatto arrabbiare.»

Non era proprio una bandiera bianca, ma intravedevo una sorta di tregua. Risposi facendo tintinnare il mio bicchiere contro il suo e sorrisi, mentre mi chiedevo se Sam avesse colto l'occasione che gli avevo offerto per scoprire chi era Danny Slater e perché era lì. In tal caso, temevo che la tregua sarebbe durata ben poco. Una cosa era che la moglie e il suocero gli nascondessero qualche segreto, un'altra che lo facessero anche i figli.

Probabilmente mi lesse nel pensiero. « Chi è il ragazzo con i capelli scuri con cui parlavi? » mi chiese, accennando in direzione di Danny. « Vi stavo guardando dalla finestra. Sembrava che lui avesse un sacco di cose da dirti. »

« Si chiama Danny Slater. Sta lavorando al laboratorio di scultura a Portland. »

« Qualche parentela con Derek Slater? »

« È suo figlio », risposi, in tono pacato. « Ricordi Derek? »

« No. Ho frugato nel tuo zainetto. » Abbassò le spalle come un pugile che si prepara a difendersi. « E non prendertela. Se non volevi che curiosassi, non avresti dovuto lasciarlo sul letto. »

« È colpa mia », ammisi, sperando che avesse avuto il buon senso di leggere tutto. L'ignoranza assoluta l'aveva reso felice per anni; un'ignoranza parziale l'avrebbe divorato come un tarlo.

« Avevi ragione riguardo alla moglie del pastore. Le sue foto sono molto utili. Quel ragazzo è identico a suo padre vent'anni fa. »

« Somiglia anche alla madre », obiettai.

« Che sarebbe Maureen Slater? »

Annuii.

« Mmm, be', lei non l'ho riconosciuta. Anzi, non ho riconosciuto nessuno nelle foto, tranne Julia Charles e Libby Williams. C'è anche una bionda che veniva al pub di tanto in tanto, mi sembra, ma gli altri mi sembrano tutti sconosciuti », disse Sam, scuotendo il capo.

Mi chiesi quante lettere avesse letto e quante immaginava gli avessi nascosto. Se avesse saputo tutta la verità, ne sarebbe stato devastato.

In cerca di Luke e Tom, lanciò uno sguardo distratto alla marea di teste davanti alla casa. « I ragazzi hanno raccolto un sacco d'informazioni su Graham Road. Da quanto tempo ci lavorano? »

«Da quando hai avuto la trombosi.»

Sorrise debolmente. «Basandosi sul principio che saresti tornata a casa, che io sopravvivessi o no?»

«Qualcosa del genere.»

Rimase in silenzio prima della domanda successiva, come se stesse valutando se fosse saggio formularla. Proprio come me, sapeva bene che era meglio non tagliarsi i ponti alle spalle, ma il suo bisogno di rassicurazione era più forte della cautela. «Hai detto ai ragazzi che ti avevo piantato?»

«No. Ho detto che Annie era stata assassinata e che stavo cercando di far riaprire le indagini. Nient'altro.»

Fissò il suo bicchiere di vino, con la bocca che si contorceva in modo strano, quasi volesse formare parole cui non era abituata. Ma, alla fine, tutto ciò che Sam disse fu: «Grazie».

Testimonianza fornita dalla signora M. Ranelagh nel 1979 sulla presunta aggressione da parte di Derek Slater, residente al 32 di Graham Road

VERBALE DELL'INCIDENTE

Data: 25.01.79
Ora: 10.32
Ufficiale incaricato: sergente Drury, polizia di Richmond
Testimone: signora M. Ranelagh, 5 Graham Road, Richmond, Surrey
Caso: presunta aggressione della signora Ranelagh alle 15 circa del 24.01.79

La signora Ranelagh afferma: sono andata a fare la spesa ieri perché non c'era niente da mangiare in casa e non toccavo cibo da tre giorni. Pensavo non fosse pericoloso perché c'era ancora luce. Mentre svoltavo in Graham Road, un uomo mi è arrivato alle spalle e mi ha spinto nel vicolo dietro le case sul lato dei numeri pari. Non potevo gridare perché mi ha messo una mano sulla bocca e mi ha bloccato le braccia sui fianchi in una stretta micidiale, poi mi ha sbattuto la testa contro una cancellata, immobilizzandomi con tutto il suo peso. È successo molto velocemente e non c'era nulla che potessi fare per liberarmi. Non riuscivo a vedere il suo viso perché lui si trovava dietro di me, ma l'alito puzzava di alcol e i vestiti di sporco. Indossavo i pantaloni e sentivo qualcosa che mi spingeva tra le gambe. Pensavo che fosse il pene dell'uomo. Mi ha premuto il viso sull'orecchio e ha bisbigliato « puttana » e « figa ». Mi ha anche minacciato, dicendo « te la faccio vedere io », se non avessi tenuto chiusa la mia « sporca bocca da amica dei negri ». Era molto forte e io ero terrorizzata perché pensavo che volesse stuprarmi. Credo che intendesse farmi pensare proprio quello. Prima di lasciarmi, mi ha fatto inginocchiare e mi ha ficcato la testa nel fango sotto la cancellata. Ha detto che, se avessi denunciato alla polizia quello che era successo, non mi sarebbe « andata così liscia, la prossima volta ». Ho alzato la testa e l'ho visto svoltare l'angolo sulla strada principale. Aveva una giacca scura, i jeans e le scarpe da tennis. Era Derek Slater, che abita nella casa a fianco a quella dove viveva Ann Butts. Lo conosco di vista, ma non gli ho mai parlato. Quando ho trovato il coraggio di tornare in Graham Road, lui era scomparso. Non ho visto nessun altro e sono andata dritta a casa.

MEMO

A: commissario di polizia Hathaway
Da: sergente Drury
Data: 29.01.79
Oggetto: diffida delle testimonianze della signora Ranelagh

Signore,

- come lei sa, la signora Ranelagh ha sporto diverse accuse contro Derek Slater, tra cui: 1) persecuzione e assassinio di Ann Butts; 2) telefonate offensive a casa Ranelagh nel cuore della notte; 3) tentativo d'imprigionare la signora Ranelagh nella sua stessa casa, indugiando davanti alla sua porta. Nessuna di queste accuse è stata convalidata dall'indagine. 1) Il verdetto dell'inchiesta su Ann Butts era inequivocabile. 2) Gli Slater non hanno telefono; e nemmeno hanno accesso al nuovo numero dei Ranelagh, che non è in elenco. 3) La signora Charles, residente al 3 di Graham Road – vicina e amica della signora Ranelagh – nega di aver visto Derek Slater dalla loro parte della strada.
- Non ci sono prove che il suddetto fatto abbia avuto luogo, a parte le affermazioni della signora Ranelagh. Gli abiti che dice di aver indossato sono privi di macchie: non ci sono tracce di fango sulle ginocchia dei pantaloni, e nemmeno macchie di sperma tra le cosce. Sebbene affermi di essere stata bloccata in una « stretta micidiale » e sbattuta contro la cancellata, il viso e le braccia sono privi di lividi. (N.B.: ha atteso 19 ore prima di denunciare l'incidente, e sostiene di essersi data una ripulita.)
- La signora Ranelagh mi ha confessato che il marito l'ha lasciata. È evidentemente turbata dall'abbandono del signor Ranelagh. Dice di avergli telefonato per raccontargli della presunta aggressione e di essere rimasta sconvolta quando lui l'ha accusata di mentire. « Ha detto che mi ero inventata la storia per renderlo geloso. Qualche volta mi viene il dubbio che l'u-

nica cosa cui pensa è il sesso. » (N.B.: la signora Ranelagh è dimagrita molto e sembra anoressica; inoltre, il suo comportamento è irrazionale: si zittisce nel bel mezzo di una conversazione per ascoltare il rumore dei topi.)

- Ho parlato al telefono con il signor Ranelagh. Sostiene che sua moglie è « annoiata dall'insegnamento » e che « si sta godendo il suo quarto d'ora di gloria ». Secondo lui, nulla di quello che lei dice può essere ritenuto vero, al momento.
- Ho interrogato Derek Slater e lui nega di essere stato dalle parti di Graham Road alle 15 del 24.01.79. Sostiene che si trovava all'ippodromo di Kempton Park e che lì è rimasto fino a sera: ha il biglietto a conferma della sua tesi. Ha fornito i nomi e i numeri di telefono di tre amici che erano con lui: uno avvalora l'alibi, gli altri due devono ancora essere interrogati.

Vi prego di prendere in considerazione il mio consiglio. La mia opinione personale è che la signora Ranelagh intenda vendicarsi di Derek Slater perché lo crede responsabile della morte di Ann Butts. Penso che la sua vendetta sia: a) un'invenzione, b) un gesto paranoico, c) strettamente collegata allo shock e/o fallimento del suo matrimonio. Consiglio caldamente una diffida ufficiale affinché la signora Ranelagh non faccia più perdere tempo alla polizia.

9

Il mattino dopo – colpiti dall'emicrania e in preda a sentimenti contraddittori –, osservammo il disastro conseguente alla festa sulla terrazza. I ragazzi si stavano ancora gustando il successo della notte precedente, e io ricordai a tutti che i miei genitori sarebbero arrivati a mezzogiorno. Luke e Tom, che avevano entrambi il turno pomeridiano al supermercato Tesco, accettarono di buon grado la notizia. Per pranzo non se ne parlava neppure, dissero allegramente, ma se avessimo cenato sul tardi avrebbero fatto di tutto per esserci. Sam, al contrario, si accasciò con fare melodrammatico, come se fosse stato preso a bastonate.

« L'ho scritto sul calendario secoli fa », borbottai in tono poco comprensivo, passandogli una tazza di caffè nero, mentre lui si lasciava cadere su una sedia. « Quindi non incolpare me, se non ti sei mai preso la briga di leggerlo. »

« Non mi sento bene. »

I ragazzi si dimostrarono subito premurosi, temendo che quel « non mi sento bene » si riferisse più alla trombosi che a qualche bicchiere di troppo la sera prima. Gli si agitavano intorno, fissando ansiosamente il suo viso e dandogli pacche d'incoraggiamento sulla spalla, come se, così facendo, potessero prevenire un altro attacco. Sam mi guardò con un sorrisetto furbo, come se intravedesse un modo per sfuggire a quel fine settimana da incubo, e io gli lanciai un'occhiata truce.

« Non pensarci nemmeno », lo misi in guardia, massaggiandomi la testa dolente. « Conosci mia madre. Nulla potrà impedirle di venire. E non *sognarti* nemmeno di andartene a letto. È tuo compito intrattenerla finché i ragazzi non tornano.»

«Oh, mio Dio!» grugnì con fare teatrale, tenendosi la testa fra le mani. «Mi *ucciderà*. Le ho detto almeno dieci volte che soltanto il caso ci ha portato a Dorchester.»

Luke e Tom lo osservarono incuriositi, incerti di fronte a quell'improvviso cambio d'atteggiamento del padre nei confronti della suocera, un atteggiamento di solito caratterizzato da un'accettazione pronta, anche se mai particolarmente euforica.

«Cosa succede?» chiese Luke.

«Niente», risposi. «Papà cerca guai dove non ce ne sono.»

«Potremmo stare a casa, dicendo che siamo malati», disse Tom, cercando di essere di aiuto. «La nonna mi è simpatica.»

«Solo perché non l'hai mai vista sputare fuoco», borbottò Sam. «Fa ancora più paura di tua madre quando è arrabbiata...» Un altro sguardo malizioso nella mia direzione. «... Probabilmente perché è più abbondante.»

Passai a Tom un sacco di plastica nero per suggerirgli di cominciare a ripulire la terrazza. «Tuo padre non sa quello che dice. La nonna lo adora. Basta che sorrida e lei è come argilla nelle sue mani.»

Non andò così, ovviamente. È raro che le cose vadano così lisce. Mio padre aveva seguito il consiglio dato a me – «Tra due mali, scegli il minore» – e aveva infilato nella sua borsa da viaggio un articolo di giornale su un omicidio avvenuto per motivi razziali, articolo che mia madre aveva scoperto e letto nel momento in cui si era decisa a mettere tutti i vestiti in un'unica valigia più grossa. Papà mi giurò che si era trattato di un incidente, ma io non gli credetti, proprio come lui non mi avrebbe creduto se gli avessi detto che Sam aveva letto i miei fascicoli «per caso». In seguito, gli feci notare che era stata una benedizione non ignorare la sua lettera di avvertimento, altrimenti c'era il rischio di assistere a una replica di quell'alleanza madre-marito che aveva avuto luogo vent'anni prima. Tuttavia lui si limitò a ridere, sostenendo che Sam non era il tipo d'uomo che commette due volte lo stesso errore.

L'articolo in questione era stato scritto in seguito all'inchiesta ufficiale sull'omicidio, avvenuto nel 1993, di Stephen Lawrence, un giovane di colore della classe media. Un rapporto sul caso, diffuso solo nel 1999, aveva fatto emergere accuse di «razzismo istituzionalizzato» nei confronti della polizia, in seguito alle superficiali e discutibilissime indagini da essa effettuate sulla morte di Stephen. Il ragazzo infatti era stato assassinato da una gang di giovani razzisti bianchi, tutti ben noti alle forze dell'ordine, che avevano evitato la galera grazie alla consueta «indifferenza legale» riguardo alla morte di persone di colore. Mia madre avrebbe potuto pensare che si trattasse di una storia d'interesse generale, ma papà si era preso la briga di sottolineare un paragrafo e aggiungere per me una nota a margine: «M. Mi sembra che alcuni punti siano validi. Ti suggerirei di contattare il giornalista riguardo all'indifferenza della polizia e al trattamento violento dei detenuti. N.B. Discorso sul 'fiume di sangue', 1968-assassinio di Annie Butts, 1978».

Il paragrafo diceva:

> Per definizione, descrivere qualcosa come «istituzionalizzato» significa che esso ha una tradizione radicata. Ciò suggerisce che quella sull'omicidio di Stephen Lawrence non sia l'unica indagine eseguita in malo modo da forze di polizia prevalentemente bianche, da tempo criticate per l'apatia e l'indifferenza dimostrate nei confronti delle vittime di colore. Nei trentun anni trascorsi da quando il deputato Enoch Powell predisse la guerra tra le razze, nel suo tristemente famoso discorso sul «fiume di sangue», è stato fatto ben poco dalla polizia e dal

governo per risolvere la questione delle aggressioni per motivi razziali a danno degli afro-caraibici e degli asiatici. Numerosi membri di queste comunità sottolineano quanto sia elevato il numero di persone di colore morte mentre erano in stato di arresto o perché opponevano resistenza all'arresto, e sostengono che i peggiori trattamenti avvengono per mano di quelle stesse persone il cui dovere sarebbe proteggere i cittadini.

Mia madre intuì immediatamente la cospirazione e partì alla carica, rimproverando ininterrottamente mio padre per tutto il tragitto fino a casa nostra. Quando arrivarono, lei era ormai sul punto di esplodere, anche perché mio padre si rifiutava di fare qualsiasi commento. Immagino lui sperasse che le buone maniere avrebbero avuto la meglio, una volta raggiunto il cascinale, ma dimenticava quanto a mia madre piacesse il confronto, soprattutto se c'era di mezzo la figlia. Mia madre sospettava – non del tutto a torto – che Sam fosse stato tenuto all'oscuro quanto lei e, come prevedevo, il peso del suo sconcerto ricadde su di me.

Mi mise all'angolo in cucina. «È l'inganno che non sopporto», disse. «Per tutta la vita hai detto una cosa e ne hai fatta un'altra. Non me la prenderei tanto se non coinvolgessi altre persone nelle tue menzogne. Ricordo quella volta in cui tu e la tua perfida amichetta, Hazel Wright, avete giurato di aver passato la notte a casa sua, mentre in realtà eravate entrambe ubriache fradice, svenute in camera di qualche ragazzo.» Stringeva i pugni sui fianchi. «L'avevi *promesso*», dichiarò con quel suo tipico tono aggressivo. «Un nuovo inizio, avevi detto. Basta con le recriminazioni. Basta trascinare la famiglia in orribili fantasie. E poi cosa fai? Ti rimangi la parola alla prima occasione, e manipoli tuo padre per farti aiutare.»

Misi i bicchieri su un vassoio. «Il papà beve ancora il gin rosa?» le chiesi, cercando l'angostura.

« Mi stai ascoltando? »

« No. » Alzai la voce per farmi sentire dalla porta finestra che si apriva sulla terrazza. « Sam! Chiedi a papà se vuole il suo gin rosa, per favore! »

« Sì! » gridò Sam. « Vuoi una mano? »

« Per ora, no », risposi, prendendo dalla cesta della frutta un limone e tagliandolo a metà.

« Parlerò con Sam, se continui a ignorarmi », minacciò mia madre. « Ho già detto chiaro e tondo a tuo padre come la penso. Dio solo sa che cosa immaginava di fare, incoraggiandoti così. »

La osservai per un istante. Avrei desiderato con tutto il cuore non ereditare tante particolarità da lei. Era una donna di bell'aspetto, ma sorrideva di rado per timore che le venissero le rughe; io avevo fatto di tutto in vent'anni per cancellare le somiglianze tra noi – ero dimagrita, avevo cambiato il colore dei capelli, mi ero sforzata di avere sempre un'espressione allegra –, ma era solo una facciata. Ogni volta che la guardavo, mi sembrava di vedere me stessa di lì a trent'anni, e il mio sorriso diventava un po' meno fisso e il proposito di non ribattere alle critiche un po' più forte. Mi chiedevo chi fossi in realtà e se, dietro il desiderio infantile di dimostrare che ero una persona migliore di lei, ci fosse un po' di sostanza. Ricordo che una volta mio padre mi disse, come se fosse qualcosa che era necessario affermare, che mia madre mi voleva bene davvero. Io avevo risposto: « Certo, finché sono d'accordo con lei. Altrimenti no ».

« È orgogliosa di te », aveva ribattuto lui, semplicemente. « Se rifiuti le sue opinioni, rifiuti lei. »

Presi metà limone e affondai il coltello nella polpa sugosa. « Sembra che tu abbia appena succhiato uno di questi », mormorai. « E se cambia il vento, rimarrai paralizzata in quell'espressione per sempre. »

Gli angoli della bocca le si abbassarono ancora di più. « Non è divertente. »

« Lo trovavi divertente, quando lo dicevi a me. »

Un breve silenzio.

«Hai una vena di crudeltà», mormorò. «Non t'importa chi ferisci, ti basta avere le tue piccole, meschine vendette. Mi sono chiesta spesso da chi hai preso. Non esiste il perdono nella tua natura. Rimugini sugli errori degli altri come non abbiamo mai fatto né io né tuo padre.»

Scoppiai a ridere, sinceramente divertita. «Mio Dio! E sarei io a rimuginare, quando tu vai a ripescare Hazel Wright... Avevo tredici anni, mamma, e avevamo bevuto due *shandy** a testa prima di addormentarci sul letto di Bobby Simpkin.» Scossi la testa. «Non vuoi proprio lasciar perdere quella storia. Non so cos'hai pensato che facessimo da quel momento in poi, mi sono sorbita unicamente sermoni su come nessun uomo onesto avrebbe voluto una merce... deteriorata.»

«Ecco qua, ancora», ribatté. «Sempre a incolpare gli altri, mai te stessa.»

Feci spallucce. «Ti stavo solo facendo notare che quella vena crudele, sempre che esista, l'ho presa da te.»

«Mi sono mai rimangiata la parola? Dico bugie?»

Forse no, pensai, ma avrei preferito qualche bugia innocente e una parola rimangiata alla dolorosa ammissione che avrebbe voluto un figlio maschio. «L'unica promessa che ho fatto è di non menzionare più Annie Butts davanti a te o a Sam», le ricordai. «Se interpreti il fatto che abbia mantenuto la mia promessa come un inganno, non è colpa mia.»

«E allora come mai tuo padre è stato coinvolto?»

«In cosa?»

«In qualunque cosa tu stia facendo... Nel motivo per cui hai deciso di venire qui, nonostante tutto il mio daffare per trovarti una casa nel Devon.»

* Un drink a base di birra chiara o scura e gazzosa o chinotto. (*N.d.T.*)

« Non ho fatto nessuna promessa a papà, e comunque lui non l'avrebbe accettata. Si è offerto di aiutarmi prima che io e Sam lasciassimo l'Inghilterra, e da allora è stato una colonna. Anzi è stato lui a vedere l'annuncio per questo posto nel *Sunday Times* e a telefonarmi a Città del Capo, suggerendo di affittarlo per l'estate. »

Un altro silenzio, piuttosto lungo stavolta. Voleva chiedermi perché – proprio come Sam la sera precedente –, ma la imbarazzava ammettere che era stata esclusa dalla nostra vita e dalle nostre decisioni. Preferì assumere un'espressione ferita. « Spero che tu non abbia istigato anche i tuoi figli contro Sam », mormorò. « Sarebbe davvero imperdonabile. »

« Non ho istigato nessuno contro Sam », risposi, cercando una caraffa nella credenza.

« Oh, mio Dio! » sbottò, acida. « Non fare l'ingenua. Quando hai convinto tuo padre a prendere le tue parti, di fatto li hai istigati l'uno contro l'altro. »

« Non si è mai trattato di prendere le parti, bensì di ricerca », dissi, afferrando una caraffa di vetro. « A ogni modo, tu hai preso le parti di Sam contro di me, quindi papà ha pensato fosse ragionevole che uno di voi due ristabilisse l'equilibrio. »

« L'ho fatto solo per il tuo bene. Ti stavi comportando come una bambina viziata. »

« Che strano », esclamai, ridendo. « È esattamente quello che papà diceva di Sam. »

« Stupidaggini. Tuo padre e Sam andavano molto d'accordo prima che tu insistessi nel mettere in pericolo il tuo matrimonio per quella negra disgraziata. » Fece una pausa. « Papà ha faticato tanto per rinsaldare il suo rapporto con Sam ed è terribile che tu l'abbia convinto ad agire alle spalle di tuo marito. »

Le feci cenno di ascoltare la conversazione rilassata che proveniva dall'esterno. « Non mi sembra che stiano per azzannarsi, quindi speriamo che ti stia preoccupando inutilmente. »

«Per quanto tempo ancora? Non puoi aver dimenticato quanto fosse turbato Sam dopo la morte di quella donna. Che cosa diavolo ti ha indotto a resuscitare quella storia tremenda così presto dopo la trombosi? Vuoi che gliene venga un'altra?»

Riempii d'acqua la caraffa e la misi sul vassoio. «Non sembra essersi preoccupato più di tanto», dissi, pacata. «Però sentiti libera di chiederglielo tu stessa, se non mi credi.» Sollevai il vassoio. «È tutto, credo. Potresti portare il limone?»

Parlammo di tutto tranne che di Annie Butts, eppure la sua presenza si percepiva intensamente: nel rifiuto di mio padre di fissare negli occhi mia madre, nell'evidente disagio di Sam ogni volta che veniva sfiorato l'argomento Dorchester, nei penosi tentativi della mamma di flirtare con i due uomini per ristabilire la sua posizione... Quando fu ovvio che per lei ero di troppo, colsi la palla al balzo e mi dileguai per preparare il pranzo. Dieci minuti dopo, scoppiò una litigata memorabile. Colsi soltanto qualche frase, ma l'atmosfera si fece così tesa, specialmente tra i miei genitori, che le voci, sempre più alte, arrivavano fino in cucina.

Non mi fa onore ammettere che mi godetti ogni singolo minuto della discussione. Ma fu così. Era la prima delle mie piccole, meschine vendette. Sollevai il bicchiere in un brindisi silenzioso quando mio padre disse a mia madre che era un peccato vivere un'esistenza così priva d'interessi da avere come unica gioia il seminare zizzania in famiglia.

Il silenzio che seguì la mia ricomparsa sulla terrazza con il vassoio dell'insalata fu interminabile. Ricordo di aver pensato che c'erano moltissime vespe, quell'estate. Le guardai ronzare con le loro livree gialle e nere intorno ai bordi dei bicchieri, inzuccherati per gli aperitivi, e mi chiesi se ci fosse un nido nelle vicinanze che bisognava distruggere. Ricordo anche di aver pensato che le vespe erano meno pericolose delle persone, e che una loro puntura era una sciocchezza in confronto al veleno dei rancori troppo a lungo repressi.

«Perché tuo padre rimane con lei?» mi chiese Sam quando ci coricammo, quella sera.

«Quando s'impegna in qualcosa va sempre sino in fondo.»

«È l'unico motivo per cui stanno insieme? Perché tuo padre ha un forte senso del dovere?»

Scossi la testa.

«Che altro c'è?»

«L'amore», dissi. «È un uomo molto affettuoso e non volta mai le spalle a nessuno.»

«Tale padre, tale figlia, allora?»

Mi voltai per guardarlo. «È così che mi vedi?»

«Certo. In quale altro modo dovrei vederti?»

Lettera del dottor Joseph Elias, psichiatra al Queen Victoria Hospital, Hong Kong, datata 1980

QUEEN VICTORIA HOSPITAL
HONG KONG

REPARTO DI PSICHIATRIA

Signora M. Ranelagh
12 Greenhough Lane
Pokfulam

14 febbraio 1980

Cara signora Ranelagh,

grazie per la sua lettera. Mi dispiace che pensi che una visita di controllo non apporti benefici, soprattutto considerando il suo riferimento a una « nuova calma », che suggerisce come la nostra precedente conversazione sia stata utile. Tuttavia, come lei giustamente sottolinea, non è obbligata a partecipare ad altre sedute.

Ho meditato a fondo sulla domanda che mi ha posto verso la fine della nostra seduta. Perché suo marito dovrebbe evitare una punizione per averla violentata? Le confido una lezione di saggezza che ho ricevuto da bambino, nel campo di concentramento di Auschwitz, quando chiesi a un rabbino se i tedeschi sarebbero mai stati perdonati per quello che stavano facendo agli ebrei. Non perdoneranno mai se stessi, mi rispose. È il loro futuro e anche la loro punizione.

Tuttavia, non avrebbe dovuto chiedere se fosse giusto per Sam evitare la sua punizione? E lei, signora Ranelagh, può considerarsi così libera dai sensi di colpa da sentirsi a proprio agio nel giudicare suo marito?

I miei migliori auguri.

In fede,

J. Elias

Dottor J. Elias

Lettera di Betty Hepinstall in risposta a una richiesta d'informazioni riguardo al maltrattamento degli animali nel Regno Unito, datata 1998

The Chesire Cat Hospital

Cheadle Hulme, Chesire, UK

Signora M. Ranelagh
«Jacaranda»
Hightor Road
Città del Capo
Sudafrica

3 dicembre 1998

Gentile signora Ranelagh,

in risposta alla sua dettagliata richiesta d'informazioni sul maltrattamento degli animali nel Regno Unito, allego la copia di un dépliant che abbiamo stampato lo scorso anno per stimolare l'interesse del pubblico nel corso di una campagna per la raccolta dei fondi. Come vedrà, non si tratta certo di una lettura piacevole, ma non mi scuserò per il contenuto. Il lavoro che svolgiamo ha costi elevati in termini di denaro e di tempo, e sarebbe assolutamente inutile se non fosse per le tremende crudeltà che vengono regolarmente inflitte ad animali indifesi.

Non ho difficoltà a credere che qualcuno possa mettere della colla in bocca a un gatto e un pezzo di nastro adesivo sul muso per impedirgli di mangiare o miagolare. In passato abbiamo visto gatti con le zampe immerse nel cemento a presa rapida per impedire che camminassero; gatti con le zampe posteriori paralizzate perché la colonna vertebrale era stata spezzata; gatti cui erano stati strappati denti e artigli con le pinze; gatti accecati con attizzatoi ardenti; gatti con elastici così stretti intorno al muso da penetrare nella carne. E tutto, apparentemente, per lo stesso scopo: impedire che prendessero uccelli o topi.

Vorrei poterle dire che chi esegue tali «vendette» sui gatti è facilmente identificabile, ma temo sia impossibile. Esistono valide prove – derivanti soprattutto da studi comportamentali nel Regno Unito e negli Stati Uniti – a sostegno dell'ipotesi che la crudeltà sugli animali nell'infanzia porti a un comportamento sociopatico in età adulta. Tuttavia, il maltrattamento degli animali è molto più comune negli adulti che nei bambini, e tale crudeltà è solitamente il risultato di un ribrezzo ossessivo per certi animali o di una rabbia incontrollabile – spesso alimentata dagli alcolici – che si scatena su qualunque cosa possa risultare irritante.

Purtroppo non posso affermare che, siccome la signorina Butts trattava bene i suoi gatti, non avrebbe maltrattato i randagi che si fossero introdotti in casa sua. Posso solo tracciare un parallelo con le persone che, come si sa, spesso non trattano gli estranei con la stessa benevolenza che mostrano nei confronti di familiari e amici.

In fede,

Betty Hepinstall

10

Il giorno dopo portai mia madre a Kimmeridge Bay, sulla penisola di Purbeck. Era una bella mattinata estiva, con sbuffi bianchi di nuvole che punteggiavano il cielo. Parcheggiata la macchina, percorremmo il sentiero in salita fino alla Clay Tower, sul braccio orientale della baia. Le allodole cantavano, svolazzando sopra di noi, e qualche occasionale passante ci superava, augurandoci il buongiorno o fermandosi a osservare la bizzarra costruzione alle nostre spalle che qualcuno, scomparso ormai da tempo, aveva eretto come sentinella permanente agli attacchi via mare. Mia madre e io conversavamo con gli stranieri ma non tra noi e, nei silenzi tra le battute, fissavamo risolute sia la torre sia il canale della Manica, poco propense a parlare pur di evitare un'altra discussione, decise a ignorarci nonostante i geni e le esperienze che ci accomunavano.

Alla fine le accennai alla moglie di un pastore, la quale, quando il peso della vita si faceva insopportabile, guidava fino alla cima di una scogliera e da lì urlava le sue frustrazioni al cielo. Proposi a mia madre di provarci. Rifiutò. Non era da lei, mi disse. E non riusciva nemmeno a capire come mai la moglie di un pastore desiderasse fare una cosa così banale. Che genere di donna era?

«Un'eccentrica», mormorai, mentre guardavo i gabbiani librarsi senza sforzo sopra il mare, simili a frammenti di carta impalpabile. «Molto magra, ossuta... Detesta essere la moglie di un pastore... Le piace bere... Sogna di diventare una danzatrice del ventre... Somiglia a un avvoltoio.»

«Questo spiega tutto», commentò mia madre.

«Che cosa?»

«Le urla. Le persone magre sono sempre più nervose di quelle in carne.»

Sembrava un'affermazione ragionevole, ma d'altronde gran parte di quello che diceva mia madre sembrava ragionevole. Che poi fosse vero era un'altra questione. Decisi che era solo perfidia, dal momento che *lei* era in carne e *io* magra, ma, per una volta, scelsi d'ignorare la provocazione. «Mi sono chiesta se funziona», dissi pigramente. «Le mie urla sono sempre silenziose e mi vorticano in testa per giorni finché non si affievoliscono e scompaiono da sole.»

«È soltanto una posa, quella di urlare. Dovresti imparare ad affrontare i tuoi problemi in silenzio invece di farli diventare un affare di Stato.» Sospirai stancamente, pensando che era proprio quello che avevo fatto, e lei mi lanciò uno sguardo sospettoso. «Immagino sia per questo che mi hai portato qui, no? Per urlarmi addosso i tuoi problemi.»

«Non a *te*», la corressi. «Al vento.»

«Ti metterai solo in una posizione imbarazzante», disse. «Qualcuno spunterà dal sentiero al momento sbagliato.»

«Forse è proprio quello, il punto. Un doppio stimolo. Adrenalina fisica e mentale in un colpo solo.» Osservai un gommone, pieno di sommozzatori in muta, che usciva dalla baia dirigendosi a sud-ovest. «T'imbarazzerebbe?»

«No, affatto.» Si sedette sul bordo di una roccia. «Se non mi sono imbarazzata vent'anni fa quando ti comportavi come una pazza, è improbabile che incominci adesso.»

Aveva la memoria corta, pensai, accovacciandomi a gambe incrociate di fronte a lei. Il suo imbarazzo era stato immenso. Mi concentrai su un ciuffo di armeria rosa che aveva affondato tenacemente le radici in una fessura. «Non ero pazza, mamma, ero soltanto esausta. Il telefono squillava incessantemente tutta la notte e, anche quando abbiamo cambiato numero, continuava a squillare. Se staccavamo il maledetto ricevitore, qualcuno tirava fango sulle finestre oppure batteva senza sosta alla nostra porta. Soffrivamo entrambi di mancanza di sonno, ed entrambi sembravamo zombie, eppure, per qualche motivo che ignoro, tu hai deciso che qualsiasi cosa ti dicesse Sam era vera e qualsiasi cosa dicessi io era inventata.»

Lei osservava l'orizzonte, là dove l'azzurro del mare incontrava l'azzurro del cielo, e ricordai che una volta mi aveva detto che la differenza tra una donna e una signora era che una donna parlava senza pensare, mentre una signora rifletteva sempre su quello che stava per dire. «Gridavi continuamente perché eri convinta che ci fossero i topi in lavanderia», disse, dopo il breve silenzio. «Vuoi dire che *quello* non era vero? Hai versato litri e litri di candeggina nel gabinetto per ucciderli, poi ti sei messa a fare l'isterica, sostenendo che i topi si erano trasferiti in salotto.»

«Non sto negando di aver detto cose strane, ma non erano bugie. Continuavo a sentire strani rumori, qualcosa che raspava, e non mi è venuto in mente nient'altro che i topi.»

«Sam non li sentiva.»

«Li sentiva, invece», la contraddissi. «Se ti ha detto che non li sentiva, ha mentito.»

«Perché avrebbe dovuto?»

Pensai a quel periodo. «Per parecchi, complicati motivi... Soprattutto, immagino, perché non gli piacevo granché, in quel periodo, e attribuiva la colpa di tutto a me. Mi accusava di essermi inventata quei rumori per attirare l'attenzione e sosteneva che non avrebbe più tollerato i miei capricci infantili.»

Si accigliò. «Mi disse di aver chiamato un derattizzatore per convincerti che era tutto un prodotto della tua immaginazione.»

Scossi la testa. «Sono stata io a chiamare l'addetto, ed esattamente per il motivo contrario. Volevo la prova che i topi c'erano.»

«E c'erano davvero?»

«No. Secondo quel tizio, non c'erano prove che fossimo infestati dai topi: nessuna tana, nessuna traccia di cibo rosicchiato, nessun escremento. Poi ha aggiunto che, se avessimo avuto i topi in casa, anche i vicini si sarebbero lamentati.» Accarezzai l'armeria: le estremità rosa vibrarono. «Il giorno dopo, Sam ti ha telefonato per dirti che ero pazza e che voleva il divorzio.»

Mia madre non disse nulla per un bel po', e io sollevai il capo per guardarla. Aveva un'espressione perplessa. «Be', non ci capisco più niente. Se sia tu sia Sam avete sentito quei rumori, e se non erano né i topi né la tua immaginazione, allora che cos'erano?»

«Credo che fossero gatti», dissi.

«Oh, santo cielo!» esclamò lei, stizzita. «Come potevano esserci gatti in casa tua senza che te ne accorgessi?»

«Non *in* casa, bensì *sotto* la casa. Mi ci è voluto parecchio per capirlo perché non ne sapevo niente di case. Non riuscivo nemmeno a cambiare una presa, quando mi sono sposata, per non parlare di comprendere l'importanza dell'aerazione sottopavimento.»

Le labbra le si assottigliarono all'improvviso. «Immagino sia una frecciatina diretta a me e a tuo padre.»

«No», sospirai. «È solo un fatto.»

«E che c'entra con i gatti?»

«Certe case presentano alcune particolari aperture nei muri per permettere un flusso d'aria continuo sotto le assi del pavimento. Serve a impedire che il legno marcisca. Di solito, quelle aperture sono realizzate con mattoni forati. Ma le case in Graham Road sono state costruite intorno al 1880 e, a quell'epoca, si usavano griglie ornamentali di ghisa che rimanevano visibili. Prima di andarsene, il derattizzatore ha notato che mancava una griglia sul retro della casa. Succedeva spesso, mi ha spiegato allora, perché quelle griglie andavano a ruba sul mercato del recupero architettonico. Non era un problema, perché qualcuno aveva incastrato uno zerbino metallico nel buco, ma lui mi ha consigliato di sostituirlo, prima o poi, se non volevamo avere guai in futuro. Continuava a chiamarla 'griglia di ventilazione' e io immaginavo parlasse di qualcosa collegato all'aspiratore del bagno al piano di sopra, perché era l'unica forma di ventilazione che conoscevo.»

Rimasi in silenzio, e lei fece un gesto impaziente con la mano, come per invitarmi a proseguire.

«Non ci feci molto caso all'epoca – volevo solo una conferma che i topi esistevano sul serio –, quindi mi è entrato da un orecchio e uscito dall'altro, perché, se anche mancava qualcosa, l'aspiratore funzionava lo stesso. Poi un giorno, a Sydney, ho osservato il cane del nostro vicino, un Jack Russell, che scavava una buca nell'aiuola accanto a casa nostra e spariva in una fessura sotto la casa, e mi sono resa conto che il derattizzatore si riferiva alla ventilazione sottopavimento. Insomma: avevamo un buco nel muro sul retro, a livello del terreno, e probabilmente una delle griglie più grosse era stata staccata.»

«Ed è per quello che pensi siano entrati i gatti?»

«Sì.»

«Ma non hai detto che era stato messo uno zerbino metallico sul buco?»

«Sì.»

«E allora come sono entrati?»

«Penso che qualcuno li abbia portati dal vicolo fin sul retro della casa, li abbia ficcati nel buco e lo abbia richiuso con lo zerbino.»

Fece una smorfia incredula. «È assurdo. Il derattizzatore li avrebbe sentiti miagolare come pazzi. E perché i gatti? Perché non cani? Hai detto che è stato un Jack Russell a entrare nella buca sotto casa tua, a Sydney.»

«Perché la casa di Annie era piena di gatti.»

«Adesso sei davvero assurda! Era morta da almeno un mese. Non potevano essere i suoi gatti.»

«Non ho detto che erano i *suoi* gatti», ribattei. «Penso solo che, in quelle circostanze, la probabilità che si trattasse di gatti, piuttosto che di cani, era maggiore. Secondo me, li hanno spinti sotto le assi del pavimento per farli morire, perché, nella nostra porta sul retro, non c'era la gattaiola. Se ci fosse stata, probabilmente li avrei trovati in cucina, moribondi. Ho chiamato gli addetti due volte, perché mi sembrava di sentire odore di gas, ma loro hanno sostenuto che era tutto a posto. Uno degli uomini diceva di sentire puzza di topo morto, ma io gli ho risposto che non era possibile, perché non c'erano topi in casa.»

Mi pareva di avvertire il peso della sua incredulità gravare sulla mia testa china. «Se ci fosse stato un animale morto, te ne saresti accorta. Il puzzo della morte è terribile.»

«Solo quando fa caldo. Tutto ciò è successo in inverno, durante un inverno particolarmente freddo. Inoltre i nostri pavimenti erano rivestiti di moquette.»

«Ma...» Iniziò, poi s'interruppe, per mettere ordine tra i propri pensieri. «Perché non li sentivi? I gatti fanno versi terribili quando sono in amore.»

«Dipende da cosa hanno fatto loro prima.» Scossi la testa. «A ogni modo, penso che siano morti d'ipotermia molto rapidamente.»

Un altro silenzio. «Che diamine si può fare a un gatto per farlo star zitto?»

Curvai le spalle al pensiero dei tremendi risultati che erano usciti dalla mia piccola ricerca sull'argomento. «Probabilmente gli hanno iniettato colla nella bocca e negli occhi, fasciandogli poi il muso con nastro adesivo, in modo che non potessero vedere, mangiare, bere o miagolare. Poi sono stati gettati sotto casa nostra e hanno cercato di fuggire usando l'unica cosa rimasta loro: gli artigli.»

Mia madre inspirò, disgustata, anche se non capivo se il disgusto fosse determinato da me, per aver immaginato una cosa simile, o dalla cosa in se stessa. «Ma chi farebbe una cosa del genere?»

Frugai in tasca e le passai una copia del rapporto della

polizia che descriveva le condizioni della casa di Annie dopo la sua morte. « La stessa gente che ha torturato i gatti per far credere che fosse stata Annie », spiegai. « L'unica differenza è che, da lei, hanno spinto i gatti attraverso la gattaiola, quindi la povera Annie ha visto com'erano ridotti. »

Lanciò un'occhiata al rapporto, ma non lo lesse. « Perché? Che motivo c'era? »

« Talvolta penso che fosse un modo per intimorire me e lei; altre volte credo che lo facessero per puro piacere. » Girai la faccia verso il vento. « Da un certo punto di vista, un po' perverso ovviamente, dovrei sentirmi lusingata. Suppongo che io venissi considerata più intelligente di Annie, in grado cioè di capire che quegli animali, quelli sotto casa mia, stavano andando incontro a una morte atroce. E il fatto che io non fossi... e non abbia... dev'essere stato una delusione. »

Mentre tornavamo a casa, i « perché » di mia madre improvvisamente divennero centinaia. Perché Annie non si era rivolta alla polizia? Perché non aveva telefonato all'RSPCA? Perché qualcuno avrebbe dovuto tormentare me, come aveva tormentato Annie? Perché non avevano paura che io chiamassi la polizia? Perché io *non ero* andata alla polizia? Perché qualcuno voleva rafforzare i miei sospetti sulla morte di Annie? Perché rischiare di coinvolgere Sam? Perché rischiare di coinvolgere il derattizzatore? Perché non avevo messo in dubbio le testimonianze dell'RSPCA durante l'inchiesta? Perché...? Perché...? Perché...?

Incominciava finalmente a capire fino a che punto mi fossi sentita tradita quando non mi aveva creduto? Oppure ero spaventosamente cinica nella mia assoluta convinzione che soltanto il riconoscimento dell'instancabile appoggio di mio padre l'aveva spinta a farmi quelle domande?

A ogni modo, avevo ben poche risposte per lei, oltre a ripetere che nessuno crede a una pazza. Ma, le chiesi alla fine, perché dare per scontato che ci fosse un procedimento logico in ciò che era successo, giacché chiunque torturi dei gatti è chiaramente squilibrato? Chiunque fosse stato, aveva agito per il piacere d'infliggere dolore, non perché era possibile predire come Annie la matta o io avremmo reagito al fatto di trovare animali agonizzanti sulla soglia di casa.

Corrispondenza familiare, datata 1999

CURRAN HOUSE
Whitehay Road
Torquay
Devon

Lunedì

Cara,

soltanto qualche riga per ringraziare te e Sam per il bel fine settimana. Mi ha fatto piacere rivedere i ragazzi, anche se penso che dovresti convincerli a tagliarsi i capelli. Ci è piaciuta la vostra casa, nonostante lo stato in cui è ridotta, e pensiamo sarebbe ragionevole fare un'offerta per acquistarla. Sam ha evidentemente molto tempo libero al momento (la vita di campagna non fa per lui, vero?) e un progetto di restauro lo terrebbe occupato. Potete sempre venderla dopo, se e quando lui riuscirà a trovare un lavoro.

Per quanto riguarda quello di cui abbiamo parlato ieri: ho fatto una chiacchierata con l'ispettore dell'RSPCA locale e lui mi ha spiegato che storie come quella che mi hai raccontato tu non sono insolite e che la crudeltà nei confronti dei gatti è più diffusa di quanto si possa immaginare. Mi ha fornito esempi orribili: gatti rinchiusi in sacchi per essere usati come palloni da calcio; artigli strappati con le pinze; pelo impregnato di benzina e incendiato. A quanto pare, lo sport preferito è usarli come bersaglio per fucili ad aria compressa e balestre.

Mi ha dato il nome di un avvocato che abita da queste parti e la cui moglie gestisce un rifugio per animali maltrattati; ha consigliato di consultarlo, se si vuole sporgere denuncia. Io gli ho detto di essere sicura che tu avevi un'idea di chi fosse il responsabile e l'ispettore, sebbene non troppo ottimista sulle possibilità di successo di una denuncia sporta vent'anni dopo l'evento, ha sostenuto che vale la pena provarci, soprattutto dal momento che l'ispettore dell'RSPCA consultato all'epoca è ancora vivo e in grado di testimoniare.

Fammi sapere cosa vuoi che faccia.

Con tutto il mio affetto,

Mamma

P.S. È completamente fuori strada, però dalle credito per averci provato. È molto giù al momento perché pensa che ci siamo alleati contro di lei e non capisce il motivo. Le ho detto che avrebbe dovuto aspettarselo - chi la fa l'aspetti -, ma non vuole che le si rammenti come si è alleata contro di te tanti anni fa. Sarebbe ragionevole, mia cara, evitare frasi del genere: te l'avevo detto, per quanto forte possa essere la tentazione. La mia stima per te diminuirebbe di qualche punto, se tu lo facessi!

Con affetto,

Papà

x x x

11

Il mercoledì successivo, quando Sam e io partimmo da Chesil Beach in cerca del laboratorio di scultura, la penisola di Portland era spazzata da un furioso vento di sud-ovest. Se avessi potuto scegliere, sarei andata da sola. C'erano ancora tante cose che avevano bisogno di una spiegazione – il mio interesse più che passeggero nei confronti di Danny, per esempio –, ma non me la sentivo di dire a Sam che la sua presenza avrebbe solo esacerbato il problema, considerando che, al pari di mia madre, il suo modo di rimediare all'indifferenza del passato aveva assunto la forma di un tardivo desiderio di coinvolgimento.

Il giorno prima avevo fatto un timido tentativo di parlare delle tre settimane che avevo trascorso da sola in Graham Road – quelle tra la fine del gennaio e l'inizio del febbraio '79 –, ma la mia abitudine al silenzio era così radicata che abbandonai il proposito dopo pochi minuti. Scoprii di non riuscire a parlare della paura senza diventare crudele e non potevo diventare crudele senza prendermela con Sam perché mi aveva abbandonato proprio quando avevo più bisogno di lui. Alla fine, come accadeva spesso nella mia vita, imboccai la strada fatalistica: quello che sarà sarà. Sam era un adulto. Se non riusciva a convivere con la verità, a prescindere da come gli veniva rivelata, nulla di quello che dicevo o facevo avrebbe cambiato le cose.

La penisola di Portland, una lastra di calcare lunga più o meno sette chilometri e larga quasi due, formava un frangiflutti naturale tra Lyme Bay a ovest e il tratto di acque riparate tra Weymouth e la penisola di Purbeck a est. Le scogliere a precipizio spuntano dal mare fino a raggiungere un'altezza di centocinquanta metri, e solo la vegetazione più resistente sopravvive al volubile clima inglese. Percorrendo la strada in salita mi resi conto di quanto fosse tetro quel paesaggio e non mi meravigliava che i vari governi che si erano succeduti l'avessero utilizzata sia come fortezza contro le invasioni straniere sia come colonia penale.

Nel 1847, l'ammiragliato aveva sfruttato la mano d'opera dei prigionieri, che aspettavano di essere deportati in Australia, per costruire un enorme porto sulle coste orientali di Portland, rimasto zona riservata del ministero della Difesa finché il governo non lo aveva abbandonato, intorno al 1990. Come per ricordare i detenuti che avevano lavorato sodo per creare l'approdo, l'elemento più evidente nel porto di Portland quel giorno era una nave-prigione grigia, importata dall'America quattro o cinque anni prima per far fronte al cronico sovraffollamento delle prigioni del Paese di Sua Maestà.

«Michael Percy sta là?»

«No. Si trova nel carcere, sulla penisola. Si chiama The Verne. È da qualche parte alla nostra sinistra.» Indicai un vasto edificio vittoriano che dominava l'orizzonte. «Quello è il riformatorio, per i minorenni. È stato creato per ospitare i detenuti che lavoravano alla costruzione del porto.»

«Santo cielo! Ma quante prigioni ci sono?»

«Tre, inclusa la nave.» Risi alla sua espressione. «Non penso significhi che il Dorset è un covo di criminali, ma soltanto che questi grumi desolati di roccia rappresentano un buon recinto per i reietti della società. Pensa ad Alcatraz.»

«Cos'ha fatto Michael?»

Ripensai all'articolo sul suo processo, avvenuto alla fine del 1993. «È entrato nell'ufficio postale di un villaggio in giacca e calzoni di pelle e casco da motociclista e si è messo a colpire con il calcio della pistola un'anziana cliente, finché il direttore non ha acconsentito ad aprire la porta di sicurezza e a consegnargli quello che c'era in cassa.»

Sam lanciò un fischio. «Che carogna!»

«Dipende dai punti di vista. Wendy Stanhope direbbe che è colpa di sua madre, che se n'è sempre fregata di lui. Si chiama Sharon Percy. È quella bionda che vedevi ogni tanto al pub.»

Fece una smorfia. «La prostituta? Si aggirava per quel maledetto posto in cerca di clienti. Una volta ci ha provato con me e Jock, e io le ho detto quello che pensavo. Jock era furioso con me, dopo. Diceva che con Libby le cose non andavano bene e che con quella ci sarebbe andato di corsa, se non gli avessi rotto le uova nel paniere.»

«Mmm. Be', di primo acchito direi che stava bluffando, nel caso l'approccio di quella donna ti avesse insospettito. Secondo Libby, Jock ha dato a Sharon trenta sterline a settimana per quasi tutto il '78. Non si sono nemmeno preoccupati di mantenere la cosa segreta, tranne che per le persone che contavano... Cioè per me, te e la sua povera moglie.» Lo guardai con la coda dell'occhio. «Paul e Julia Charles avevano capito cosa c'era sotto: Paul aveva visto Jock uscire dalla casa di Sharon una sera e ha fatto due più due.»

Sam mi lanciò uno sguardo sbigottito. «Stai scherzando!»

«No. Si faceva pagare venti sterline per una scopata e trenta per un pompino; Jock è andato da lei ogni martedì per mesi.» Mi stavo divertendo. «Puoi calcolare da solo quale servizio otteneva.»

«Merda!» Sembrava così sconvolto che mi chiesi se avesse registrato il «martedì» come il giorno della morte di Annie, e se stesse cercando di ricordare i dettagli dell'alibi che aveva dato a Jock. «Chi te l'ha detto?»

«Libby.»

«Quando?»

«Circa un anno dopo che ci siamo trasferiti. È venuto fuori tutto in tribunale, quando Jock ha deciso di contestare gli accordi del divorzio. Libby ha ingaggiato un avvocato di punta che ha chiesto a Jock una spiegazione per i prelievi di trenta sterline, effettuati ogni martedì dal conto in banca cointestato, nonché qualche chiarimento sui numerosi altri conti che aveva aperto senza informare Libby. Non era molto bravo a nascondere le sue scappatelle, e i giudici l'hanno spolpato per bene.» Indicai un cartello per la Cava Tout. «Dobbiamo svoltare qui.»

Mise la freccia. «Dove lo facevano?»

«A casa di lei. Faceva passare i clienti dal vicolo sul retro, per proteggere la propria reputazione... o quello che ne rimaneva.»

«E suo figlio?»

«Michael? Non penso che stesse molto in casa. Wendy ha detto che era sempre nei guai con la polizia. Immagino che se ne andasse in giro.»

«Gesù!» sbottò Sam, disgustato, mentre imboccava la strada in terra battuta che portava al laboratorio di scultura. «Non c'è da meravigliarsi che sia finito così.» Parcheggiò la macchina e spense il motore. «Come hanno fatto a prenderlo per la rapina all'ufficio postale?»

«L'ha confessata alla moglie tre mesi dopo e lei l'ha subito denunciato. Ha dato alla polizia la giacca di pelle nera che Michael indossava il giorno della rapina. Aveva ancora macchie di sangue sui polsi: si è scoperto che era lo stesso sangue della donna picchiata all'ufficio postale.» Ripensai all'articolo. «Michael si è dichiarato colpevole, ma non gli è stato molto utile. Il giudice ha lodato Bridget per la coraggiosa assistenza che aveva dato alla polizia, aggiungendo che, proprio grazie al suo apporto, il marito sarebbe stato condannato a undici anni di carcere.»

«Si tratta della Bridget che viveva in Graham Road?»

«Già. Stava al 27, davanti alla casa di Annie. Suo padre, Geoffrey Spalding, si è trasferito dalla madre di Michael quando Bridget aveva tredici anni, costringendo lei e la sorella maggiore, Rosie, a cavarsela da sole. Non so dove sia finita Rosie, ma Bridget e Michael si sono sposati nel 1992, dopo che Michael era uscito da una lunga detenzione in seguito a una condanna per furto aggravato e dieci denunce di effrazione. Si è tenuto lontano dai guai per circa sei mesi e poi ha fatto la rapina all'ufficio postale. In tutto, Bridget e lui hanno vissuto insieme meno di un anno, da sposati.»

«E adesso hanno divorziato?»

«No. Dalle ultime notizie che ho avuto, lei lavora a Bournemouth e va a trovare Michael una volta al mese, a Portland. Per questo l'hanno trasferito lì... perché nessuno va a fargli visita tranne sua moglie. Al processo, lei ha affermato che lo ama ancora, che non può fidarsi di nessuno come di Michael perché si conoscono da quando erano bambini, e che l'ha denunciato soltanto perché temeva che lui avrebbe ucciso qualcuno. Mi è sembrata davvero coraggiosa», dissi, asciutta. «La madre di lui invece, cioè Sharon, è una vigliacca e non si avvicina a Michael da anni... È convinta che il figlio abbia minato la sua reputazione. Si considera una donna rispettabile da quando il padre di Bridget si è trasferito da lei ed è riuscita a mollare il suo lavoro 'casalingo'.»

«Che strega», borbottò Sam, tetro.

«Non ha uno spiccato istinto materno, questo è sicuro.»

Tese le braccia sul volante e fissò il paesaggio. «Ma tutti i bambini erano così irrecuperabili?» mi chiese. «Anche i figli dei Charles, quelli della porta accanto?»

«Il più grande aveva solo cinque anni, e Julia lo teneva sempre d'occhio. Erano solo Michael e gli Slater che facevano quello che pareva loro... e, in entrambi i casi, perché le rispettive madri li avevano abbandonati. A Sharon non importava granché di suo figlio, e Maureen era così brutalizzata da Derek che trascorreva gran parte del tempo in camera sua a bere per dimenticare.»

«E tutte queste cose le sapevi già nel '78?»

«No. Gran parte delle informazioni mi è stata fornita da Libby dopo che ci siamo trasferiti. Sapevo che Alan Slater veniva spesso coinvolto nelle risse perché aveva sempre un sacco di lividi, ma non immaginavo che fosse suo padre a pestarlo. Ne ho parlato con il preside, una volta, ma lui sosteneva che gli faceva bene prendere qualche batosta dai compagni, perché era un prepotente. Per quanto riguarda Michael, ho sempre pensato che fosse molto maturo per la sua età», commentai con una risatina. «Mi ha scritto un paio di poesie d'amore e le ha lasciate sulla mia scrivania, firmandole 'il Prigioniero di Zenda'.»

«Come fai a sapere che le ha scritte lui?»

«Ho riconosciuto la sua calligrafia. Era un bambino incredibilmente sveglio. Se avesse avuto una famiglia diversa, forse adesso avrebbe una laurea a Oxford invece di dieci pagine di precedenti penali. Però marinava la scuola, quindi partecipava a una lezione su tre.» Sospirai. «Se avessi avuto un po' più di esperienza – o se fossi stata un po' meno intimidita da quel maledetto preside –, avrei potuto aiutarlo. Per come stavano le cose, l'ho abbandonato.» Rimasi in silenzio. «E lo stesso vale per Alan», aggiunsi poi.

«Jock sapeva che Michael marinava la scuola?»

Allungai la mano per aprire la portiera. «Non penso», risposi, brusca. «Pagava per farsi succhiare l'uccello, non per sentire lamentele sul figlio unico di Sharon.»

Mi ci vollero anni prima di capire che le poesie di Michael avevano più a che fare con la solitudine che con l'amore. A quell'epoca, passavo dal sospetto che le avesse copiate da qualche parte, forse da qualche canzonetta, all'ammirazione per un quattordicenne che riusciva a scrivere parole così intense. A ogni modo, ero sicura che avesse una cotta davvero poco sana per me e decisi di tenerlo a distanza per impedire di peggiorare le cose.

Se fossi più grande. Se fossi più saggio.
Mi guarderesti con occhi diversi
e mi ameresti.
Se fossi bello. Se fossi forte.
Nessuno direbbe che ti eri sbagliata
ad amarmi.

Mi rattrista sempre vedere
un'erbaccia crescere là dove
dovrebbe esserci un fiore.
Per questo penso ai fiori quando penso a te.
Mi rattrista sempre sentire
un silenzio di morte nell'aria.
Per questo penso alla musica quando penso a te.

Lettera di Libby Garth – ex moglie di Jock Williams; in precedenza residente al 21 di Graham Road e ora nel Leicestershire –, datata 1989

Windrush
Henchard Lane
Melton Mowbray
Leicestershire

4 dicembre 1989

Mia cara,

buon Natale! Ti avrei spedito un biglietto d'auguri se non avessi temuto di far andare Sam su tutte le furie. Mi fa ancora male pensare a quando ha preso le parti di Jock senza curarsi di ascoltare la mia versione dei fatti. So che, secondo te, non è nella sua natura pensar male di qualcuno, tantomeno di una persona che gli è vicina, ma di sicuro pensa male di me, se tu non puoi nemmeno dirgli che siamo ancora in contatto. È una delle terribili verità del divorzio: non si dividono soltanto i beni, ma anche gli amici. Detto questo, forse è meglio così, considerando che evita ancora l'argomento della morte di Annie. Hai capito perché? Dici che ha l'abitudine di dimenticare tutto quello che non vuole ricordare – come la tua fase frigida, il vostro divorzio-per-un-pelo, le tue « chimere », la diffida della polizia nei tuoi riguardi, eccetera –, ma di sicuro Annie non può costituire nessuna minaccia per lui, no? Di certo non l'ha uccisa lui, mica è tipo da spingere la gente sotto i camion! Deve essere stato Derek Slater, non ti pare? Era l'unico uomo in Graham Road sufficientemente malvagio.

Jim e le ragazze stanno bene. Al momento, cerco di

resistere alle moine di Jim per provare un'altra volta ad avere un maschio. Continuo a ripetergli che una piccola di tre anni, un'altra di nove mesi e il lavoro d'insegnante sono più che sufficienti a tenere occupato chiunque, ma a quanto pare pensa che io sia Wonderwoman. Non so come tu abbia fatto senza una tata. L'unica cosa che non mi fa perdere la testa è mettermi in macchina tutte le mattine e passare la giornata con la mia famiglia «alternativa» a scuola, anche se sto ancora cercando di capire come convincere quei gorilla quattordicenni, con più testosterone che cervello, che imparare è «una buona cosa». Esco dalle lezioni con la sensazione di essere stata violentata e depredata dalla loro disgustosa immaginazione. Mi sono spesso chiesta se questo abbia contribuito alla tua agorafobia, dopo la morte di Annie. Ricordo che dicevi di non sopportare il modo in cui Alan Slater e Michael Percy ti guardavano.

A questo proposito, allego due ritagli di giornale. Uno è su Michael, che va di male in peggio, cosa che non mi stupisce, considerando di chi è figlio. Sì, sono crudele, ma dovrei essere una santa per vedere la «vampira ossigenata» e la sua progenie da un punto di vista diverso da quello dettato dall'odio, giacché hanno avuto da Jock un sostegno finanziario più regolare di quanto non abbia mai ottenuto io! Il secondo è sul poliziotto, il sergente Drury, quello per cui avevi una cotta all'inizio. (Sembrava la versione con i capelli corti di Patrick Swayze in Dirty Dancing... L'hai visto? È fantastico.) Ci avrei fatto un pensierino anch'io, se non fosse saltato fuori che era uno stronzo. È imperdonabile che abbia fatto credere a Sam che avevi un debole per lui. Hai pensato che potrebbe essere quello il motivo del timore di Sam per la storia di Annie? Di sicuro ce l'aveva lui, un problema, la notte precedente la sua sparizione di tre settimane. L'hai perdonato per averti forzato in quel modo? È stato un modo bestiale e meschino di trattarti, soprattutto considerando che stavi lottando con l'agorafobia e la depressione. Ma cosa vuoi, gli uomini sono fatti così: prima agiscono, poi pensano! Immagino che sia pentito, adesso, soprattutto se sei riuscita a convincerlo che Drury mentiva.

Comunque, Drury va in prepensionamento, ma da quello che si deduce dall'articolo pare sia stato sbattuto fuori per aver picchiato un diciassettenne asiatico.

Su con la vita, mia cara.

Con tutto il mio affetto,

Libby

Abitante di Richmond condannato

Michael Percy, 25 anni, abitante in Graham Road, si è dichiarato colpevole ieri per furto aggravato in un'abitazione in Sheen Common Drive. Ha ammesso di aver portato con sé uno scalpello e di averlo usato per minacciare la proprietaria dell'abitazione quando si è accorto della sua presenza. Ha chiesto di tenerlo in considerazione per altre dieci denunce per furto. Il giudice ha descritto Percy come «criminale recidivo» e «soggetto pericoloso» e l'ha condannato a quattro anni di carcere.

Richmond & Twickenham Times
14 settembre 1989

Sergente di polizia va in pensione

Il sergente James Drury, 41 anni, ha deciso di andare in pensione dopo 15 anni di servizio nella polizia metropolitana di Richmond. Ha chiesto un permesso per malattia dopo una rissa scoppiata tra lui e un gruppo di giovani al pub William of Orange, due mesi fa. Uno dei giovani, Javinda Patel, 17 anni, è stato ricoverato per la frattura della mascella. Il resto del gruppo è fuggito prima che i colleghi del sergente Drury raggiungessero il luogo del misfatto. Un portavoce della polizia ha dichiarato oggi: «Il signor Drury era molto scosso dall'incidente, fattore che ha contribuito alla sua decisione di optare per il prepensionamento. Ci dispiace sempre perdere i bravi poliziotti». Ha inoltre negato che il signor Drury abbia scatenato la rissa.

Richmond & Twickenham Times
24 novembre 1989

12

La Cava Tout, che ospitava il laboratorio di scultura e una volta forniva la famosa pietra di Portland, era da tempo esaurita e abbandonata. Era un luogo meraviglioso, selvaggio; un labirinto, scavato dall'uomo, di gole improvvise e spazi aperti simili ad anfiteatri dove arbusti e alberi stentati crescevano tra i blocchi di roccia sedimentaria. Era come se una mano gigantesca avesse frugato nelle viscere della terra e mescolato la pietra in una danza caotica.

Sam era affascinato dalle sculture scolpite qua e là *in situ*, che conferivano un accenno di forma al ruvido paesaggio. La *Caduta Immobile* di Antony Gormley, una figura a cammeo che precipita da una scogliera rocciosa, la *Pietra del Filosofo* di Robert Harding, un complesso strato di pietre intagliate e appollaiate tra rocce a forma di V. Un uomo accucciato con il mento sulle ginocchia. Orme. Un tulipano, strappato dalla roccia per giacere sul terreno. «Può provarci chiunque?» mi chiese Sam, esaminando un fossile in una lastra, cercando di capire se si trattava di un'ammonite vera o scolpita.

«Penso che si debba essere invitati a farlo.»

«Peccato», commentò, pensieroso. «Non mi dispiacerebbe lasciare il mio segno ai posteri.»

Risi. «Il che è probabilmente il motivo per cui non è permesso farlo. Ti annoieresti in fretta e incideresti un banale 'Sam è stato qui, 1999', e tutto questo posto sarebbe profanato dai graffiti.»

Sentimmo il laboratorio di scultura ancora prima di vederlo. Un costante *ra-ta-ta* di martelli su scalpelli, con il sottofondo del fischio del vento attraverso la copertura di politene che era stata fissata sopra le teste degli scultori. Era una scena d'intensa industriosità, perché tutti erano lì con uno scopo preciso: imparare a lavorare in tre dimensioni. Schegge di pietra bianca ricoprivano il pavimento e una polvere finissima si attaccava a braccia, capelli e abiti come farina in una panetteria. Avrebbe potuto essere una bottega rinascimentale in Italia, se non fosse stato per il tetto di politene, la prevalenza di jeans e magliette e il fatto che metà dei presenti era costituita da donne.

Il laboratorio era situato in una gola riparata e Danny spiccava rispetto al resto del gruppo, non soltanto perché si era posizionato vicino all'entrata, ma anche perché il suo blocco di pietra era grosso tre volte quello degli altri. Era anche molto più avanti nel lavoro. Mentre quasi tutti gli altri stavano ancora dando una forma iniziale alla pietra, Danny aveva già liberato dalla presa del calcare una testa occhialuta e la parte superiore del torso e stava usando uno scalpello per conferire una consistenza granulosa alla pelle del viso.

Quando ci avvicinammo, alzò lo sguardo. «Che ve ne pare?» chiese, indietreggiando e lasciando cadere le braccia lungo i fianchi, poco sorpreso dal fatto che fossimo venuti ad ammirare la sua opera. Aveva un corpo interessante. Ero sorpresa da come apparissero ben sviluppate le spalle e le braccia, adesso che la giacca non le nascondeva.

«Eccellente», osservò Sam, con l'eccessiva bonomia che riservava agli uomini che non conosceva molto bene. «Chi è? Qualcuno che conosciamo?»

Un cipiglio irritato fece stringere gli occhi di Danny.

«È il Mahatma Gandhi», dissi, lanciando un'occhiata di verifica ai disegni e alle fotografie sul pavimento accanto a lui. Non ce n'era bisogno. La somiglianza era evidente, anche se basata più sull'intuizione che sulla realtà. «È un progetto ambizioso.»

Nemmeno quella frase gli fece piacere. «Si capisce che lei è un'insegnante», borbottò, gelido, lanciando uno sguardo agli insegnanti che davano consigli e aiuto agli altri studenti. « È quello che continuano a dirmi: ambizioso. »

Lo osservai, incuriosita. « Perché non lo prendi come un complimento? »

Fece spallucce. « Perché riconosco una critica quando la sento. »

« Sei troppo sensibile », dissi. « Nel mio caso, è un incoraggiamento a proseguire quello che stai facendo. È evidente che sei la star qui dentro – ben al di sopra degli altri – e, a meno che tu non sia stupido e cieco, devi riconoscere i fatti. »

« Infatti li riconosco. »

« Allora smettila di lagnarti e dimostra che puoi affrontare un soggetto ambizioso. » Passai un dito sugli occhiali ben più grossi del reale che spuntavano a un angolo di quarantacinque gradi dalle rugose guance di pietra. « Come hai fatto a farli? »

« Con cautela », rispose, più serio che ironico.

Sorrisi. « Non avevi paura che si staccassero mentre lavoravi? »

« Ho ancora paura. »

« C'è una statua di bronzo di Gandhi a Ladysmith, in Sudafrica. È stata eretta in ricordo del servizio di assistenza che lui aveva istituito durante la guerra boera. È l'unica altra statua che ho visto di Gandhi. »

« E com'è? »

« Rispetto a questa? »

Annuì. Avrei potuto considerare quella domanda arrogante se i muscoli delle sue spalle non fossero stati meno rigidi e il cipiglio meno feroce. Si preparava di nuovo alla difesa, pensai.

« È una rappresentazione assai... professionale, a grandezza reale, di un uomo minuscolo che ha fatto il suo dovere nei confronti dell'Impero dopo aver accettato la cittadinanza inglese », dissi. « Ma non c'è nient'altro. Non mi ha dato il senso della sua grandezza, e nemmeno dello straordinario effetto che la sua umiltà ha avuto sul mondo, nessun senso della sua forza interiore.» Accarezzai il ruvido viso di calcare. «Gandhi era un gigante senza pretese. Per quanto mi riguarda, lo preferisco più grande del reale e sbozzato nella pietra, piuttosto che piccolo com'era in realtà e accuratamente lucidato in bronzo.»

Il cipiglio di Danny svanì. «Lo comprerebbe?»

Scossi la testa, dispiaciuta.

«Perché no? Ha appena detto che le piace.»

«E dove lo metterei?»

«In giardino.»

«Non abbiamo un giardino. Affittiamo il cascinale solo per l'estate. Dopo di che... Chi lo sa?» Alzai le spalle. «Se saremo fortunati, potremo permetterci una scatola di mattoni con un fazzoletto di giardino e qualche rosa sul confine... e francamente un busto del Mahatma Gandhi lì in mezzo sarebbe un po' fuori posto.»

Era deluso. «Pensavo foste pieni di soldi.»

«Sfortunatamente no.»

Tirò fuori le sigarette. «Mantenete solo la facciata, eh?»

«Qualcosa del genere.»

«Ah, be'», borbottò, rassegnato, inclinando la testa per proteggere l'accendino dal vento. «Magari glielo regalo.» Fece uscire il fumo dal naso. «Mi costerebbe uno sproposito trasportarlo a Londra, e molto probabilmente gli occhiali si romperebbero nel tragitto. Potrebbe iniziare una collezione, metterlo vicino al Quetzalcoatl di Alan... Rendendo gli Slater famosi per qualcosa di diverso dalla droga, dai furti e dai maltrattamenti...»

Proposi di offrire a Danny il pranzo al pub Sailor's Rest di Weymouth, ma Sam non era troppo dell'idea. «Il cibo è buono», ammise. «Però il gestore è un idiota.»

«Penso che tu lo conosca già», dissi a Danny, mentre c'incamminavamo verso la macchina. «È il poliziotto che ha mandato in galera Alan. Pensavo che potesse divertirti vederlo in un ambiente diverso.» Interruppi il silenzio che seguì il mio commento per indicare il relitto di una nave vichinga, sistemata artisticamente su un letto di rocce alla nostra sinistra. «Quello è un uso intelligente dei materiali», mormorai.

«Come si chiama?» chiese Danny.

«James Drury. Era sergente a Richmond finché non è stato costretto ad accettare il prepensionamento e ha seguito un corso per gestore di pub della catena Radley's Brewery. Ha iniziato a Guildford, poi l'hanno trasferito al Sailor's Rest nel '95.»

Danny mi osservò con comprensibile sospetto. «Come fa a sapere che è stato lui a pizzicare Alan?»

«Me l'ha detto una vicina di Graham Road», spiegai. «Ti dice niente il nome Libby Williams?» Scosse la testa. «Sapeva che m'interessava qualsiasi cosa facesse Drury, soprattutto se riguardava un ex alunno.» Infilai amichevolmente una mano nella piega del gomito di Sam, per addolcire il colpo della rivelazione. «Mi sono incontrata parecchie volte con lui prima che ci trasferissimo all'estero. Probabilmente è la persona più corrotta che abbia mai conosciuto... Un ladro, un bugiardo, un prepotente... e un razzista. Proprio il tipo d'uomo sbagliato per indossare l'uniforme di polizia.»

A Danny sfuggì una risatina ben poco allegra. «Di sicuro ha sistemato Alan per benino. Okay, non sto dicendo che mio fratello fosse un angelo, ma non era di sicuro uno spacciatore di droga. Magari la usava, ma non la spacciava.»

«Che cos'è successo?»

«Non conosco i dettagli... Ero solo un bambino all'epoca, ma, secondo la mamma, Drury l'ha pizzicato in un pub una sera e gli ha infilato un etto di hashish in tasca mentre gli metteva le manette. Era un gran bastardo. Se non riusciva a incastrarti per una cosa, t'incastrava per un'altra.»

«Che cos'aveva fatto Alan?»

Danny strinse i pugni e batté le nocche di una mano su quelle dell'altra. «Non riusciva a stare lontano dalle risse, soprattutto quando era ubriaco. Una sera gli è piombata addosso un'intera squadra di poliziotti e lui ha menato colpi all'impazzata, anche se aveva solo quindici anni.» La bocca gli si piegò in un sorriso amaro, al ricordo. «Ha avuto un risarcimento di cinquemila sterline.»

«Bel colpo», intervenne Sam.

«Non proprio. Al era conciato molto peggio degli sbirri. Tre costole rotte, lividi dappertutto per i calci che gli avevano tirato, un'emorragia interna... Era uno straccio. L'unico problema è stato che da quel momento in poi Drury ce l'ha avuta a morte con noi...» Danny calciò una pietra con un colpo di punta ben mirato. «Ci ha arrestato tutti, uno dopo l'altro.» Si sfregò le braccia: era chiaro che ricordare quegli avvenimenti gli faceva ancora male. «E ci dava una bella pestata ogni volta che gli capitava.»

«E allora per che cos'è stato condannato Alan? Per possesso di droga o per aggressione alla polizia?»

Danny si accigliò. «Spaccio, penso», disse in tono vago. «Ma era una montatura, da qualsiasi parte la si guardasse. La polizia sostenne che aveva un'influenza negativa su tutti noi, quindi Drury l'ha fatto rinchiudere finché non si è calmato. Da allora ha messo la testa a posto... quindi immagino che abbia funzionato.»

Mi chiesi se ci fosse qualcosa di vero, o se quella fosse la versione che la famiglia aveva inventato per il pubblico.

Sam mi rivolse uno sguardo confuso. «Ma... questo Drury è l'uomo che ti fissava?»

Annuii. «Penso che stesse cercando di capire chi ero.»

«Be', ormai lo saprà. Ho pagato con la carta di credito.»

«Sì», ammisi. «È quello il motivo per cui ci siamo andati.»

Distolse lo sguardo, tentando di rimettere insieme le

tessere del suo puzzle personale. «Allora, qual è il piano?» chiese. «Andiamo da quel brutto ceffo e lo affrontiamo? Oppure dimostriamo un educato sdegno?»

«L'abbiamo già dimostrato l'altra volta», gli rammentai.

«*Tu* magari l'hai fatto», ribatté, irritato, inserendo la chiave nella serratura della portiera. «Io non avevo idea di chi fosse. Ho solo visto un idiota di mezza età che faceva l'occhiolino a mia moglie.» Mi lanciò uno sguardo truce da sopra il tettuccio. «Se hai intenzione di parlargli del furto, non andrai da nessuna parte. Quando Sheila ha cercato di sollevare l'argomento con Larry, lui ha sostenuto che non era minimamente interessato. Non ha fatto altro che assumere un atteggiamento molto offensivo, riducendo Sheila all'esaurimento.»

Lanciai un'occhiata veloce a Danny e vidi un bagliore di curiosità nel suo sguardo. «Voglio solo metterlo un po' in agitazione», annunciai. «Voglio fare in modo che si chieda cosa ci fanno nel suo pub tre ex residenti di Graham Road.»

Sam scosse la testa, poco coinvolto dalla mia idea. «Ma *perché*? Che cosa vuoi ottenere? Perché mai credi di poter avere più successo di Sheila? Inoltre non ho nessuna voglia di trovarmi coinvolto in una piazzata.»

Danny parlò prima che potessi rispondere, dopo aver affondato le mani nelle tasche per proteggere qualunque cosa contenessero. *Cannabis?* mi chiesi. «Ho fatto del mio meglio per mettere una certa distanza tra me e il signor Drury negli ultimi dieci anni e preferirei che mi credesse morto», borbottò.

Alzai le spalle con fare indifferente. «Okay, andremo da qualche altra parte. Ho sempre pensato di affrontarlo da sola, comunque. A *me* non fa paura... Non quanto gli piacerebbe pensare, almeno.»

Stavo mentendo, ovviamente.

Come speravo, Sam raccolse il guanto della sfida, sebbene controvoglia, perché pensava che avessi in mente di fare una scenata, mentre Danny farfugliò che non era una questione di paura, ma di buon senso. Mi chiese se l'avremmo riportato al laboratorio dopo pranzo e, quando dissi di sì, si rilassò visibilmente e infilò qualcosa tra i sedili sul retro prima di scendere dalla vettura. Quando raggiungemmo il Sailor's Rest, Sam scelse un tavolino vicino al muretto del porto e osservò con aria circospetta gli altri avventori, per controllare se riconosceva qualcuno. «Cerca di tenere sotto controllo la voce», disse, irritato. «Diventi stridula quando parli di Annie.»

«Non più», ribattei, spostando l'attenzione su Danny e chiedendogli di entrare con me. «Sam può occupare il tavolo, mentre tu e io prendiamo da bere.»

«Ah, vuole che il furetto veda il coniglio», borbottò Danny, avvilito, mentre gli facevo strada sul sentiero di ciottoli che portava all'entrata del pub.

Sorrisi. Quel ragazzo mi piaceva. «I conigli. Al plurale», precisai. «Siamo tutti nella stessa barca. Ma l'unione fa la forza... qualsiasi coniglio lo confermerebbe.»

«E allora: chi è questa Annie che la fa diventare stridula?» chiese, mentre ci fermavamo sulla soglia per abituare gli occhi nel passaggio dal sole splendente all'oscurità del pub.

«Annie Butts», risposi. «Era la vostra vicina di casa a Graham Road. Tua madre la ricorda, probabilmente. Era una donna di colore che è stata investita da un camion poco prima che ci trasferissimo. La sua morte è uno dei motivi per cui io e il signor Drury ci siamo scontrati.»

«Non l'ho mai sentito, quel nome.»

Gli credevo. Sembrava non avere ricordi della sua primissima infanzia – forse perché era troppo dolorosa e aveva deciso di cancellarla, proprio come avevo fatto io con alcuni dei miei ricordi più tremendi –, e fui grata della sua ignoranza. Se non altro, la mia coscienza poteva sentirsi un po' più leggera. «Non c'è motivo per cui dovresti rammentarlo», dissi. «Le persone muoiono ogni giorno, ma di solito vengono ricordate soltanto dalle loro famiglie.»

Gettò uno sguardo verso il bar, dove Drury stava servendo. «E allora perché lei e Drury vi siete scontrati per questa Annie?»

Era un'ottima domanda. «Non lo so», risposi onestamente. «È qualcosa che non ho mai capito. Ma un giorno troverò una spiegazione... sempre che ne esista una.»

«È per questo che ci troviamo qui?» chiese, inconsapevole del fatto che stava, in pratica, ripetendo le parole pronunciate da mia madre tre giorni prima. In un certo senso era lusinghiero. Entrambi davano per scontato che io sapessi quello che facevo.

Corrispondenza con Michael Percy, figlio di Sharon – incriminato per rapina a mano armata e attualmente detenuto nel carcere The Verne, a Portland in precedenza residente al 28 di Graham Road –, datata 1999

In risposta a questa lettera, siete pregati di scrivere sulla busta:
Numero: V50934 **Nome:** Michael Percy
Ala: B2

Ala B2
Carcere The Verne
Portland
Dorset
DT5 1EQ

Signora Ranelagh
«Jacaranda»
Hightor Road
Città del Capo
Sudafrica

1 febbraio 1999

Cara signora Ranelagh,

in primo luogo, dica a suo padre che non c'è bisogno che mi mandi i francobolli. Ci sono un sacco di ragazzi stranieri qui al Verne – spacciatori e tipi del genere che vengono beccati agli aeroporti mentre cercano di entrare nel Paese –, quindi la prigione ci permette di scambiare francobolli interni per posta aerea. Mi bastano, dato che non devo scrivere a nessuno se non a Bridget.

Come può immaginare, la vita è un po' deprimente, qui dentro, ma posso incolpare soltanto me stesso. Ogni prigioniero è un volontario, a pensarci bene. Lei dice di aver letto sui giornali quello che ho combinato e che suo padre ha chiesto l'aiuto di un suo conoscente che lavora nelle carceri per rintracciarmi. Be', ne sono felice. È sempre stata la mia insegnante preferita, anche se potrebbe decidere di non scrivermi più, quando saprà che tutto quello che dicevano di me era vero. Me ne vergogno, ma è meschino nascondere la mano dopo aver tirato il sasso, no? Secondo il giudice, ero pericoloso perché non avevo una coscienza, ma io direi che il problema è la mancanza di saggezza. Non sono mai stato in grado di capire in anticipo ciò di cui mi sarei pentito: è banale, ma è così.

Mi chiede cosa ricordo della signora di colore che viveva accanto a noi in Graham Road. Parecchie cose, di fatto. Faceva impazzire mia madre con tutte le parolacce che urlava dall'altra parte del muro: «puttana» e «figa» e «spazzatura» e roba del genere. Una volta, la mamma le ha buttato un secchio d'acqua in testa dalla finestra al piano di sopra, perché l'ha vista spiare dal cancello, e la vecchia Annie si è messa a urlare come un'indemoniata perché pensava che l'acqua fosse piscia. Probabilmente è crudele dire una cosa del genere – visto com'è morta –, ma a quell'epoca lo trovavo piuttosto divertente.

Sarebbe più semplice se mi elencasse quello che vuole sapere. Non mi è mai piaciuta granché, questo è poco ma sicuro. Per un pelo non ha mozzato la mano ad Alan Slater quando l'ha beccato che si aggirava in casa sua: l'ha inseguito con una mannaia da macellaio e l'ha mancato per pochi centimetri. Dopo quell'episodio Alan ha tremato come una foglia per giorni. Okay, non avrebbe dovuto fregarle le sue cose, ma è un po' pesante aggredire un bambino con una mannaia, visto che lui le aveva preso dal salotto soltanto una statuetta di legno senza valore.

Comunque, come le ho già detto, deve dirmi esattamente che vuole sapere. Non faceva andare su tutte le furie solo mia madre e quella di Alan. Faceva impazzire tutta la strada. Ricordo che Annie inseguiva una donna tutte le volte che andava a fare la spesa e le gridava «sporca sgualdrina» e quella se ne stava zitta. Però una volta ho visto la stessa donna che colpiva Annie con la borsa della spesa, facendola poi cadere a gambe all'aria nel canalino di scolo. Anche quello è stato piuttosto buffo.

Immagino che voglia sapere soprattutto chi ha ucciso la vecchia Annie, ma non posso aiutarla. Ricordo che mia madre era sconvolta quando ha saputo che era morta, quindi l'unica cosa che posso affermare è che lei e io non siamo stati. In fin dei conti, direi che sono d'accordo con la tesi della polizia, cioè che è stata travolta da un camion, anche se mi dispiace deluderla.

Con amicizia,
Michael Percy

In risposta a questa lettera, siete pregati di scrivere sulla busta:
Numero: V50934 **Nome:** Michael Percy
Ala: B2

Ala B2
Carcere The Verne
Portland
Dorset
DT5 1EQ

Signora Ranelagh
«Jacaranda»
Hightor Road
Città del Capo
Sudafrica

23 febbraio 1999

Cara signora Ranelagh,

a lei va il merito per la mia calligrafia. Ricordo che c'insegnava la bella scrittura, dicendo che, se scrivevamo bene, avremmo trovato lavoro. Non ha funzionato così per me, ma solo perché non vedevo l'utilità di sgobbare per qualche spicciolo, quando un colpo in un negozio o in un ufficio postale poteva ricompensarmi ampiamente di qualche minuto di tensione. E poi ho ancora il dono della parlantina! Anche di quello, il merito va a lei. Era lei a ripeterci che un buon vocabolario fa fare sempre una bella figura.

Un giorno le racconterò di me e di Bridget: lei è il motivo per cui sono qui. Mi creda, ho sposato l'unica ragazza al mondo che preferisce denunciare il marito e andarlo a trovare in prigione piuttosto di aspettare che ammazzi qualcuno! Magari la ricorda. Viveva dall'altra parte della strada, davanti a casa nostra, in Graham Road, e aveva capelli biondi lunghi fino al sedere finché non se li è tagliati, mettendoli poi nella sua buca delle lettere, come sacrificio. È ancora bella come una bambola e si rifiuta di dimenticarmi anche se io le dico sempre che è ancora giovane e può trovarsi qualcun altro e mettere su famiglia. La buona notizia è che potrei uscire il prossimo anno, se continuo a comportarmi bene.

Okay, ora al lavoro. Le risposte alle sue domande sono le seguenti.

1. Non conosco il nome della donna che Annie chiamava «sporca squaldrina», ma penso che stesse con uno dei clienti della mamma, anche se non sono mai stato nei paraggi abbastanza a lungo per guardarlo bene. Per me erano tutti stronzi.
2. Tutti rubacchiavano a casa di Annie. Direi che Alan e le sue sorelle erano i peggiori, ma anche noi lo facevamo. Erano le ragazze a istigarci. Nei cassetti e nelle credenze c'erano un sacco di ninnoli che a loro piacevano da matti. Annie lasciava la porta sul retro aperta per i suoi gatti, e per noi era facile tenerla occupata, mentre qualcuno s'introduceva in casa dal retro. Non è più stato così facile dopo

che lei ha fatto mettere la gattaiola e ha incominciato a chiudere a chiave la porta, ma la chiusura della finestra del bagno era rotta e il piccolo Danny Slater era abbastanza mingherlino da riuscire a infilarsi nello spiraglio. Era un bambinetto sveglio, non aveva più di quattro anni, ma sgusciava in cucina e saliva su una sedia per aprire i chiavistelli. Alan gli aveva persino insegnato a richiuderli, dopo, e a salire sul sedile del cesso per svignarsela dalla finestra. Non ho mai capito se Annie si accorgeva che le sue cose sparivano – mettevamo sempre a posto, in modo da non far sembrare il furto troppo evidente –, ma Alan una volta mi ha detto che lei aveva chiamato un tizio perché facesse un elenco di tutto quello che c'era in casa, quindi immagino che se ne fosse accorta. Abbiamo smesso del tutto quando ha inseguito Alan con la mannaia. Non ci sembrava una buona idea, dopo che ci ha beccato. Se ricordo bene, è successo un mese o due prima che morisse.

3. Perché lo facevamo? Per divertirci, immagino. Se devo essere onesto, credo che nessuno di noi si sia mai posto una domanda del genere. Tutto quello che so è che dava una fantastica scarica di adrenalina, aggirarsi nella casa di una pazza, specialmente considerando che aveva un sacco di cose. Non lo facevamo per denaro, perché pensavamo che la maggior parte

di quello che aveva fosse roba da due soldi – tipo quella statuetta di legno –, anche se ricordo che la madre di Alan portò via a Bridget un anello che avevamo sgraffignato perché pensava che fosse prezioso. Lo vendette per comprarsi la vodka, quindi probabilmente aveva un qualche valore.

4. Tutto quello che ricordo della notte dell'incidente è che sono arrivato a casa a mezzanotte circa e che mia madre mi ha detto che mi ero perso lo spettacolo: la pazza della porta accanto era stata investita da un camion. Non ho idea di che cosa stessi facendo quella sera: giocavo con le macchinette della sala giochi, immagino, come al solito.
5. Tutto quello che ricordo del giorno dopo è che la mamma e io eravamo sconvolti dal numero di gatti usciti dalla casa di Annie, perché non avevamo idea che ce ne fossero tanti.

Niente di tutto ciò fa una bella impressione, rileggendo quello che le ho scritto, e spero di non averla sconvolta. Il problema è che la verità è sempre peggiore quando la racconti così com'è, perché sembra d'ignorare il fatto che ci sono due lati in ogni cosa. Voglio dire, eravamo terrorizzati da Annie perché era matta, e la madre di Alan diceva sempre che praticava il vudù con i polli. So che ora sembrano sciocchezze, ma allora... Diamine, pensavamo di essere eroi solo per il fatto di entrare in quella casa. Alan era persino convinto che potesse trasformarci in rane o roba del genere solo guardandoci!

Spero che questo le sia di aiuto.

Con amicizia,

Michael

13

Non so se è sufficiente sostenere che volevo vendicarmi di Drury perché lo odiavo. Si odia una persona per qualche motivo, non soltanto a causa di un'antipatia viscerale che ti fa vedere rosso al semplice sentirne il nome. Il dottor Elias mi aveva chiesto parecchie volte perché sprecavo tante energie pensando a un uomo che conoscevo solo da poche settimane, ma non ero mai riuscita a dargli una risposta, per timore di sembrare paranoica.

Era cambiato davvero poco in vent'anni, tranne per il fatto che aveva i capelli più grigi e gli occhi più scuri e impenetrabili. Aveva la stessa età di Sam, ma era sempre stato più virile, più forte e più attraente. Era il tipo d'uomo di cui le donne invariabilmente s'innamorano, per pentirsene poi altrettanto invariabilmente quando l'immagine da duro – una fragile maschera alla misoginia – si dimostra un'immutabile realtà.

Ci studiò, divertito, mentre ci avvicinavamo. « Signora Ranelagh. » Ammiccò con fare ironico in direzione di Danny. « Sta raschiando il fondo della pentola con questo qui, eh? Cos'è? Il suo gorilla o il suo fidanzatino? »

Dovetti passarmi la lingua sulle labbra tanto erano secche. « È un sostegno morale », risposi.

Il suo sorriso si allargò. « Perché ha bisogno di sostegno morale? »

« Perché queste non le piaceranno », dissi, estraendo alcune foto dalla tasca e appoggiandole sul bancone. Allungò una mano per prenderle, ma Danny fu più veloce di lui. « È questa la donna di colore di cui mi ha parlato? »

« Sì. »

«Sembra che l'abbiano colpita con una mazza da baseball», mormorò, rimettendo le foto sul bancone.

«Vero, eh?» Posai un dito sulla prima fotografia e la spostai, per mostrare le altre. Erano foto terrificanti. Mostravano Annie morta, con il viso pieno di lividi e un braccio che sembrava più chiaro, là dove il sangue era filtrato sottopelle, formando un grosso ematoma dalla spalla al polso. «Il signor Drury ha deciso che tutte queste ferite sono state causate da un singolo contatto fulmineo con un camion, un contatto che ha portato la donna alla morte in trenta minuti... ma non ho trovato nessuno che si dichiari d'accordo con lui. Queste immagini sono state scattate durante l'autopsia, nel 1978. Le ho fatte esaminare da due patologi diversi ed entrambi sostengono che il livido sul braccio indica un grave trauma fisico avvenuto alcune ore prima della morte.»

«E questo cosa vorrebbe dire?» chiese Danny.

«Che Annie è stata assassinata.»

L'irritazione che percepivo dall'altra parte del bancone aumentò bruscamente e mi chiesi se Drury avesse immaginato come mai mi trovavo lì. Il desiderio di rinverdire una vecchia amicizia? Un'attrazione fisica?

«Cristo!» grugnì. «Ma non cede mai? Sembra di ascoltare un disco rigato. Non ha niente di meglio da fare nella vita che santificare una miserabile negra che non poteva stare lontana dalla bottiglia?» Alzò la prima foto e la voltò, per controllare se sul retro c'era il timbro ufficiale. «Dove diavolo le ha prese?»

«Me le ha mandate l'agente Quentin.»

«Andrew?»

Annuii.

«È morto sette anni fa», disse lui, per tagliare corto. «Ha perso la vita in un incidente dopo aver inseguito per cinque chilometri un pazzo in macchina.»

«Lo so. Me le ha mandate poco dopo che abbiamo lasciato l'Inghilterra. Gli ho scritto chiedendogli le copie perché sapevo che non era soddisfatto del verdetto del coroner.»

Drury sbuffò, innervosito. «E che ne sapeva lui? Era ancora un bambino. Aveva un'insignificante laurea in sociologia e pensava di essere un gradino più in alto rispetto al patologo ufficiale e a un poliziotto con dieci anni di esperienza sul campo.»

«Aveva ragione, però», dissi. «I lividi di questo tipo si formano piuttosto lentamente», proseguii, toccando una delle foto. «Inoltre indicano che c'è stato più di un contatto. Se il braccio fosse stato colpito in vari punti, i singoli ematomi si sarebbero diffusi, scurendo la pelle dalla spalla al polso.»

«Una fotografia non dimostra niente. E poi era negra, non si può capire qual è un livido e quale no.»

«Sono foto a colori», sottolineai in tono pacato. «Quindi, a meno che lei non sia cieco, è in grado di vedere i lividi.»

Scosse la testa con rabbia. «Che differenza fa? La versione accettata è stata fornita dall'uomo che ha fatto l'autopsia; secondo lui, le ferite erano state provocate dall'impatto con un camion.»

«Ma non quindici-trenta minuti prima che la trovassi io. Due o tre ore prima, *forse*. E ciò significa che le persone che hanno detto di averla vista barcollare in strada avevano probabilmente di fronte una persona con gravi ferite al capo.»

Lo sguardo gli cadde ancora sulle foto, come se ne fosse disgustato e affascinato nel contempo. «Anche se così fosse, non può biasimarle per aver pensato che fosse ubriaca.»

«Infatti non le biasimo.»

«E allora che diavolo vuole?»

Mi ripassai ancora la lingua sulle labbra aride. «Farò riaprire il caso», spiegai. «Voglio che sia messo sotto indagine il modo in cui lei lo ha gestito. Voglio che ci si domandi perché un poliziotto alle prime armi, con un'insignificante laurea in sociologia, è riuscito a capire che i conti non tornavano... e *lei* no. Voglio sapere perché, quando quel poliziotto ha cercato di sollevare la questione, lei gli ha tolto il caso.»

Lui strappò le fotografie e le gettò in aria; i pezzi ricaddero ai miei piedi. «Problema risolto. E se questo è tutto ciò che ha da mostrare dopo vent'anni, allora ha sprecato il suo tempo.»

Danny si chinò per recuperare i pezzi. «Non se la prenda con questo tizio», mi disse, passandomi le foto. «È un gradasso. È l'unico modo che conosce per tenere sotto controllo le persone. Farebbe di tutto per cambiare argomento piuttosto di spiegarle perché ha incasinato tutto con quella povera signora di colore dalla faccia spappolata.»

Drury lo squadrò. «E tu che ne sai, testa di cazzo? Portavi ancora il pannolone.» Sollevò il mento verso di me. «E comunque stai dalla parte sbagliata, se hai scelto di stare dalla sua. Voleva far metter dentro tuo padre... Ha accusato lui di omicidio. Lui e nessun altro.»

Ci fu un lungo silenzio. Danny mi lanciò uno sguardo incerto. «È vero?»

«No», replicai. «Il signor Drury mi chiese se conoscevo qualcuno che ce l'aveva con Annie, quindi io ho fatto il nome di tuo padre, di tua madre e di Sharon Percy. Non ho mai nemmeno vagamente suggerito che tuo padre l'avesse uccisa. Quella è stata una libera interpretazione del signor Drury.»

Drury scoppiò a ridere. «È sempre stata bravissima a rigirare la frittata.»

«Davvero? Pensavo che fosse la sua specialità.»

Sostenne il mio sguardo per un istante, cercando qualche crepa nella mia armatura, poi incrociò le braccia al petto e si rivolse a Danny. «Chiediti come mai ti ha portato qui e perché ha voluto che tu vedessi quelle foto. Vuole usare te per arrivare alla tua famiglia, preferibilmente mettendoti contro di loro, prima. È un'esperta nel manipolare le persone.»

Danny strinse le spalle tristemente, come se tutte le sue peggiori paure fossero state confermate, e la voce di mio figlio mi riecheggiò nelle orecchie. *Se succedesse a me, non ci vedrei più dalla rabbia...*

«Tuo padre ha un alibi per il lasso di tempo che va dalle cinque del pomeriggio a mezzanotte», gli spiegai. «Ed è stato il signor Drury a stabilirlo. Sapeva bene che Derek non poteva aver ucciso Annie. Come lo sapevo io.»

«E allora perché sono qui?»

«Perché il signor Drury ha mentito ai tuoi genitori, sostenendo che io andavo dicendo certe cose che invece non avevo mai affermato... Inoltre ho bisogno che tu faccia capire a tua madre e a tuo fratello che li ho accusati soltanto di razzismo. E questo è vero, Danny. Erano *razzisti* – e probabilmente lo sono ancora – e non se ne vergognavano nemmeno.»

Gli sfiorai la spalla, come per scusarmi, perché era crudele associarlo all'odio della sua famiglia, giacché aveva affermato così spesso nelle sue e-mail che non approvava il fatto che i bianchi vivessero in Sudafrica.

«Ma non ce l'ho con gli Slater», dissi, rivolta a Drury. «Io ce l'ho con *lei.*» Spostai le fotografie strappate con la punta del dito. «Quando ho accusato lei e i suoi colleghi della stessa cosa, si è spaventato al punto di manipolare ogni prova per sostenere la teoria che Annie fosse morta in un incidente. E mi piacerebbe proprio sapere perché l'ha fatto.»

Lo stavo immaginando, il bagliore di paura nei suoi occhi freddi, da serpente, oppure era reale? «Non abbiamo manipolato niente», ribatté, secco. «Abbiamo accettato il verdetto dell'inchiesta: morte accidentale della donna in seguito all'urto con un camion, avvenuto venticinque-trenta minuti prima che lei la trovasse.»

«Ma lei non sapeva quale sarebbe stato il verdetto,

quando ha incominciato le indagini sulla morte di Annie.»

«E allora?»

«E allora non può usarlo per giustificare il suo rifiuto a condurre le indagini in modo corretto. L'unica prova che ha fornito è stata una descrizione della casa di Annie dopo la sua morte, ma ciò non le ha impedito di giungere alla conclusione che era un'alcolizzata cronica, una torturatrice di animali, e una minorata mentale che trascurava se stessa. Ricordo persino le sue parole. Ha detto che, considerando i numerosi problemi di 'Annie la matta', l'unica cosa che la sorprendeva era che fosse vissuta così a lungo.»

«Un'opinione accettata da tutti tranne che da lei.»

«Il suo medico non era d'accordo.»

Guardò alle mie spalle, verso la porta. «Suo marito, sì», mormorò. «Lui e il signor Williams descrissero Annie come una paralitica, quando la videro barcollare davanti a casa sua, un'ora e mezzo prima che lei la trovasse. Fecero anche capire che non era insolito vederla in quello stato.»

Seguii il suo sguardo fisso sulla soglia, dove c'era Sam, incerto. Avevamo aspettato troppo a lungo. Alla fin fine nessuno aveva più pazienza, nemmeno i colpevoli... «Stavano mentendo», dissi, in tono pacato.

«È quello che ripeteva sempre nel '78.»

«È la verità.»

«Perché avrebbero dovuto mentire? L'uomo che ha sposato doveva essere il primo a sostenerla.»

Una volta anch'io la pensavo così, ma solo perché credevo che la verità fosse semplice. «Stava cercando di proteggere il suo amico», dissi, con cautela. «Le due persone che ho visto sotto il lampione quella sera erano Jock Williams e Sharon Percy. Immagino che Jock avesse paura, dal momento che l'avevo visto... e lui non voleva che la moglie scoprisse che si trovava con una prostituta. Quindi Sam e lui si sono inventati la storia che erano andati a casa nostra a bersi una birra.»

Drury lanciò un'altra occhiata verso la porta, ma Sam era scomparso. «Perché non me l'ha detto vent'anni fa?»

«L'ho fatto. Le ho detto che era Jock la persona che pensavo di aver visto.»

«Ma è proprio questo il punto», ribatté lui, sarcastico. «Ha solo *pensato* di vederlo... e non ha chiarito che si trovava in compagnia di Sharon Percy.»

«A quell'epoca non sapevo che fosse Sharon.»

Scosse la testa. «Sharon aveva un alibi e il signor Wil liams l'ha avuto nel momento in cui suo marito ha testimoniato in suo favore.»

«Ma lei non l'ha mai interrogato. Ha semplicemente accettato la parola di Sam contro la mia. Perché? La parola di una donna non vale quanto quella di un uomo?»

Appoggiò le mani sul bancone e avvicinò il viso al mio. «Lei era fuori di testa, signora Ranelagh. Nulla di ciò che diceva era credibile. Tutti concordavano su questo: ne erano convinti persino suo marito e sua madre, e loro dovevano saperlo, dato che ci vivevano, con lei.»

Se avessi avuto una pistola, l'avrei ammazzato. *Bang!* Dritto in mezzo agli occhi! Come osava parlare della mia famiglia quando proprio lui era stato la causa della loro sfiducia? Ma l'odio è un'emozione inutile, danneggia più chi odia di chi è odiato. Sì, lui sarebbe morto... ma io anche... nulla avrebbe più avuto importanza per me. Forse la mia espressione diceva più di quanto immaginassi perché Drury si drizzò di scatto.

«Sam e Jock hanno inventato quella storia per adeguarsi a ciò che lei aveva detto alla moglie di Jock, il mattino dopo», mormorai. «Lei aveva detto a Libby Williams, e a chiunque fosse interessato, che Annie era stata vista barcollare in strada un'ora prima che morisse, e ha anche accennato all'ora in cui poteva essere caduta di fronte al camion. Sam e Jock non hanno dovuto far altro che riciclare quell'informazione per dire a lei quello che voleva sentire, cioè che una stupida negra ubriaca vagava barcollando verso le 19.45. E il fatto che nulla di tutto ciò fosse vero non l'ha minimamente preoccupata.»

«Perché suo marito e il signor Williams avrebbero fatto una cosa del genere?»

Mi strinsi nelle spalle. «Era più semplice per tutti saperla morta in un incidente. Anche per la polizia. Così nessuno doveva affrontare la questione del razzismo.»

Mi fissò per un attimo, aggrottando la fronte in un'espressione che sembrava di genuina perplessità. «E quando suo marito le avrebbe raccontato tutto questo?»

«Sei mesi dopo aver lasciato l'Inghilterra.»

Era accaduto poco dopo la discussione avuta con Sam per il modo in cui avevo aggredito il commissario a quella festa a Hong Kong. Sam si era buttato sul whisky e aveva vagato per la stanza, facendomi un sermone sul mio comportamento. Quasi tutto quello che diceva – il fatto che la mia «pazzia» danneggiasse la sua carriera e la sua vita sociale – mi entrava da un orecchio e mi usciva dall'altro. Ma alcune cose no, soprattutto quando, alle tre di mattina, aveva cominciato a compatirsi. Gli mancava l'Inghilterra... ed era colpa mia. Come diavolo mi era venuto in mente di parlare di omicidio davanti alla polizia? Lui non poteva cambiare rotta in mezzo alla corrente, soprattutto considerando che Jock si trovava fra l'incudine e il martello. Metà della maledetta strada aveva visto quella stupida donna vagare, goffa come un orso, reggendosi la testa dolorante. Lui non aveva fatto altro che dichiararsi d'accordo con loro...

Mi sembrava di sentire il cervello di Drury ronzare.

«Ricordo che, non appena le ho letto la testimonianza di suo marito, lei ha sostenuto che lui stava mentendo. Come poteva saperlo, se suo marito l'ha ammesso soltanto sei mesi dopo?»

«Non c'erano lattine di birra nella pattumiera».

Danny prese un sorso di lager alla spina e, togliendosi la schiuma dalle labbra, lanciò uno sguardo sospettoso a Sam. « Come mai non ha riconosciuto il signor Drury quando sua moglie l'ha portata qui, l'altro giorno? » gli chiese. « Io non lo vedevo da anni, ma non è cambiato granché. »

Mio marito si mise subito sulla difensiva. « L'ho visto solo un paio di volte. Da quello che ricordo, m'interessava di più quello che diceva, rispetto a com'era fatto. »

« Sam non è molto bravo a ricordare i visi », lo giustificai, per smorzare la tensione.

Il ragazzo m'ignorò. « E quando ha testimoniato? Deve pur averla interrogata, no? Non l'ha guardato, in quel momento? »

« Non è stato Drury a prendere la testimonianza. È stato un agente. Inoltre non sono stato interrogato... Mi hanno soltanto chiesto di scrivere su un modulo dov'ero e che cosa stavo facendo. » Alzò lo sguardo verso di me, poi lo distolse rapidamente. « La testimonianza scritta ha segnato la fine del mio coinvolgimento. Non mi hanno nemmeno chiesto di presentarmi all'inchiesta. »

Danny non sembrava sorpreso. « Sì, ma non si sparisce quando la famiglia è nei guai », borbottò. « Avrebbe dovuto insistere per rimanere quando hanno interrogato sua moglie. Cristo! Io non manderei la mia donna da sola tra le grinfie di Drury. »

Sam strinse il bicchiere tra le mani a coppa, ma non accennò a bere. « Stai descrivendo una scena diversa. Mia moglie non doveva ribattere alle accuse, era lei che accusava. »

« E aveva ragione. Da come sembra, quella povera donna di colore è stata picchiata a sangue. Ma questo non cambia niente. Sua moglie è la sua famiglia, e lei avrebbe dovuto rimanere al suo fianco. È così che funzionano le cose. »

Sam nascose il viso tra le mani, e io mi sforzai di non intenerirmi di fronte al suo dolore perché non era possibile evitare la consapevolezza che mio marito faceva parte del problema e non della soluzione...

«Non era così semplice», borbottò, abbattuto.

«Certo che lo è», ribatté Danny, severo. «Mi creda, lo so per esperienza. Se la famiglia è unita, i nemici si dileguano.»

Lettera della madre di Danny, Maureen Slater, datata 1999

32 Graham Road
Richmond

2 agosto

Cara signora Ranelagh,

il motivo per cui accetto d'incontrarla è perché lei è molto simpatica a Danny e perché è stata buona con Alan tanti anni fa, quando l'ha beccato a derubarla. Ora è un bravo ragazzo, sposato e con figli, e penso che sia soddisfatta di avergli dato una possibilità. Ho anche apprezzato il fatto che sia venuta a trovarmi in ospedale, quella volta. Le ho detto che ero caduta dalle scale, ma lei di sicuro aveva capito che era stato Derek a conciarmi così.

Dice che sono cambiate molte cose dal 1978, ed è vero. Ormai non c'è quasi nessuno che ricorda Annie. Sono ancora dell'idea che non sia stata uccisa, ma forse non c'è niente di male a parlarne ora. Derek se n'è andato vent'anni fa e da allora non l'ho mai più visto.

A mezzogiorno circa, lunedì prossimo, andrebbe bene.

In fede,

Maureen Slater

Lettera al sergente James Drury, datata 1999

Leavenham Farm
Leavenham
Nr Dorchester
Dorset DT2 XXY

Giovedì, 5 agosto 1999

Egregio signor Drury,

in seguito alla nostra conversazione di ieri, allego una copia della lettera che ho ricevuto nel 1985 da un collega del dottor Benjamin Hanley, il patologo che ha eseguito l'autopsia su Ann Butts. Considerando la sua fiducia nei confronti del verdetto del dottor Hanley, potrebbe trovarne interessante la lettura. Il nome del collega era dottor Anthony Deverill, che ha lavorato con Benjamin Hanley dal 1979 fino al pensionamento obbligatorio dello stesso Hanley per motivi di salute nel 1982.

In fede,

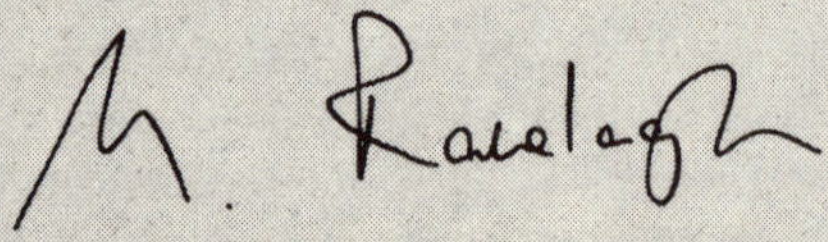

P.S.: in seguito alle indagini citate al punto 3 nella lettera del dottor Anthony Deverill, entrambi i casi (che all'epoca si credevano omicidi) sono stati portati in corte d'appello e le condanne contro due uomini innocenti annullate. Le prove fornite dal dottor Hanley sono state considerate « poco sicure » e di conseguenza si è giunti alla conclusione che la morte delle presunte « vittime » fosse dovuta a « cause naturali ».

P.P.S.: ho diverse copie delle fotografie post mortem.

Dottor Anthony Deverill
Patologo
25 Avenue Road
Chiswick
London W4

Signora M. Ranelagh
PO Box 103
Langley
Sydney
Australia

6 febbraio 1985

Gentile signora Ranelagh,

grazie per la sua lettera del 10 gennaio, oltre che per le fotografie allegate dell'autopsia della signorina Ann Butts e per il referto scritto del professor James Webber. Come lei ha ben detto, ho incontrato il professor Webber in varie occasioni e ho una profonda stima delle sue opinioni. Certamente, dopo aver analizzato io stesso le foto, concludo che non ho motivo di essere in disaccordo con la sua valutazione dettagliata, secondo cui le lesioni al viso e al braccio della signorina Ann Butts risalgono ad alcune ore prima della sua morte.

La sua richiesta specifica riguardava informazioni sul mio predecessore, il dottor Benjamin Hanley, che ha eseguito l'autopsia nel novembre 1978. Dice che sia lei sia suo padre avete fatto vari e vani tentativi di contattarlo nel corso degli anni, e che l'unica risposta che avete avuto è stata nel 1982, quando la sua segretaria ha ammesso a suo padre, per telefono, che il fascicolo relativo all'autopsia di Ann Butts era « irreperibile ». Sfortunatamente, una mia ricerca d'archivio sembra confermare quell'affermazione, dal momento che l'unica prova che il dottor Hanley abbia condotto l'autopsia su Ann Butts è un'annotazione accanto al suo nome sul programma di lavoro del 15.11.78: « Ore 10.30. Butts. Incidente stradale. Rapporto richiesto dal sergente Drury, Richmond ».

Potrebbe interessarle sapere che il fascicolo della signorina Butts non è l'unico che non siamo stati in grado di rintracciare. Delle centotre voci, accanto al nome del dottor Hanley nei registri del '78, '79 e '81, nove sono attualmente « irreperibili ».

Riguardo alle sue specifiche domande:

1. Come sa già, il dottor Hanley è stato obbligato ad andare in pensione nel 1982 per motivi medici ed è morto d'insufficienza epatica diciotto mesi dopo. Tuttavia, l'elemento forzoso del suo pensionamento era dovuto a un deterioramento delle sue capacità lavorative ed esecutive in un arco di tempo di 12 mesi e non a una condizione medica diagnosticata, dal momento che si rifiutava di consultare un medico. Ciò non è insolito tra i patologi, che affrontano la morte ogni giorno e sono spesso in grado di farsi la prognosi. In breve, il dottor Hanley era un alcolizzato cronico, che con il tempo ha perso la capacità di svolgere i compiti a lui assegnati. Il termine « medico » è stato unito alla sua richiesta di pensionamento per permettergli di ricevere la pensione, ma la cirrosi che l'ha ucciso è stata scoperta solo poco prima della sua morte, quando fu ricoverato in ospedale. Questi fatti sono ormai di dominio pubblico e, informandone lei, non tradisco la confidenza di nessuno.
2. Ho lavorato insieme con il dottor Hanley per due anni e mezzo – dal settembre '79 al marzo '82, quando è andato in pensione –, e mi dispiace dire che fin dall'inizio ho avuto serie riserve riguardo la sua competenza. È ovviamente impossibile per me fare commenti su un'autopsia che a) è stata eseguita prima che io mi unissi al team e b) è priva di documentazione a riprova in fascicolo; tuttavia, è mia ponderata opinione che l'alcolismo del dottor Hanley abbia di certo influenzato la sua capacità di giudizio nel novembre 1978.
3. Non ho una conoscenza precisa del rapporto tra il dottor Hanley e il sergente Drury della polizia di Richmond e nemmeno posso confermare la sua ipotesi che « il dottor Hanley potrebbe aver seguito le direttive del sergente Drury e fornito un referto accettabile per la polizia di Richmond ».

Tuttavia, varie volte ho espresso le mie preoccupazioni per il fatto che il dottor Hanley stava compromettendo l'indipendenza del suo reparto, fornendo referti di autopsie che sembravano copiare la versione dei fatti data dalla polizia. Due di questi casi sono ora sottoposti a indagine ufficiale. A difesa del dottor Hanley, posso affermare che le sue azioni non erano dettate da intenti malvagi, ma semplicemente dalla consapevolezza di non riuscire più ad affrontare le richieste del suo lavoro e dalla conseguente eccessiva fiducia nelle « intuizioni » di certi agenti di polizia. Direi che, in generale, ciò non costituirebbe fonte di preoccupazione – la maggior parte delle morti che vediamo sono « naturali » –, ma ovviamente crea problemi nel caso in cui i fatti fanno sorgere dubbi.

4. Posso affermare con assoluta certezza che il dottor Hanley non aveva alcuna motivazione di carattere razzista per ignorare il sospetto di omicidio nel caso della signorina Butts. Io stesso sono di colore e non ho mai subìto nessun tipo di pregiudizio da parte sua. Era un uomo gentile, che non aveva nessun interesse per la politica e ormai trovava angosciante il suo lavoro, soprattutto quando era costretto ad aprire le cavità toraciche di donne e bambini, operazioni che incominciava a considerare come « inutili mutilazioni ».
5. In assenza di un fascicolo, temo di poterle dare ben poco aiuto se non quello di sostenere l'interpretazione delle fotografie fornita dal professor Webber. Come ho detto prima, mancano, a quanto pare, nove fascicoli e alcuni indizi suggeriscono che lo stesso dottor Hanley possa averli distrutti prima di lasciare il reparto. Considerando i suoi numerosi anni di servizio, è stata presa la decisione di permettergli di « simulare » un preavviso di pensionamento di tre mesi, e crediamo che in quel periodo abbia rimosso qualsiasi fascicolo che poteva contenere risultati dubbi. Purtroppo, sembra che fosse ormai molto confuso sul ruolo dell'« esaminatore » nella società e metteva sempre più spesso in dubbio il valore dei « giudici onesti ». Tuttavia, su questa questione non esistono prove e qualsiasi

supposizione del genere non potrebbe mai essere usata in tribunale.

Per concludere, sono felice di permettere che questa lettera venga usata come prova del deterioramento delle capacità lavorative e dello standard professionale del dottor Hanley negli anni in cui ho lavorato con lui; le informazioni che ho fornito sono già di pubblico dominio. Oltre a ciò, posso solo consigliarle di raccogliere il maggior numero di prove possibile, da qualunque fonte, in modo da poter presentare un'argomentazione solida per la riapertura del caso della signorina Butts.

Confidando che le mie informazioni le siano di aiuto, le porgo i miei migliori auguri.

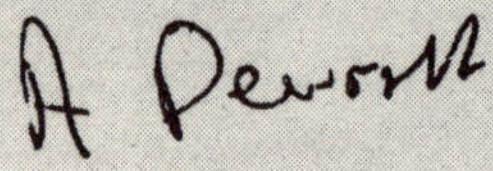

Dottor Anthony Deverill

14

Il lunedì seguente presi il treno per Londra da sola. La mia decisione provocò una lite, perché mi rifiutai di dire a Sam dove stessi andando o che cos'avessi in mente di fare, e lui, dopo avermi lasciato alla stazione di Dorchester South alle otto di mattina, sfrecciò via infuriato. Era di pessimo umore da quando Danny aveva fatto quella battuta sulle famiglie unite – *non è andata così... avevo bisogno di tempo per schiarirmi le idee... Jock mi stava continuamente addosso per convincermi a farti prendere quei maledetti tranquillanti... diceva che avevi bisogno di aiuto... diceva che avevi perso la testa... diceva... diceva* –, e non era di certo migliorato quando avevo commentato, acida, che, se Jock era un tale guru, avrebbe dovuto parlare con lui e non con me. Per un po' non mi curai di Sam, così, quando partii lunedì mattina non avevo idea se avesse seguito il mio consiglio. Pensavo che fosse improbabile. Sam non era il tipo da stuzzicare inutilmente il can che dorme, soprattutto considerando il fatto che temeva più di chiunque altro di essere morsicato.

Quella mattina di agosto trovai Graham Road quasi irriconoscibile. Era diventata una strada a senso unico con dossi artificiali. Il parcheggio era limitato ai residenti con il permesso e i camion erano banditi. Le case erano più lussuose di quello che ricordavo, il marciapiede più ampio, la luce del sole più brillante e diffusa. L'avevo conservato così a lungo nella memoria come un luogo tetro e sinistro che mi chiesi cos'altro la mia mente potesse aver distorto in tutti quegli anni. O forse non era la mia memoria a sbagliarsi? Forse la morte di Annie aveva portato a qualcosa di positivo?

Gettai uno sguardo al numero 5 mentre lo superavo e mi vergognai della sua eleganza. Qualcuno si era preso davvero cura di quella casa, molto più di quanto avessimo fatto noi. Le cassette di fiori illuminavano il davanzale di colori brillanti, una porta nuova di legno trattato aveva preso il posto della nostra vecchia porta azzurra e il minuscolo giardinetto di fronte sfoggiava un ordinato muretto di mattoni, tinozze piene di petunie rosse e un semicerchio di erbetta verde ben tagliata accanto al vialetto che conduceva all'entrata. E la nostra vecchia casa non era l'unica a essersi trasformata. Qua e là, cortiletti disordinati e pittura scrostata indicavano i residenti che non potevano o non volevano conformarsi, ma in generale la strada era diventata molto più elegante, e giustificava l'affermazione di Jock, secondo cui i prezzi degli immobili erano saliti alle stelle.

Immaginavo che in parte fosse dovuto alla vendita delle case di proprietà del comune, che per vent'anni avevano risaltato come un pugno nell'occhio per le porte tutte gialle. Ormai era impossibile distinguerle da quelle da sempre private, e mi chiesi quante fossero ancora di proprietà di ex affittuari comunali che le avevano comprate per una cifra irrisoria. Secondo Wendy Stanhope, la maggior parte aveva rivenduto l'immobile entro un anno con un guadagno del cento per cento, ma i più saggi avevano atteso e visto crescere i loro investimenti.

Attraversai e mi fermai di fronte al cancello di Sharon Percy. La sua casa era lussuosa quasi quanto la nostra ex, con belle persiane alle finestre e un ciuffo di piume della pampa nel giardinetto sul davanti, ma faticavo a credere che non avesse rivenduto non appena le si era presentata l'opportunità di un guadagno. Sapevo che aveva comprato la casa perché Libby nelle sue lettere aveva blaterato per mesi sul fatto che le trenta sterline a settimana di Jock avevano pagato la camera da letto di Sharon, ma faticavo ad associare il nuovo lusso quasi raffinato del numero 28 alla bionda giuliva e ossigenata nella fotografia di Wendy.

Lanciai uno sguardo alla finestra a pianterreno – per curiosità, non perché mi aspettassi di vederla – e fui sorpresa di scorgere il suo viso bianco farina, con il taglio rosso fuoco delle labbra e gli occhi pesantemente truccati, che appariva fugacemente dietro il vetro. Mi venne in mente il soprannome che le aveva dato Libby, «vampira ossigenata», ma sembrava più patetica che predatrice, quella mattina. Una donna che stava invecchiando e ten tava di cancellare i danni del tempo a colpi di trucco pesante. Geoffrey Spalding stava ancora con lei? O la sua infatuazione era svanita insieme con il fascino di quella donna? Provai l'assurdo desiderio di alzare la mano per salutarla, ma ricordai che non c'eravamo mai parlate e che, anche se mi avesse conosciuta vent'anni prima, non mi avrebbe di certo riconosciuta in quel momento.

Mentre avanzavo verso il numero 32, diedi uno sguardo frettoloso alla casa di Annie. Anche quando, nei mesi dopo la sua morte, mi era capitato di osservare la sua casa, chiusa e abbandonata, il suo fantasma non mi aveva mai infastidito, e di certo non credevo che lo facesse adesso.

Alla fine, gli unici fantasmi che ancora aleggiavano in quella strada erano le madri sole...

Maureen Slater aprì la porta prima che bussassi, e mi porse una mano minuscola per invitarmi a entrare. «Non voglio che la vedano.»

«Non saprebbero chi sono.»

«Lo immaginerebbero. Tutti chiacchierano, qui in strada.»

Mi chiesi che cosa importasse, visto che ormai più nessuno ricordava Annie; poi decisi che, con quel «tutti», Maureen intendesse Sharon. Pensavo che non sarebbe stata una buona idea dirle che ero già stata vista, e la seguii nel corridoio fino in cucina, lanciando uno sguardo dalla porta aperta nelle due stanze al pianterreno.

Il soggiorno sembrava usato di rado, ma la sala da pranzo era stata convertita in una confortevole tana, con diversi pouf colorati sparsi sul pavimento, un divano ricoperto di cuscini contro un muro e un grosso televisore in un angolo. Era già acceso su un programma mattutino e il piumino spiegazzato sul divano, oltre alla cortina di fumo, indicava che Maureen aveva guardato la televisione per tutta la notte o aveva iniziato al mattino presto. Quando oltrepassammo la stanza, chiuse la porta per attutire il volume.

Anche se Maureen era all'ultima casa del *terrace*, la disposizione interna era identica alla nostra, come in tutte le case alterne della schiera: soggiorno e sala da pranzo sulla destra con il corridoio lungo le scale sul lato sinistro, verso la cucina che dava sul retro. Le case in mezzo erano perfettamente speculari, quindi i corridoi erano adiacenti ai corridoi su un lato e il soggiorno adiacente al soggiorno sull'altro. Al piano di sopra, esattamente allo stesso modo, erano le camere da letto o le scale a essere adiacenti. Per avere una finestra nella sala da pranzo, le cucine sporgevano all'estremità delle case e condividevano una parete con i vicini sul lato del corridoio. Dal momento che nessuno di quegli edifici era stato costruito con i moderni sistemi d'insonorizzazione, l'inevitabile risultato era che finivamo tutti per conoscere i nostri vicini meglio di quanto volessimo.

In effetti, Sam si era sempre lamentato che avremmo dovuto fare qualche « ricerca sulla rumorosità » prima di comprare la nostra casa al numero 5. Sul lato del corridoio, al numero 7 – il lato che fungeva da cuscinetto insonorizzante –, viveva una coppia anziana le cui voci di rado superavano il bisbiglio anche quando erano in cucina. Sul lato del soggiorno, al numero 3 – il lato che fungeva da enorme camera di risonanza divisa da una sottile parete –, c'erano i Charles e i loro figli, le cui grida notturne ci tenevano spesso svegli. Un giorno, in uno slancio di ottimismo, Sam aveva invitato entrambe le coppie per un aperitivo e aveva proposto che si scambiassero le case, così avrebbe regnato il silenzio; ma Paul Charles si era offeso per alcune cose che Sam diceva di aver sentito dal muro divisorio e da quel momento lo aveva trattato con ostilità.

Mi ero spesso chiesta se una situazione simile si fosse verificata con Annie, anche se, nonostante le numerose lamentele sporte contro di lei, la questione del rumore non era mai stata sollevata. In effetti, era più probabile che ne fosse stata vittima e che avesse sofferto in silenzio. Di certo Michael Percy e Alan Slater si erano divertiti un sacco a schernirla in pubblico, e faticavo a credere che non avessero esteso quel loro orribile passatempo in privato, gridandole insulti attraverso le pareti divisorie.

«Ha telefonato Danny, ieri sera», disse Maureen, prendendo una sedia da sotto il tavolo e facendo cenno di sedermi. «A quanto pare, gli è molto simpatica.» Aveva una traccia di accento del Midlands, ma non sapevo se ci fosse nata o l'avesse preso dai suoi genitori. Come quasi tutto di lei, quella traccia d'accento m'irritava, e dovetti stamparmi un sorriso in faccia per nascondere l'antipatia che provavo per quella donna. Qualsiasi cosa Wendy Stanhope mi avesse raccontato del trattamento brutale ricevuto dal marito, avevo sempre pensato che ci fosse qualcosa di malvagio in Maureen Slater, forse perché la ritenevo responsabile della campagna di odio nei confronti di Annie. Sono sicura che sapesse quali erano i miei veri sentimenti, ma per il momento intendeva mantenere quella finzione di amicizia.

«La simpatia è reciproca», la rassicurai. «Danny è un bravo ragazzo.»

Si affaccendò tra tazze e piattini. Le avevo scritto parecchie volte nel corso degli anni, ma l'unica risposta che avevo ricevuto era quella di una settimana prima, in cui accettava di vedermi. Immaginavo che fosse stato il mio contatto con Danny a convincerla a cambiare idea, e mi chiesi se sospettasse che l'avevo cercato intenzionalmente e si preoccupasse per quello che lui poteva avermi detto. Dopotutto, c'erano molte cose che non avrebbe voluto che io sapessi.

«È l'unica persona che la pensa così», disse, riempiendo il bollitore dal rubinetto del lavandino. «Danny si è messo nei guai fin da quando aveva dieci anni... risse... rubava macchine... Ha incominciato a farsi di eroina a dodici anni.» S'interruppe, attendendo una risposta. Visto che non gliela davo, proseguì, un po' più acida. «Non è il tipo che la maggior parte delle madri vorrebbe vedere uscire con i propri figli. Dice che è andato al pub con i suoi ragazzi.»

«Sì, sono andati a trovarlo a Portland, un paio di volte.»

«Lo sa che si fa le canne?»

«Lo so.»

«Probabilmente le offre ai suoi figli», insinuò con un tocco di malizia, come se l'idea le piacesse.

«In quel caso, non è il primo e non sarà l'ultimo.»

Mi guardò con sospetto. «Non mi sembra preoccupata. Deve avere molta fiducia nei suoi ragazzi.»

Feci un sorriso vago. «Sarei più preoccupata se Danny si facesse ancora di eroina.»

«Quello è fuori questione.» Accese il bollitore. «È l'unica cosa buona che ha fatto per me il signor Drury... Ha beccato il piccolo bastardo che stava per bucarsi e l'ha spaventato tanto che non si è più avvicinato a un ago.»

«Come ha fatto?»

«Gli ha dato due possibilità: punizione subito o un ordine di custodia dalla corte dei minori. Danny ha scelto la punizione.» Rise. «Forse pensava che Drury gli avrebbe dato una bella pestata... Non immaginava un po' di puro e semplice sadismo.» L'idea sembrava divertirla.

«Che cos'ha fatto?»

« Ha spezzato l'ago e l'ha conficcato nel braccio di Danny con il bordo delle manette, poi gli ha detto che, se fosse andato da un dottore per farselo togliere, gli avrebbero fatto tante domande che si sarebbe trovato in riformatorio in un batter d'occhio. Ci sono voluti due giorni prima che Danny trovasse il coraggio di farsi un taglio abbastanza profondo da togliersi il pezzo d'ago con un paio di pinzette. Da allora non riesce a guardare una siringa senza diventare pallido come un cencio. »

« Sembra proprio lo stile di Drury », mormorai. « Brutale, ma efficace. L'ha denunciato? »

« Neanche per sogno! » Mise una cucchiaiata di caffè istantaneo nelle tazze. « E comunque gli ero grata. L'ultima cosa che volevo era che uno dei miei figli morisse di overdose. »

Cadde il silenzio, mentre aspettavamo che il bollitore fischiasse. Non avevo idea di che tipo di passato avesse avuto Maureen, ma l'ultima battuta che Drury aveva fatto a Danny prima di andarcene – « Come sta quella sciattona piena di lividi di tua madre? Sempre a bere? » – era purtroppo molto vicina alla realtà. Mia madre avrebbe detto che era una questione di educazione (o di mancanza di educazione), uno scienziato avrebbe attribuito la responsabilità ai geni; secondo me si trattava di un misto di scarsa educazione e poca stima di sé. Probabilmente l'unica cosa che le interessava davvero erano gli assegni del sussidio e sapere se sarebbe riuscita a comprarci abbastanza sigarette e alcolici per tutta la settimana.

Il davanzale della finestra era occupato da bottiglie vuote, testimonianza del vizio che non aveva perso. Una bottiglia di vodka ancora chiusa spiccava sul tavolo accanto al sale e al pepe, come un immeritato premio. Non sarei stata in grado di dire se quel giorno fosse ubriaca o intontita dal Prozac. In effetti, gli sguardi penetranti, indagatori, che continuava a lanciarmi, mi ricordavano Wendy Stanhope, ma non c'era la minima gentilezza negli occhi di Maureen, solo sospetto.

« Grazie », dissi, quando mi mise davanti una tazza di caffè. Per abitudine, aveva aggiunto latte e zucchero, che non sopportavo, ma lo sorseggiai con entusiasmo, mentre si accomodava sulla sedia di fronte e accendeva una sigaretta.

« Ne vuole una? » chiese.

Scossi la testa. « Non ho mai preso il vizio, grazie a Dio. Altrimenti sarei una da sessanta sigarette al giorno. »

« Come fa a dirlo? »

« Tendo alla dipendenza. Una volta incominciato, non riesco a smettere. »

« Come con questa faccenda di Annie? »

« Sì. »

Maureen scosse la testa, perplessa. « Non le sarebbe piaciuta, sa? È questo che rende tutto così... *stupido*. Se chiunque altro l'avesse trovata, non sarebbe successo niente, sarebbe stata sepolta in pace, e noi avremmo potuto continuare con la nostra vita. » S'interruppe e prese un tiro dalla sigaretta con fare pensoso. « Anche lei », aggiunse, guardandomi attraverso il fumo.

« Non me la sono cavata male, fino a ora. »

Lasciò cadere un po' di cenere nel suo piattino. « Tranne per il fatto che non riesce a dimenticarsela, e questo non è sano. »

Avrei potuto rispondere che Annie era la minore delle mie ossessioni, ma non volevo insospettirla ulteriormente. Quindi le chiesi: « Perché non mi sarebbe piaciuta? »

« Perché ad Annie *lei* non sarebbe piaciuta. Detestava i bianchi. Eravamo tutti 'spazzatura bianca' per lei. Lo canticchiava sempre dalla cucina, tutte le volte che Derek alzava la voce. 'Spazzatura bianca... spazzatura bianca...' ripeteva continuamente. Derek andava su tutte le furie. »

« Per quello la odiava? »

Annuì.

« Forse non gli piaceva sentire la verità », commentai, in tono brusco.

Un lampo di diffidenza le balenò negli occhi. « Non abbiamo mai fatto finta di essere quello che non eravamo. »

La pretesa di amicizia cominciò a scemare, sempre più rapidamente. « Vi chiamavano 'la famiglia venuta dall'inferno', Maureen. Quando lei e Derek non stavate litigando, i vostri bambini facevano casino in strada. Non ho mai conosciuto un gruppo di persone che facesse sentire la propria presenza così in fretta. Il passatempo preferito di Alan era allenarsi nei suoi calci di karate contro i cancelli dei vicini. Ha abbattuto quello di Annie meno di un mese dopo che vi eravate trasferiti qui... e il nostro nel giro di tre mesi. »

Si scaldò immediatamente. « Non era l'unico. Michael Percy era altrettanto pestifero. »

« Sono d'accordo. »

« Ma era sempre il mio Alan che veniva incolpato. »

Scossi la testa. « Michael ammetteva le proprie colpe. Suo figlio non l'ha mai fatto. Alan correva a gambe levate non appena c'erano guai in vista, lasciando Michael a prendersi i rimproveri. »

« Solo perché sapeva che suo padre gli avrebbe dato una battuta, se l'avesse beccato. »

« Invece andava tutto bene se era Michael a prendersi la battuta, giusto? »

La bocca le si assottigliò immediatamente. « Non è mai successo. Chi gliel'avrebbe data? Sharon? L'avrebbe mandata lui al tappeto. Era una creatura cattiva, quel Michael... aveva un'influenza terribile su tutti i ragazzini della zona. Era lui a mettere nei guai mio figlio, non il contrario. »

Mi chiesi se Sharon la vedesse così, o se gliene importasse. « Ho visto un uomo sbattergli la testa contro un muro una volta », dissi con noncuranza. « È successo tutto molto velocemente ed ero troppo lontana per fermarlo. Quel povero ragazzino aveva solo quattordici anni – e non era molto robusto per la sua età –, perciò è andato giù come un sacco di patate. »

«Gli stava bene», ribatté Maureen in tono minaccioso. «Per poco non uccideva qualcuno, non molto tempo fa... Si è beccato undici anni. Questo dovrebbe spiegarle che tipo di ragazzo è. Mi sento male al pensiero che tutti ci davano sempre contro, mentre erano lui e quella sgualdrina di sua madre a causare tutti i problemi nella strada.» Un'espressione furba le illuminò gli occhi. «Annie li aveva squadrati per benino. Chiamava Sharon 'puttana' e Michael 'figlio di puttana'.»

«E chiamava anche lei 'spazzatura bianca'?»

«Mmm. 'Puttana'... 'figa'... Annie urlava con tutte le sue forze, mentre Sharon se la spassava con un cliente. Era piuttosto divertente, a dire la verità.»

C'era stata un'epoca, ricordai, in cui lei e Sharon erano state amiche del cuore, e mi chiesi come mai non la sopportasse più. Una faccenda di soldi, immaginavo, visto che era l'unica passione che condividevano. «Quindi erano solo gli Slater che chiamava 'spazzatura bianca'?» mormorai.

Maureen studiò la punta della sigaretta. «Pensi quello che le pare.»

«Sa chi era l'uomo che ha sbattuto Michael contro il muro?»

Alzò le spalle con indifferenza.

«Era suo marito», le dissi. «Era ubriaco e ha beccato Alan e Michael che provavano le portiere delle macchine per vedere se ce n'era una aperta. Alan se l'è svignata, mentre Michael è rimasto ad affrontarlo ed è finito con la faccia sanguinante. Volevo denunciare Derek, ma Michael disse che se la sarebbe presa con lei, se andavo alla polizia. 'Il signor Slater è un gran bastardo', mi aveva detto. 'Pesta la sua signora tutte le volte che i figli hanno la meglio su di lui.'» La osservai per cogliere una sua reazione, ma non ne ebbe nessuna. «Allora ho lasciato che Derek la passasse liscia, e ho portato Michael a casa mia invece che alla polizia. Ci sono volute tre ore prima che smettesse di sanguinargli il naso.»

Spense la sigaretta, evitando di guardarmi negli occhi. « Non può incolparmi per quello. La maggior parte delle volte non sapevo nemmeno dov'era Derek, per non parlare di quello che faceva. » Si era messa di nuovo sulla difensiva.

« Non sto incolpando lei. »

« Invece sì. Lei è come tutti gli altri. È colpa di Maureen se i figli sono incontrollabili. È colpa di Maureen se ha sposato un disgraziato di marito. Be', forse era così, forse no. Ma chi cazzo si è mai preoccupato per me? Me lo dica. »

« Il pastore e sua moglie? »

Un lampo di odio le ravvivò lo sguardo. « Si preoccupavano più per quella negra che per me. »

Distolsi lo sguardo per celare la mia rabbia, ricordando quello che Wendy Stanhope mi aveva detto. *La poverina si rifugiava sempre da noi...* « Mi è sembrato di capire che la ospitavano tutte le volte che Derek diventava violento. »

« Solo per carità, mai per simpatia. » La cosa la offendeva, evidentemente. « Il pastore andava a trovare Annie tutte le settimane. Con me non l'ha mai fatto. Dovevo andare io a chiedere aiuto. »

« Forse pensava che Annie avesse più problemi. »

« Non più di noi. Avrebbe dovuto sentirla imprecare e bestemmiare dall'altra parte della parete. »

« Ha appena detto che urlava solo quando facevate baccano. »

« Non sempre. Qualche volta era difficile capire chi incominciava per primo... lei o noi. Aveva una fogna al posto della bocca. Quando non era 'spazzatura bianca' gridava 'bianchi schifosi' o 'feccia'. Ci tormentava sempre con parole cattive. »

« Non riusciva a trattenersi. Soffriva di un disturbo neuropsichiatrico chiamato sindrome di Tourette che qualche volta si manifesta con la coprolalia, cioè un impulso morboso a pronunciare oscenità. Sua madre ne soffriva in maniera più grave, ma forse Annie faceva così solo quando era sotto tensione.»

«Allora avrebbe dovuto essere messa in un manicomio.»

Ci credeva davvero? mi chiesi. O era qualcosa che ripeteva come un mantra per giustificare quello che aveva fatto? «Una soluzione più ragionevole sarebbe stata che il comune alloggiasse la vostra famiglia da qualche altra parte», suggerii. «Se devo essere onesta, non ho mai capito perché non l'hanno fatto. Vivevate interamente di sussidi, avevate più assistenti sociali di chiunque altro nella strada, eppure, per chissà quale motivo, veniva fatta pressione sempre su Annie affinché si trasferisse, mai su di voi. Mi è sempre sembrato tremendamente ingiusto, considerando che lei era proprietaria e pagava le tasse, mentre voi non tiravate fuori un soldo.»

«Non era colpa nostra. Derek non aveva lavoro. Voleva che facessimo la fame?»

Rifiutai di farmi sviare. «Perché il comune ha preso le vostre parti anziché quelle di Annie, Maureen? Devono aver capito che non andava d'accordo con i vicini, no?»

«Perché? Annie non si è mai lamentata.»

«Vi chiamava 'spazzatura bianca'. E quello non vuol dire lamentarsi?»

Si accese un'altra sigaretta e scosse la testa di fronte alla mia stupidità. «Volevo dire che non si è mai lamentata con il comune.»

Dovetti fare uno sforzo per evitare di rimanere a bocca aperta. Avevo immaginato svariate teorie di cospirazione per spiegare come gli Slater e i Percy avevano potuto avviare una campagna di terrore contro Annie, ma non mi era mai passato per la testa che la spiegazione fosse così semplice. «Mi sta dicendo che, nonostante tutte le lamentele che lei e Sharon avete sporto al comune contro di lei, Annie non ha mai contraccambiato?»

Maureen annuì.

« Perché no? »

Non rispose, e il silenzio ricadde nella stanza. Aveva i capelli raccolti a coda di cavallo e continuava a passarsi il palmo sul capo per controllare che l'elastico fosse ancora al suo posto. Sembrava che si stesse chiedendo se dopo vent'anni ci fosse qualcosa da guadagnare nel dire la verità, anche se immaginavo che la sua vera preoccupazione – anzi l'unico motivo per cui eravamo impegnate in quella conversazione – fosse scoprire quanto sapevo e che cos'avevo in mente di fare.

« Aveva troppa paura di Derek », ammise all'improvviso.

« Per sporgere querela? »

« Sì. »

« Che cos'ha fatto Derek per impedirglielo? »

Un altro silenzio, più lungo, poi alzò le spalle con fare imbarazzato. « Ha ucciso uno dei gatti e le ha fatto sapere che avrebbe fatto fuori anche gli altri, se avesse detto qualcosa contro di noi. Il problema è » – si agitava sulla sedia, evidentemente a disagio, sapendo che nulla poteva scusare il comportamento del marito o la sua complicità –, « che ci avevano cambiato casa tre volte in tre anni e non volevamo più trasferirci. Di sicuro non volevamo tornare in uno di quegli orribili palazzoni. »

« No. Immagino di no. »

« Era solo un gatto. »

« Mmm. » Diedi un'occhiata al corridoio. « Se ci pensa, è stato proprio un affare... un gatto per una casa. »

« Infatti. »

« Oh, no », dissi, facendo una risatina. « Non osi mettermi sullo stesso piano di un sadico. Se fossi stata sposata con Derek, non gli avrei mai permesso di avvicinarsi a un gatto. Gli avrei spaccato la testa con un martello, se avesse alzato un dito su uno dei miei figli. Perché è stata così codarda? Perché non si ribellava? »

Il suo rancore aumentò. « Lei non sa come andavano le cose. Non doveva temere per la propria vita quotidianamente. Cosa pensa che avrebbe fatto a me e ai bambini, se avessi cercato di fermarlo?»

«Perché non si è rivolta alla polizia?»

Scosse la testa sdegnata, come se non valesse la pena di rispondere a quelle domande e, a essere sinceri, probabilmente aveva ragione. La violenza domestica non era un argomento di cui si parlava molto nel 1978, come pure le discriminazioni contro i neri.

«Come ha ucciso il gatto?» chiesi, tornando a quello che m'interessava di più.

«L'ha strangolato», rispose, irritata. «Continuavano a venire nel nostro giardino, e Derek aveva già avvisato Annie che non l'avrebbe sopportato ancora a lungo. Gliel'ha tirato al di là della cancellata con un messaggio attaccato al collo.»

«Che cosa diceva il messaggio?»

«Non ricordo le parole esatte. Che avrebbe attaccato il prossimo a un chiodo o qualcosa del genere. Me l'ha detto soltanto tempo dopo.» Mi lanciò uno sguardo sornione mentre preparava un'altra difesa. «I gatti mi piacciono. L'avrei fermato, se fosse stato possibile. I bambini ci giocavano sempre quando siamo arrivati... continuavano a chiedere dov'era quello tigrato.»

«Quando è successo?»

«Circa due mesi prima che Annie morisse.»

«Settembre '78.»

«Probabile.»

Mi venne in mente la lettera di John Howlett a Sheila Arnold. *Durante la prima visita nel marzo 1978, le avevo fatto due raccomandazioni: 1) che installasse una gattaiola per dare ai gatti libero accesso al giardino...* «Dopo che aveva chiesto all'ispettore dell'RSPCA di farle visita, no?»

Maureen premette la punta della sigaretta sul piattino e guardò un ricciolo di cenere depositarsi sul bordo. «Non ricordo.»

«La prima visita dell'ispettore è avvenuta in marzo. Le ha detto di mettere una gattaiola sulla porta, perché lei e

Sharon continuavate a lamentarvi dell'odore proveniente dalla casa. »

Fece spallucce con noncuranza.

« Non aveva paura che gli mostrasse il messaggio di Derek, se fosse andato a farle visita in un'altra occasione? »

« Non avrebbe osato. Aveva paura dell'ispettore quasi quanto di Derek. »

« Come faceva a far uscire i gatti prima d'installare la gattaiola? »

« Non li faceva uscire. Per quello la casa puzzava. »

« Non è vero », sbottai. « Mi ha appena detto che i bambini giocavano sempre con i gatti quando siete arrivati qui. Come potevano giocare con gli animali, se non uscivano? »

Una nota di testardaggine incrinò la voce di Maureen. « Forse si dimenticava di chiudere la porta sul retro. »

« Be', si decida: li lasciava uscire o no? Avevate le cucine una davanti all'altra. »

« Spesso la porta era aperta. » I suoi occhi si appuntarono nei miei, poi lei li distolse per nasconderne la malizia. « Per quello pensavamo che tenesse dei polli in casa. Il puzzo che ne usciva era disgustoso. »

« Oh, per l'amor di Dio! » Esplosi, ormai al limite della pazienza. « L'unica puzza che si sentiva da queste parti era quella di sudore della sua famiglia. Dio solo sa se faceva mai un bagno ad Alan o gli lavava i vestiti; comunque nessuno voleva mai sedersi vicino a lui a scuola. Povero bambino. Era sempre il primo a venire controllato per i pidocchi... e li aveva *sempre*. Sempre il primo il cui armadietto veniva ispezionato per vedere se si trovava qualche gioco della scuola sparito... e se ne trovava *sempre* qualcuno. Una volta l'insegnante di sostegno gli ha chiesto che problema avesse, e lui ha risposto che gli piacevano le cose che profumavano di buono. »

« Non era colpa mia », ripeté, la voce ormai uno stridulo lamento. « Non avevamo la lavatrice. »

« Neanche noi. Andavo alla lavanderia automatica sulla strada principale. »

« Lei non aveva figli a quell'epoca. »

« Due lavaggi richiedono lo stesso tempo di uno. »

« Le borse erano troppo pesanti... Non potevo lasciare solo Danny... In ogni caso, non avevo mai soldi. Derek spendeva tutto nel bere. »

Guardai la bottiglia di vodka sul tavolo. « Non era l'unico. » Non mi feci impietosire dal suo tentativo di ribattere. « Perché non li lavava a mano nella vasca da bagno? Non doveva andare a lavorare. Aveva tutto il giorno da dedicare ai suoi figli. L'unica cosa che avrebbe dovuto fare era di tenerli puliti. »

« Facevo del mio meglio. »

Avevo atteso tanto di togliermi quel peso dallo stomaco che la cautela aprì la strada all'onestà. « Allora dovrebbe vergognarsi di se stessa », dissi, pacata. « Ho visto donne in Africa fare di meglio, benché non avessero altro che una tinozza di acqua fredda. Lei non ha fatto niente per i suoi figli, e l'unico motivo per cui Danny è un bravo ragazzo adesso è che, a un certo punto, qualcuno ha mostrato interesse nei suoi confronti. Ho il sospetto che sia la moglie di Alan... » – capii dalla sua espressione che avevo ragione –, « perché di certo non è stata lei. Lei era quasi sempre intontita dall'alcol... come suo marito. »

Era stranamente indifferente, come se avesse sentito quelle accuse molte altre volte. « Si fa quello che si può per sopravvivere », disse. « E comunque non era sempre terribile. Alcuni giorni erano migliori di altri. In ogni caso, il dolore si sente meno se si è ubriachi. Dovrebbe provare a farsi spiaccicare la faccia su un muretto, poi mi dirà se le è piaciuto. »

Lettera di Ann Butts al consigliere comunale J.M. Davies, datata 1978

30 Graham Road
Richmond
Surrey

12 giugno 1978

Egregio signor Davies,

ho preso il suo nome e indirizzo da un déplianT che ho TrovaTo soTTo la mia porTa di casa. Diceva di scrivere se si aveva un problema. Penso che si dovrebbe fare qualcosa per Morin. Piange e grida perché suo mariTo la picchia. Ho cercaTo d'impedirglielo, ma è un uomo caTTivo, gli piace fare del male ai bambini e agli animali.

In fede,
molTo preoccupaTa
Ann BuTTs (signorina)

Copia carbone della risposta del consigliere J.M. Davies

«Pendlebury»
Duke's Avenue
Richmond
Surrey

Tel. 01-940-0000

20 giugno 1978

Cara signorina Butts,

grazie per la sua lettera del 12 giugno 1978. Sono profondamente turbato da ciò che mi dice, tuttavia posso fare ben poco senza altre informazioni. Non mi ha dato il cognome di Morin né il nome di suo marito, e non ha specificato nemmeno dove abitano. Sono sicuro che capirà che per me è molto difficile denunciare il caso alle autorità competenti senza questi dettagli.

Se vuole che porti avanti la questione, la prego di scrivermi ancora o di telefonare al numero sotto l'indirizzo. In alternativa potrebbe incontrarmi in uno dei nostri «giorni di visita», all'indirizzo sopraccitato, dove avrebbe la possibilità di discutere personalmente delle sue preoccupazioni. Gli incontri si svolgono tra le nove e mezzogiorno il primo sabato di ogni mese, e non richiedono appuntamento.

In fede,

(Aggiornamento: non abbiamo ricevuto risposta, e il caso è stato archiviato. È possibile che una strana telefonata alle undici di notte del 3 di luglio, con parecchi riferimenti a «spazzatura bianca» possa essere attribuibile alla signorina Butts, ma chi ha chiamato parlava in modo incoerente. C'è il sospetto che la lettera originale fosse ispirata da intenti diffamatori. J.M.D.)

15

FISSAI il mio caffè. « Come ha fatto a impedire che i suoi gatti venissero nel vostro giardino dopo che Derek aveva ucciso quello tigrato? Era molto dopo che la gattaiola venisse installata. »

« Annie mise un'asse davanti alla porta in modo che non potessero usare la gattaiola, poi li faceva uscire uno alla volta per i loro bisogni. Era davvero buffo guardarla. Correva su e giù agitando le braccia per impedire ai gatti di avvicinarsi alla nostra cancellata. Abbiamo pensato che avrebbe perso un paio di chili, con tutta quella ginnastica, se non fosse stata sempre lì a mangiucchiare. Faceva un casino... *Gnam, gnam, gnam,* ti faceva star male solo a sentirla. »

La mia espressione dovette essere più esplicita di quanto volessi perché abbassò subito gli occhi. Era davvero una donnetta crudele e pensai che il suo veleno dovesse aver danneggiato gravemente la sua famiglia.

« Lei ha chiesto... io ho risposto », borbottò. « Non è colpa mia se non le piacciono le mie risposte. »

La mia rabbia stava per esplodere, ma la ricacciai indietro. « Come fa a sapere che usava un'asse? »

« Di notte i bambini scavalcavano la cancellata di Annie e aprivano la gattaiola per far cadere l'asse. »

« Annie si sarà spaventata a morte. »

« Già. Urlava come una pazza. »

« Perché non fissava l'asse alla porta? »

« Perché non voleva che l'RSPCA sapesse che stava bloccando la gattaiola. Lasciava l'ispettore ad aspettare sulla soglia, mentre lei sgattaiolava in giro, cercando di nascondere quello stupido pezzo di legno. »

«Per quello lei e Sharon continuavate a chiamare l'RSPCA? In modo che la beccassero?»

Soffiò un anello di fumo verso di me, poi lo spezzò con la punta della sigaretta. «Forse.»

Abbassai violentemente la mia tazza e guardai il caffè spandersi sul tavolo. «L'avete stretta in una morsa. Da una parte Derek minacciava di ucciderle i gatti se li liberava, dall'altra l'RSPCA le diceva che avrebbero potuto denunciarla se *non* li liberava.»

Riprese a lisciarsi i capelli.

«Che cos'avrebbe dovuto fare?»

«Andarsene», disse, decisa, «e portarsi via i gatti.»

«Solo perché era di colore?»

«Perché no? Non volevamo negri come vicini.» Cambiò subito tono non appena vide la mia espressione. «Senta, non è stata una mia idea... Io avrei agito in modo diverso, se avessi potuto. Ma Derek voleva liberarsi di lei... ce l'aveva con i neg...» – si corresse –, «neri... li odiava. A ogni modo, ha avuto una possibilità. Gli assistenti sociali le avevano promesso di darle un'altra casa, se avesse voluto. Ma lei ha detto di no, che era felice dove stava.»

«Non aveva scelta. Derek sapeva dove abitava. I suoi gatti non sarebbero mai stati al sicuro con lui in giro.»

«Infatti, e alla fine aveva così paura di lui che immaginavamo sloggiasse prima di Natale.» S'interruppe. «Poi la stupida grassona finisce sotto un maledetto camion», concluse malamente, «e gli sbirri scoprono che ha ucciso lei i suoi gatti.»

Appoggiai il mento sulle mani e la studiai con feroce curiosità. «Erano già mezzi morti quando sono stati spinti nella sua gattaiola», le dissi. «Qualcuno si è divertito a prendere dei randagi e a chiudergli la bocca con la colla e il nastro adesivo, così sarebbero morti di fame, o privi di pelo se Annie avesse cercato di liberarli. Penso che abbia ucciso i più deboli quando gli altri hanno incominciato ad attaccarli, ma l'ha fatto per compassione, non per crudeltà.» Le feci un sorriso sarcastico. «Allora di chi è stata la bella idea? Sua o di suo marito?»

Schiacciò il mozzicone nel posacenere, riducendolo in fili di tabacco con le dita gialle di nicotina. «Non aveva niente a che fare con noi», disse, pacata, anche se apparentemente ammetteva i fatti. «Non eravamo così.»

«Oh, mi faccia il piacere!» sbottai. «Mi ha appena detto che Derek ha strangolato un gatto e minacciato d'inchiodarne un altro alla cancellata. E tutto per cosa? Perché aveva il cervello grosso come un'unghia e doveva terrorizzare le donne per immaginare di avere un briciolo d'autorità.»

Non le piaceva la piega che la conversazione aveva preso, e si leccò le labbra nervosamente. «Non ne so niente.»

«Di che cosa? Di come suo marito terrorizzava le donne?»

Si riprese in fretta. «So soltanto quello che faceva a me e ai bambini. Ma era più a parole che a fatti. La maggior parte delle volte non metteva in pratica le sue minacce.»

«Forse non finché Annie era viva», concordai, «ma di sicuro si è rifatto dopo che è morta. Era molto più violento quando sapeva che non c'erano testimoni.»

Mi venne in mente la volta che ero andata a trovarla in ospedale. Era un pomeriggio piovoso di fine novembre e io gocciolavo acqua sul pavimento di linoleum accanto al suo letto, cercando di nascondere il mio shock davanti all'opera di Derek. Non riuscivo a credere che fosse così piccola, così malridotta e con gli occhi così colmi di panico. Fu un viaggio a vuoto – ero andata anche per raccogliere informazioni –, perché era troppo diffidente nei miei confronti per rispondere alle mie domande. La ascoltai ripetere con insistenza che, no, Derek non l'aveva certo usata come un punching-bag, ma che era sola in casa, aveva mancato un gradino sulle scale ed era caduta; poi aveva concluso, quasi senza fiato, che sarebbe morta se Alan non fosse stato lì e non avesse chiamato un'ambulanza. Era una storia penosa: la mascella rotta e gli occhi pesti somigliavano troppo alla maschera di morte di Annie perché qualcuno credesse che entrambe le donne avevano avuto un incidente. Comunque, anche se ormai era troppo tardi, avevo potuto intravedere le pareti di terrorizzato silenzio che proteggono gli uomini violenti.

«Di che cosa sta parlando?»

«Di Derek, che l'ha ridotta tanto male da dover essere ricoverata per due settimane dopo la morte di Annie. Non si è chiesta perché è successo? Non l'ha mai pestata tanto da farla andare in coma e fortunatamente i suoi figli hanno chiamato l'ambulanza.» Indicai con un cenno del capo la parete divisoria. «La sua protettrice era morta. La sua casa vuota. Derek era libero di spaccarle tutte le ossa del corpo, se avesse voluto, per poi gettarla su una strada e affermare che era stata travolta da un camion...»

Maureen rifiutò l'idea che Annie fosse stata la sua «protettrice». Stupidaggini, protestò, Annie l'aveva sempre odiata. Ripetei quello che aveva detto lei stessa, che Annie urlava tutte le volte che Derek alzava la voce. «Prima mi ha chiesto chi si è mai preoccupato per lei», le rammentai. «Be', Annie l'ha fatto. So che non è quello che vuole sentire, ma è *la verità.*» Estrassi due lettere dal mio zainetto e le spinsi verso di lei sul tavolo. «La prima è la copia di un messaggio che Annie aveva scritto al vostro consigliere dell'epoca, J.M. Davies, nel giugno '78. L'altra è la risposta. Ovviamente non sapeva scrivere il suo nome e, poiché quando ha cercato di parlarne al telefono era incoerente, la questione è stata liquidata come una calunnia inventata da un folle.»

Maureen sembrava a disagio mentre leggeva le parole di Annie, come se avessero il potere di riportarla in vita. «Forse *era* un'invenzione», disse, mettendo da parte le lettere. « Forse stava solo cercando di causare guai a me e a Derek. »

« Oh, Cristo! » esplosi. « Se quella fosse stata la sua intenzione, avrebbe potuto fare di meglio. Avrebbe scritto una raffica di lettere, e accusato Derek di uccidere animali, non solo di torturarli. Non capisce che era preoccupata per *lei*? Nella lettera ha scritto: 'penso che si dovrebbe fare qualcosa per Morin', non 'penso che si dovrebbe fare qualcosa per quei bianchi schifosi perché continuano a derubarmi'. »

Maneggiò nervosamente il pacchetto di sigarette. « Be', se avesse detto così, sarebbe stata una gran balla. »

Scossi la testa con forza. « Alan mi aveva dato una minuscola statuetta di legno come regalo di fine d'anno, dicendo di averla scolpita lui stesso da una vecchia gamba di tavolo. Gli ho creduto perché è molto primitiva, può sembrare un oggetto fatto da un ragazzino, ma sono sicura che l'ha rubato ad Annie. »

« Non può dimostrarlo. »

« È vero », ammisi, « ma posso dimostrare che non l'ha scolpita lui. È stata analizzata da un esperto. È la rappresentazione di un dio azteco, Quetzalcoatl, è in legno di pino, e fu scolpita probabilmente a cavallo del secolo, in uno stile caratteristico dei nativi dell'America Centrale. Negli anni '30 e '40, il padre di Annie collezionava artigianato centroamericano, quindi le prove circostanziali indicano che il Quetzalcoatl ora in mio possesso un tempo apparteneva ad Annie. L'unica domanda che ho da farle è questa: è stata Annie a dare la statuetta ad Alan o lui gliel'ha rubata? »

Maureen abboccò l'esca. « Gliel'ha data lei. »

« Come fa a saperlo? »

Rifletté per un attimo. « Ha fatto una commissione per lei... era il modo di Annie per ringraziarlo. Anzi, sono stata io a convincere Alan a regalargliela. Continuava a dire che era una brava prof, e che era stata gentile quella volta che l'aveva beccato a frugarle nel portafoglio e non l'aveva denunciato. 'Bisogna ricambiare i piaceri', gli avevo detto, 'ed è probabile che la signora Ranelagh apprezzi una statuetta di legno più di te.' »

« Perché mi ha mentito dicendo che l'aveva fatta lui? »

Mi lanciò una rapida occhiata. « Immagino che volesse fare colpo su di lei. »

Scoppiai a ridere. « Mi avrebbe impressionato di più se avesse detto che faceva le commissioni per Annie la matta. Le gridava 'stupida negra' ogni volta che la incrociava in strada. Una volta, Annie si è ribellata e l'ha afferrato per la manica della giacca. Era così terrorizzato che è scappato via, lasciandole la giacca in mano. » Rimasi un attimo in silenzio. « Annie non gli avrebbe mai chiesto di fare delle commissioni per lei. E comunque, se anche lo avesse fatto, si sarebbe tagliata la mano destra prima di premiarlo con uno dei suoi tesori. Quel ragazzo le piaceva ancor meno di Derek. Il piccolo bruto non la lasciava mai in pace... le faceva sempre la posta... » M'interruppi, prima che la rabbia mi rendesse stridula.

« Balle. Lei s'inventa le cose come le conviene. Alan passava molto tempo in strada, ma non vuol dire che facesse la posta ad Annie. »

« Era un bambino maltrattato e trascurato, Maureen, troppo spaventato per ribellarsi a suo padre; quindi vedeva Annie come una facile vittima. Ha imparato che la prepotenza funzionava e l'ha messa in pratica sulla persona più vulnerabile che riusciva a trovare. » Feci una risata sarcastica. « Quanto mi sarebbe piaciuto sapere già allora come lo trattavate, lei e Derek. Avrei dovuto denunciare suo marito, quando ne ebbi l'occasione, ma, soprattutto, fare in modo che Alan vi fosse portato via, almeno avrebbe avuto la possibilità di trovare qualcuno che gli insegnasse dei valori decenti. »

« Lei ne era responsabile quanto noi », borbottò. « Era la sua insegnante. Perché non gli diceva qualcosa quando lui chiamava Annie 'stupida negra'? »

Era una buona domanda. Perché non l'avevo rimproverato? Valeva come scusa ammettere di aver paura di un quattordicenne? Ma era proprio così. Per la sua età, Alan era un ragazzone alto e robusto, con un basso quoziente intellettivo; l'unico comportamento che capiva era l'aggressione, che lo stimolava e lo spaventava contemporaneamente. Se non ci fosse stato un Michael Percy a prendersi le colpe, forse i problemi di Alan sarebbero sembrati più evidenti e avrebbe potuto suscitare simpatia anziché disgusto. Ma la maggior parte delle persone lo evitava e chiudeva un occhio di fronte al modo in cui lui e la sua banda terrorizzavano Annie la matta. Sembrava uno scontro alla pari, dopotutto. Annie era più robusta di loro, più folle, più forte e palesemente più aggressiva – soprattutto quando beveva –, e non si faceva scrupoli a ribellarsi ogni volta che i loro crudeli scherzetti diventavano intollerabili.

«Per vent'anni mi sono rimproverata il mio silenzio», dissi a Maureen. «Se fossi stata un po' più coraggiosa, o avessi avuto un po' più di esperienza» – risi d'imbarazzo –, «forse non mi sentirei in colpa adesso.»

Maureen si strinse nelle spalle. «Io non mi agiterei tanto. Alan se ne sarebbe fregato lo stesso. L'unica persona cui dava ascolto era suo padre.»

«Finché non l'ha colpito con una mazza da baseball.»

«Sarebbe successo, prima o poi», disse, indifferente. «I bambini crescono. Comunque, era colpa di Derek. Non si era reso conto che prima o poi Alan si sarebbe ribellato.»

Fissai di nuovo la schiera di bottiglie vuote sul davanzale. «E *lei*, Maureen, non si sente mai in colpa?»

«Perché dovrei?»

Le allungai una copia della lettera di Michael Percy, in cui raccontava come i figli di Maureen avevano rubato ad Annie numerosi oggetti. Era più divertita che preoccupata, perché, come disse lei stessa, sarebbe stato difficile dimostrare quelle insinuazioni. «Nessuno crederà a Michael», commentò, «e poi non avrà certo voglia di parlare con la polizia, adesso che è in prigione. Rischierebbe la vita, se si venisse a sapere che è uno spione.»

«Però la polizia potrebbe anche credere ad Alan», suggerii.

«Oh, lui negherebbe e basta. Ha una famiglia ormai... non vuole certo che una stupidaggine che ha fatto da bambino salti fuori dopo tanto tempo a causargli dei guai. E poi Danny non ricorda nemmeno suo padre, figuriamoci la nostra vicina di vent'anni fa. Al telefono mi ha chiesto com'era Annie e perché non nc parlavo mai.»

«Cosa gli ha risposto?»

«Che era una grassa strega che ci aveva reso la vita un inferno e che non doveva credere a tutto quello che lei gli diceva perché le mancavano tante rotelle quante ne mancavano ad Annie.»

Le sorrisi ed estrassi dal mio zainetto una busta che appoggiai sul tavolo davanti a lei.

«Però forse crederà a questa. Ne ho fatto una copia per lei. Quando l'avrà letta, mi telefoni. C'è il mio numero sopra.»

«Che cos'è?»

«L'affidavit di un gioielliere di Chiswick che ha acquistato parecchi pezzi da una donna di nome Ann Butts. A me e a mio padre ci sono volute quasi duecento lettere per trovarlo, dopo che Michael aveva accennato che forse lei aveva venduto un anello dopo averlo sottratto a Bridget. Abbiamo cominciato con gioiellerie e monti dei pegni di Richmond, poi sempre più fuori città, a raggiera, finché non abbiamo fatto centro a Chiswick. Il signore ha ancora il negozio e registra tutti i pezzi che gli passano per le mani... insieme con il nome del venditore e del compratore.»

Lasciò cadere la busta sul tavolo come se fosse stato un tizzone ardente.

«È un commerciante onesto e paga cifre oneste, quindi richiede documenti d'identità e di proprietà per essere certo che i beni non siano rubati. Annota anche il documento che viene presentato. Nel caso di Ann Butts, era un conto bancario con relativo estratto conto, insieme con una valutazione di Sotheby di una serie di oggetti, inclusi i gioielli, che erano stati analizzati sul posto, al 30 di Graham Road, Richmond. Immagino che non ce l'abbia più quel documento, vero?» dissi, sollevando un sopracciglio. «Non sarà stata così stupida da tenerlo, no?»

Allungò la mano per prendere un'altra sigaretta, ma io feci cadere a terra il pacchetto e lo schiacciai sotto il tacco mentre mi alzavo per andarmene.

«Il fatto più interessante», conclusi, appoggiando le mani sul tavolo, «è che il primo oggetto è stato venduto solo nel giugno '79, e il mio amico gioielliere è sicuro che la Ann Butts con cui ha trattato era una piccola donna bianca con accento di Birmingham.»

Per essere alcolizzata e Prozac dipendente, aveva la risposta pronta. «Proprio come un altro mezzo milione di persone», disse.

«Il mio numero di telefono è sulla busta», le ricordai. «Mi chiami, quando vuole trattare. Altrimenti consegnerò l'affidavit alla polizia.»

«Trattare cosa?»

«Informazioni. Voglio sapere chi ha ucciso Annie, Maureen... non chi l'ha derubata.»

Sharon Percy si rifiutò di aprire la porta, e la tenne socchiusa con il catenaccio. «Non ho intenzione di parlare con lei», disse. «Pensava che non l'avrei riconosciuta, ma l'ho vista entrare da Maureen, quindi non ci è voluto molto a capire.»

Una testa spuntò alle sue spalle nell'ingresso. «Prima ci assilla con le sue maledette lettere, adesso si presenta di persona», sibilò Geoffrey. «Perché non se ne va e non ci lascia in pace?»

«L'avrei fatto se aveste risposto alle mie lettere», ribattei.

«Per dirle cosa?» grugnì. «Non sappiamo niente, e non abbiamo mai saputo niente.»

«E allora perché avete mentito nella vostra testimonianza alla polizia?»

Un'espressione terrorizzata si dipinse sul viso di entrambi, prima che la porta venisse richiusa con violenza. Visto che non mi ero aspettata nulla di diverso, affrontai la camminata di tre chilometri fino a casa di Jock.

Lettera di Libby Garth – ex moglie di Jock Williams, in precedenza residente al 21 di Graham Road, e ora nel Leicestershire –, datata 1997

Windrush
Henchard Lane
Melton Mowbray
Leicestershire

19 giugno 1997

Mia cara,

due righe in fretta prima d'incominciare a cucinare la cena per l'orda affamata. Ci credi che Jock ha un'altra ochetta nella sua grandiosa dimora? A quanto pare, le cambia ogni pochi mesi, anche se ormai è sesso a domicilio per infermi, santo Dio! Come diavolo fa a risultare attraente? So che fa un po' di soldi, di tanto in tanto, ma so anche che non durano mai molto...

Il suo nuovo progetto, «Systel», qualcosa che ha a che fare con la telefonia mobile, sembra promettere bene, ma, se finisce come gli altri, avrà bisogno di una bella iniezione di liquidi entro un anno o forse meno. Gira voce (la nuova ochetta) che ha una reputazione così bassa tra i finanziatori che ora s'è messo a cercare prestiti, offrendo la casa come garanzia. Se è vero, dovrebbe andare da uno strizzacervelli, perché, se fa il passo più lungo della gamba, finirà sotto i ponti. Ah, ah!

Dio! Sono proprio una vipera! E perché continuo a fare così? Forse sono un voyeur mancato. Se così fosse, la colpa è tua. Non avresti mai dovuto incoraggiarmi a tenerlo d'occhio, perché far spifferare tutto alla pupa di turno mi eccita molto. Dev'essere una forma di consolazione. Sapere di non essere stata l'unica a non riuscire a far funzionare una relazione con lui mi fa stare meglio.

Un abbraccio forte,

Libby

P.S. Jim continua a lamentarsi della quantità di tempo che passo alle riunioni degli insegnanti. Ti ho detto che sono diventata rappresentante sindacale? Prossima fermata: il Parlamento! E questo da un uomo che si aspetta che io intrattenga i suoi maggiori correntisti ogni fine settimana con pranzetti da gourmet! Gli uomini! E chi ne ha bisogno?

16

Jock mi lasciò sulla soglia parecchi minuti prima di aprirmi la porta, e io ne approfittai per riprendere fiato dopo la scarpinata da Graham Road fino alla strada decisamente più di lusso tra Queen's Road e Richmond Hill, dove adesso abitava. L'area si era sviluppata lungo la scia del pendolarismo ferroviario, quando la *middle class* aveva incominciato a sperimentare i vantaggi di vivere un po' distanti dal posto di lavoro del congestionato centro città; e le case, pur sempre con la struttura a *terrace*, erano più raffinate delle loro controparti di Mortlake, e avevano un terzo piano per ospitare i domestici. Un centinaio di anni fa, ogni casa aveva, a protezione della privacy, un giardino sul davanti con alberi e cespugli, cintato da un muretto, ma con l'avvento della famiglia con due macchine, i giardini erano stati pavimentati per fornire posti auto privati.

Da un lato dello spiazzo di fronte alla casa di Jock era parcheggiata una Mercedes nera, vecchiotta, con i sedili di pelle ormai consunti, e mentre sbirciavo dal parabrezza chiedendomi se fosse sua, la porta si era aperta di scatto e Jock era comparso al mio fianco. «Sei in anticipo di mezz'ora», esordì, irritato. «Mi sembrava che avessimo detto alle due.»

Mi ero aspettata che l'età, il divorzio e le ambizioni frustrate l'avessero addolcito un poco, ma, come vedevo, l'attacco rimaneva la sua forma di difesa preferita. Ero sorpresa dalla sensazione di piacevole riavvicinamento, come capita con i vecchi amici, e porsi la guancia per un bacio. «Ciao, Jock», lo salutai. «Come va?»

Mi diede un bacetto frettoloso. «Dov'è Sam?»

«Non ti ha telefonato?»

«No.»

«Ha avuto un impegno all'ultimo minuto e non è riuscito a venire», mentii con convincente rammarico. «Perciò sono sola.» Ci fu una frazione di secondo in cui finsi di non vedere la fugace espressione di sollievo che comparve sul viso di Jock. «Non sapevo che ti piacessero le macchine classiche», lo punzecchiai, dando una pacca sul cofano della Mercedes. «Un tempo rincorrevi sempre i modelli più nuovi. Ricordo com'eri schifato quando Sam e io ci comprammo quella Allegro familiare di seconda mano.»

Fece un cenno annoiato. «Tengo la Mercedes per le commissioni. La Jaguar è nel garage custodito in fondo alla strada.»

«Una Jaguar!» esclamai. «Mio Dio! Sam morirà d'invidia. Sogna la XK8 da quando è uscita.» Sbirciai alle sue spalle nell'ingresso, dove un telefono a monete era appeso al muro. «Continua pure a fare quello che stavi facendo, se ti ho interrotto», dissi. «Non ho fretta.»

«Devo rispondere a qualche e-mail.»

«Posso aspettare.» Mi appoggiai al cofano della Mercedes e alzai la testa per osservare la casa. Era un bell'edificio con bovindi in arenaria e con le finestre altissime e ampie che tanto piacevano agli architetti vittoriani. Secondo Libby, la casa gli era costata settantamila sterline nel 1979 e, secondo un agente immobiliare della zona, ormai ne valeva più di settecentocinquantamila. «Bel posto», mormorai, vedendo che non accennava a rientrare in casa.

Annuì. «Sì, mi piace.»

«E cos'aveva che non andava quando l'hai comprata? Inquilini che non sloggiavano? Cedimenti strutturali? Parti in legno marce?»

Sembrava sorpreso. «No, niente.»

«Stai scherzando! Come diavolo potevi sborsare tanti soldi? Pensavo che non avessi preso granché con gli accordi di divorzio.»

Indietreggiò lievemente, come se gli avessi appena mostrato i denti. «Chi te l'ha detto?»

«Libby.»

«Non sapevo che foste ancora in contatto.»

«Di tanto in tanto.»

«Be', si sbaglia», disse, diffidente. «Pensava di potermi incastrare assumendo l'avvocato più costoso sul mercato, ma non è nemmeno riuscito ad avvicinarsi agli investimenti che contavano.»

Strano come la memoria tirasse scherzi mancini, pensai. Nella mia mente l'avevo sempre ricordato come un essere subdolo, quindi il suo viso, piuttosto affascinante, mi sorprese. «Dev'essere stata la prima volta, allora», dissi con una breve risata. «Non sei mai riuscito a nascondere nulla a tua moglie.»

«Che altro ti ha detto?»

«Che hai invitato a vivere qui una biondina ancor prima che l'inchiostro della sentenza di divorzio fosse asciugato. Abbastanza giovane da essere tua figlia, ha detto, ma abbastanza vecchia da riconoscere uno che si fa infinocchiare facilmente.»

Un altro lampo di sollievo. «Dice così solo perché è gelosa», ribatté.

Risi ancora, divertita dalla sua espressione presuntuosa. «Sei sempre stato un bugiardo senza speranza, Jock. Un tempo mi dava fastidio... Adesso mi diverte... Forse perché so molto più dei tuoi affari di quanto ne sappia Sam.»

S'incupì. «Per esempio?»

«Per esempio che hai garantito un prestito di cinquecentomila sterline con questa casa, che l'hai chiesto per tenere a galla la Systel, e che ora non riesci a rientrare.»

Ci fu un breve silenzio mentre meditava sulla risposta. «C'è qualcos'altro che ti ha detto Libby?»

Annuii.

«Be', è una bugia», disse, seccato. «Non sa un cazzo delle mie finanze. Accidenti, non lo sapeva vent'anni fa, di certo non può saperlo ora. Non le parlo da quando abbiamo divorziato.» Aspettò che dicessi qualcosa e, vedendo che non lo facevo, ripartì all'attacco. «Potrei fare causa a entrambe per diffamazione. Non potete andare in giro a distruggere la reputazione di una persona solo perché ce l'avete con lei.»

Ero tentata di ribattere che quelle considerazioni non gli avevano impedito di aiutare Sam a distruggere la *mia* reputazione vent'anni prima, ma mi limitai a commentare, in tono pacato: «Sono sempre felice quando qualcuno mi chiarisce le idee. Allora, qual è la bugia? Che non hai un prestito insoluto, che non hai investito nella Systel e ci hai perso, o che non puoi ripagare il debito?»

Non rispose.

«Avresti dovuto essere un po' più selettivo con le tue fidanzate», suggerii. «Secondo Libby, la giovane biondina è stata la prima di molte, e nessuna di loro sapeva tenere la bocca chiusa.»

«Che vorrebbe dire?»

«Libby si è fatta dare informazioni dalle tue ragazze per anni, mentre tu eri al lavoro, e persino lei era sconvolta da quanto fossero indiscrete. Le bastava dire che stava conducendo una ricerca per un produttore di calze; poi offriva loro in regalo dieci paia di collant di qualità per compensarle dei venti minuti trascorsi a rispondere a domande sul loro stile di vita, e le ragazze la inondavano d'informazioni.»

Si accigliò. «Perché diavolo avrebbe dovuto fare una cosa simile?»

Era una buona domanda, ma non ero preparata a rispondere. Dovevo sbilanciarlo, se intendevo arrivare alla verità. «Voleva sapere quanto le hai fregato con la sentenza di divorzio.»

«Nessuna delle mie ex potrebbe averle dato informazioni del genere», disse, fiducioso.

«No», ammisi, «ma non ha mai fatto domande dirette. Era molto più scaltra...» sorrisi, «e *molto* paziente. Ha sfruttato quello che già sapeva di te.» Pensai agli elenchi che Libby m'inviava regolarmente con le informazioni aggiornate su Jock. «Lei o il suo partner siete proprietari della casa? Il valore della proprietà si aggirava sulle cinquantamila sterline, al momento dell'acquisto? Il valore attuale della casa è superiore o inferiore a centomila, duecentomila sterline, eccetera? Il suo partner è un libero professionista? Guadagna più o meno di cinquantamila, centomila sterline? Ha un mutuo? Il mutuo è superiore o inferiore a cinquantamila sterline, eccetera?» Risi, davvero sgarbatamente. «Non riceveva mai uno schietto sì o no. Una delle tue belle è persino andata a pescare i tuoi estratti conto in modo da dare cifre più accurate.»

«È illegale.»

«Senza dubbio.»

«Stai mentendo», replicò, con più certezza di quanto non dimostrasse la sua espressione. «Perché dovrebbe fare una cosa simile? Non ha senso.»

Feci un sorriso malinconico, come se fossi d'accordo con lui.

«Che risposte ha ottenuto?»

«Che il tuo mutuo è passato in quindici anni da ventimila a cinquecentomila sterline, e che nel frattempo hai avuto sette fidanzate. Due delle tue società sono fallite sul nascere e il mezzo milione che avevi guadagnato con quella che hai venduto l'anno scorso ti è servito per evitare la bancarotta. L'unico motivo per cui sei ancora qui», dissi, accennando verso la porta di casa, «è che il valore della casa supera il prestito e la banca ti permette solo di pagare gli interessi, mentre cerchi un lavoro da sei cifre. Però non hai molto successo, perché hai quasi cinquant'anni e il tuo curriculum non è dei migliori. Stai combattendo le pressioni della banca a vendere la casa, perché temi che, una volta pagati tutti i debiti, ti rimarrebbero soltanto duecentomila sterline e quella somma basterebbe a malapena per ricomprare la tua vecchia casa in Graham Road.»

Sembrava distrutto, come se avessi fatto la sua vita a pezzettini e li avessi gettati al vento. Non provavo rimorso. In un certo senso, incominciava a capire quello che un tempo aveva fatto a me.

«Se ti è di qualche consolazione», proseguii in tono affabile, «Sam si è tenuto altrettanto lontano dalla verità. Non abbiamo fatto un affarone a Hong Kong, non c'è nessuna magione da otto camere da letto all'orizzonte, e il cascinale che abbiamo affittato è cadente. Di fatto, non stiamo meglio di te, quindi mi sembra inutile passare la prossima mezz'ora a cercare di far colpo l'uno sull'altra con le nostre inesistenti fortune.»

Sospirò, più per rassegnazione che per rabbia, pensai, e fece un cenno verso la porta. «Faremmo meglio a entrare, anche se ti avverto che in questi giorni sono confinato nel mio studio. Affitto il resto della casa a studenti stranieri, è l'unico modo per coprire le spese. Anzi, avevo in mente di portarti al pub, così non l'avresti scoperto, ma ormai è molto più semplice così.» Mi fece strada lungo il corridoio fino a una stanza sul retro. «Hai detto queste cose a Sam?» mi chiese, aprendo la porta e invitandomi a entrare.

«No. Crede ancora a tutto quello che gli dici.» Lanciai un'occhiata alla stanza, dove ci si poteva muovere a fatica. Era letteralmente tappezzata di scatoloni chiusi, pile di libri e file di dipinti appesi su ogni parete e, se anche ci fosse stato qualcosa di Annie, era di certo invisibile in quel marasma. «Mio Dio!» esclamai, slacciando la fibbia del mio zainetto e lasciandolo cadere a terra. «Da dove viene tutta questa roba? Ti sei dato ai furti, ultimamente?»

«Non fare la scema», ribatté, stizzito. «È la roba che proteggo dalle sgrinfie degli studenti. Quello che non rubano spaccano. Sai come sono fatti.»

«No», lo rassicurai. «Non li ho mai incontrati.»

«Intendevo dire gli stranieri in generale.»

«Ah!» Risi, divertita al pensiero di Jock costretto a

condividere la casa con degli stranieri. «Stiamo parlando di stranieri *di colore*?»

«Arabi», disse, imbronciato. «Sono gli unici con un po' di soldi, di questi tempi.»

«È per quello che dormi qui?» chiesi, fissando il letto in un angolo. «Per sorvegliare i tuoi tesori dai predatori?»

«Molto divertente.» Si accomodò sulla sedia girevole davanti alla scrivania, lasciandomi la poltrona. «Solo quando le altre camere sono occupate. È un po' vivere alla giornata, ma ne sto uscendo.»

Dall'ultima volta che l'avevo visto si era fatto crescere la barba e i capelli gli stavano diventando grigi, ma gli donavano, e pensai che le avversità gli facessero bene, perché non aveva le rughe di preoccupazione che segnavano il viso di Sam. «Ti vedo in forma», dissi, accomodandomi in poltrona. «Sam ha perso quasi tutti i capelli ed è molto sensibile sull'argomento. Sarà sconvolto quando saprà che tu li hai ancora tutti.»

«Povero ragazzo», disse, con sorprendente affetto. «Ha sempre avuto la paranoia di diventare calvo... contava con angoscia i capelli che rimanevano sul pettine.»

«Lo fa ancora.» Spostai la mia attenzione su un gatto tartaruga raggomitolato su un poggiapiedi imbottito in un angolo della stanza. «Non sapevo che ti piacessero i gatti.»

Seguì il mio sguardo. «Ci ho fatto l'abitudine. Una delle mie ex se n'è andata come una furia quando mi sono rifiutato di pagarle il conto della carta di credito, e il povero vecchio Boozey è stato abbandonato qui... Gli interesso più io del mio portafoglio, quindi andiamo piuttosto d'accordo.»

«Hai una ragazza, adesso?»

«Vuoi farmi credere che Libby non ti ha informato?» chiese, sarcastico. «Pensavo sapesse tutto.»

«Ha smesso di chiamare quando al telefono hanno incominciato a rispondere gli stranieri.»

«Non aveva paura che rispondessi io?»

«È successo parecchie volte», lo informai. «Faceva sempre finta di essere una vecchia signora che telefonava a un ambulatorio medico. Eri molto paziente con lei. Le ripetevi di correggere il numero sulla sua rubrica, così non si sarebbe più sbagliata.»

«Dio santo! Era Libby? Non me ne sono proprio accorto.» Sembrava impressionato, come se avessi lodato una figlia inesistente, e non la moglie che l'aveva scaricato quasi un quarto di secolo prima.

«È brava a fare la voce tremula.» Rimasi in silenzio. «Ti manca?»

Era una domanda che non si aspettava e si carezzò la barba con fare pensieroso. «Qualche volta», ammise. «Dov'è adesso? So che si è risposata perché me l'ha detto una delle sue amiche, ma non ho idea di dove sia andata ad abitare.»

«A Melton Mowbray, nel Leicestershire. Dopo che vi siete separati, ha fatto un corso post diploma a Southampton e adesso è a capo del dipartimento di storia in una scuola secondaria di Leicester. Suo marito è un dirigente di banca di nome Jim Garth. Hanno tre figlie. La più grande ha tredici anni, l'ultima sette.»

Strinse le labbra in un sorriso di rimpianto. «Ha sempre sostenuto che sarebbe riuscita a fare meglio senza di me.»

«Voleva un'identità propria, Jock», dissi, sporgendomi in avanti e unendo le mani tra le ginocchia, «e se tu l'avessi incoraggiata a fare il tirocinio da insegnante quando eravate sposati... Chi lo sa? Magari sareste ancora insieme.»

Non ci credeva più di quanto ci credessi io. «Difficile. Praticamente non ci parlavamo più, alla fine.» Gli occhi gli divennero fessure mentre mi guardava, e pensai che avesse tanta sfiducia repressa nei miei confronti quanta io nei suoi. «Ho sempre dato a te la colpa per il divorzio, sai. Libby non aveva nessun problema finché non sei arrivata tu, voleva solo dei figli... Poi sei venuta ad abitare vicino a noi e, all'improvviso, i figli non andavano bene. *Doveva* fare carriera, e *doveva* insegnare.»

«Non sapevo che fosse così influenzabile.»

«Oh, smettila! Ogni idea che le veniva in mente era riciclata dall'ultima persona con cui aveva parlato. Forse è per quello che è diventata insegnante di storia», disse, sarcastico. «Non devi pensare tanto quando l'argomento è stato masticato da altri per secoli.»

«Palle. Libby sapeva esattamente che cosa voleva dalla vita... e anche che cosa *non* voleva.»

«Be', fatto sta che capivo sempre quando si era vista con te. Era dannatamente più agguerrita riguardo ai suoi diritti dopo una dose di femminismo di sinistra alla Ranelagh.»

«Forse è stato un bene che tu non l'abbia mai presentata a Sharon, allora», replicai, in tono asciutto. «Altrimenti ti saresti trovato con una prostituta per moglie.»

Non mi guardava, temendo forse quello che avrei potuto leggergli negli occhi, ma il collo gli diventò rosso dalla rabbia. «È una cosa molto stupida da dire.»

«Non più stupida del tuo tentativo d'incolparmi per il divorzio», dissi, calma. «Nulla di quello che ho detto poteva alterare il fatto che Libby era stufa marcia della tua mania per il gioco d'azzardo. Voleva un po' di stabilità nella vita, non montagne russe di vincite un giorno e perdite l'indomani. Era già tremendo quando giocavi in borsa, ma quando hai ammesso di aver perso tremila sterline a poker...» Scossi la testa. «Cosa ti aspettavi che facesse? Che ti desse una pacca sulla spalla?»

«Erano i *miei* soldi», disse, imbronciato.

«Erano i tuoi soldi anche quando vincevi», sottolineai, «ma non hai mai condiviso le tue vincite con lei, solo le perdite. Facevi passare a Libby giornate d'inferno quando perdevi, e usavi le vincite per comprarti i pompini di Sharon.»

Incominciò a rendersi conto di quanto Libby mi avesse confidato, e si trincerò dietro un silenzio sdegnato, punteggiato solo dal ticchettio regolare di un orologio a pendolo sulla mensola del camino. Non feci nessuno sforzo per spezzare quel silenzio. Mi limitai a guardarmi intorno, cercando d'imprimere nella memoria quello che vedevo. Era un compito impossibile, quindi cercai quello che non c'era: ritratti dei nonni di Annie, mosaici di Quetzalcoatl, oggetti di giada, obici d'ottone e piume di pavone...

Sulla parete di fronte a me era appeso un bel paesaggio in una cornice dorata: un vascello a vele spiegate che lottava nella tempesta. Riuscivo a fatica a leggere la minuscola targa attaccata alla parte inferiore della cornice. *Nave corsara spagnola nella Grande Tempesta al largo di Kingston, Giamaica, 1823*. Ero così concentrata per capire se la data rappresentasse l'anno in cui era avvenuta la tempesta o quello in cui era stato fatto il dipinto che ci volle un po' prima che mi rendessi conto che Jock mi stava guardando.

«Cosa diavolo sta succedendo?» chiese, sospettoso, seguendo il mio sguardo. «A Libby è forse venuta la folle idea di spremermi un po' di soldi?»

Scossi la testa. «Sono venuta a chiederti della notte in cui Annie Butts è morta.»

Sospirò, esasperato. «E perché hai trascinato Libby in questa storia? Perché non me l'hai detto subito?»

Era un commento ottuso da parte di un uomo che aveva sempre attaccato prima e fatto domande dopo. «Scusa», dissi.

«Avresti potuto parlarmi per telefono», disse, animato dal rancore. «Ho sempre risposto alle tue domande, in passato. Sono persino andato alla chiesa di St Mark per scoprire il nome del pastore, per te.»

«È stato gentile da parte tua», ammisi.

«E allora qual è il problema?»

Feci una smorfia. «Niente, in effetti. Semplicemente non sono molto brava in questo tipo di cose. Temevo che ti chiudessi a riccio, se avessi cominciato a tempestarti di domande su dov'eri e con chi eri quella notte.»

Sembrava sorpreso. «Sai già tutto. Era nella mia testimonianza. Ero con Sam, a casa tua. Abbiamo bevuto un paio di birre e poi sono tornato a casa.»

«Tranne per il fatto che era un martedì», gli ricordai. «E Libby mi ha detto che il martedì era il tuo giorno di fellatio.»

«Dio santo!» grugnì rabbioso. «Prima sono andato da Sharon, okay? Sono uscito alle sette e mezzo circa, ho incontrato Sam e poi siamo andati a casa vostra a bere una birra.»

«Sam ha detto che vi siete incontrati alla stazione della metropolitana.»

Si agitò sulla sedia, a disagio. «Sono passati vent'anni. Non puoi aspettarti che ricordi ogni stramaledetto dettaglio.»

«Perché avresti dovuto essere alla metro se avevi appena lasciato Sharon? Pensavo che faceste sesso a casa sua.»

«Che diavolo di differenza fa? Annie era viva e vegeta quando l'abbiamo vista in strada.»

Mi strinsi nelle spalle. «Il motivo per cui Sam sa di averti incontrato alla stazione è perché stavi tornando a casa dopo una partita di poker.»

Fu colto di sprovvista. «Una partita di poker?» ripeté. «E questa da dove cavolo viene fuori?»

«È quello che ha detto Sam.»

«No, nella testimonianza non l'ha detto.»

«Infatti, era la spiegazione che mi ha dato dopo», mentii. «Disse che ti aveva portato a casa a bere qualcosa perché eri a terra, e non sapevi come dire a Libby che avevi perso un'altra fortuna.»

La sorpresa fu bruscamente sostituita dall'irritazione. «Questo non lo hai detto a Libby, vero?»

«No. L'ho saputo solo dopo che abbiamo lasciato l'Inghilterra.»

Meditò per un attimo. «Forse Sam non voleva dire che ero con Sharon.»

«Sapeva di Sharon?»

Annuì timidamente.

«Ma chi poteva averglielo detto, Jock? Tu?» chiesi stupita, vedendo che non diceva nulla. «Dio! Avrei scommesso che saresti riuscito a mantenere il segreto. Non era qualcosa di cui andare fieri, no?»

Strinse le labbra. «Lascia perdere, va bene? Niente di tutto questo ha qualcosa a che fare con la morte di Annie.»

Scossi la testa. «Invece c'entra proprio con la sua morte, Jock. È morta perché è stata picchiata a sangue alcune ore prima di riuscire a trascinarsi dalla nostra parte della strada, dove poi l'ho trovata, eppure hai appena detto che era viva e vegeta quando sei uscito da casa di Sharon alle 19.45.» Presi le copie delle fotografie dell'autopsia dalla tasca frontale dello zainetto e gliele mostrai. «Guarda l'ematoma. È troppo esteso per essere stato causato da lesioni inflitte quindici-trenta minuti prima che morisse.» Isolai un dettaglio del braccio destro di Annie. «Questo è il classico aspetto di una serie di lesioni inflitte ore prima della morte. È probabile che si sia raggomitolata per cercare di proteggersi la testa e, invece di qualche singolo livido, che è quello che ci si aspetterebbe di vedere se un camion l'avesse sbattuta contro un lampione prima che morisse, tutti i lividi si sono uniti nel giro di qualche ora sino a formare questo enorme ematoma dalla spalla al polso.»

Fissò le fotografie, affascinato e sconvolto al contempo, ma anziché esprimere repulsione di fronte al viso tumefatto di Annie, fece un commento pungente: «Mi ero dimenticato quanto fosse giovane».

«Più giovane di te adesso», ammisi, «e molto forte, ecco perché ha preso tante botte prima di morire. Questo livido in alto sulle cosce» – voltai un'immagine del torso di Annie verso di lui –, «indica enormi lesioni interne, derivate da calci o colpi sull'addome, che hanno fatto filtrare il sangue nel tessuto delle gambe. Di solito questo tipo di aggressione viene descritto come 'attacco parossistico' e di certo è avvenuto in casa sua perché altrove avrebbe inevitabilmente attirato l'attenzione. »

Prese tempo per assimilare quello che gli stavo dicendo. « Pensavo che avesse addosso il cappotto. Perché avrebbe dovuto tenere il cappotto in casa? »

Era una domanda che mi ero posta molte volte, perché di sicuro non sarebbe stata nelle condizioni di mettersela dopo l'aggressione. « Posso solo immaginare che qualcuno si sia introdotto in casa subito dopo che lei era tornata dal pub, e l'abbia aggredita prima che avesse il tempo di toglierselo. »

Sembrava sempre più preoccupato. « La polizia avrebbe trovato delle prove », ribatté, « ci sarebbe stato del sangue sulle pareti. »

« No, se gran parte delle lesioni era interna. A ogni modo, *c'erano* delle prove. La polizia stessa le ha rilevate. Mobili sfasciati a indicare uno scontro fisico; tappeti rimossi a suggerire che aveva perso sangue; feci umane nell'atrio, che rappresentano una tipica reazione alle aggressioni. Quando l'ho trovata, puzzava di urina, quindi probabilmente le hanno anche pisciato addosso. »

Si voltò per giocherellare con le penne sulla scrivania. « Disgustoso. »

« Sì. E se tu e Sam non aveste mentito dicendo che l'avevate vista alle 19.45, forse la polizia avrebbe interpretato le prove in modo più adeguato, invece di limitarsi a etichettare Annie come una barbona. »

Si leccò le labbra nervosamente. « Sam ti ha detto che abbiamo mentito? »

Annuii, pareggiando con cura le fotografie che tenevo in grembo. « Una sera, a Hong Kong, sentiva nostalgia di casa e ha incominciato a incolpare me per il fatto che avevamo dovuto lasciare l'Inghilterra. Gli è uscito tutto alle tre di mattina: che tu gli avevi telefonato, implorandolo di fornirgli un alibi, che io gli avevo reso la vita impossibile, dicendo alla polizia che, secondo me, si trattava di omicidio, che la scelta tra sostenere me o il suo migliore amico era stata una delle più difficili della sua vita...» Alzai le spalle. «Da allora, non ho avuto molta simpatia per te. Mi hai fatto passare un inferno, e non ti ho mai perdonato.»

«Mi dispiace», sussurrò, imbarazzato.

Non potei fare a meno di ammirare la sua lealtà. Era più di quanto Sam meritasse, ma diceva molto della loro amicizia, mantenuta viva con scambi regolari di telefonate, fax, e-mail. «È solo questione di tempo prima che la polizia riapra il caso», lo informai, «e la prima cosa che controlleranno è dove si trovavano i testimoni nelle ore precedenti la morte di Annie. È morta poco dopo le 21.30», gli ricordai. «Quindi, se hai trascorso tra i trenta e i quaranta minuti a casa di Sharon e te ne sei andato alle 19.30, sei stato lì nell'arco di tempo che lividi del genere...» – indicai le foto –, «necessitano per svilupparsi.»

Lo sguardo gli cadde sulle foto.

«E questo significa che o devi aver sentito tu stesso che cosa stava succedendo nella casa a fianco o hai incontrato Sharon poco dopo che lei aveva sentito», proseguii, in tono pragmatico. «In ogni caso, devi aver notato qualcosa. Non si può fare sesso appassionato con una donna che ha appena sentito la vicina pestata a sangue fino a perdere i sensi.» Lo guardai incuriosita. «Ma è probabile che Sharon dica che la tua storia è tutta una stronzata perché, secondo la sua testimonianza, era al pub dalle 18 fino alle 21.15.»

«È pazzesco», disse, sbirciando il telefono sulla scrivania. «Cosa dice Sam?»

«Non molto... tranne che di sicuro non sapeva niente di Sharon, e rifiuta di prendersi la colpa se gli hai mentito sul perché avevi bisogno di un alibi.»

Fu l'accusa di mentire a Sam che sembrò spronarlo a

dire la verità. Che fosse stato quello o il risentimento per essere stato ridotto da tutti a capro espiatorio, finì per esplodere. « Sam sapeva meglio di me che non avevo più il coraggio di giocare d'azzardo », si sfogò, amareggiato. « Forse sono un incosciente, ma non un maledetto idiota. Sono stato ripulito da professionisti la prima volta e non intendevo dare loro una seconda possibilità. » Si strinse la base del naso tra il pollice e l'indice. « E non si può dire che Sharon fosse il problema. Avrei potuto far sfilare metà delle puttane di Londra davanti a Libby senza che alzasse un dito. Il matrimonio era finito da mesi... era solo questione di decidere chi avrebbe fatto le valigie per primo. »

« Allora perché hai mentito nella tua dichiarazione? »

Vide nei miei occhi che conoscevo la risposta. « Vuoi davvero che te lo spieghi? Era una cosa morta e sepolta già prima che lasciaste l'Inghilterra. »

« Per Sam, forse », dissi. « Ma non per me. Ho aspettato a lungo per scoprire con chi era mio marito quella notte... e che cosa stessero facendo. »

E-mail di Libby Garth – ex moglie di Jock Williams, in precedenza residente al 21 di Graham Road, e ora residente nel Leicestershire –, datata 1999

M.R.

Da: Libby Garth (liga@netcomuk.com)

Data: 5 maggio 1999 14.37

A: M.R.

Oggetto: R: finalmente a casa!

Mia cara, è davvero una notizia meravigliosa! Pensavo che ormai saresti stata lontana per sempre. Immagino che c'entri la trombosi di Sam: allora non tutto il male vien per nuocere, no? Non vedo l'ora di rivederti. Magari riesci a convincere Sam ad andare a trovare Jock un fine settimana, mentre tu e i ragazzi venite a trovarci nel Leicestershire. Non riesco a immaginare Sam che tenta di diventare amico di Jim per paura di tradire il suo vecchio compare; e a Jim non piacerebbe granché avere intorno un sospettoso amico di Jock.

A proposito di amici sospettosi (ah, ah!), stai progettando di affrontare Jock quando torni? Come ben sai, non sono mai riuscita a capire come ha fatto a comprare quella casa in Alveston Road, ma un po' di tempo fa ho incontrato a una festa un suo amico di università che ha fatto un riferimento indiretto al fatto che i suoi genitori l'avessero aiutato: « Jock è sempre stato famoso per non lasciarsi mai sfuggire un'occasione. Una volta mi ha detto di aver scucito una piccola fortuna a entrambi i genitori contemporaneamente, perché erano convinti che Jock non parlasse con l'altro, e non hanno nemmeno potuto verificare i loro sospetti perché non si scambiano parola da quando il fratello di Jock è morto ». Potrebbe essere da lì che sono arrivati i soldi? In effetti, sembra proprio il *modus operandi* di

Jock, per quanto possa dire di essere « un uomo che si è fatto da sé ».

Ti ho mai detto quanto sono affascinata dai tuoi progressi? Chi avrebbe pensato che la maestrina di Graham Road si sarebbe trasformata in una simile tigre? Il povero Sam si starà di sicuro chiedendo che cosa gli è successo. Mi dici che non vuole ancora parlare della notte in cui Annie è morta, ma forse c'era solo da aspettarselo. Più a lungo rimanete sposati più dura sarà per lui ammettere di aver preferito spalleggiare un amico piuttosto che la moglie.

Sei troppo saggia per non considerare in modo obiettivo qualcosa che è avvenuto più di vent'anni fa. Ammettiamolo, commettiamo tutti degli errori e, per essere leali con Sam, sei andata un po' fuori di testa in quel periodo – classica reazione da stress post-traumatico per cui avresti dovuto farti aiutare da un professionista –, e né Sam, né Jock, né chiunque altro aveva motivo di dubitare della versione della polizia secondo cui Annie era morta in un tragico incidente. So che dirai che questi motivi non sono sufficienti, ma non riesco a evitare di pensare che metteresti il tuo matrimonio sotto un'inutile pressione ricordando a Sam la sua « omissione », quando la polizia non chiederà altro che la schietta ammissione che lui e Jock non avevano visto Annie quella notte.

Per quanto riguarda gli Slater, i Percy e gli Spalding, stai attenta a come li avvicini perché non ho dubbi sul fatto che saranno molto ostili alle tue domande. Personaggi del genere sono notoriamente violenti – troppo in basso nella gerarchia sociale per comportarsi diversamente –, e non vorrei davvero leggere nei giornali che il tuo corpo è stato ripescato dal Tamigi! La Croce di Fuoco è una realtà spaventosa, mia cara, non un fantasma immaginario del KKK. Credono nel terrore perché dà loro uno status (e probabilmente anche parecchi orgasmi, perché sono tutti sadici, ma non lo ammetterebbero mai!) Comunque, mi chiedo se non dovresti lasciare gli Slater alla polizia, soprattutto considerando che hai già raccolto così tante prove sui loro furti.

Ci sentiamo presto.

Un abbraccio,

L

17

Era la complicata storia di una segretaria giovane e carina che lavorava nell'ufficio di Sam e lo aveva irretito nell'agosto del '78, mentre io ero nell'Hampshire a prendermi cura del cane dei miei genitori in vacanza. Era stata una follia passeggera, mi assicurò Jock, un'*attrazione fatale* che aveva preso una brutta piega praticamente fin dall'inizio. Sam voleva mollarla non appena ero tornata a casa, ma la ragazza non ne voleva sapere. Avesse lavorato altrove, non sarebbe stato un problema, ma Sam temeva che anche la sua carriera ne avrebbe sofferto, se lei gli si fosse messa contro. Erano i primi anni dei casi di molestie sessuali, e la ragazza sapeva bene quello che stava facendo.

Sam la frequentò per un paio di mesi, poi fece un tentativo di mettere fine alla storia la sera in cui sarei rientrata tardi perché avevo la riunione con i genitori. Ironia della sorte, era anche la sera in cui Annie la matta morì. Sam non sapeva più che pesci pigliare, raccontò Jock. Nutriva l'assurda convinzione che se avesse portato a cena la sua amante e le avesse detto che intendeva fare la cosa più giusta e rispettabile restando con sua moglie, lei avrebbe accettato. Invece la ragazza aveva perso la testa... gliene aveva dette di tutti i colori al ristorante... gli aveva tirato addosso il vino... e, tra una cosa e l'altra, Sam era in uno stato pietoso quando era rientrato a casa.

«Sam superò Annie, che era riversa nel canalino di scolo», continuò Jock. «Era sotto un lampione, quindi non poteva non vederla, ma puzzava di alcol, quindi la lasciò perdere. Sapeva che tu saresti rientrata da un minuto all'altro e lui non vedeva l'ora di togliersi l'abito, darsi una ripulita e fingere di essere rimasto in casa tutta la sera.» Un lampo divertito gli passò nello sguardo. «Poi tu ti precipiti in casa un quarto d'ora dopo per chiamare un'ambulanza, e il povero disgraziato si tira la zappa sui piedi.»

Mi accigliai. «Stava guardando la televisione. Non gli ho nemmeno chiesto dov'era stato.»

«Gli hai detto che Annie Butts stava morendo là fuori in strada, e lui ha ribattuto: 'No, non è vero, è solo paralitica'.»

«E allora?»

«Perché avrebbe dovuto dire una cosa del genere, se non l'aveva vista?»

Trattenni una risata. «Mi stai dicendo che avete mentito alla polizia per un insignificante commento che Sam ha fatto mentre io urlavo al telefono di mandare un'ambulanza? Avrebbe potuto dirmi che stava facendo le capriole senza che me ne accorgessi. Non me ne sarei di certo ricordata dopo.»

Jock fece spallucce. «È esattamente quello che gli ripetevo io, ma lui non mi credeva. Diceva che avevi una memoria infallibile, che sarebbe stato più facile se avessimo confermato la versione della polizia che Annie barcollava ubriaca alle 19.45. Non eravamo gli unici a dirlo... *Tutti* avevano dato quella versione. Pensavamo che fosse la verità.»

«C'erano solo altre cinque persone che affermavano di averla vista», gli ricordai. «Uno era Geoffrey Spalding, che viveva davanti ad Annie, al 27. Nella testimonianza ha affermato di aver cercato di convincere Annie ad andare a casa, ma ha lasciato perdere quando lei ha incominciato a imprecare contro di lui. Secondo lui, era successo tra le 20 e le 20.30. Poi c'era la coppia anziana del numero 8, i Pardoe. Sono andati a dormire verso le nove perché avevano freddo, hanno visto Annie dalla finestra al piano di sopra, ma hanno deciso di non fare niente perché era evidentemente ubriaca e l'ultima volta che avevano cercato di aiutarla lei aveva sputato addosso a entrambi. E gli ultimi due erano un uomo e una donna in macchina che usavano Graham Road come scorciatoia. Dissero di aver frenato di colpo quando una figura massiccia in cappotto scuro si era improvvisamente parata di fronte a loro, urlando oscenità. Convinti che fosse 'un'ubriacona aggressiva' avevano proseguito per evitare il confronto. Non sapevano esattamente che ore fossero, ma pensavano poco dopo le nove.»

Guardò le foto che tenevo ancora in grembo. «Hai appena distrutto le tue argomentazioni», disse. «Perché queste persone avrebbero dovuto mentire sul fatto di averla vista?»

«Non penso abbiano mentito», risposi, scandendo le parole, «tranne forse Geoffrey Spalding, e probabilmente solo sull'orario. Vedi, l'orario è importante. Uno dei motivi per cui la polizia ha valutato che le lesioni le fossero state inflitte quindici-trenta minuti prima che la trovassi era perché i Pardoe e la coppia in macchina avevano affermato di averla vista in piedi alle nove o intorno alle nove. Se alle 21.30 era morta, *ipso facto* qualcosa deve averla colpita in quei trenta minuti.»

«Come puoi pretendere che qualcuno creda che sia stata picchiata a morte ore prima?»

«Ho detto che è stata picchiata fino a perdere i sensi, non a morte. C'è differenza... soprattutto se si parla di una persona forte e robusta come Annie.» Feci scorrere un dito sul viso di celluloide, come se potesse dirmi qualcosa. «Penso che si sia ripresa in casa sua e si sia trascinata fuori in cerca di aiuto. Il miracolo è che aveva ancora abbastanza forza da tentare di fermare una macchina di passaggio. Un medico direbbe probabilmente che è impossibile, considerando le fratture al cranio, ma è l'unica spiegazione del perché era in strada e perché sembrava ubriaca.»

«Oppure la polizia aveva ragione fin dall'inizio», propose Jock. «Ricordo di aver letto il referto dell'inchiesta.

Diceva che nel sangue di Annie era stato rilevato un livello di alcol piuttosto alto.»

Scossi la testa. «Erano novantacinque milligrammi per cento millilitri di sangue, vale a dire quindici milligrammi sopra il limite per la guida. È l'equivalente di quattro o cinque cicchetti di rum... una goccia nell'oceano, per una persona che beveva parecchio come Annie. Sam e io possiamo arrivarci tranquillamente nei fine settimana... e anche tu, immagino... però non barcolliamo come zombie.» Scossi la testa stancamente. «Il caso è stato subito classificato come incidente stradale, quindi il patologo ha automaticamente registrato Annie come 'inadatta alla guida', che la polizia e il coroner hanno interpretato come 'alta concentrazione di alcol'. A voler essere onesti, alcuni testimoni la descrivevano come 'paralitica' e la polizia ha trovato casse di bottiglie di vodka vuote in casa sua, ma se il patologo avesse fatto per bene il proprio lavoro, avrebbe dovuto chiedersi come mai novantacinque milligrammi erano stati sufficienti a far barcollare una donna di novanta chili e con una nota tendenza all'alcolismo.»

«Hai fatto bene i compiti, eh?»

«Sì.»

«E che cosa ne pensa la polizia?»

«Ancora nulla. Voglio che le mie prove siano così inattaccabili da costringerli a riaprire il caso, che gli piaccia o no.» Rimasi in silenzio. «Avrò bisogno che tu e Sharon ammettiate che eravate voi la coppia che ho visto in Graham Road, quella notte», dissi poi.

Alzò le spalle. «Per me non è un problema. Per lei, forse, sì.»

«Perché?»

«Ha mentito durante l'inchiesta. Non è stata al pub William of Orange fino alle 21.15. Di solito ci incontravamo alle otto e mezzo circa, bevevamo qualcosa in fretta, poi imboccavamo il vicolo dietro casa sua, ma quella sera è arrivata in taxi, ubriaca fradicia, e per nulla interessata a guadagnare altri soldi. Quindi l'ho accompagnata lungo la A316 e poi ci siamo divisi non appena svoltato in Graham Road.» Proseguì prima che gli facessi l'ovvia domanda. «Diceva di essere stata in un hotel con un altro cliente, e immagino fosse vero, considerando che era vestita da arlecchino e puzzava di fumo.» Scosse la testa al ricordo. «Di sicuro non dava l'impressione di provenire da casa sua. Il contrario, direi. Continuava a dire che voleva tornare a casa perché si sentiva male per tutto lo champagne che aveva bevuto.»

«Ma se martedì era il *tuo* giorno, perché doveva andare con qualcun altro?»

«Era una prostituta», tagliò corto, in tono sarcastico. «Qualcuno le ha offerto più soldi.»

«Ti ha detto chi era?»

«Non ha fatto il nome... ha solo detto che era un altro cliente regolare e che non poteva permettersi di deluderlo.»

«Geoffrey Spalding era uno dei suoi clienti», dissi. «Sua moglie stava morendo di cancro al seno e lui non voleva che lei o le sue figlie sapessero che vedeva una prostituta. Portava Sharon in albergo una volta al mese.» Risi della sua espressione. «No, non è stata Libby a dirmelo. È stato il figlio di Sharon, Michael. Gli ho scritto in prigione.»

«Gesù, che famiglia», commentò, asciutto. «Era proprio un piccolo sadico... si divertiva a strappare i baffi ai gatti di Annie. Sai perché è in prigione?» Annuii. «Allora dovresti stare attenta. Sua madre era spaventata a morte da quel ragazzo. Perdeva la testa se veniva provocato.»

Osservai il gatto che si leccava pigramente nel sole pomeridiano.

«Sai, quello che non ho mai capito, Jock, è perché né tu né Sharon vi siete fermati per scoprire se Annie era viva. Di sicuro l'avete vista. Sharon deve averla praticamente scavalcata per attraversare la strada.»

«Non l'abbiamo vista, davvero. L'ho chiesto a Sharon, in seguito, e lei è diventata bianca come un cencio... ha incominciato a implorarmi di tenere la bocca chiusa, nel caso fossimo stati coinvolti in qualche modo.»

Mi sembrava che non ci fosse altro da dire, ma non riuscivo a trovare l'energia per alzarmi dalla poltrona. Il viaggio verso casa aveva ben poche attrattive e, come il gatto, avrei voluto soltanto rannicchiarmi e dimenticare che la vita era tanto complicata. Forse anche Jock la pensava così perché le ombre si erano allungate parecchio quando ricominciò a parlare.

«Sei cambiata.»

«Sì», ammisi.

Sorrise. «Non mi chiedi come?»

«Non serve.» Appoggiai la testa allo schienale e fissai il soffitto. «So quello che mi dirai.»

«E cioè?»

«Che sono più calma di un tempo.»

«Come fai a saperlo?»

«È quello che dice sempre Sam.»

«In passato andavi spesso su di giri», disse. «Ricordo di essere venuto un giorno a casa tua e di essermi abbassato per evitare un tegame volante.»

Voltai il capo verso di lui, ridendo. «Solo perché tu e Sam siete venuti a casa sbronzi all'alba e, con il baccano che facevate al piano di sotto, sono scesa a vedere che cos'era successo. Prima ancora di salutarmi mi avete chiesto se c'era qualcosa da mangiare, così vi ho tirato il tegame dicendo di cucinarvi qualcosa da soli. Pensavo che l'avreste afferrato, il tegame, non evitato.»

«Ah, è così?» chiese, stupito. «Allora come mai quasi tutte le stoviglie di casa tua sono finite in frantumi?»

Ci ripensai. «Ero furibonda, anche perché avevamo un'ispezione scolastica il giorno dopo. A ogni modo, non mi sono mai piaciuti quei piatti. Ce li aveva dati la madre di Sam.»

«Eravamo così ubriachi che pensavamo saresti stata

contenta di vederci. E comunque non l'abbiamo fatto mai più. Come diceva Sam, la volta successiva ci avresti tirato dietro i coltelli.»

Ci scambiammo un sorriso. «Non ho mai scoperto dove siete stati», mormorai pigramente. «Avete giurato di essere rimasti al pub, ma non è possibile, perché i pub chiudono alle undici.»

Ebbe un'impercettibile esitazione prima di rispondere. «Uno strip club a Soho. Sam pensava che non avresti approvato.»

Feci spallucce, indifferente. «La segretaria giovane e carina era con voi?» chiesi. «Era ottobre, se non sbaglio, quindi doveva essere ancora nei paraggi.»

Negò. «Sam non avrebbe mai portato una donna in uno strip club.»

Mi abbassai per infilare le foto di Annie nel mio zainetto. «L'hai mai conosciuta, Jock?»

«No», ammise.

«Quindi hai solo la parola di Sam per confermare la sua esistenza?»

C'era pura e semplice sorpresa nella sua voce quando rispose. «Certo che esisteva! Come si può odiare tanto qualcuno che non è reale? Quella sera Sam mi ha detto che strangolarla era troppo poco per una così, e, credimi: *ero* lì, l'ho *sentito* mentre diceva quelle parole. Era sincero. Ecco perché l'ho portato in quel club... per cercare di distrarlo. Aveva la paranoia che venisse a raccontarti i dettagli più sordidi, oppure che incominciasse a ricattarlo. L'avevo quasi convinto a raccontarti tutto» – fece un sospiro scoraggiato –, «poi siamo entrati in casa vostra e tu hai incominciato a tirarci addosso pentole.»

Sorrisi della sua innocenza, pensando che non mi meravigliava che Sam lo adorasse come un guru. I discepoli preferiscono sempre un maestro che possono manipolare. «Mi dispiace», dissi, per nulla contrita, «ma, se ti è di qualche consolazione, non l'avrebbe mai confessato. Non sto mettendo in dubbio la relazione, Jock, solo la segretaria, scaltra al punto giusto. L'ha inventata a tuo beneficio. È sempre stato incapace di mantenere un segreto, e sapeva che ti saresti insospettito, se ti avesse detto di essere troppo occupato per bere qualcosa con te. Probabilmente scoprirai che agiva molto più vicino a casa.»

Si sfregò il viso con violenza. «Non capisco.»

«Oh, su, non è poi così difficile.» Incominciai a raccogliere le mie cose. «Che cosa pensi che stesse facendo Libby la sera che Annie è morta? Rammendarti i calzini?»

Non voleva accettarlo. «Non può essere stata con Sam. Diavolo, l'avrei capito, se fosse stata fuori. Aveva preparato la cena, e steso i panni, Cristo.»

«C'era un comodissimo letto in casa vostra», mormorai. «Che cosa ti fa pensare che non l'avessero usato?»

Mi fissò con uno sguardo ferito e incredulo, e ricordai come mi fossi sentita devastata ascoltando i discorsi sconnessi di Sam quella notte a Hong Kong. *È colpa tua se siamo qui... Se non mi avessi piantato in asso, non sarebbe successo nulla di tutto ciò... Le donne sono disoneste... Fanno una cosa e ne dicono un'altra... Perché dovevi chiedere a tutti che cosa stavano facendo quella sera?... Ti aspettavi che fossero sinceri?...*

«Avrei potuto entrare in qualsiasi momento», protestò Jock, arrampicandosi ormai sui vetri.

«Era un martedì, e di solito non tornavi a casa prima delle dieci», gli rammentai.

«Ma...» La sua sorpresa aumentava. «C'è almeno qualcosa di vero in quello che Sam mi ha detto?»

«Probabilmente che la relazione era iniziata nelle due settimane in cui ero stata via. Sam mi aveva detto al telefono che Libby si era offerta di lavargli i vestiti, ma quando in seguito gli chiesi se aveva mantenuto la promessa, montò su tutte le furie e disse di non averla vista. A quell'epoca pensavo che fosse arrabbiato perché lei l'aveva deluso, ma ora penso che avesse paura di uscire troppo allo scoperto...»

Sul viso di Jock vidi profilarsi il risentimento, e mi sorprese quanto vuota sembrasse la mia piccola vittoria.

«Probabilmente era anche vero che Sam voleva che quella storia finisse, ed era terrorizzato all'idea d'inimicarsi Libby», continuai. «Personalmente, dubito che Libby l'avrebbe mai confessato – non voleva darti munizioni per il divorzio –, ma Sam era convinto di sì.» Sorrisi debolmente. «L'ironia è che, secondo me, Sam aveva molta più paura che tu scoprissi la storia di quanto temesse che la scoprissi io. Sostiene che la vostra amicizia è importante per lui.»

«È un maledetto ipocrita.»

Non replicai. «Perché te la prendi?» gli chiesi. «Come hai detto tu stesso, questa storia era morta e sepolta anni fa.»

Ma Jock non voleva che gli venissero rinfacciate le sue insincere sciocchezze. «Mi ha indotto a mentire per lui.»

«L'hai fatto volentieri», sottolineai.

«Avrei potuto pensarla diversamente, se avessi saputo che era con Libby.»

Alzai lievemente una spalla. «Chi è l'ipocrita adesso?»

Si voltò, estraendo un fazzoletto dalla tasca.

«A ogni modo, scommetto che è stata Libby a spingerlo a mentire. La polizia stava chiedendo a tutti se avevano sentito o visto qualcosa al momento dell'incidente, e forse Libby temeva che qualcuno avesse visto Sam uscire da casa tua intorno alle nove. Era molto più sicuro per Sam negare tutto e dire che era con te a casa nostra.»

Le fasi dallo stupore all'odio si susseguirono rapidamente e in modo visibilissimo sul viso di Jock. «Adorava prendersi gioco di me, sai. Probabilmente si è divertita per anni al pensiero che fossi proprio io a coprire i suoi sotterfugi.»

Scossi la testa. «Non dovresti pensarci troppo. Se Sam

fosse stato qualcosa di più di un amante tappabuchi, tu saresti stato sbattuto fuori casa e io non sarei ancora sposata.»

«Sono stato sbattuto fuori comunque», ribatté, rabbioso. «Non ho avuto nemmeno una possibilità.»

«Avevi le mie stesse possibilità», dissi, con freddezza. «Se avessimo saputo che cosa stava succedendo, entrambi i nostri matrimoni sarebbero finiti in divorzio. Visto che non sapevamo nulla, il tuo è durato ancora un po' e il mio è sopravvissuto. Ma il tuo era già in crisi, e non puoi incolparne Sam. Lui era un sintomo, non una causa.»

Jock si lanciò in una difesa sconnessa del suo ruolo in quella relazione da tempo fallita. Avevo idea di come ci si sentiva a essere respinti da qualcuno che si amava? Perché, secondo me, avrebbe dovuto frequentare Sharon, se Libby avesse mostrato il minimo interesse per lui? Non mi rendevo conto quanto poteva far male all'amor proprio di un uomo dover pagare il sesso? Ovvio che non aveva detto a Sam di Sharon. Nessun uomo con la testa a posto vorrebbe che i suoi amici gli ridessero alle spalle...

Ascoltandolo esporre le sue pene in quella casa zeppa di segreti, mi sentii più divertita che impietosita. Era così cieco di fronte alla sua stessa doppiezza che la valutazione in due pesi e due misure non lo imbarazzava minimamente? E perché pensava di potermi confidare il suo dolore quando il mio era più antico, mostruoso e di gran lunga più crudele? Come Sam, si vedeva più vittima che peccatore e, come Sam, la sua aggressività cresceva mentre le sue colpe impallidivano di fronte a quelle degli altri.

Quando alla fine non ebbe più fiato, mi alzai e presi lo zainetto. «Non ci perderei altro tempo, se fossi in te. Non cambierebbe niente, ti arrabbieresti soltanto di più.»

«Se volevi che non mi arrabbiassi, avresti dovuto lasciarmi nell'ignoranza.» Mi guardò imbronciato, mentre controllavo di non aver dimenticato nulla. «Perché non l'hai fatto?»

«Pensavo che non fosse leale.»

Fece una risata malinconica. «Be', forse non giudico la lealtà tanto preziosa quanto la giudichi tu. Ci avevi pensato? Sam e io siamo amici da tempo. Forse sarei stato più felice non sapendo.»

Ero sicura che avesse ragione. È vero che ciò che non si conosce non può fare del male, e lui e Sam avrebbero potuto rimanere amici per sempre, l'uno mentendo sul proprio successo, l'altro sul solido sostegno dato all'amico. Era anche vero che l'infelicità ama la compagnia, e pensai che Jock, uomo poco propenso a soffrire in silenzio, avrebbe di sicuro alzato il telefono non appena fossi uscita, per scaricare parte delle sue pene su mio marito.

Ciò che avevo fatto mi sembrava profondamente giusto – la giustizia richiede una pena –, ma che sarebbero rimasti amici era improbabile. Non m'interessava. Avevo atteso troppo a lungo la mia rivincita.

Corrispondenza familiare, datata 1999

CURRAN HOUSE
Whitehay Road
Torquay
Devon

Venerdì

Carissima M,

non riesco a fare a meno di pensare che Libby ha ragione, e dovresti riflettere sull'idea di andare a trovare quelle persone lunedì, soprattutto Alan. So che Danny ti ha detto che non ci sarà, ma pensa almeno alla sua reazione quando la moglie gli dirà che hai fotografato quello che ha in casa. Sei sicura che non sarebbe più ragionevole informare la polizia? So che non c'è bisogno che ti ricordi quello che Alan e suo padre ti hanno fatto – mi fa star male vederti lavare continuamente le mani –, ma non sono fiducioso quanto te sul fatto che solo perché il fratello di Alan non sembra conoscere il suo passato anche sua moglie ne sia all'oscuro.

Con affetto,

Papà

xxx

18

La mia ultima fermata era una casetta bifamiliare anni '30 a Isleworth, con muri intonacati a pinocchino e vetrate artistiche alle finestre. Era troppo lontano per andarci a piedi, così presi un taxi dalla stazione di Richmond e chiesi al guidatore di aspettarmi nel caso non ci fosse nessuno o gli occupanti si rifiutassero di ricevermi. Un cane abbaiò non appena suonai il campanello, poi la porta fu spalancata da un bambino con i capelli ricci, e un alano mi balzò davanti, ringhiando. «Mamma!» gridò il bambino. «Satana vuole mordere una signora. Mamma!»

Una formosa ragazza bionda in maglietta abbondante e pantaloni della tuta spuntò alle sue spalle e fece sparire il cane, schioccando le dita. «Non si preoccupi», disse tranquilla. «È più bravo ad abbaiare che a mordere.»

Sorrisi debolmente. «Come fa a saperlo?»

«Prego?»

«Quanta gente ha già morso?»

«Oh, capisco!» Ridacchiò. «Nessuno. *Per ora...* No, sto scherzando. In realtà non farebbe male a una mosca. E tu», disse, arruffando i capelli del figlio, «quante volte ti ho detto di non aprire la porta, Jason? Non tutti sono così tranquilli con i cani come questa signora, e se Satana mordesse davvero qualcuno, la polizia arriverebbe in un batter d'occhio.» Lo fece voltare e lo sospinse delicatamente verso una porta alla sua destra. «Vai a controllare Tansy, per favore. Non voglio che ficchi ancora le dita nella presa.» Poi mi rivolse un sorriso interrogativo. «Allora, che posso fare per lei? Se è una testimone di Geova, sta perdendo tempo. Per questo Satana si chiama così: per spaventare la banda di Dio.»

Era una boccata d'aria fresca dopo gli sguardi sospettosi di Maureen Slater, e non ero per nulla sorpresa che Danny preferisse la sua compagnia a quella della madre.

« Scommetto che è stata un'idea di Alan », commentai.

« Esatto. »

« Beth? »

Annuì.

« Alan mi conosceva come signora Ranelagh », mi presentai, tendendo la mano. « Mio marito e io abitavamo in Graham Road, dall'altra parte della strada rispetto ai suoi genitori. Ero una delle sue insegnanti. »

Sembrava sorpresa quando mi restituì la stretta di mano. « È la signora di cui mi ha parlato Danny? Ha telefonato un paio di sere fa, dicendo che aveva incontrato un'ex insegnante di Al. »

« Sì. »

Lanciò un'occhiata al taxi in strada. « Ha detto che abitava nel Dorset. »

« Abbiamo affittato un cascinale per l'estate. È a meno di venti chilometri da dove sta Danny. Sono venuta a Londra perché dovevo vedere alcune persone » – non m'illudevo che accettasse l'idea che fossi passata di lì per caso –, « una delle quali era Alan. »

Un'espressione incerta le si dipinse in viso. « Quando Danny ha fatto il suo nome, Al si è zittito all'improvviso, come se avesse parlato di Jack lo Squartatore. »

« Davvero? » chiesi, sorpresa. « Mi diceva sempre che ero la sua insegnante preferita. Non mi sarebbe nemmeno venuto in mente di disturbare, altrimenti. »

Sembrava imbarazzata. « Non c'è. Lavora in un cantiere dalle parti di Chertsey. » Si accigliò. « Strano che Danny non gliel'abbia detto. È uno di quegli edifici eleganti... Sa, case con muratura in pietra e complete di veranda. Ha assillato Al per settimane perché lasciasse a lui gli interventi da decoratore. Sono indietro rispetto alla scadenza del contratto, quindi il mio povero ragazzo lavora fino a tardi... non torna quasi mai prima delle dieci di sera.» Si accigliò ancor di più. «Comunque, come mai *doveva* vedere Al? Quasi tutti i suoi insegnanti erano felici di essersi liberati di lui.»

«Anch'io», ammisi. «Di solito non si preoccupava nemmeno di presentarsi a scuola e quando lo faceva era così distruttivo che avrei preferito non fosse venuto.» Sorrisi per smussare l'acidità delle mie parole. «Poi respiravo a fondo, pensavo a com'era suo padre, e ritentavo. Non sopportavo l'idea che diventasse come Derek. E ovviamente non è successo, se quello che Danny mi ha detto di lei e dei bambini è vero.»

La curiosità ebbe la meglio, come speravo che accadesse, perché la scusa della mia presenza non bastava a convincerla a farmi entrare.

«Non ho mai conosciuto suo padre», disse, con una luce d'interesse negli occhi. «Se n'era andato già parecchio tempo prima che conoscessi Al, ma tutti dicono che era un gran bastardo. Lei lo conosceva bene?»

«Oh, sì. Una volta ha minacciato di rifarmi la faccia, e io ho cercato di farlo arrestare.» Mi voltai esitante verso il taxi. «Ho chiesto al tassista di aspettare nel caso non ci fosse nessuno, ma penso che abbia lasciato il tassametro in funzione.»

«Oh, lo mandi a quel paese», esclamò, allegramente. «Sono tutti dei fottuti truffatori. Ti chiedono una fortuna solo per guardarti in faccia. Scusi il mio linguaggio forbito. Che ne pensa se le offro una tazza di tè e chiamiamo uno di quei taxi privati più tardi? Se ha fortuna, Al potrebbe rientrare prima del solito. Voglio dire, non capita tutti i giorni che arrivi una sua prof» – inclinò il capo –, «anche se lei non somiglia proprio a quelle vecchie streghe che insegnavano a me.»

Con un sorriso grato per l'offerta di tè e il complimento – e la muta, sincera preghiera che *nulla* inducesse Alan a tornare a casa presto –, pagai il tassista e la seguii in casa. Come c'era da immaginarsi, l'interno rifletteva il carattere solare di Beth. I colori erano semplici e diretti: terracotta e paglierino i preferiti; i pavimenti pratici: assi di legno levigato e sughero in cucina; e tutti i mobili erano disposti in modo da massimizzare lo spazio e minimizzare gli incidenti per i piccoli. Era bello da vedere e funzionale, e quando glielo dissi ne fu lusingata, ma non sorpresa.

« È quello che vorrei fare quando i bambini saranno a scuola, farmi affidare la casa di qualcuno e mettergliela a posto », spiegò. « Penso di avere un talento naturale per questo tipo di lavoro, e mi sembra una vergogna lavorare in fabbrica, se posso fare un po' di soldi con qualcosa che mi piace. Faccio tutto da sola – Alan è troppo stanco quando torna a casa per mettersi a levigare pavimenti – e le mie amiche, nessuna esclusa, impallidiscono per l'invidia quando vengono a trovarmi. Una buona metà pensa che non sia un lavoro da donna, e le altre sostengono di essere troppo imbarazzate per andare in un negozio a prendere una levigatrice o un diluente, perché non saprebbero neanche come chiamarli. »

Oltrepassai con cautela l'alano che si era allungato comodamente su una stuoia davanti alla cucina a gas. « Che cosa faceva prima di sposare Alan? » chiesi, spostando una sedia e accomodandomi. Il cane alzò la testa con uno sguardo ostile negli occhi, ma a uno schiocco di dita della sua padrona sbadigliò e si rimise a dormire.

« Facevo la parrucchiera », rispose con una risata, « e odiavo quel lavoro. Avrei dovuto essere la stilista del negozio, ma non facevo altro che tinte azzurrine a vecchie inacidite che non avevano di meglio da fare che lamentarsi dei mariti. E non sembrava fare molta differenza che il povero disgraziato fosse vivo o morto, si beccava lo stesso le critiche più cretine. Bla, bla, bla... È avaro, è stupido, gocciola sul sedile del gabinetto... Dio! Invecchiare dev'essere davvero tremendo. »

Risi. « Sembra che parli di mia madre. »

« È anche lei così? »

« Un po'. »

« Io non ho mai conosciuto mia madre », disse Beth,

muovendo verso il gomito una sfilza di braccialetti mentre portava il bollitore al lavandino e apriva il rubinetto. « Non quella biologica, intendo. Mi ha dato in adozione appena nata. La mia madre adottiva è fantastica, e anche mio padre: adorano Al e i bambini. Una volta mi hanno chiesto se volevo andare a cercare la mia vera madre, ma io ho detto: neanche per sogno. Voglio dire, non è sicuro che mi piacerebbe; metà delle persone che conosco non sopportano i loro genitori, quindi perché dovrei perdere tempo a cercarla? »

Non dissi nulla.

« Pensa che sbagli? »

« Assolutamente no », risposi, con un sorriso. « Pensavo che lei è proprio una donna equilibrata e che Alan è fortunato ad averla come moglie. » Stavo anche pensando a quello che uno psicologo aveva scritto a proposito di Alan: *dovrebbe essere incoraggiato a stringere relazioni salde e positive con gli adulti... ha bisogno di sentirsi apprezzato...* « È evidente che ha fatto bene anche a Danny; parla di lei con grande affetto. » Ero sincera, e le sue guance arrossirono di piacere. « Che mi dice delle sue sorelle? » chiesi. « Le vede ogni tanto? »

Era un argomento più spinoso, perché aggrottò nuovamente la fronte. « L'ultima volta che le ho viste è stato al battesimo di Tansy, tre anni fa. Al diceva che voleva provare ancora una volta a ristabilire un contatto, così le abbiamo invitate e, come al solito, si sono dimostrate delle vipere. Hanno rovinato la festa della piccola Tan. Allora abbiamo pensato: al diavolo, la vita è troppo breve per sopportare cattiverie simili. »

Tolse alcune briciole di pane dal tavolo con la mano a coppa, e io osservavo affascinata i braccialetti che le tintinnavano al polso. « Secondo Al è gelosia, perché noi ce la passiamo abbastanza bene e loro no: una delle sorelle ha quattro figli e il suo uomo l'ha lasciata quando era incinta dell'ultimo; l'altra ha cinque figli di padri diversi e due sono stati dati in affidamento. »

«Dove abitano?»

«In un complesso di case popolari vicino a Heathrow.»

«Insieme?»

«In palazzi vicini. I bambini se ne vanno in giro tutti insieme a terrorizzare i vecchietti della zona. Mi vengono i brividi se penso a quante diffide della polizia hanno già ricevuto. L'altro giorno qualcuno mi ha detto che il comune vuole mandare un'ingiunzione per costringere Sally e Pauline a tenere i figli in casa. Ma non so se è vero. La cosa peggiore è che hanno cercato di farsi mettere sulla lista di case popolari in questa zona, e io ho detto ad Al che, se venissero a stare qui, dovremmo trasferirci, perché non mi sogno nemmeno di lasciare che Jason e Tansy vengano trascinati nei guai dai loro cugini.» Versò il tè e, come sua suocera, aggiunse automaticamente il latte. «Al dice che non è del tutto colpa delle sue sorelle», proseguì, passandomi una tazza, «considerando il tipo di educazione che hanno avuto, ma, come continuo a dirgli, se è vero, allora lui e Danny dovrebbero essere altrettanto disgraziati.»

Mi fece venire in mente Julia Charles, la nostra vicina in Graham Road, che era ugualmente spaventata a causa della terribile influenza che Alan Slater e Michael Percy avrebbero avuto sui suoi bambini se avesse permesso loro di giocare in strada. Sono ragazzi così pestiferi, diceva, e non è una questione di «classe». È colpa dei genitori. Se le madri di quei due passassero più tempo con i loro figli e meno a letto o attaccate a una bottiglia, i ragazzi si comporterebbero meglio.

Tutti la pensavano così.

«È come se si fossero invertiti i ruoli», considerai. «Le due ragazze sembravano così giudiziose da piccole, ma forse erano troppo terrorizzate dal padre per farsi cogliere in fallo. Di tanto in tanto seguivano Alan, ma non si spingevano mai oltre la fine della strada. Erano piccole e scure come la madre. Sally è la più grande delle due, no?» Annuì. «Erano amiche, e all'incirca coetanee, di quelle altre due ragazze – Rosie e Bridget Spalding –, e spesso giocavano insieme a campana sul marciapiede. Bridget ha sposato l'amico di Alan, Michael Percy, e si è trasferita a Bournemouth, ma non ho idea di dove sia finita Rosie.» Inarcai un sopracciglio interrogativo, ma Beth scosse la testa, mentre si appoggiava al piano di lavoro, stringendo la tazza tra le mani.

«Al non ha mantenuto i contatti con nessuno di Graham Road», disse. «Va a trovare sua madre di tanto in tanto, ma non passa mai molto tempo da lei, perché lo deprime. Se fosse per lui, non ci andrebbe del tutto, ma io continuo a ripetergli che deve dare il buon esempio a Jace e a Tan. Voglio dire, io ne morirei se non venissero più a trovarmi, una volta cresciuti.» Aveva ciglia e sopracciglia chiarissime che davano al suo viso un aspetto scialbo finché non veniva ravvivato da una delle sue spontanee espressioni. In quel momento stava facendo una smorfia irritata. «Non rende facili le cose, però. Non fa che lamentarsi di quanto è sola e disgraziata. È un circolo vizioso. Se si sforzasse di essere un po' più piacevole, probabilmente Al andrebbe a trovarla più spesso. Invece rimanda finché può, poi ci va spinto dal senso di colpa.»

«Lei e i bambini andate a trovarla?»

Altra smorfia. «Ci andavamo, finché Jason non ha trovato il suo Prozac ed è finito in ospedale. Ero furiosa con lei. Non ha nemmeno bisogno di quelle stupide pastiglie; non le prende quasi mai. È solo un modo per ottenere il sussidio d'invalidità, così può starsene a casa e guardare la tele tutto il giorno. E poi le avevo già chiesto di non tenere farmaci a portata di mano, ma è come parlare con un muro. Fuma e beve davanti ai bambini, se ne frega di quello che penso, e poi ha il fegato di dirmi che non capisce perché me la prendo tanto. 'Non ha mai fatto male ai miei figli', ripete.»

Scoppiai a ridere. «Sembra di sentire mia madre con i

pannoloni. Commisi l'errore di dirle quanto costavano e lei mi ha assillato per mesi su quanti soldi stavo sprecando. 'Cos'hanno che non va le fasce da lavare?' ripeteva di continuo. 'Se sono andate bene per te, saranno perfette anche per i tuoi figli.'»

«Non le piace molto sua madre, eh?»

La schiettezza di quella domanda mi colse alla sprovvista, anche solo per il fatto che non me l'ero mai posta. «Un po' più di quanto a lei è simpatica Maureen, immagino.»

«Sì, ma Maureen non è mia madre», replicò, con una punta di sconforto. «Non mi preoccupa minimamente. Non mi piace troncare i rapporti con le persone, ma da come si comportano i parenti di Alan finiremo per non parlarci più. Qualche volta ho l'incubo che sia questione di geni, e che i miei figli se ne andranno dopo una violenta litigata e Al e io non li rivedremo mai più.»

«Sono sicura che non succederà», la rassicurai. «Se il comportamento è ereditario, i miei due se la sarebbero filata un sacco di tempo fa. Ma se la prendono talmente comoda che ci vorrà la dinamite per farli smuovere. Oppure una bionda mozzafiato in Ferrari.»

Mi fissò pensierosa. «Forse hanno preso i geni dal padre», suggerì.

Forse dal nonno, pensai, immaginando che non fosse una buona idea ricordare a Beth il legame genetico tra i suoi figli e Derek. «Comunque concordo con Alan sul fatto che l'educazione ha un ruolo fondamentale», dissi. «Jason e Tansy sono la somma dei loro geni e delle loro esperienze, non dei geni soltanto, altrimenti sarebbero praticamente indistinguibili l'uno dall'altra. Lei stessa l'ha sottolineato, dicendo quanto sono diversi Alan e Danny dalle loro sorelle.» E quanto Alan era diverso dal ragazzo che avevo conosciuto, pensai con una punta di sarcasmo.

«Sono anche molto diversi tra loro», proseguì lei. «Danny è un po' irrequieto, ma Alan si comporta come se fosse già un uomo di mezza età.» Rise, e in un attimo il suo viso s'illuminò. «Ieri Jace ha detto 'culo' perché l'ha sentito all'asilo, e Al ha passato le due ore successive a chiedersi se era colpa sua. Io gli ho detto 'Non fare lo stupido', e lui, 'Tu ridi, ma le uniche volte in cui mio padre mi mostrava un minimo di attenzione era quando mi diceva: 'fanculo bastardo'. E ora vorrebbe essere *davvero* un bastardo e che Derek non fosse suo padre.»

«Probabilmente anch'io mi sentirei così», dissi. «È un po' come ammettere di avere Ivan il Terribile per padre.»

Non stava più nella pelle dalla curiosità. «Ha detto che Derek l'ha minacciata. Perché? Cos'è successo che l'ha fatto arrabbiare?»

Fui tentata di essere sincera, e non solo perché quella ragazza mi piaceva e mi sentivo in colpa per il fatto di sfruttarla in quel modo. Era una di quelle rare persone, a prescindere da età, sesso o storia personale, il cui carattere schietto e aperto richiedeva, e meritava, una fiducia reciproca. Mi rattristava ingannarla, perché sapevo che, in circostanze diverse, sarei stata felicissima di averla come alleata.

«Abbiamo litigato in strada sul modo in cui trattava Alan, e lui mi ha bloccato un braccio dietro la schiena e ha detto che, se avessi interferito ancora, mi avrebbe cancellato il sorriso dalla faccia.» Non era del tutto una bugia, pensai. Il luogo dell'accaduto era diverso, e la minaccia, che non aveva niente a che fare con il mio sorriso, era comunque stata messa in pratica, ma Derek mi aveva indubbiamente detto di non interferire più. «Così ho fatto quello che qualsiasi persona ragionevole farebbe e l'ho denunciato alla polizia, ma non mi hanno creduto», le dissi.

Se le avessi detto la verità, avrei aggiunto che ero stata tradita due volte in due giorni dallo stesso poliziotto e perciò avevo subìto una doppia dose della rabbia di Derek. Ma intendevo affascinare Beth con una sorta d'indifferenza divertita, non spaventarla con la prova della bestialità del suocero.

Sgranò gli occhi. «Cos'ha fatto?»

«Non molto», mentii. «Era il tipico bullo: corazza fuori e pappamolle dentro.» Feci una pausa. «Danny mi ha detto che è scomparso dopo che Alan gli ha dato una batosta con una mazza da baseball; è vero?» chiesi, fingendo di non sapere. «E dov'è finito? Nessuno lo sa?»

«Al non parla molto di lui, dice soltanto che non vuole nemmeno che si avvicini ai bambini. So che è stato in prigione, perché Sally ha avuto il suo indirizzo da un ex detenuto che era dentro con lui. È stato prima del battesimo di Tan, e continuava a ripeterci d'invitarlo. Sally diceva che Derek era tornato a Londra e voleva vedere riunita la famiglia» – si strinse nelle spalle –, «ma Al le ha risposto che se suo padre si faceva vedere ancora, gli avrebbe dato un'altra battuta. Per quello hanno litigato alla festa. Sally e Pauline dicevano che Derek non aveva una lira e andava aiutato, e Al ribatteva che l'avrebbe lasciato morire di fame.»

«Ma non avevate paura che venisse ugualmente?»

Lanciò un'occhiata al cane. «Per quello abbiamo preso Satana. Al voleva un rottweiler, ma secondo me era troppo pericoloso per i bambini. E comunque, a quell'epoca, mi sembravano soldi sprecati.» Fletté i muscoli del braccio destro. «Penso che sarei capace di affrontare Derek, se osasse arrivare qui. Nessun problema. Ma a Satana ci abbiamo fatto l'abitudine ormai e non potrei fare a meno di lui, adesso.»

Avrei preferito metterla in guardia dall'autocompiacimento, invece mormorai: «Eppure non mi sorprende che Alan fosse preoccupato, soprattutto se Derek era nei paraggi».

«Non è proprio così vicino. Secondo Sally, sta con una tipa nella zona di Whitechapel.»

«È stato fortunato a trovare qualcuno.»

« Troppo fortunato. Ho detto a Sally che, secondo me, quella donna dovrebbe farsi psicanalizzare – a meno che, ovviamente, lui non si sia curato di dirle che pestava la moglie – e lei se l'è presa e ha detto che non dovrei mettere in giro voci su persone che non ho mai nemmeno visto. Allora io le ho risposto: 'Te lo ricorderò quando massacrerà di botte anche questa qui'. »

Sorrisi. « E Maureen, cos'ha detto? »

« Che era un peccato che Derek non fosse morto di cirrosi anni fa e che se le due ragazze gli avessero permesso di rimettere il naso nella loro vita soltanto perché è di famiglia, si sarebbero meritate i guai in cui sono. Era agitatissima, ripeteva che Derek aveva fatto di tutto per rovinarle la vita quando i figli erano piccoli e che quindi, se avevano un po' di sale in zucca, dovevano tenerlo ben lontano. »

« Meglio tardi che mai, immagino », dissi, asciutta. « Maureen non ha fatto molto per proteggerli, quando Derek viveva con loro. »

Un'espressione pensosa corrugò la fronte di Beth e mi chiesi se non avessi svelato un po' troppo i miei pregiudizi. « Tranne per il fatto che anche lei non era una santa. È stata lei a comprare la mazza da baseball, sa; non per usarla contro Derek, ma per picchiarc i suoi figli sulla testa se le davano fastidio. »

« Come fa a saperlo? »

« Un giorno Danny stava prendendo in giro Al perché era un po' lento a capire le cose. Lui ha risposto che era stata sua madre a spappolargli il cervello con la mazza. »

« Era così forte? » chiesi, dubbiosa.

« Secondo Danny, sì. A quanto dice, lei diventava una bestia feroce quando perdeva le staffe, e allora o te la squagliavi o ti rinchiudevi in bagno finché non si era calmata. » Notò il mio sguardo incredulo e alzò leggermente le spalle. « Non posso giurare che sia vero – Danny conta un sacco di balle –, ma è stato molto convincente quella volta. Mettiamola così: Alan non ha negato, e mi ha solo avvertito di non alzare mai le mani su Jace e Tan altrimenti avrei dovuto risponderne a lui. Allora gli ho ribattuto: 'Stai scherzando! Non ho mai alzato le mani su nessuno'.» Sorrise furbescamente. «E gli ho detto, chiaro e tondo: 'È troppo facile detto da uno che chiama il suo cane Satana e pensa che l'unico modo per insegnargli la disciplina sia picchiarlo sul sedere con un giornale arrotolato'.» Lanciò un bacio verso il bestione che alzò subito la testa e prese a sbattere la coda sul pavimento. «Voglio dire, che modo è di addestrare un cane, quando farebbe qualsiasi cosa per te se solo gli dai un biscotto?»

Satana e io ci scrutammo guardinghi. «È un buon cane da guardia», mormorai. «Se fossi Derek, non mi avvicinerei troppo.»

«Gli azzannerebbe la gola non appena lo vede», disse Beth. «Quando i bambini erano più piccoli, legavo Satana alla carrozzina fuori del negozio. Lui ringhiava a chiunque si avvicinasse più di quattro metri, e io potevo fare le mie compere in pace senza il timore che qualcuno torcesse un capello ai miei figli.»

«Incredibile. E tutto questo per un biscotto?»

Il sorriso si allargò. «Ci può scommettere. È molto più efficace che picchiare il povero bestione con un giornale, cosa che lo rende solo cattivo.»

«Mmm.» Azzannare gole mi sembrava già piuttosto cattivo, e mi chiesi come avrebbe reagito se mi fossi alzata all'improvviso. Diedi un'occhiata all'orologio. «Dovrei davvero andare», dissi, con un po' di riluttanza nella voce. «Mi aspetta un lungo viaggio di ritorno e Sam si chiederà dove sono finita.»

«Ad Al dispiacerà non averla vista.»

«Peccato. La prossima volta, darò prima un colpo di telefono.» Finii il mio tè e mi alzai. «Posso salutare i bambini?»

«Certo che può. Sono in soggiorno. M'interesserebbe sapere che ne pensa di quella stanza.» Un debole ringhio riecheggiò nella gola dell'alano, Beth puntò un dito a terra e il cane si zittì immediatamente.

«E allora, quand'è che gli dà il biscotto?» chiesi, seguendola nell'atrio.

«Quando mi gira. Per questo obbedisce sempre. Non sa mai quando arriva il premio.»

«Funziona anche con marito e figli?»

Fece ondeggiare il palmo della mano. «Dipende dal premio. I biscotti non funzionano granché con Al. Preferisce camicette attillate e collant neri.» Sorrise maliziosa, mentre io ridacchiavo. «I bambini sono qui», disse, aprendo una porta. «Farà bene a dire che le piace perché ci ho messo due mesi a completarlo. Mentre lei si guarda in giro, le chiamo un taxi.»

Mi piaceva, anche se era completamente fuori luogo per una casetta bifamiliare anni '30. La stanza non superava i cinque metri quadri, ma era arredata in stile messicano, con il soffitto a volta, il pavimento a mosaico, intonaco ruvido alle pareti e lampadari in bronzo lavorato che pendevano dal soffitto. Le porte finestre si aprivano su una minuscola veranda, e un enorme specchio rococò, racchiuso in una sfaccettata cornice d'oro, rifletteva la luce in fasci che saettavano su ogni superficie. Persino il camino era stato trasformato in un elemento che sarebbe stato più adeguato in un ranch che in un vicolo di Isleworth; in più conteneva un obice di ottone pieno di fiori di seta. Mi chiesi come mai avesse decorato quella stanza in modo così diverso dalle altre.

«È tutto finto», disse Jason dall'angolo dove lui e la sorella stavano guardando la televisione. «La mamma l'ha dipinto per farlo sembrare vero.» Battei il piede sul pavimento a mosaico e sentii il suono cavo del legno. «È bravissima», commentai, carezzando lo stucco ruvido. «Ha fatto anche lo specchio?»

«Già. E anche il lampadario.»

«E il mosaico?» chiesi, indicando il Quetzalcoatl alla parete.

«Quello è del papà.»

«Il divano e le poltrone?»

«Dieci sterline per tutto il blocco, da un rigattiere», disse Beth con orgoglio alle mie spalle. «E cinque per il copridivano patchwork. Ho mendicato, chiesto in prestito e rubato vecchi tessuti: vestiti, tende, tovaglie... qualsiasi cosa, da tutti quelli che conoscevo. Con cinque sterline ho comprato i rocchetti di cotone per cucire tutti i pezzi insieme. Che ne pensa?»

«Fantastico.»

«Ma un po' eccessivo per Isleworth, no?»

«Un po'.»

«È quello che pensa Al, ma sto solo mettendo in mostra le mie capacità. Posso creare qualsiasi atmosfera, e posso farlo per due soldi. Tutta questa stanza costa meno di trecento sterline. Okay, senza tener conto del mio tempo, ma lei non crederà quante delle mie amiche mi darebbero dieci sterline l'ora per farlo nelle loro case.»

«Ci scommetto», commentai, asciutta. «Probabilmente danno la stessa cifra alla donna delle pulizie per passare l'aspirapolvere.»

Sembrava scoraggiata. «Al non vuole che lo faccia e, in ogni caso, secondo lui, non dovrei nemmeno pensarci per meno di cento sterline all'ora.»

«Ha ragione.»

«Peccato che nessuna delle mie amiche potrebbe permettersi di darmi cento sterline all'ora.»

Le strinsi di slancio il polso. «È un grave errore lavorare per gli amici», dissi. «Dovrebbe fotografare ogni stanza, mettere insieme un portfolio e uscire a promuovere e vendere se stessa. Si faccia stampare dei volantini, metta annunci sul giornale locale. È troppo in gamba per accontentarsi di dieci sterline all'ora.» Diedi una pacca sul mio zainetto. «Se vuole, faccio io delle foto e poi gliele mando. Ho con me la macchina fotografica e mi piacerebbe far vedere a mio marito quello che fa. Abbiamo una mezza idea di comprare il rustico che abbiamo affittato, e non si sa mai... » *Come puoi essere così perfida?* mi chiesi. « Forse riesco a convincere Sam che lei è la decoratrice d'interni che fa per noi. »

Arrossì nuovamente di piacere. « Se ne è proprio sicura... »

« Certo che sono sicura. » Mi accovacciai accanto a Jason e a Tansy. « Vi piacerebbe essere fotografati? » Annuirono solennemente. « Allora perché non spegniamo la tele e vi sedete sul divano? Lei dovrebbe mettersi alle mie spalle », dissi a Beth che era seduta a gambe incrociate davanti alle finestre. « Altrimenti non si vede lo specchio. »

Si alzò in fretta e si rifugiò nella piccola veranda. « Odio farmi fotografare. Sembro sempre così grassa. »

« Dipende da come vengono fatte », dissi, prendendo una mezza dozzina di scatti dalla parte del divano prima di zoomare sul Quetzalcoatl. « Perché non si siede su una delle poltrone con i bambini in braccio? Cercherò d'inquadrare il camino con voi tre sulla destra. »

Avrei dovuto sentirmi soffocare per la mia tremenda ipocrisia, invece mi meravigliai di quanto fosse facile lusingarla al punto di riuscire a fotografare tutto quello che c'era nella stanza, inclusi i bracciali che portava e una collezione di piccoli gatti in porcellana sulla mensola del camino. « Chi è l'appassionato di gatti? » chiesi, rimettendo la macchina fotografica nello zainetto non appena suonò il campanello annunciando l'arrivo del taxi.

« Al. Li ha comprati a una vendita di beneficenza, anni fa. » Fece scendere i bambini che teneva in braccio e si alzò. « Non mi ha detto perché aveva bisogno di parlargli », mi ricordò, accompagnandomi verso l'uscita.

« Volevo chiedergli di Michael Percy », mentii, tirando fuori l'unica scusa che mi veniva in mente. « Ma lei mi ha già detto che non sono più in contatto, quindi non avrebbe potuto aiutarmi comunque. »

« Che cosa voleva chiedergli? »

« Se Michael è davvero il pessimo soggetto che viene

descritto nei giornali», dissi, aprendo la porta e annuendo al tassista per fargli capire che stavo arrivando. «Stavo pensando di fargli visita in prigione – è a due passi da noi, a Portland –, ma non sono sicura che sia una buona idea. Speravo che Alan potesse darmi un consiglio.»

Quella scusa mi sembrava così debole che pensavo si sarebbe perlomeno insospettita, se non infuriata, invece sembrò trovarla ragionevole. «Be', se può esserle d'aiuto, secondo Al, non era da Michael colpire quella donna e di solito Michael era molto meno violento di lui quando uscivano insieme da ragazzi. Prima di tagliare i ponti, erano venuti alle botte, e Al diceva che Michael le aveva prese perché non si difendeva.»

«Per che cosa avevano litigato?»

«La ragazza di cui parlava prima, Bridget. Avevano poco meno di vent'anni. Al era così pazzo di lei che voleva sposarla, poi un giorno l'ha trovata a letto con Michael. Non ci ha più visto, ha rotto la mascella a Michael e chissà cos'altro; ha persino aggredito il poliziotto che era arrivato a dividerli. Era scoppiato un inferno, a quanto pare. Bridget urlava, Michael stava per scavalcare la finestra e ci sono voluti quattro poliziotti per allontanare Alan da lui. È finito al riformatorio per quella storia.»

«Buon Dio!»

«Da allora ha messo la testa a posto», mi rassicurò.

«Lo spero bene.»

Beth rise. «È andato tutto per il meglio. Non sarebbe sposato con me, se fosse rimasto con quella ragazza.» Una nota di malinconia le incrinò la voce. «Però non ha mai rotto una mascella per me, quindi immagino di non essere attraente quanto Bridget.»

In uno slancio d'affetto l'abbracciai prima di dirigermi verso il taxi. «Non lo metta alla prova», le dissi, voltandomi. «Ho la brutta sensazione che romperebbe altre mascelle, se la trovasse a letto con qualcun altro.»

Il mio tono sembrava spensierato, ma l'ammonimento era sincero.

Lettera del dottor Joseph Elias, psichiatra al Queen Victoria Hospital, Hong Kong, datata 1985

QUEEN VICTORIA HOSPITAL
HONG KONG

REPARTO DI PSICHIATRIA

Signora M. Ranelagh
12 Greenhough Lane
Pokfulam

12 giugno 1985

Cara signora Ranelagh,

mi dispiace sapere che lascerà Hong Kong. Mi sono tanto piaciute le sue lettere e le rarissime occasioni in cui ha acconsentito a parlarmi di persona! Sydney le piacerà. Ci ho vissuto due anni, dal '72 al '74, ed è stata un'esperienza meravigliosa. L'Australia ha un entusiasmo e una vivacità che derivano dal miscuglio di culture diverse e sono sicuro che lei ne apprezzerà il poligenismo perché le divisioni di classe non esistono e il successo dipende dal merito e non dalle etichette. Vede, adesso mi sembra di comprenderla meglio.

Nell'ultima lettera ha detto che lei e Sam avete raggiunto un compromesso perfetto, in cui il passato rimane sepolto in Inghilterra. Dice anche che si è dimostrato un padre eccellente. Tuttavia, non dice di amarlo. Dovrei, come Sam, darlo per scontato? Il mio amico rabbino direbbe che nulla cresce nel deserto; direbbe anche che qualsiasi cosa sia sepolta in Inghilterra riemergerà non appena vi farete ritorno. Ma forse è proprio quello il progetto futuro? Se così fosse, lei è una donna paziente, mia cara, e penso anche un pochino crudele.

I miei migliori auguri per il futuro, qualunque esso sia.

Con affetto,

J. Elias

Dottor J. Elias

19

Sam era seduto in macchina davanti alla stazione di Dorchester South quando finalmente arrivai alle dieci di sera. Mi chiesi da quanto tempo mi stesse aspettando, perché non avevo telefonato per dire quale treno avrei preso, e temevo che non fosse affatto di buon umore, se era lì da un po'. Avevo immaginato di prendere un taxi fino a casa e affrontare l'inevitabile discussione davanti a una porta chiusa, ma, considerando l'espressione tetra che aveva quando uscì dalla macchina al mio arrivo, pensai che avesse in mente di fare una scenata in pubblico.

«Ha telefonato Jock», disse, in tono brusco.

«Lo immaginavo», mormorai, aprendo la portiera posteriore e buttando lo zainetto sul sedile.

«Mi ha detto che te ne sei andata più o meno alle quattro. Dove diavolo sei stata, dopo? Perché non hai telefonato? Ero preoccupatissimo.»

Mi mostrai sorpresa. «Ho detto che sarei venuta a casa.»

«Non sapevo neanche se saresti *tornata* a casa.» Superò a passi rabbiosi il cofano per venire ad aprirmi la portiera, ma era un gesto così inconsueto che indietreggiai di scatto, pensando che volesse aprirla per sé. «Non voglio mica picchiarti», sibilò, prendendomi per il braccio e spingendomi goffamente sul sedile. «Non sono bastardo fino a quel punto.»

Scivolò al volante e rimanemmo in silenzio per parecchi minuti. La tensione in quello spazio ristretto era palpabile, ma non sapevo se fosse dovuta alla rabbia per la mia perfidia o alla preoccupazione perché ero arrivata tardi. La stazione era praticamente vuota a quell'ora, ma un paio di passanti avevano sbirciato incuriositi dai finestrini, probabilmente chiedendosi perché i due occupanti sedevano così rigidi, rifiutando di guardarsi.

«Non dici niente?» chiese alla fine.

«Che cosa dovrei dire?»

«Spiegarti?» suggerì. «Non riesco a credere che tu abbia parlato a Jock e non a me. Perché non mi hai detto che Annie era stata picchiata? Sai che ti avrei detto tutto, se mi fossi reso conto di quanto grave era la situazione.»

«Quando?»

«Che vuol dire quando?»

«Quando me l'avresti detto?» chiesi, in tono pacato. «Ti avevo spiegato quello che aveva detto l'agente Quentin a proposito dei lividi, ma tu hai risposto che erano tutte stronzate. Mi sembra che il tuo commento sia stato: 'Da quando una nevrotica e un poliziotto frustrato ne sanno qualcosa di patologia?' Avresti potuto dirmi subito la verità, dando a me e a Quentin la possibilità di fargliela vedere a Drury, ma non l'hai fatto.»

Abbassò il capo tra le mani. «Pensavo che ti sbagliassi», mormorò. «Ero molto stressato in quel periodo, e tu non mi hai reso facili le cose.»

«Benissimo. Allora non hai nessun motivo per sentirti in colpa. Mi volevi salvare da me stessa. Nessuno ti può biasimare per quello.» Sbirciai con impazienza l'orologio. «Potremmo andare? Ho fame.»

«Mi stai davvero rendendo difficile la vita», sussurrò. «Pensavo che capissi quanto mi sento male.»

«No, non lo capisco», ammisi. «Non ti sei mai sentito in colpa, prima. Il 1978 è stato una di quelle piccole seccature – come trovare il cassetto delle posate e imparare a bollire le uova – che sei riuscito a cancellare perfettamente dalla memoria. Ti ho sempre invidiato quel talento e, se adesso ti senti in colpa, è probabilmente solo una reazione al fatto che sei stato scoperto. Passerà. Di solito passa.»

Tentò una strategia diversa. «I ragazzi sono preoccupatissimi», disse. «Continuano a chiedermi che cos'ho fatto di così tremendo da volerti far scappare.»

«Oh, Cristo!» sbottai. «Se vuoi farmi arrabbiare, il modo migliore è nasconderti dietro i tuoi figli. Luke e Tom sanno perfettamente che non scappo dalle cose. Sanno anche che non li abbandonerei, a meno di essere attaccata a una macchina che mi mantiene in vita in qualche ospedale. A ogni modo, avevo detto ai ragazzi che sarei rientrata tardi, quindi immagino che saranno stravaccati davanti alla tele, come al solito, e si chiederanno come mai papà ha perso la testa all'improvviso.»

«Abbiamo avuto una discussione», confessò. «Ho detto che erano dei bastardi insensibili.»

Non mi sforzai di commentare perché non ero dell'umore adatto per lenire il suo ego ammaccato. «Senti», dissi, picchiettando sull'orologio. «Non ho mangiato niente per tutto il giorno e ho una fame da lupi. Non possiamo andare a casa o prendere qualcosa da portare via? Avete mangiato, tu e i ragazzi?»

«I ragazzi si sono cucinati un piatto di spaghetti, io non avevo fame.»

«Bene. Allora passiamo al take-away indiano a prendere qualcosa.»

«Perché non hai mangiato sul treno?»

«Perché passavano con il carrello», risposi, imbronciata, «e l'unica cosa rimasta quando sono arrivati a me era un pacchetto di biscotti secchi. Allora ho bevuto un po' di vino, e adesso sono stanca morta e non ho nessuna voglia di discutere con te o con chiunque altro.»

«Non ti biasimo», incominciò, con tono di autocommiserazione, mentre avviava la macchina. «Speravo solo che ci fosse qualcosa che potessi dire o fare...»

Lo interruppi. «Non sognare nemmeno di scusarti. Per quello che mi riguarda, potresti strisciarmi davanti per il resto della vita e non farebbe assolutamente nessuna differenza. Farebbe una differenza per Jock, invece. Più ti tormenterai con i sensi di colpa più lui sarà felice, e sarete di nuovo culo e camicia in men che non si dica.»

Ci rimuginò in silenzio, mentre svoltavamo sulla strada principale. «Ho già chiesto scusa a Jock.»

«Immaginavo che l'avresti fatto.»

«Si è calmato abbastanza in fretta, quando gli ho spiegato che razza di maledetto errore era stato il tutto.»

«Okay.»

«Non intendevo giustificarmi...» Rimase in silenzio qualche istante, poi proseguì. «Il problema è che Libby l'ha presa più seriamente di me. Lei e Jock non andavano troppo d'accordo in quel periodo e la situazione ci è sfuggita di mano.» S'interruppe, invitandomi a dire qualcosa e, visto che non lo facevo, seguitò: «Jock l'ha capito. Ci è passato anche lui, sa come ci si trova a essere tra l'incudine e il martello».

«Okay.»

«Vuol dire che capisci?»

«Certo.»

Mi lanciò uno sguardo confuso, mentre svoltava dopo un semaforo. «Non sembra.»

Sospirai. «Sono tua moglie, Sam, e ti conosco da quando avevo vent'anni. Se non ti capisco adesso, dubito che ci riuscirò mai.»

«Non intendevo dire se capisci *me*. Volevo dire: capisci com'è successa la cosa con Libby? Che maledetto disastro è stato? Quanto mi è dispiaciuto?»

Feci una risatina. «La cosa? Vuoi dire la tua *relazione*? La volta che ti sei scopato la moglie del tuo migliore amico perché tua moglie era via e non facevi sesso da ventiquattr'ore?»

«Non è andata così.»

«Certo che no», convenni. «È stata colpa di Libby. Eri giù di morale, ti ha offerto da bere, poi ti ha convinto a fare una sveltina sul pavimento della cucina. Dopodiché, ti sei trovato in una posizione insostenibile. *Tu* eri amaramente pentito e speravi che fosse finita lì. *Lei* si è goduta ogni singolo secondo e sperava che fosse l'inizio di una grandiosa storia d'amore.» Lo guardai per un istante. «Immagino che la versione di Libby sia un po' diversa – *tu* hai sedotto *lei*, in altre parole –, ma probabilmente la verità sta da qualche parte nel mezzo.»

«Sapevo che ti saresti arrabbiata», sospirò, abbattuto, «per questo non te l'ho mai detto.»

«T'illudi», replicai. «Ne sarai enormemente deluso, ma l'unica emozione che ho provato nei confronti di te e Libby è stata l'indifferenza.» Ovviamente stavo mentendo, ma la doveva pagare. *Io* avevo mantenuto le mie promesse, *lui* no. «Se fossi riuscita a raccogliere le energie per arrabbiarmi, penso che ti saresti accorto che c'era qualcosa che non andava. Di sicuro Libby se ne sarebbe resa conto, ma lei è una donna e le donne sono più pronte a cogliere le sfumature.»

Accostò di fronte al take-away indiano. «Non è stata lei a dirti di noi?»

«No. Immagino sia ancora più imbarazzata di te. Non stiamo proprio parlando di Abelardo ed Eloisa, a essere sinceri.»

Trattenne la sua rabbia. «Chi te l'ha detto, allora?»

«Tu.» Sorrisi davanti alla sua espressione sbigottita. «Una notte, a Hong Kong. Non hai detto molto, non eri ubriaco a tal punto, ma abbastanza perché potessi fare due più due. È stato quasi un sollievo, in effetti. Ricordo di aver pensato: tutto qui, una penosa scappatella con Libby Williams. Ci ho persino riso sopra, dopo. Continuavo a immaginare te e lei che vi contorcevate sudati sul letto di Jock, mentre lui si faceva fare pompini dalla puttana di Graham Road. C'era una dolce ironia in quella situazione: tu che facevi il porcellino in mezzo a una coppia di predatori. Spiegava tutto. La tua villania, le tue bugie, la smania di lasciare l'Inghilterra... Mi dispiaceva persino per te, e mi divertiva, in un certo senso, perché sembrava ovvio che avevi venduto l'anima al diavolo per qualcosa che non ti era piaciuto poi tanto.»

Scosse la testa, sbigottito. «Perché non mi hai detto niente?»

«Non ne vedevo l'utilità. Eravamo dall'altra parte del mondo. Sarebbe stato come chiudere la porta della stalla dopo che i buoi erano scappati.»

Sam non rimaneva mai abbattuto troppo a lungo. «Sai come mi sento? Come se fossi sposato a una sconosciuta. Non so più chi sei.» Appoggiò i gomiti al volante e si sfregò gli occhi con le nocche. «Dici sempre a tutti che abbiamo un matrimonio meraviglioso, figli fantastici, che sono un padre perfetto. Ma sono solo stronzate! Una clamorosa finzione di famiglia felice, mentre la verità è che mi odi. Come hai potuto farlo? Come hai potuto essere così maledettamente subdola?»

Mi allungai per aprire la portiera. «Esattamente come hai fatto tu», risposi, con calma. «Chiudendo gli occhi davanti al fatto che eri stato un gran bastardo e fingendo che non fosse successo niente.»

Mentre aspettavamo il cibo ordinato, Sam era in agonia di fronte alla mia indifferenza, come se avessi messo in dubbio la sua virilità, rifiutandomi di considerarne seriamente l'infedeltà. Io invece mi chiedevo quando avrebbe capito che il pomo della discordia era Annie, non Libby, e come l'avrebbe spiegato, se ci fosse arrivato. Ci sedemmo in un angolo e lui continuò a parlottare bisbigliando, temendo che ci sentissero, anche se il mio rifiuto di alleggerire il suo fardello con commenti comprensivi lo portò ad assumere un tono sempre più stridente, vera musica per le mie orecchie.

Non voleva che mi facessi un'impressione sbagliata, non aveva cercato di fingere che non fosse successo nulla, aveva avuto il terrore di perdermi. Sarebbe stato sincero, se gliel'avessi chiesto, ma sembrava più ragionevole non svegliare il can che dorme; sapeva che probabilmente non gli avrei creduto, ma *era* ubriaco la notte che Libby l'aveva sedotto e tutta la situazione si era *davvero* trasformata in un incubo. La descrizione di Libby come predatrice calzava a pennello: era una di quelle donne per cui l'erba del vicino è sempre più verde. Si era reso conto con orrore che Libby era tremendamente gelosa di me e determinata a vendicarsi...

«Quando le ho detto che volevo troncare, lei ha risposto che ti avrebbe fatto sapere che gran bastardo avevi sposato», disse, cupo. «So che non è una gran scusa, ma sinceramente penso che l'avrei uccisa, se l'avesse fatto davvero. A quel punto la odiavo tanto che non potevo stare nella stessa stanza con lei senza desiderare di strangolarla.»

Gli credevo, non solo perché volevo credergli, ma perché non era mai riuscito a pronunciare il nome di Libby senza premettere «quella stronza che Jock ha sposato». C'era stato un breve periodo in cui mi chiedevo se lo dicesse per dispiacere, perché anche lui era stato respinto, ma ben presto mi resi conto che l'antipatia era reale e che Libby gli era indifferente quanto le donne con cui era stato prima che ci sposassimo. Ciò non significava che non gli avrei cavato gli occhi, se avessi saputo subito del tradimento – l'obiettività si sviluppa con il tempo e con la distanza –, ma scoprirlo quando le ceneri erano già fredde mi aveva indotto a soffrire in privato, essendo del tutto inutile soffiare sui tizzoni.

«Non c'è bisogno di giustificarsi», dissi, lanciando uno sguardo a un cliente che, inclinando la testa, ascoltava ogni parola di Sam. «A meno che tu insista nel lavare i panni sporchi in pubblico. Per quanto mi riguarda, la storia con Libby è cancellata.» Alzai una spalla con fare indifferente. «Ho sempre pensato che, se l'avessi amata, staresti ancora con lei.»

Rimuginò per un attimo in un silenzio di risentimento, fissando distrattamente il tizio che origliava. «E allora perché l'hai detto a Jock? Perché hai suscitato questo vespaio se era tutto così poco importante per te?»

«Non tutto, Sam. Solo Libby. Non me ne frega niente di quello che hai fatto a lei, ma m'importa quello che hai fatto ad Annie. L'hai lasciata morire nel canalino di scolo, poi l'hai definita alcolizzata, nel caso qualcuno ti avesse accusato d'indifferenza. Questo è il punto. E, come al solito, stai facendo di tutto per evitarlo.» Feci una pausa. «So che l'hai vista – e non solo perché Jock me l'ha confermato questo pomeriggio –, ma perché perdi sempre la calma quando salta fuori il nome di Annie.»

Evitava d'incrociare il mio sguardo. «Pensavo che fosse ubriaca.»

«E se anche lo fosse stata? Faceva un freddo cane, pioveva a dirotto e lei aveva bisogno di aiuto, ubriaca o no.»

«Non ero l'unico», borbottò. «Anche Jock e quella donna l'hanno ignorata.»

Non era certo una buona scusa, ma non commentai. «Loro non si sono avvicinati quanto te», replicai. «Li ho visti.»

«Come fai a sapere quanto mi sono avvicinato?»

«Secondo Jock, tu gli hai detto che Annie puzzava di alcol, ma io non ho sentito nessun odore finché non mi sono chinata a scrollarle la spalla.» Lo guardai incuriosita per un attimo. «E non ho sentito puzza di alcol, era urina, e non capisco come tu abbia potuto scambiarla per alcol.»

«Non l'ho fatto. Ho detto solo a Jock che puzzava come una fogna. Lui ha dato per scontato che fosse alcol.»

«Ti sei accorto che era urina?»

«Sì.»

«Oh, mio Dio!» Sbattei il palmo sul tavolo. «Sai che ogni volta che chiedevo a Drury d'indagare sul perché il cappotto di Annie puzzava di urina mi ripeteva che i suoi vicini sostenevano che era *normale*, che era sporca, disgustosa e puzzava *sempre*?»

All'improvviso si strinse il capo tra le mani. «Pensavo che fosse divertente», ammise. «La tua buona causa dell'anno, la dannata Annie, che si pisciava addosso davanti a casa nostra perché era così ubriaca da non riuscire a controllare la vescica. Sono entrato in casa e ho passato dieci minuti a ridere, finché non mi sono reso conto che quasi di sicuro l'avresti trovata tu. Allora ho capito che l'avresti portata dentro per darle una ripulita, e ho pensato: oggi il mio matrimonio andrà a monte.»

«Perché?»

Inspirò a fondo. «Sapeva di Libby; penso che ci abbia visto insieme da qualche parte, perché continuava a inseguirmi e mi sibilava alle spalle 'sporcaccione'.» Si sforzò di pronunciare quella parola, come se ne andasse della sua vita. «'Hai scopato la sgualdrina, oggi, sporcaccione?', 'È l'odore della sgualdrina che ti sento addosso, sporcaccione?', 'Cosa ci fai con quella schifosa se hai una bella moglie a casa?' La odiavo perché sapevo che aveva ragione, e quando l'ho vista sul marciapiede...» Esitò, il ricordo gli faceva ancora male. «Sì, quando l'ho vista sul marciapiede, le ho dato un calcio e le ho detto: 'Chi è sporco, adesso?'» Una lacrima gli colò dalle dita fino al tavolo. «E da allora è stato un inferno perché avrei voluto rimangiarmi quelle parole, ma era troppo tardi.»

Vidi un cameriere uscire dalla cucina sollevando un pacchetto per indicarci che i nostri piatti erano pronti, e ricordo di aver pensato che il destino stava tutto nell'arco di pochi minuti. Se non fossi stata alla riunione dei genitori quella sera, se Jock fosse uscito dal pub alle 20.30 visto che Sharon non si faceva vedere, se il cibo non arrivasse nei momenti inopportuni...

«Andiamo a casa», dissi.

Due giorni dopo, Maureen Slater mi telefonò. Era infuriata e sospettosa, perché Alan le aveva detto che avevo fotografato la sua casa, e lei voleva sapere quale sarebbe stato il mio ruolo in tutta quella storia. Le ripetei quello che le avevo detto lunedì, e cioè che, se non voleva dirmi quello che sapeva, avrei passato l'affidavit del gioielliere di Chiswick alla polizia di Richmond, e anche, per essere sicuri, le foto degli oggetti messicani nel soggiorno di Alan. Nessuno avrebbe dubitato che erano ladri, dissi. L'unica questione sarebbe stata: erano anche assassini?

Mi disse qualcosa di ciò che volevo sapere, ma più interessante ancora fu quello su cui scelse di tacere.

Lettera al sergente Drury, datata 1999

Leavenham Farm
Leavenham
Nr Dorchester
Dorset DT2 XXY

Venerdì 13 agosto 1999, 4.30

Egregio signor Drury,

una delle spiacevoli conseguenze di aver trovato Annie morta è stata per me l'insonnia, e ora mi considero fortunata se riesco a dormire quattro ore di fila senza svegliarmi. Ho sempre sperato che la coscienza sporca abbia tenuto sveglio anche lei nel corso degli anni, ma sospetto che sia ottimismo mal riposto. Avere una coscienza significa porsi delle domande, mettersi in dubbio, e nemmeno nei miei sogni più sfrenati riesco a immaginarla fare una cosa simile.

So già che sarà assente quando lascerò questa lettera e il materiale allegato al Sailor's Rest, ma mi sembra giusto che lei abbia il tempo necessario per considerare la sua posizione in merito alla faccenda in sospeso tra noi. Dopotutto, io ho avuto vent'anni per valutare la mia.

In fede,

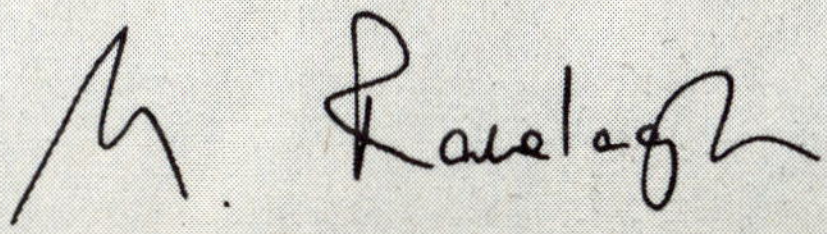

20

DRURY mi adocchiò subito quando varcai la soglia del Sailor's Rest alle dieci e mezzo di sera. Era un venerdì d'estate con il pub affollato di vacanzieri e proprietari di barche, e provai una fugace soddisfazione notando l'ombra di apprensione nei suoi occhi mentre mi avvicinavo.

Uscì dal bancone prima che potessi raggiungerlo. «Andiamo sul retro», disse, brusco, accennando a una porta d'angolo. «Che io sia dannato se voglio fare questa conversazione in pubblico.»

«Perché no?» chiesi. «Ha paura dei testimoni?»

Stava per afferrarmi il braccio per condurmi sul retro, ma gli sguardi incuriositi di alcuni avventori lo convinsero a cambiare tattica. «Non voglio scenate», borbottò, «non qui e non di venerdì sera. Ha detto che voleva essere leale, e allora *sia* leale. Con questo mestiere io ci campo, non se lo scordi.»

Feci un debole sorriso. «Potrebbe arrestarmi per essermi resa insopportabile e poi dire ai suoi clienti che sono pazza», suggerii. «È quello che ha fatto l'ultima volta.»

Risolse il problema dirigendosi alla porta e lasciando a me la scelta di seguirlo o no. Lo seguii. Il «retro» era uno squallido ufficio pieno di armadietti polverosi e con una scrivania metallica grigia ricoperta di tazzine da caffè di plastica usate e plichi di fogli. Era una versione più ristretta e più sporca dell'ufficio di Jock e, mentre Drury si appoggiava a una pila di scatoloni e mi faceva cenno di prendere posto sulla sedia davanti alla scrivania, mi chiesi perché gli uomini sembravano essere più a loro agio se circondati dai «simboli» del lavoro.

Mi fissò attentamente, aspettando che parlassi. « Che vuole? » ringhiò. « Delle scuse? »

Lasciai cadere il mio zainetto a terra e con la punta del dito allontanai da me una tazza mezza piena di caffè vecchio. « Per cosa? »

« Per quello che vuole », ribatté, seccato, « basta che mi lasci in pace. »

« Sarebbe inutile. Non le accetterei. »

« Che cosa vuole, allora? »

« Giustizia. È l'unica cosa che ho sempre desiderato. »

« Non l'avrà... non dopo così tanto tempo. »

« Per Annie o per me? » chiesi, incuriosita.

Appoggiò la mano sulla busta marrone che spiccava sulla scrivania. « Nessuna delle due », rispose, sicuro di sé.

Mi chiesi se si rendeva conto di quello che stava dicendo perché dalle sue parole sembrava sapesse che era possibile fare giustizia. Per Annie *e anche* per me. « Quella busta contiene ventun anni di pazienti ricerche, la prova che Annie è stata assassinata », dissi, con disinvoltura.

« Cioè un mucchio di stronzate. » Si sporse verso di me con un atteggiamento aggressivo. « Per ogni patologo che lei presenta a sostenere la tesi che i lividi sono stati inflitti ore prima della morte di Annie, il CPS, il Crown Prosecution Service,* ne presenterà cinque a favore dei risultati dell'autopsia. È una questione di budget, lo è sempre stata: i processi sono costosi e ai contribuenti non piace finanziare progetti fallimentari. Avrà bisogno di molto più di questa stupida busta per far riaprire il caso. »

Era molto vicino, e io mi appoggiai allo schienale per tentare di allontanarmi, disgustata dall'energia che quell'uomo emanava. Era molto diverso da vent'anni prima, quando la stessa energia – autoritaria, esperta, confortan-

* Il Crown Prosecution Service è l'autorità, indipendente dalla polizia, che in Inghilterra esercita l'azione penale; a capo di esso vi è l'Attorney General, membro e consigliere giuridico del governo. (*N.d.T.*)

te – mi aveva infuso tanta fiducia da indurmi a parlare più liberamente di quanto avrei altrimenti fatto. Era ovvio, ma si trattava di una di quelle ovvietà che s'imparano soltanto dagli errori. Come Annie, da allora avevo sviluppato una persistente sfiducia negli uomini in uniforme.

«Il clima è cambiato dall'inchiesta su Stephen Lawrence», dissi, pacata. «L'assassinio di una donna di colore diventerà una delle priorità del CPS, anche se è accaduto tanto tempo fa. Soprattutto se ci sono prove che il sergente responsabile del caso era un razzista.»

Strinse i pugni e fece schioccare le nocche, come minuscoli petardi. «Una lettera da una donna poliziotto con l'accusa di molestie razziali e sessuali che non è stata confermata all'epoca?» chiese, con un ghigno. «Non starebbe in piedi. E nemmeno il registro di Andrew Quentin. Cristo, il ragazzo è morto, e comunque aveva un interesse personale nella faccenda, perché incolpava me per non essere riuscito a fare carriera.»

«E a ragione», replicai. «Non ha mai detto una buona parola per lui.»

«Era un idiota.»

«Sì, be', anche lui non aveva un'alta opinione di lei.» Aprii la busta ed estrassi il registro compilato da Andy tra il 1987 e il 1989 sugli arresti con perquisizione di afro-caraibici e asiatici fatti da Drury, con dettagli del linguaggio spregiativo che il sergente usava abitualmente. «Che differenza fa se aveva un interesse personale?» chiesi, incuriosita. «È un resoconto preciso che lei ha il diritto di contestare, se contiene errori.»

«Non ha registrato i nomi dei bianchi che ho perquisito.»

«Forniva cifre comparative. La percentuale di neri che fermava rispetto ai bianchi era molto più alta di quella di qualsiasi altro poliziotto a Richmond, all'epoca.» Mi strinsi nelle spalle. «Ma è tutto documentato, quindi è facile dimostrarlo. Se le cifre che Andy ha fornito sono errate, lei sarà discolpato; altrimenti, la conclusione di Andy secondo cui lei utilizzava i suoi poteri come una sorta di passatempo razzista costituiranno un'ulteriore prova contro di lei.»

«Impossibile», ribatté. «Facevo il mio lavoro, come chiunque altro. Le cifre si possono manipolare, adattare a qualsiasi conclusione cui si voglia arrivare. E io posso dimostrare altrettanto facilmente che Andy ha fornito quella lista per vendicarsi. Tutti sapevano che ce l'aveva con me.»

«E che mi dice del diciassettenne asiatico cui ha rotto la mascella?»

I muscoli del viso gli si tesero per la rabbia. «È stato un incidente.»

«La polizia ha pagato un risarcimento.»

«Normale procedura.»

«Così normale che le hanno dato un permesso di malattia per tutta la durata dell'inchiesta, e subito dopo è andato in prepensionamento», mormorai in tono sarcastico. Aprii il taschino dello zainetto ed estrassi un foglio ripiegato. «Questo non l'ho messo nella busta. Era l'ultima cosa che Andy mi ha mandato. È la valutazione confidenziale che il suo superiore ha dato di lei. Tra le altre cose, la descrive come un 'individuo violento con pregiudizi razzisti che non dovrebbe far parte della forza di polizia metropolitana'.»

Mi strappò il foglio di mano e lo fece a pezzi, con i muscoli del viso furiosamente contratti. Aveva il temperamento opposto a quello di Sam. Uno rimuginava su rancori a lungo covati. L'altro vedeva il fatto di perdere la faccia come una debolezza.

Con la punta del piede spostai i pezzetti di carta, pensando che sarebbe stato più sicuro mettere il dito nella tana di una vipera. «Tratta sempre così le prove che non le piacciono? Le fa a pezzi?»

«È inammissibile. L'accordo per il prepensionamento includeva mettere una pietra sul mio passato. Potrei denunciarla solo per il fatto che quel documento è in suo possesso. Denuncerei anche Quentin, se fosse ancora vivo. »

« Be', forse varrebbe la pena d'intentare causa, anche solo per far diventare il caso di dominio pubblico », dissi. « Potrei spedirne mille copie domani e gettarle addosso tanto fango che nessuno dubiterebbe più delle sue ragioni a volere la morte di Annie etichettata come accidentale. »

« Lei sarà vista per quello che è », ammonì, « una donna acida che persegue una vendetta personale contro la polizia. »

« È meglio dire contro un poliziotto, non la polizia in generale », precisai. « Sono stata aiutata troppo da Andy perché qualcuno pensi che io faccia di ogni erba un fascio. A ogni modo, chi dirà che si tratta di vendetta personale? *Lei?* » Sorrisi della sua espressione. « Come pensa di spiegare perché volevo vendicarmi? »

Si picchiettò l'indice sulla tempia. « È tutto nelle sue testimonianze. Lei aveva problemi psicologici: mania di persecuzione, rapporto difficile con sua madre, anoressia, agorafobia, fantasie sessuali... Che cosa avrei dovuto fare? Sedermi al suo capezzale e tenerle la mano mentre lei straparlava? »

« Avrebbe potuto rivedere il suo giudizio », suggerii.

« Deve incolpare soltanto se stessa », ribatté, stizzito. « Forse, se si fosse fatta da parte, l'avrei presa più seriamente. Non mi piace chi mi sta addosso di continuo. » Come per enfatizzare le sue parole, si appoggiò con violenza contro il muro e mi guardò con le palpebre socchiuse.

Distolsi lo sguardo. « Allora perché non ha affidato il caso a qualcun altro? Perché mi ha impedito di parlare con Andy? Perché l'ha escluso? »

« Era più d'impiccio che d'aiuto. Credeva a tutto quello che a lei passava per la testa. »

Sapevamo entrambi che non era il vero motivo, ma lasciai perdere. « Perché credeva che fosse vero. »

«Si riferisce a cose del genere?» Alzò il mento verso la busta marrone. «Lì non ci sono prove di omicidio. Soltanto opinioni diverse da quelle ufficiali.»

«È solo una piccola parte di quello che ho in mano», dissi. «Non penserà mica che le avrei mostrato subito tutte le mie carte, no?» Presi dallo zainetto le foto della casa di Beth e Alan Slater. «Ci sono un sacco di prove che Annie fu derubata.» Gli allungai le foto. «Maureen Slater ha ammesso che gran parte di questa roba è rimasta a casa sua per mesi, dopo la morte di Annie. Dice che lei l'ha vista ed è persino ritornato una volta, proponendole di acquistare il mosaico del Quetzalcoatl. Il che significa che avrebbe dovuto considerare la casa di Annie come la scena di un crimine, anche solo perché doveva sembrarle evidente che gli Slater l'avevano derubata.»

Lanciò uno sguardo frettoloso alle foto. «Maureen ha detto di averlo comprato da un rigattiere», tagliò corto. «Non avevo motivo di non crederle.»

«Ma se non poteva permettersi di andare alla lavanderia automatica, dove li trovava i soldi per comprare un mosaico?»

«Non è un problema mio. Non era stato denunciato il furto di nessuno di quegli oggetti.»

«Però si sarà ricordato del Quetzalcoatl quando la dottoressa Arnold ha incominciato a fare domande sugli oggetti di Annie.»

«No. Erano passati quattro anni. Si rende conto di quante case vedo? Non riuscirei a descrivere un dipinto visto una settimana prima, per non parlare di anni prima.»

«Ha offerto a Maureen venti sterline per quel mosaico, quindi è evidente che dev'esserle piaciuto», gli rammentai.

Si strinse nelle spalle. «Non lo ricordo.»

«Ci avrei scommesso», replicai, con una risatina. «Come non ricorderà che Maureen le ha dato una statuetta d'oro con occhi di smeraldo e labbra di rubino.

Sosteneva che lei in realtà non aveva intenzione di comprare il Quetzalcoatl, voleva solo qualcosa di prezioso, una specie di *do ut des* per non aver fatto troppe domande imbarazzanti. Che cosa ne ha fatto? L'ha tenuto? L'ha venduto? Oppure l'ha fatto fondere? Dev'essersi preso una bella paura quando Sheila Arnold l'ha descritto come uno degli oggetti che Annie teneva sulla mensola del camino.»

«Maureen mente», tagliò corto.

«È pronta a rilasciare una dichiarazione al riguardo.»

Sembrava divertito. «Pensa che qualcuno le crederà, considerando che sono passati vent'anni? E perché non avrei dovuto fare domande imbarazzanti agli Slater? Tutti sapevano che ero piuttosto duro con quella dannata famiglia.»

«Duro è un eufemismo», dissi, con sarcasmo. «Secondo Danny voleva proprio incastrarli. Dice che ha infilato della cannabis in tasca ad Alan e l'ha messo dentro per spaccio.»

Drury scosse la testa. «E lei gli crede, ovvio.»

«Non necessariamente. Nessuno sembra sapere che cosa abbia fatto in realtà Alan. Danny sostiene che fosse accusato di spaccio, ma Alan ha detto a sua moglie di essere finito dentro per aver aggredito Michael Percy.»

«Perché non sono sorpreso, secondo lei?» chiese, con un sorriso ironico.

«Be'?» lo imbeccai, visto che non proseguiva.

«Non l'avrebbe sposato, se avesse saputo la verità.»

«Perché, è un segreto così tremendo?»

Mi puntò contro un dito accusatore, come se i crimini di Alan fossero una mia responsabilità. «La passava sempre liscia. Aveva quindici anni e il suo nome non poteva essere divulgato, tantomeno quello della sua vittima. È una legge maledettamente stupida. A un ragazzino basta mentire, scontare una breve condanna, mettere un po' di distanza tra sé e quello che ha fatto, e ne esce perfettamente pulito.»

Ricominciò a farsi scrocchiare le nocche. «Maureen ha mantenuto il segreto perché aveva il terrore di quello che avrebbe detto la gente.»

«Che cos'ha fatto?»

«Indovini un po'. La vittima era una donna.»

«Stupro», suggerii.

Annuì. «Si è spinto dall'altra parte di Londra, dove pensava che l'avrebbe passata liscia. Ha trascinato la donna in un parcheggio dietro una schiera di case e ha incominciato a picchiarla. Ma lei è riuscita a gridare e qualcuno ha chiamato la polizia. Alan è stato colto sul fatto, si è dichiarato colpevole e ha fatto quattro anni di carcere.»

«Era prevedibile», dissi, calma. «Ha subìto orrendi abusi da piccolo, sia fisici sia psicologici.»

Ma a Drury non interessavano le giustificazioni strappalacrime. «Su quelle basi anche Danny avrebbe dovuto diventare uno stupratore.»

Mi guardai le mani. «Danny non ha molti ricordi dell'infanzia. Era così piccolo quando suo padre se n'è andato che non ricorda nemmeno che faccia aveva. E se anche avesse sentito sua madre che veniva pestata in camera da letto, non avrebbe capito la connessione tra sesso e violenza.» Alzai il capo per guardarlo. «È molto diverso. Tutto quello che il povero Alan aveva imparato dai suoi genitori era che ridurre una donna a uno straccio tremante avrebbe portato all'orgasmo.»

21

Lo sguardo di Drury si allontanò dal mio, ma non prima che notassi nei suoi occhi un lampo di sagacia, a conferma del fatto che sapeva bene di che cosa stavo parlando. Fu un'importante rivelazione perché, nonostante tutto, non ero mai stata sicura di quanto ne sapesse davvero. Per il momento, lasciai perdere. «Alan è finito ancora nei guai dopo la condanna per stupro?» gli chiesi.

«Per quanto ne so, no. Si è trasferito in un monolocale dalle parti di Twickenham e ha cominciato a lavorare nei cantieri. L'abbiamo tenuto d'occhio, ma si guardava bene dal venire a Richmond o incontrarsi con gente che conosceva.»

Non avevo motivi per non crederci. «Allora perché Danny mi ha detto che Alan ha ricevuto cinquemila sterline di risarcimento per essere stato picchiato dalla polizia?»

Un bagliore divertito gli illuminò lo sguardo. «Perché ai ragazzi che lo arrestarono non era piaciuto molto come aveva conciato la donna. Il suo avvocato si lagnava della brutalità della polizia finché non ha visto in che stato era la vittima, così si è accordato per cinquemila e ha detto ad Alan che doveva essere grato perché non l'avevano fatto fuori. Direi che gli è andata bene.»

«Derek è mai stato accusato di stupro?»

«Le piacerebbe, eh?»

«Perché?» chiesi, incerta. «Non l'ho mai accusato di stupro.»

«Quasi. Ha detto che le ha premuto il pene tra le gambe.»

«Ho detto che mi ha messo qualcosa tra le gambe che

pensavo fosse il suo pene, e di conseguenza *pensavo* che volesse stuprarmi. Le ho anche detto che era esattamente quello che *lui* voleva che credessi. Mi voleva dare una dimostrazione di come si sarebbero messe male le cose, se non avessi chiuso la mia sporca bocca amica dei negri. È stata sua l'idea di dire a Derek che lo accusavo di tentato stupro, sua l'idea di mettermi in pericolo, anche se era d'accordo con Andy che il massimo di cui si sarebbe potuto accusare Derek era un comportamento minaccioso.»

«Non potevamo accusarlo di una cosa qualsiasi», tagliò corto. «Aveva un alibi. In ogni caso, pensavo che avesse il diritto di sapere quale fosse l'ultima accusa che gli era stata mossa. Lei non si tratteneva di certo sul fronte Derek Slater, e l'aggressione sessuale era dannatamente più grave di qualche respiro ansimante dall'altro capo del telefono.»

«Il suo alibi era ridicolo», dissi. «L'avete controllato soltanto tre giorni dopo.»

«Non fa nessuna differenza. Era inattaccabile.»

«Oh, mi faccia il piacere!» sbottai. «Un biglietto staccato di Kempton Park che poteva essere stato raccolto sul marciapiede il giorno dopo? L'ippodromo è a pochi chilometri da Richmond. E una telefonata a uno dei suoi amici? Non vi siete neanche scomodati a interrogare gli altri due.»

«Lei non si è nemmeno scomodata a riferire l'incidente prima del giorno dopo», ribatté sarcastico.

Mi toccai le labbra per calmare il tic che pulsava sotto la pelle. Non sopportavo l'idea che potesse interpretarlo come un segno di paura. «Mi ci sono volute ventiquattr'ore per farmi coraggio», ammisi con calma. «Una parte di me voleva lasciar perdere tutto, l'altra riconosceva che Derek non avrebbe voluto terrorizzarmi, se quello che dicevo fosse stato falso. Sono stata molto ingenua, certo. Non mi è mai passato per la testa che lei avrebbe fatto di tutto per proteggere un uomo che lei stesso descriveva come 'feccia' solo perché... era bianco.»

«Non è vero, e lei lo sa.»

«Allora perché ha protetto gli Slater dalle domande sulla morte di Annie?»

«Non l'ho fatto.»

«Perché, quando la dottoressa Arnold le ha detto che Annie era stata derubata, lei non ha verificato? Avrà capito da dove veniva il Quetzalcoatl, no?»

«No. Ricordo un sacco di ciarpame nel salotto degli Slater, ma adesso non saprei descriverlo e di sicuro non ho fatto nessun collegamento con ciò che mi ha detto in seguito la dottoressa Arnold.»

Potevo quasi credergli, anche solo per il fatto che la morte di una donna di colore significava così poco per lui. «I ragazzini hanno derubato Annie per mesi», dissi, «ma non erano molto bravi a nascondere il bottino, e Maureen ha cavato la verità da Bridget Spalding quando le ha visto addosso un anello che di certo non aveva preso al supermercato. È allora che si è resa conto che Annie poteva nascondere una miniera d'oro.»

Drury sventolò la mano con fare sprezzante. «La polizia non può agire, se il crimine non viene denunciato.»

Proseguii come se non avesse parlato. «Annie era un bersaglio così facile... Non lasciava entrare nessuno in casa, diffidava di chiunque avesse a che fare con i suoi vicini, pensava che i funzionari del comune e gli uomini in uniforme ce l'avessero con lei, si era inimicata il direttore della sua banca. In effetti l'unica persona che le era per così dire amica era il suo medico.» Osservai il suo viso attendendomi una reazione, ma rimase impassibile. «Annie era abbastanza al sicuro finché Sheila andava a trovarla regolarmente, perché persino Derek non era stato così stupido da tormentarla nel periodo in cui la dottoressa si era presa a cuore la sua situazione. Poi Sheila se n'è andata in America ed è cambiato tutto.»

«Di quello non può darmi la colpa.»

«Anzi, dopo la partenza di Sheila, nessuno poteva dire che cosa Annie avesse in casa.» Sostenni il suo sguardo. «E lei non si è preso la briga di chiedere qualcosa, perché le stava bene credere che una donna di colore vivesse in un porcile.»

«Si dimentica quante bottiglie vuote c'erano. Le condizioni di quella casa non avevano niente a che fare con il colore della sua pelle, erano il risultato del suo alcolismo.»

«Erano bottiglie di vodka», precisai.

Notai una lievissima traccia di dubbio nei suoi occhi. «E allora?»

«Annie non beveva vodka.» Estrassi alcuni fogli dal mio zainetto. «Andy mi mandò una lista di tutti i gestori di pub e di negozi di alcolici di Richmond nel 1978. Mio padre è riuscito a contattarne più della metà. Due negozianti ricordavano benissimo Annie ed entrambi hanno affermato che era una cliente abituale e comprava solo rum giamaicano. E il gestore del pub Green Man ha detto che ne teneva una scorta solo per Annie Butts perché, se non ne aveva, lei entrava in uno stato d'agitazione.» Gli ficcai in mano i fogli.

Drury si accigliò, mentre li sfogliava rapidamente. «Questo non dimostra che non comprasse la vodka in qualche supermercato», disse.

«Vero», ammisi.

«Quindi non è una prova.»

«Da sola, no, è vero, ma se dà un'occhiata alle ultime due pagine, vedrà che numerosi gestori di negozi di alcolici ricordano che Maureen Slater beveva solo vodka. Uno di loro ha raccontato che andava in negozio subito dopo aver incassato l'assegno d'invalidità e comprava sei, sette bottiglie per volta. Ha anche aggiunto che un giorno si era rifiutato di servirla dopo averla vista mollare un ceffone a uno dei suoi figli, probabilmente Alan, che le aveva ricordato di aver bisogno di un paio di scarpe nuove.»

«E allora? Questo prova soltanto che Maureen comprava vodka, non che Annie non la comprasse. Che cosa sta cercando di dirmi? Che gli Slater hanno messo le bottiglie nella cucina di Annie? »

« Sì. »

« Quando? »

« Dopo la sua morte. »

« Perché? »

« Per farle pensare quello che ha pensato: che era un'alcolizzata, che viveva in un immondezzaio e che si trascurava completamente. Per quello hanno spento il riscaldamento e portato via tutto il cibo che Annie aveva comprato per i suoi gatti. »

« Ma mi faccia il piacere », grugnì spazientito. « *Tutti* dicevano che era un'ubriacona, non soltanto gli Slater. » Picchiò una manata sui fogli. « In ogni caso, Derek aveva un cervello di gallina e non sarebbe riuscito a star dietro a un piano del genere. Sarebbe crollato non appena avessimo incominciato a fare domande. »

« Derek no, ma Maureen ci sarebbe riuscita. Bastava che facesse leva sui suoi pregiudizi. » Gli citai le sue stesse parole. « Non avrebbe mai creduto che una 'sciattona piena di lividi' potesse manovrarla e poi, secondo lei, era naturale che una 'misera negra che non reggeva l'alcol' avesse sporcato dappertutto e si fosse pisciata addosso. E perché mai avrebbe dovuto sospettare del tipo di bottiglie trovate a casa di Annie quando il fatto stesso che ci fossero confermava tutto quello che Maureen voleva farle credere? »

« Non c'era motivo di sospettare. Nessuno ci ha detto che non beveva vodka. »

Gli passai un altro foglio.

« E questo cos'è? »

« Una copia della dichiarazione di Sharon Percy. Il suo nome è in alto, l'ha interrogata lei stesso. La prima metà parla di quello che stava facendo quella sera – per inciso, non c'è niente di vero –, la seconda parte è la descrizione che ha dato di Annie. Nell'ultimo paragrafo dice: 'Si ubriacava di rum e incominciava a insultare tutti. Colpiva i bambini con le bottiglie vuote. Io continuavo a lamentarmi, ma non è mai stato fatto niente'.»

In uno scatto d'ira, stracciò anche quel foglio. «Si sta arrampicando sui vetri», tuonò. «Può intorbidire le acque quanto le pare, ma non può cambiare il fatto che non c'era motivo di dubitare delle dichiarazioni di tutti i testimoni, incluso suo marito. I risultati del patologo erano incontestabili: Ann Butts è morta perché non ha visto arrivare un camion.»

«Che è quello che lei gli ha suggerito di dire.»

«Non può dimostrarlo. Se i fascicoli di Hanley sono spariti, non c'è nulla che dimostri chi di noi ha detto qualcosa per primo.»

Feci una risatina. «E non le ha fatto nessun favore, sbarazzandosi di quei fascicoli. Al momento, l'unico documento che comprovi la sua teoria dell'incidente è una pagina di referto che Hanley ha sottoposto al coroner, e ci sono tanti errori che sembra uno scherzo. Ha sbagliato a scrivere il nome di Annie, ha citato i lividi sul braccio sinistro anziché sul destro e ha ignorato del tutto l'ematoma sulle cosce, visibilissimo nelle foto.» Fui piacevolmente stupita di notare che era sempre più nervoso, e si passava la lingua sulle labbra.

«Non penso sia vero.»

«Invece sì», assicurai. «Ormai Hanley era così incompetente che si faceva dettare istruzioni da qualsiasi agente gli presentasse un corpo da analizzare. Immagino che lei abbia fatto confusione sulle braccia perché le ho detto che Annie giaceva con il fianco sinistro in alto e la schiena contro il lampione.»

Dovette riflettere sulla risposta. «Non era compito mio. Lui aveva il suo lavoro, io il mio. È lui che va biasimato.»

Presi lo zainetto e chiusi le zip sulle tasche. «I giornalisti non perseguitano i morti», gli dissi. «Solo i vivi. E c'è più interesse per un poliziotto razzista che si è rifiutato d'indagare sull'omicidio di una donna di colore che per un patologo depresso che si è ubriacato fino alla morte perché non sopportava più l'inutile mutilazione dei cadaveri. La Radley's non la vorrà più», proseguii imperterrita, «non dopo che la sua faccia comparirà su tutti i giornali. Il suo rispettabile lavoro svanirà nel giro di una notte, e lei verrà soppiantato da qualche delinquente del Fronte Nazionale.»

Piccole gocce di sudore gli si formarono sulla fronte. «Mi dica per che cos'è venuta», sibilò. «Sappiamo entrambi che questo non ha nulla a che fare con Annie.»

Aveva ragione? Sinceramente non lo sapevo più. «Mi ci sono voluti due anni per ritrovare la fiducia in me stessa», dissi piano, «e altri due per riuscire a fidarmi di qualcuno. Ho ancora gli incubi, mi lavo continuamente le mani, controllo sempre che la porta sia chiusa, mi va ancora il cuore in gola quando sento un rumore che non riconosco.» Spostai indietro la sedia e mi alzai, mettendomi lo zainetto sulla spalla. «Direi che tutto questo ha a che fare con Annie. L'unica differenza tra noi è che Annie ha avuto il coraggio di rimanere e lottare, io sono scappata via.» Andai verso la porta. «Per questo lei è morta e io sono viva.»

Lettera del dottor Joseph Elias, psichiatra al Queen Victoria Hospital, Hong Kong, datata 1999

QUEEN VICTORIA HOSPITAL
HONG KONG

REPARTO DI PSICHIATRIA

Signora M. Ranelagh
« Jacaranda »
Hightor Road
Città del Capo
Sudafrica

17 febbraio 1999

Cara signora Ranelagh,

santo cielo! Allora alla fine è tornata in Inghilterra. Aspetto sue notizie con il fiato sospeso. Nonostante la mia età incredibilmente avanzata, gestisco ancora un piccolo ambulatorio in ospedale, ma solo perché, a quanto pare, i miei pazienti preferiscono il diavolo che conoscono a quello che non conoscono.

E che mi dice dei suoi diavoli, mia cara? Qualche volta dubito che ottenere giustizia per Annie le basterà. Ma chi sono io per criticare quando il mio amico rabbino direbbe che per raggiungere la pace devi prima combattere la guerra?

Come mi ha chiesto, ho incluso gli appunti presi nel 1979.

Con affetto,

Joseph Elias

22

DRURY non poteva lasciar perdere, come immaginavo. Sebbene gli piacesse dire che odiava chi gli stava sempre addosso, detestava ancora di più chi se ne andava dopo aver pronunciato l'ultima parola. Uscita dal pub, svoltai a sinistra e camminai per una cinquantina di metri verso l'ormeggio per i motopescherecci. Fu allora che sentii i suoi passi alle mie spalle. Le luci degli edifici lungo la banchina spandevano un piacevole bagliore sui ciottoli e, in lontananza, si scorgevano i minuscoli fuochi di segnalazione, simili a gemme multicolore, che davano il via libera ai naviganti in arrivo. Per un istante pensai che sarebbe stato bello godersi la scena per quello che era, per la sua bellezza, prima che le sue dita mi stringessero il braccio.

« È pazzesco », disse, facendomi voltare con uno strattone. « Ha sostenuto che voleva prendersi una rivincita. Come? Distruggere me non significherà ottenere giustizia né per lei né per Annie. Mi sta chiedendo di portarle Derek Slater su un piatto d'argento? È questo che vuole? »

Cercai di liberarmi dalla sua presa. « Ci stanno guardando », mormorai.

« Lasci che guardino », sibilò. « Voglio risolvere questa faccenda. »

« Bene. Allora, quando deciderò di urlare – e lo farò di sicuro se non mi molla –, ci saranno un centinaio di testimoni a confermare la valutazione del suo superiore secondo la quale lei è un uomo violento. »

Mi lasciò subito.

Sorrisi con aria cinica, massaggiandomi il braccio.

«Non è poi così divertente se non si ha il coltello dalla parte del manico, vero? Da come stanno le cose, tra poco striscerà sui ciottoli implorandomi di promettere che brucerò tutto ciò che conservo nello zaino. Ho ragione?»

«Non forzi la mano alla fortuna», disse in un bisbiglio. «Non sono dell'umore giusto per gli scherzi. Rendendo pubblica la cosa otterrà soltanto di trasformarmi in un capro espiatorio, e ciò non porterà Derek dietro le sbarre, non dopo un tempo così lungo. È questo, il genere di giustizia che vuole?»

«È meglio che niente.»

Strinse una mano a pugno e poi l'afferrò, tremante, con l'altra mano, come se temesse di non riuscire a controllarsi. «Se avesse voluto la mia testa, non mi avrebbe messo in guardia», borbottò, in tono ragionevole.

«Forse mi piace guardarla sudare per l'agitazione», mormorai.

«E se le spezzassi il suo fottuto collo?» disse tra i denti.

«Non andrebbe molto lontano. I miei due figli sono proprio dietro di lei.»

Non riuscì a dare un senso a quelle parole – non mi associava all'idea di uno o più figli – e mi fissò, stupito e furioso, come un toro esausto che cerca di capire in che modo sconfiggere il matador. «Di che cazzo sta parlando?»

«Di protezione.» Feci un cenno a Luke e Tom. «Sono più organizzata, di questi tempi.»

Gli ci volle qualche secondo per capire, ma finalmente si voltò e scoprì che stavo dicendo la verità. Forse si aspettava due ragazzini, oppure due giovani più piccoli: a ogni modo, ne rimase colpito. «Merda!» sbottò. «Che cazzo succede?»

«Sam ci sta aspettando in macchina», spiegai. «Vorrei che ascoltasse quello che lei ha ancora da dirmi.»

Drury lanciò un'occhiata nervosa ai ragazzi. «Cioè?»

Gli feci la stessa offerta che avevo fatto a Maureen.

«Uno scambio, per esempio?» suggerii. «Vede, lei ha ragione su una cosa. Il tipo di giustizia che voglio è un po' più...» Cercai la parola giusta. «Sì, ecco: un po' più elementare, rispetto al fatto che lei si addossi tutte le colpe per quello che è successo.»

Non pensavo che mi stesse seguendo, anche perché i ragazzi erano ritornati al pub non appena mi ero allontanata. Ma forse aveva frainteso che cosa intendessi far ascoltare a Sam, oppure quello che intendevo per giustizia elementare...

La macchina era parcheggiata dietro gli ormeggi, rivolta verso l'acqua, e, vedendo che ci stavamo avvicinando, Sam aprì la portiera e ci venne incontro. Con un pizzico di crudeltà, li presentai, mentre appoggiavo lo zaino sul cofano. Fecero un cenno del capo, come una coppia di rottweiler sospettosi, ma non si strinsero la mano. «Mi ha chiesto se mi aspettavo Derek servito su un piatto d'argento», ricordai a Drury. «Ma non capisco come potrebbe farlo, a meno che lei, all'epoca, non abbia occultato le prove.»

Lui guardò Sam stringendo le labbra: era consapevole che, qualsiasi cosa avesse detto, sarebbe stata ascoltata da un testimone. «Non c'è stato nessun occultamento», ribatté, sprezzante. «Soltanto qualche punto interrogativo su dove si trovava Derek alle nove di sera. Lui sostiene che stava bevendo qualcosa con la puttana locale, la quale era a caccia di clienti da quando il locale aveva aperto.»

«Si riferisce a Sharon Percy?»

Annuì. «Sembrava un fatto normale – entrambi erano habitué – e il gestore del pub ha confermato che si trovavano lì tutti e due, quella sera, anche se, quando l'ho interrogato la prima volta, non era d'accordo sull'orario. Ricordava di aver visto Sharon alle 21, ma pensava che Derek fosse arrivato più tardi.» Fece spallucce. «Ha fatto marcia indietro nel momento in cui gli abbiamo chiesto una dichiarazione... Ha sostenuto che un giorno era uguale all'altro e non poteva giurare di non essersi confuso tra due diverse occasioni.»

«Il pub era il William of Orange», precisai. «Quello da cui Annie era stata bandita perché era di colore.»

Scosse la testa, spazientito. «Era stata bandita perché non reggeva l'alcol e si metteva a imprecare contro gli altri clienti. Il gestore aveva il diritto di rifiutarsi di servirla.»

Lanciai a Sam uno sguardo interrogativo.

«I locali lo chiamavano 'lo Stato Libero di Orange'», disse lui a Drury. «Sulla porta c'era una targa che diceva NIENTE CANI. Poi qualcuno aveva cancellato 'cani' e messo 'negri'. Era un pub piuttosto frequentato – anche da parecchi poliziotti –, ma non ci ho mai visto clienti di colore.»

«Se la offendeva, avrebbe dovuto sporgere denuncia.»

«Non mi offendeva», replicò Sam, in tono sincero. «Non l'avevo mai contestato.»

«E allora perché si aspettava che lo facessi io?»

«Perché era il suo lavoro. Non sto dicendo che le avrei dato una medaglia – dannazione, l'ultima cosa che volevo era avere di fronte Annie la matta che imprecava mentre mi bevevo una birra –, ma le leggi sulla discriminazione sono chiare e chiunque avesse messo la scritta NIENTE NEGRI sulla porta d'ingresso andava denunciato.» Sam s'interruppe per lanciarmi un'occhiata, chiedendosi, evidentemente, fin dove potesse o dovesse spingersi. Quindi proseguì: «Il gestore del pub era tutto contento dopo l'incidente. A quelli che si prendevano la briga di ascoltarlo, continuava a dire che dovevamo ringraziare un camionista per aver reso più pulite le nostre strade».

«Davanti a me non l'ha mai detto», ribatté Drury, con una prontezza tale da farmi supporre che avesse già risposto a quella domanda, probabilmente nel periodo in cui era andato in «pensione».

«Allora, si è scomodato per verificare l'alibi di Derek?» chiesi, sprezzante. «Oppure è stato in quel momento che ha deciso di prenderlo da parte e dirgli che *io* ero il problema e la soluzione migliore per tutti era di farmi star zitta? E come l'ha messa, esattamente? 'Faccia a tutti un gran favore, Derek, dia una lezione a quella puttana tanto amica dei negri, perché il suo alibi scricchiola e, se non mi fa questo favore, si ritroverà in mezzo ai guai'? Oppure l'ha fatto capire a Maureen quando stava guardando i ninnoli che aveva in soggiorno?»

Lo vidi lanciare uno sguardo diffidente verso Sam e riacquistare fiducia, intuendo che mio marito ignorava di che cosa stessi parlando. «Certo che l'ho verificato», replicò con prepotenza. «Lui ha mantenuto la sua versione, e Sharon pure. Hanno detto entrambi di essere stati al pub tutta la sera. Non ci credevamo, ma non ci potevamo fare nulla, perché non c'era nessuno a contraddirli.»

«Ha mai scoperto che cosa stessero facendo, in realtà?»

Si strinse nelle spalle. «L'ipotesi più probabile era che Sharon si trovasse nel letto di qualcuno, e Derek fosse in giro a rubare. Erano stati entrambi dentro: Sharon per prostituzione, Derek per aggressione e furto.»

«Sharon si trovava con Geoffrey Spalding», chiarii. «Lui abitava al numero 27 e s'incontrava con lei una volta al mese e in un hotel, per evitare che la moglie e le figlie lo scoprissero. È lui che ha affermato di aver visto Annie in strada alle 20.15, quando ha cercato di convincerla ad andare a casa.»

«Lo ricordo.»

«Penso che abbia mentito sull'orario», proseguii. «Secondo Jock Williams, Sharon è arrivata al William of Orange in taxi poco dopo le 21. Jock ha sostenuto che era ubriaca fradicia ed evidentemente era stata con un altro cliente. Scommetto che il cliente era Geoffrey Spalding e che lo stesso taxi ha scaricato lui all'inizio di Graham Road per poi portare Sharon al pub. Ciò significa che l'incontro con Annie è avvenuto un'ora dopo rispetto all'orario che lui ha dichiarato. Sempre ammesso che Geoffrey abbia davvero parlato ad Annie.»

Drury non voleva accettare l'idea. «Gli ho parlato davanti alla moglie, e lei non ha battuto ciglio quando lui ha sostenuto che, alle 20.30, si trovava in casa.»

«Lei non poteva saperlo. Era in chemioterapia per un cancro al seno e dormiva praticamente di continuo. Dove ha detto di essere stato, Geoffrey?»

Drury ci pensò un attimo. «Ha sostenuto di aver fatto tardi sul lavoro. Niente di cui sospettare.»

Mi voltai verso Sam. «Ho sempre pensato che Geoffrey avesse superato la casa dei Williams mentre tu uscivi: in caso contrario, tu e Libby non avreste avuto bisogno di un alibi.»

«Qualcuno c'era», ammise Sam. «Però non ho idea di chi fosse. A dire la verità, non sono nemmeno sicuro che si trattasse di un uomo. Poteva essere una persona qualsiasi che prendeva una scorciatoia... Ma Libby è andata fuori di testa, sostenendo che le lingue avrebbero cominciato ad affilarsi...» Si strinse la base del naso tra l'indice e il pollice. «Mi dispiace», mormorò, dopo un istante. «Secondo te, è stato Spalding a uccidere Annie?»

«Non saprei», risposi lentamente. «Però non ho mai capito perché ha detto di aver parlato con Annie, se non è andata così. Era una bugia inutile. Avrebbe potuto seguire l'esempio tuo e di Jock, sostenendo che l'aveva vista sull'altro lato della strada.»

«Alla gente piace ricamare sui fatti», intervenne Drury. «La fa sentire importante.»

Scossi la testa. «Annie è stata vista da due coppie diverse intorno alle nove. I Pardoe del numero 8, dalla finestra della camera da letto, e la coppia in macchina, davanti alla quale Annie ha barcollato. Tutti dicono che camminava, che era in piedi... Ma quando Sam l'ha superata, alle 21.15, lei era riversa nel canalino di scolo.»

«Non è quello che il signor Ranelagh ha affermato all'epoca.»

«La sua dichiarazione riveduta e corretta si trovava nella busta, quindi so che l'ha letta», dissi, spazientita. «La questione è: Annie era in piedi quando Geoffrey Spalding l'ha superata? E, se così è stato, gli ha detto qualcosa? Io penso di sì: era ancora in piedi e gli ha parlato. Qualsiasi cosa Annie abbia detto deve aver fatto infuriare Geoffrey al punto di indurlo a spingerla in strada. Questo spiegherebbe l'orario, sfalsato di un'ora... e spiegherebbe anche perché Sharon era pronta a fornire a Derek un alibi. Se Sharon avesse detto a lei, Drury, che si trovava con un cliente, e se lei avesse scoperto chi era il cliente, avrebbe capito subito che l'ultima persona ad aver parlato con Annie era Geoffrey.»

Drury si accigliò. «E allora?»

«Sarebbe arrivato alla stessa conclusione cui è arrivato lui: che l'aveva uccisa.»

Drury sbuffò, irritato. «Mezz'ora fa lei mi stava mostrando alcuni referti patologici secondo i quali la donna è stata picchiata parecchie ore prima della sua morte; adesso mi dice che Geoffrey Spalding l'ha uccisa. Si decida, signora Ranelagh.»

La rabbia di Sam aumentava. «Non ha detto che Spalding l'ha uccisa. Tuttavia lui credeva di averlo fatto. Se è per quello, anch'io per vent'anni mi sono tormentato, temendo di aver contribuito alla morte di quella donna. E forse è così. Forse i quindici minuti in cui l'ho lasciata riversa a terra hanno fatto la differenza tra la vita e la morte.»

«Allora avrebbe dovuto lavarsi la coscienza all'epoca, dicendo la verità, invece di viziare l'indagine perché non riusciva a tenere le mani lontano dalla moglie del suo amico», ribatté Drury con un sorriso ben poco amichevole.

Sarebbe stato meglio non evocare Libby, pensai, divertita, notando il rossore di rabbia sulle guance di Sam. Il senso di colpa era una delle cose che più scatenava l'ira di mio marito.

« Lei ci ha detto che non ci sarebbe stata nessuna indagine », disse Sam. « Lo ricordo perfettamente. È venuto a casa nostra il giorno dopo per spiegare i risultati dell'autopsia. Inequivocabile, ha detto... un palese incidente... nessuna indicazione che potrebbe far pensare a un omicidio. Ricordo anche di averla sentita dire che, se ci fossero stati dubbi sulla morte di Annie, il caso sarebbe passato nelle mani del dipartimento d'investigazione criminale. »

« E infatti di dubbi *non* ce n'erano, signor Ranelagh. Sarebbe stato diverso se lei non avesse mentito: noi non potevamo fare altro che lavorare sulle informazioni che avevamo. »

Sam si passò la mano sul capo, dove i capelli si stavano diradando, e fissò, alle spalle di Drury, le luci dall'altra parte del fiume. « Jock e io non abbiamo dato nessuna informazione fino a giovedì sera, quando ci è stato chiesto di confermare ciò che Libby vi aveva detto il giorno prima, cioè che Jock si trovava a casa mia. »

« Allora adesso dà la colpa alla signora Williams? »

« No, sto semplicemente sottolineando che lei aveva già deciso che si trattava di un incidente almeno ventiquattr'ore prima che Jock e io aprissimo bocca. » Sam guardò Drury, come se stesse rivalutando qualche giudizio formulato in precedenza. « Avrebbe fatto qualche differenza, se avessimo detto la verità? Non avrebbe soltanto ripetuto che era stata travolta da un camion, basandosi sul fatto che la coppia in macchina l'aveva vista e io l'avevo trovata? »

Il silenzio di Drury fu più eloquente di una risposta.

« Mi ha telefonato parecchie volte sul lavoro, dicendo che mia moglie rivelava una classica reazione allo stress e aveva bisogno di un sostegno psichiatrico », proseguì Sam. « Diceva di aver già visto quella reazione in altri casi e sapeva che chi ne soffriva finiva per lanciare accuse sempre più assurde.»

«Ma lei si è dimostrato d'accordo in tutto, signor Ranelagh, inclusa la necessità di una diffida ufficiale.»

Mio marito incrociò le braccia al petto e si mise a fissare i ciottoli, come se racchiudessero misteriose certezze. «Avevo un'altra scelta?» chiese. «Mi ha letto una lunga lista di accuse rivolte contro di lei: faceva sprecare tempo alla polizia, lanciava false accuse a Derek Slater, denunciava immaginarie aggressioni sessuali per attirare l'attenzione, la tempestava di telefonate e visite perché aveva un'insana ossessione nei suoi confronti.» Alzò il capo. «Lei era un poliziotto. Davo per scontato che dicesse la verità.»

«Evidentemente anche lei la pensava così, altrimenti avrebbe preso le parti di sua moglie», disse Drury in tono convincente.

Sam agitò nervosamente la mano. «Non ero nella posizione per difenderla. Non la vedevo da tre settimane e l'unica volta che mi aveva telefonato era isterica. Non riuscivo a capire quello che diceva, così ho chiamato i suoi genitori e ho chiesto a loro di aiutarla.» S'interruppe, cercando di mettere ordine nei propri pensieri. «Ma lei, Drury, aveva già persuaso mia suocera che una diffida ufficiale era il modo migliore per risolvere il problema con la famiglia. Mia moglie si sarebbe sentita in imbarazzo, e avrebbe smesso di far perdere tempo alla polizia, l'ha detto lei stesso.»

Ci fu un breve silenzio.

«Ha funzionato, allora», dissi, con calma. «Mi sarei tagliata la lingua pur di non dire un'altra parola al signor Drury, o a te e alla mamma, Sam. Siete rimasti a guardare questo bastardo che mi costringeva a tenere la bocca chiusa.» Alzai il mento verso Drury. «E alla fine gli avete anche stretto la mano, come se avesse fatto qualcosa di buono. L'unico che si è rifiutato di partecipare alla buffonata è stato mio padre, anche se in quel periodo non ne sapeva più di voi. Aveva semplicemente fiducia nella donna che conosceva, non nella patetica creatura disturbata che ricorreva alle fantasie sessuali per prolungare il suo quarto d'ora di celebrità.»

«Non è mai stata descritta in questi termini né trattata in modo scortese», tagliò corto Drury. «Suo marito lo sa. Per quello gli ho chiesto di essere presente, in modo che lei non rigirasse la frittata in seguito.»

«Poteva essere cortese quanto le pareva, perché sapeva che non avrei discusso con lei», obiettai. «Non dopo la diffida *ufficiosa* che aveva organizzato per me la notte prima. Avrebbe dovuto unirsi al festino», lo provocai. «Immagino che sarebbe stato molto più eccitante di conficcare un ago nel braccio di un dodicenne o pestare un ragazzino di colore fino a spaccargli la mascella.»

I muscoli del viso di Drury si contrassero visibilmente. «Adesso mi sta diffamando davanti a un testimone.»

«Allora mi faccia causa. Vediamocela in tribunale. È quello che ho sempre desiderato. Ma non avrà vita facile... Ho un'altra copia della sua valutazione nel mio zaino.»

D'un tratto, fece un passo avanti, alzando il pugno. Pensavo volesse colpirmi, quindi indietreggiai verso il cofano, invece lui afferrò lo zaino e lo lanciò nell'acqua, oltre il muretto del porto. Ci fu un breve silenzio e poi un tonfo, mentre Drury fissava l'acqua con un sorriso soddisfatto.

Sam gli afferrò il braccio, ma lui se lo scrollò di dosso con violenza.

«Lasci perdere», lo ammonì. «È una questione tra me e sua moglie.»

«Lei è sempre stato uno stronzo», sibilai, rabbiosa, pensando al mio portafoglio e alle carte di credito che affondavano nella melma. «Questa è la sua soluzione preferita: sbarazzarsi delle prove prima che i suoi crimini emergano.»

Rise della mia rabbia. «Non è divertente se non si ha il coltello dalla parte del manico, eh?» mi provocò, appoggiando le mani sul cofano e fissandomi con un ghigno rabbioso.

Dall'altra parte del cofano, sporsi il viso verso di lui e lo fissai con altrettanta rabbia. « Sa cosa mi fa davvero incazzare? Non quello che lei mi ha fatto... » Alzai un dito e glielo puntai al petto. « Di quello ho imparato a fottermene. È il fatto che lei abbia sempre avuto la faccia tosta di sottovalutarmi... e che lo faccia ancora. » Sentivo la mia voce farsi sempre più stridula, ma per la prima volta non me ne fregava niente. Se devo dire la verità, mi sentivo più simile a una volgare pescivendola che a una compassata signora vittoriana che si reprime pur di non esplodere. « Come *osa* pensare che sia così stupida da portare con me i documenti originali? Come *osa* pensare che possa darle l'opportunità di fregarmi? »

« Ha parlato di un patto », ribatté Drury, in tono aggressivo.

« Voglio prima la giustizia », sbottai. « *Poi* potremo negoziare. »

« Che tipo di giustizia? »

« Occhio per occhio. Lo stesso tipo di giustizia in cui crede lei. Ha riempito di bugie un idiota, poi l'ha convinto che il giorno dopo non avrei aperto bocca. Cosa pensava che avrebbe fatto? Che mi mandasse un mazzo di fiori? »

Lanciò a Sam uno sguardo nervoso. « Non so di cosa sta parlando. »

« Sì, che lo sa. Si arrabbiava sempre di più quando io la accusavo di razzismo. Ecco perché ha fatto tanta pubblicità alla mia diffida ufficiale... In questo modo, persino un idiota come Derek Slater avrebbe capito che poteva farla pagare all'amica dei negri senza temere che lo denunciassi. »

« Si sta inventando le cose, di nuovo. Se era stato commesso un crimine, poteva benissimo fornirci i dettagli il giorno dopo. »

« Intende dire poco dopo una diffida ufficiale per aver

fatto perdere tempo alla polizia? Davanti a una madre e a un marito che non credevano a una parola di quello che dicevo perché avevano più fiducia in un poliziotto corrotto che in me?» Allungai le mani e gli afferrai il bavero. «Come ha *osato* suggerire che nutrivo un'insana ossessione nei suoi confronti? Come ha *osato* pensare anche solo per un minuto che potesse interessarmi un idiota come lei, convinto che il posto di una donna sia sotto un uomo, preferibilmente legata e imbavagliata in modo da non potersi lamentare della sua performance?»

Indietreggiò, lanciandomi uno sguardo sospettoso, ma non disse niente.

«Non provavo nient'altro che disprezzo per lei», sibilai. «L'ho sempre considerata un omuncolo, un pigmeo in uniforme, qualcuno cui era consentito abusare del proprio potere perché i suoi superiori erano troppo inetti per capire quanto fosse incompetente... E l'unico motivo che mi ha spinta a parlare con lei era che volevo giustizia per Annie. Ma ho sempre pensato che lei fosse una serpe...» Fissai il vuoto nero dei suoi occhi. «E quello è stato un errore gravissimo da parte mia, vero? Se non avessi reso così palese il fatto che mi si accapponava la pelle soltanto a guardarla, non mi avrebbe mandato contro Derek. Perché non ero io a essere ossessionata da lei, bastardo, ma era *lei* a essere ossessionato da *me.*»

Sentii Sam muoversi alle mie spalle.

«Lei è pazza.»

«Può esserne certo», concordai, girando intorno al cofano. «Ho perso la testa da quando Derek ha fatto quel lavoretto sporco per lei. Sapeva che non l'avrei mai lasciato entrare in casa mia, così ha mandato Alan a piagnucolare perché suo padre aveva picchiato un'altra volta la madre. Quel ragazzino era grosso il doppio di me, e io sono stata così stupida da passargli un braccio intorno alle spalle prima di voltarmi e chiudere la porta.» Feci una risata sinistra. «Mi ha messo a terra prima ancora che avessi il tempo di capire cosa stesse succedendo, bloccandomi con tutto il suo peso mentre quelle sue grosse mani sporche mi tiravano i capelli tutte le volte che tentavo di muovermi.» Mi fermai davanti alle luci laterali, in modo che non potesse più indietreggiare. «Non potevano pestarmi perché lei aveva detto a Derek che sarei andata alla stazione di polizia il giorno dopo. E non potevano violentarmi perché non volevano lasciare dentro di me tracce incriminanti.» Mi portai due dita alla bocca. «Così ho dovuto bermi l'urina di Derek.» Scorsi con la coda dell'occhio il viso pallido e tirato di Sam. «Mi ha pisciato sulla bocca e sul naso mentre suo figlio mi bloccava a terra», mormorai, lanciando uno sguardo al porto. «È come affogare. Non puoi respirare, quindi bevi. E la conseguenza è che ti lavi la bocca ogni mezz'ora, ogni giorno, per tutta la vita.» Gli mostrai i denti, in un ghigno da lupo. «Si sono scambiati i posti perché Alan potesse avere il suo turno, ma lui era troppo eccitato e non riusciva a controllarsi...» M'interruppi, sentendo Sam muoversi dietro la macchina.

Drury si voltò per tenere d'occhio Sam. «Nessuno le crederà, perché un crimine del genere non è stato denunciato», disse. «E perché deve scaricare la sua rabbia su di me? Perché non se la prende con suo marito, che l'ha abbandonata? Se avesse avuto un po' di fegato, avrebbe difeso lei, non la sua amante.»

Ebbi il tempo di pensare che Drury aveva un'abilità sconcertante nel giudicare il carattere delle persone. Poi Sam, con una carica incredibile, si lanciò verso di lui a testa bassa e lo scaraventò nel fiume, dietro il mio zainetto.

23

SAM si piegò in due e indietreggiò dalla sponda, imprecando come un pazzo in direzione di Drury per l'overdose di adrenalina, mentre io rimasi immobile a guardarlo riemergere. Luke mi aveva assicurato che la corrente occidentale nel porto di Weymouth avrebbe trascinato un corpo galleggiante verso i pontoni, ma, per un brevissimo istante, ebbi paura che Drury non fosse un buon nuotatore. Quando il suo viso comparve in superficie, ci guardammo per un attimo, poi gli feci un gestaccio e me ne andai. *Fregato!*

«Dovremmo chiamare la polizia», disse Sam, respirando a fondo per calmarsi, mentre osservava l'uomo nuotare verso la sponda.

«Può farlo lui, se vuole. Sa dove abitiamo.» Tornai alla macchina. «Ma non lo farà. Seppellirà la testa nella sabbia, sperando che questo valga come occhio per occhio.»

«Ed è così?» mi chiese lui, seguendomi.

«Neanche per sogno», risposi allegramente, aprendo la portiera. «Deve ancora rispondere per Annie, e lo farà soltanto quando il suo nome verrà sbattuto su tutti i giornali del Paese con sotto la scritta RAZZISTA a caratteri cubitali.» Scivolai sul sedile. «Su, andiamocene», lo esortai, allacciandomi la cintura di sicurezza. «Vorrà il tuo sangue, questo è poco ma sicuro. Il fatto che non ti denunci alla polizia non significa che non ti spaccherà la faccia alla prima occasione.»

Sam si sedette al volante e mise in moto, voltandosi per fare retromarcia. «Avrei dovuto occuparmi di lui vent'anni fa», disse, girando il volante. «Se non gli avessi creduto, avrei fatto qualcosa.»

«Riguardo ad Annie?»

«No», borbottò. «Riguardo al fatto che tu gli stavi dietro. So che sembra assurdo, ora, ma allora mi sembrava che avesse senso. Il modo in cui ti sei allontanata da me dopo la morte di Annie, le ore che passavi alla stazione di polizia, l'idea che parlassi con lui, e non con me...» Imboccammo la strada. «Avevo incominciato a pensare che fosse il tuo tipo, più di me.»

«Infatti», commentai, sarcastica, allungandomi per allacciare la sua cintura. «Be', aveva tutto quello che desideravo in un uomo: i *capelli*, l'uniforme... per non parlare dell'enorme uccello che manteneva sempre eretto per poter zompare su ogni gallinella che incrociava.»

Mi sorrise, imbarazzato. «In effetti... No, parlavo seriamente. Ero gelosissimo, ma non pensavo di poter avere molte chance, dopo Libby. Poi sei rimasta incinta, e io ho pensato: merda, sarà figlio mio o di Drury?... Ed ero così eccitato quando tu hai accettato di rimettere insieme il nostro matrimonio che riuscivo soltanto a pensare di andarcene, di seppellire questa maledetta storia e ricominciare da capo.»

Ero così sorpresa che faticavo a parlare. «Hai pensato che Luke fosse... il figlio di Drury?»

Annuì.

«Santo cielo! Come diavolo ti è venuto in mente?»

Tolse il piede dall'acceleratore e la macchina prese ad avanzare a velocità di crociera. «Perché l'unica volta che abbiamo fatto sesso in quel periodo penoso è stato quando ti ho costretto, e tu mi hai detto che non volevi vedermi mai più», disse con un sospiro. «Mi hai odiato quella notte... e non riuscivo a credere che un atto così brutale potesse produrre una cosa così meravigliosa.»

Scossi la testa, incredula. «E perché non hai detto qualcosa?»

«Perché non aveva importanza», rispose lui semplicemente. «L'ho sempre considerato figlio mio, che lo fosse o no.»

Ero mortificata. Se i ruoli si fossero invertiti – se Libby fosse rimasta incinta di Sam –, io non sarei mai riuscita a essere così magnanima. «Ma certo che è tuo figlio», mormorai, accarezzandogli la guancia. «Non avresti dovuto dubitarne nemmeno per un secondo.»

Piegò la testa di lato, intrappolandomi la mano contro la spalla. «Non ne ho più dubitato da tanto tempo... perlomeno da quando è nato Tom, dato che loro due erano così somiglianti...» Scoppiò in una risata improvvisa. «Poi hai insistito per portarmi qui a pranzo, in modo che Drury potesse fissarti e sbavare. Allora ho pensato: sarà forse la prima mossa per dirmi che mio figlio in realtà è il suo?»

Tolsi di scatto la mano dal suo viso. «Hai detto che non l'avevi riconosciuto.»

Accelerò ancora. «Non dimentico mai le facce degli uomini che mi rendono geloso.»

«Non ce ne sono stati.»

«Lo pensi tu.» Si sporse per pulire il vetro appannato. «Dove dobbiamo incontrare i ragazzi?»

«Oltre il ponte girevole.»

«Be', preparati a qualche silenzio imbarazzato», mi disse, senza troppi giri di parole. «Li ho visti appostarsi dietro una delle altre macchine, quindi è probabile che abbiano sentito ogni parola.»

«Merda!» sbottai, sentendomi improvvisamente stanca. Lasciai cadere il capo sul poggiatesta. «Avevo detto ai ragazzi di stare alla larga.»

«Mmm, be', immagino che la curiosità abbia avuto la meglio. Non puoi biasimarli. Ci siamo comportati tutti e due in maniera molto strana, ultimamente. Poteva rendere le cose difficili con Danny... Inoltre dovrò spiegare di Libby, perché ho mentito, perché ho ignorato Annie. È giusto che sappiano la verità da me.»

«Non è quello che volevo, Sam», sospirai. «Volevo che tu ascoltassi tutto perché, se te l'avessi detto in un'altra situazione, non pensavo che mi avresti creduto.»

«Avresti dovuto fidarti di me», replicò. «Ho smesso di fare il bastardo vent'anni fa.»

«Lo so.» Sentivo le lacrime pungermi sotto le palpebre. «Ma non riuscivo mai a trovare il momento giusto per dirtelo. Mi dispiace.»

«Be', a me no», dichiarò lui, improvvisamente di buon umore. «Hai più balle di un'intera squadra di rugby, ragazza mia, ed è ora che i ragazzi sappiano quanto è straordinaria la loro madre.» Diede una manata sul volante. «Continuo a pensare a un proverbio cinese che Jock mi ha citato l'altro giorno. È una variazione sul tema 'chi è paziente sarà ricompensato' ed è particolarmente adatto a questa circostanza...» Si voltò verso di me con un gran sorriso.

«Qual è?»

«'Se stai seduto sulla sponda del fiume abbastanza a lungo, vedrai il cadavere del tuo nemico passarti davanti.'»

Prima di quella notte, ero convinta di conoscere l'uomo che avevo sposato, ma ormai sapevo che non sarei mai arrivata a capire il mistero della natura umana, neanche se fossi campata cent'anni. Non so che cosa Sam disse ai ragazzi, ma, qualsiasi cosa fosse, venni trattata come un oggetto prezioso per ventiquattr'ore, finché non cominciai a ribellarmi, per pura e semplice frustrazione, e la vita riprese in modo normale. Tutti evitarono con cura qualsiasi riferimento agli Slater, intuendo che un conto era rivelare la presenza di una cicatrice, un altro farla riaprire, sottoponendola a manipolazioni costanti.

Comunque, quello non era un argomento che si potesse evitare per sempre. Così, dopo molte esitazioni, un sabato sera, Tom mi confessò che lui e Luke avrebbero dovuto incontrare Danny Slater al pub, e che non erano sicuri che ciò fosse giusto nei miei confronti. Sam e io, quasi all'unisono, li rassicurammo che Danny non aveva nessuna responsabilità per quello che avevano fatto il padre e il fratello, e che non sarebbe stato leale dirglielo. Il nostro consiglio fu di lasciarlo nell'ignoranza.

«Papà ti ha detto che sta pensando di lasciare a Danny la stalla, così può usarla come laboratorio?» mi chiese Tom. «Sempre che compriamo la fattoria, s'intende.»

«È un'idea, per ora», disse Sam. «Ma vorrei fargli capire che non siamo suoi amici soltanto quando tutto va bene.»

«Dovrà mettersela a posto, perché il papà non gli permetterà certo di farsi le canne in casa», precisò Luke. «Però, se pulisce la dispensa, può renderla abitabile. C'è l'allacciamento dell'elettricità e i box dei cavalli sono abbastanza grandi per lavorarci. A quel punto, deve solo chiedere un po' di pietra alle cave, e così potrebbe fare pratica come scultore senza spendere un sacco di soldi.»

Tre facce radiose mi osservarono. Che ne pensavo?

Annuii, sorrisi, e dissi che si trattava di un'idea fantastica. Ma sapevo che non sarebbe successo. Danny non mi avrebbe mai perdonato per quello che stavo per fare alla sua famiglia.

Il lunedì seguente andai a trovare Michael Percy al carcere di Portland. Fu un'esperienza forte, perché ogni cosa mi rammentava che lui viveva in un limbo. Forse la straordinaria posizione del Verne, costruito all'interno di un'antica cittadella affacciata sul porto, imponente e isolato alla fine di una serie di tornanti, acuiva la mia sensazione di promesse non mantenute e di esistenze sprecate. Di certo, sentivo sulla pelle l'isolamento di quel luogo.

Il tempo si era guastato di nuovo, e il vento mi soffiava sui capelli e sui vestiti mentre, dopo aver parcheggiato, mi affrettavo a raggiungere l'entrata principale, unendomi a una folla di visitatori ugualmente scompigliati dal vento. Mi misi in coda e seguii le loro mosse, decisa a nascondere la mia inesperienza davanti a persone più anziane, che, a giudicare dalla loro espressione tranquilla, dovevano aver atteso centinaia di volte di presentare i loro permessi di visita.

Pensai a Bridget, che ripeteva quella trafila mese dopo mese, anno dopo anno, e mi chiesi se le dava felicità o tristezza sapere che alla fine avrebbe visto suo marito. Per conto mio, fui sopraffatta da una spaventosa regressione all'agorafobia di vent'anni prima, quando non riuscivo a uscire di casa per paura che qualcuno mi guardasse. Forse aveva qualcosa a che fare con le uniformi, o con il fatto di essere perquisita, o con l'obbligo di stare seduta davanti a un tavolo nell'attesa che Michael venisse condotto davanti a me. Ero certa di avere addosso lo sguardo di tutti, ed ero ancora più certa che quello sguardo fosse ostile.

A ogni modo, il suo arrivo fu un sollievo. Lo guardai avanzare verso di me. Mi fece piacere rivederlo e non perché mi fosse simpatico; il ricordo che avevo di lui era negativo come quello di Alan, per non dire ancora peggiore. Tuttavia, com'era accaduto con Wendy, Bridget e ogni altra donna che avevo incontrato, immaginavo che Michael si fosse conquistato un posto tra i miei affetti. Mi rivolse un timido sorriso e mi strinse la mano.

«Non ero sicuro che venisse.»

«Avevo detto che l'avrei fatto.»

«Già, ma non tutti fanno quello che dicono.» Si lasciò cadere sulla sedia dall'altra parte del tavolo e scrutò il mio viso. «Se non mi avessero spiegato che era lei, non l'avrei riconosciuta.»

«Sono un po' cambiata.»

«Questo è poco ma sicuro.» Inclinò la testa di lato per osservarmi, e all'improvviso mi resi conto che il quattordicenne non esisteva più, che avevo davanti un trentacinquenne con un'adolescenza travagliata e un passato di violenza. «Perché?»

«Non mi piaceva quella persona», ammisi.

«Cos'aveva che non andava?»

«Era troppo compiacente.» Feci un debole sorriso. «Ho deciso di diventare molto più agguerrita.»

Sorrise. «Scommetto che suo marito si è svegliato e se n'è accorto.»

Mi chiesi se avesse saputo di Sam e Libby, e se la sua intelligenza si fosse acuita rispetto all'epoca in cui l'avevo conosciuto a scuola.

«Be', questo mio cambiamento ha contribuito», dissi, osservandolo anch'io. «Tu invece non sei cambiato per niente, anche se la signora Stanhope, la moglie del reverendo, sostiene di non averti riconosciuto, nella foto sul giornale. Spera ancora che sia stato un altro Michael Percy a rapinare l'ufficio postale.»

Si passò il palmo della mano sui capelli a spazzola. «E lei gliel'ha detto?»

«Non ce n'era bisogno. Sono convinta che lo sa.»

Sospirò. «Era molto buona con me quand'ero piccolo. Sono sicuro che le è venuto un infarto quando ha saputo che mi hanno messo dentro per aver pestato una donna con il calcio di una pistola.»

«Ne dubito. Non si fa illusioni su di te.»

«Una volta ha proposto di adottarmi, sa, e io le ho detto: starà mica scherzando? Sarebbe stato come passare dal ridicolo al grottesco. Da una parte c'era la mamma che non si accorgeva nemmeno se non tornavo a casa, dall'altra il reverendo che continuava a farmi sermoni su come Gesù avrebbe cambiato la mia vita. L'unica che si dimostrava un po' ragionevole era la signora Stanhope... Ma voleva sempre abbracciarmi, e quello non mi andava proprio.» Si sporse in avanti per avere un po' più di privacy nel fastidioso brusio di conversazioni che ci circondava. «Non mi sarebbe spiaciuto se lei mi avesse abbracciato», disse con uno sguardo divertito, squadrandomi dall'alto al basso. «Però non si è mai mostrata molto propensa a...»

«Mi avrebbero licenziato in tronco.»

«Però non l'hanno licenziata quando ha abbracciato Alan.»

«Ho abbracciato Alan?»

«Frignava come un pazzo perché l'infermiera gli aveva trovato i pidocchi per l'ennesima volta. Allora lei gli ha messo il braccio intorno alla spalla, dicendo che gli avrebbe dato uno shampoo speciale per mandare via quelle bestiacce.»

Non lo ricordavo. Per quanto ne sapevo, avevo messo il braccio intorno alla spalla di Alan una volta sola. «Tu non hai mai avuto i pidocchi? Eri sempre così lindo e ordinato, mentre il povero Alan puzzava come se fosse appena uscito da una fogna.»

«Era uno zozzone», tagliò corto Michael. «Rubavo la lozione antipidocchi in farmacia, per lui, ma non si è mai curato di usarla finché l'infermiera non gli ha trovato le uova nei capelli.» Mi rivolse un sorriso malizioso. «Mi faceva impazzire che la gente mi trovasse tanto pulito e ordinato mentre compativa Alan perché aveva una famiglia di merda. Io ho incominciato a lavarmi i vestiti quando avevo sei anni, ma era la mamma che si prendeva tutti i meriti.»

Mi chiesi per un attimo se l'abbraccio che avevo dato ad Alan e quello che non avevo dato a Michael avessero portato il primo a mettere la testa a posto e l'altro a farsi quindici anni di prigione. «La maggior parte della gente pensava che fosse una madre migliore di Maureen, ma non era una gran competizione», mormorai. «In una scala da uno a dieci, Maureen arrivava a zero.»

«Almeno non era una prostituta», ribatté lui, acido. «È una cosa che ti fa andare giù di testa avere una puttana per madre. Lei lo sapeva, a quell'epoca?»

«Non sapevo niente, Michael. Ero molto ingenua e molto stupida. Se potessi rinascere mi comporterei in modo diverso.» Lo guardai. «E tu eri troppo sveglio dal punto di vista sessuale», dissi con gentilezza. «Non mi sono mai sentita minacciata da Alan come lo ero da te. Pensavo che non ti saresti accontentato di un abbraccio.»

Il suo sorriso si fece ancora più malizioso. «Forse no, ma avrei avuto troppa paura per fare qualcosa di più.»

«Io non ti vedevo così», precisai, con una risatina. «Avevi un'abilità speciale nello scegliere le donne più vulnerabili... come Wendy Stanhope. Diventa malinconica quando parla di te, quindi dubito che i suoi sentimenti fossero soltanto materni.»

«Che mi dice dei suoi?»

«Non saprei. Non li ho mai messi alla prova.»

«Ma io le *piacevo*?»

Mi chiesi se fosse importante. «Oh, sì.»

«E Alan le piaceva?»

«No», risposi, chiedendomi quanto lui sapesse.

«Aveva una cotta per lei. Diceva sempre che la prof non riusciva a staccargli le mani di dosso e che l'unico motivo per cui non aveva coinvolto la polizia, quando l'aveva beccato a frugarle nella borsa, era perché temeva che spifferasse tutto sulla relazione sessuale che avevate avuto.» Mi esaminò attentamente e sembrò trovare la rassicurazione che voleva. «Sapevo che erano solo stronzate, ma mi faceva star male il fatto che lei fosse sempre carina con lui.»

Non dissi nulla.

«E si sbaglia sul fatto che Alan non fosse sveglio dal punto di vista sessuale. Era così grande e grosso che avrebbe potuto farsela con un elefante quando aveva solo dieci anni. Pensava soltanto al sesso. Rubava i giornaletti porno e si masturbava fino a istupidirsi davanti alle foto. È stato abbastanza buffo finché non ha incominciato a volerlo fare sul serio. È andato da Rosie, la sorella di Bridget, e le ha detto che voleva farlo con lei e, quando Rosie gli ha risposto di sparire, lui l'ha sbattuta a terra, dicendo che l'avrebbe fatto comunque. Poverina, aveva solo dodici anni e ha continuato a sanguinare per settimane.» Strinse le labbra per la rabbia che il ricordo gli suscitava. «Ma aveva troppa paura per raccontarlo a qualcuno a parte me. La madre era malata e il padre non c'era mai. Quindi stava a me fargliela pagare. Ho pestato Alan a sangue e gli ho promesso che gli avrei staccato la testa se ci avesse riprovato.»

«Quanti anni avevi?»

«Quindici. È successo poco dopo che lei se n'è andata.»

«E l'ha rifatto?»

Michael si strinse nelle spalle. «Se anche così fosse, non l'ho mai saputo. Ha picchiato suo padre con una mazza da baseball un paio di settimane dopo... Pareva che il cervello gli fosse cresciuto all'improvviso, che si fosse reso conto di potersela prendere con i maschi. Dopodiché, a quanto pare, la mania per il sesso gli è passata.»

Cercai di capire quando ciò era avvenuto. «La moglie mi ha detto che vi siete picchiati per Bridget.»

Lui scosse la testa. «Ce le siamo date solo una volta, ed era per Rosie.»

«Mi ha detto che Alan era innamorato di Bridget, finché non l'ha trovata a letto con te... Allora ti ha ridotto così male che ha passato un po' di tempo in riformatorio per quella storia.»

«Se lo sogna, forse.» Si accigliò, stupito. «Bridget non l'ha più guardato in faccia dopo quello che aveva fatto alla sorella, quindi perché raccontare una balla del genere? A chi vuol darla a bere?»

«A sua moglie Beth?» suggerii.

«Perché?»

Mi strinsi nelle spalle a mia volta.

«Che idiota. È sempre meglio essere onesti, dopo che sei stato beccato comunque.» Sorrise. «Niente rimane segreto per molto, in un ambiente del genere.»

Mi guardai intorno nella stanza affollata di detenuti e familiari – tutti parlavano e ascoltavano, tutti erano sotto l'occhio attento dei sorveglianti –, e pensai che Michael avesse ragione. Non c'era privacy in un ambiente del genere. E mi chiesi quale tipo di controllo Maureen Slater esercitasse sulla sua famiglia, visto che non era mai emersa traccia della malvagità di Alan.

Lettera di John Howlett – l'ispettore dell'RSPCA entrato in casa di Ann Butts il mattino dopo la sua morte, ora residente nel Lancashire –, datata 1999

White Cottage
Littlehampton
Nr Preston
Lancashire

Signora M. Ranelagh
Leavenham Farm
Leavenham
Nr Dorchester
Dorset DT2 XXY

11 agosto 1999

Cara signora Ranelagh,

mi permetta anzitutto di dirle come mi ha rincuorato quello che lei mi ha scritto. Mi ha sempre tormentato il pensiero di ciò che avevamo trovato in casa della signorina Butts, e la possibilità di riconsiderare la situazione da un diverso punto di vista mi dà molto sollievo. Come ha giustamente sottolineato, non ho mai avuto motivo di credere, fino a dopo la morte di Annie, che lei fosse crudele.

La dottoressa Arnold era del parere che Annie fosse stata derubata pochi giorni prima di morire e aveva suggerito che quella fosse la causa del suo rapido declino sino agli avvenimenti del 14.11.78. Pur essendo in parte d'accordo con lei, mi è sempre parso che quell'ipotesi non spiegasse adeguatamente il numero e/o le condizioni dei gatti.

La «versione» della polizia sulla questione era che Annie, una donna difficile e disturbata, non fosse in grado di badare a se stessa. Il suo comportamento, inoltre, aveva spesso dato adito a lamentele. Ciò che avevamo trovato in casa sua, di conseguenza, sembrava semplicemente confermare quella tesi. Mi pare utile ricordarle che il sergente Drury, un'ora prima di entrare in casa, mi aveva spiegato che c'erano più di venti gatti:

voleva assicurarsi che portassimo un numero sufficiente di gabbie per trasportarli. Quando gli avevo chiesto se ne era proprio sicuro, visto che, secondo la mia esperienza, non ne avevo mai visti più di sette per volta, mi aveva risposto che il numero si basava su informazioni fornite dai vicini.

Ora mi biasimo per non aver domandato come mai i vicini fossero stati così precisi, ma è facile essere saggi con il senno di poi. All'epoca, i miei colleghi e io eravamo assai scossi da ciò che avevamo di fronte. Tutta la nostra attenzione si era quindi concentrata sul mettere in salvo e curare gli animali. Sarebbe stato diverso se Annie fosse stata ancora viva, perché di sicuro avremmo cercato d'intentare causa basandoci su quegli atti di crudeltà. La sua morte ci aveva indotto a scaricare sul sergente Drury la responsabilità delle indagini. So che la dottoressa Arnold nutriva serie riserve sul modo in cui il sergente aveva trattato il caso – e, dalle sue lettere, anche lei sembra dello stesso parere –, ma, se devo essere sincero, il sergente era sconvolto quanto noi dalle condizioni in cui avevamo trovato i gatti e la casa, e aveva ripetuto parecchie volte: « Avrei dovuto credere a quello che dicevano ». Immagino però che si riferisse ai suoi vicini, che descriveva sempre come « una massa di delinquenti ». Le dico questo solo per ricordarle che il sergente, e noi con lui, aveva di fronte una situazione che, sebbene inaspettata, confermava di fatto tutto ciò che era stato detto di Annie negli ultimi dodici mesi.

Riguardo alle sue domande specifiche: Annie diceva che il suo gatto tigrato era morto per un « attacco di cuore ». Era estremamente turbata e mi aveva chiesto varie volte se pensavo che i gatti sentissero il dolore come lo sentiamo noi. Le avevo risposto che non lo sapevo.

Gran parte dei gatti vivi erano malnutriti, tranne i sei che avevo identificato come suoi. Molti dei randagi avevano parti del muso spelate, ma in quasi tutti il pelo stava ricominciando a crescere. Mi dispiace dire che non c'erano prove che fossero stati fatti « tentativi di aiutarli ». Purtroppo direi il contrario, visto che l'unico aiuto ragionevole sarebbe stato chiamare il veterinario. Tuttavia, se lei suppone che la bocca dei gatti fosse stata bloccata con il nastro adesivo da qualcuno che non era Annie, allora è ovvio che la rimozione del nastro e l'acquisto di pollo, latte, eccetera indicavano il «tentativo di aiutarli». I suoi gatti erano in condizioni nettamente migliori degli altri.

Purtroppo è impossibile valutare quanto tempo fosse passato dal momento dell'applicazione del nastro adesivo, semplicemente perché le condizioni in cui avevamo trovato i gatti erano spaventose. Tuttavia, concordo con lei sul fatto che era improbabile che Annie li avesse ridotti così solo per poi liberarli nuovamente.

Se accetto la premessa che non fosse stata Annie a brutalizzare gli animali, allora posso anche accettare la sua ipotesi che il motivo per cui abbiamo trovato alcuni gatti malconci chiusi nella stanza da letto sul retro era che Annie aveva tentato di difendere i gatti più vulnerabili dagli altri. Eppure, sfortunatamente, non ricordo niente nelle autopsie che convalidi questa tesi. In più, ci è impossibile stabilire se i gatti fossero stati rinchiusi dopo essersi morsicati e graffiati tra loro, oppure prima.

Ipotizzando che le premesse sopra citate siano accettabili, è di certo possibile che i gatti sani abbiano ucciso quelli malati e che quelli con il collo spezzato fossero stati uccisi «per pietà». Tuttavia, se Annie avesse confinato i gatti malati per proteggerli dagli altri, questi avrebbero potuto ugualmente inferocirsi e lottare mentre si trovavano chiusi nella stanza. Concordo con l'idea che Annie abbia deciso di confinare i gatti all'interno della casa – benché sporcassero dappertutto – per proteggerli da un maggiore pericolo esterno.

Per concludere, mi fa ovviamente molto più piacere pensare che Annie amasse i gatti e non li torturasse, ma temo che lei avrà parecchie difficoltà a dimostrarlo.

Le faccio i miei migliori auguri per questa campagna, che spero avrà successo.

24

Chiesi a Michael quand'era stata l'ultima volta che aveva visto Alan. «Abbiamo smesso di frequentarci dopo la brutta storia con Rosie», disse, sfregandosi la guancia con fare pensoso. «Se ricordo bene, non l'ho più rivisto dal 1980, più o meno... Ma io stesso entravo e uscivo di prigione, quindi è anche per quello.» Scosse la testa. «È terribile, se ci si pensa.»

«Che cosa?»

«Che c'erano solo due famiglie in quella strada che non riuscivano a tenersi lontane dai guai. I Percy e gli Slater. Avevamo le stesse possibilità di chiunque altro, ma non le abbiamo mai sfruttate. Si rende conto che, fra tutti, avremo fatto vent'anni di carcere? Sì, insomma, tra Derek e me e con quello che ha combinato Alan?»

«Le abitudini sono difficili da abbandonare», commentai.

«Già, come quella di Rosie.»

«Che le è successo?»

«Un'overdose di eroina in una casa occupata di Manchester, cinque anni fa», rispose lui, scuotendo la testa, amareggiato. «In quel periodo, qualche spacciatore idiota la vendeva non tagliata, quindi è stato molto probabilmente un incidente, non una cosa intenzionale. Gli ufficiali giudiziari hanno trovato il suo cadavere sotto un materasso, il giorno dopo che i suoi compari se n'erano andati. Secondo la polizia era morta da tre giorni, ma nessuno ha fatto niente... L'hanno lasciata così, hanno preso armi e bagagli e se la sono filata.»

«Mi dispiace.»

Annuì. «È stato terribile. Bridget ha cercato in tutti i

modi di farla uscire, ma lei non poteva farne a meno. Diceva sempre che sarebbe morta di overdose, quindi immagino che non le sarebbe importato granché se avesse saputo cosa stava per succederle.»

«E cos'ha detto suo padre?»

«Zero. Non sono nemmeno sicuro che lo sappia. Le ragazze non gli hanno più parlato dopo che lui si è trasferito dalla mamma.»

«E tu non potevi dirglielo?»

«Impossibile. Mi ha sbattuto fuori non appena è arrivato. Ecco perché sono andato ad abitare con Bridget e Rosie.» Incuneò le mani tra le ginocchia, stringendo le spalle come per arginare un'improvvisa ondata di rabbia. «Quell'uomo mi odia... Ha convinto la mamma che sono un buono a nulla, anche se sono stato io ad aiutarla quando ce n'è stato bisogno.»

«Quando è successo?»

Si voltò in modo che non potessi vedere la sua espressione. «Non è importante.»

Ero sicura che lo fosse, ma mi sembrava inutile insistere, dato che evidentemente non voleva parlarmene. «Che cos'hai fatto per farti detestare a tal punto da Geoffrey?»

«Ho detto a Rosie e a Bridget che lui era uno dei clienti della mamma. Era un ipocrita bastardo... Si vantava di essere un santo perché aveva lasciato il lavoro per occuparsi della moglie morente e invece passava tutto il tempo con mia madre, a casa nostra. Erano le ragazze a fare tutto per la madre. Geoff non faceva niente, se non lamentarsi che la cena non era ancora pronta. Vivienne era una donna molto dolce. Passavo quasi tutti i pomeriggi seduto vicino al suo letto, e mi faceva incazzare sentirla parlare di Geoff come se fosse il migliore dei mariti.»

«Ha mai scoperto di tua madre?»

«Non penso. È morta con il sorriso sulle labbra, quindi immagino che Geoffrey l'abbia presa in giro sino alla fine. Noi tre non gliel'abbiamo mai detto, comunque. Non ci sembrava gentile.»

Tra noi cadde un breve silenzio. Mentre mi chiedevo cosa dire, all'improvviso una serie di suoni indesiderati ci travolse – rauchi versi di gabbiani dai lucernari sopra le nostre teste, risate, le grida dall'area giochi dei bambini – e mi ritrovai a formulare la domanda che avevo deciso fermamente di evitare: «Che diavolo ci fai qui, Michael? Come può un uomo, abbastanza sensibile da nascondere a una donna morente che il marito la inganna, pestare un'innocente in un ufficio postale? Non ha senso».

«Avevo bisogno di soldi e, in quel momento, mi sembrava una buona idea.»

«E ora?»

Fece una risatina malinconica. «Adesso mi rendo conto che è stata la cosa più idiota che abbia mai fatto. Volevo solo spaventarla, tenerle la pistola sopra la testa... Ma poi lei ha cominciato a urlare e piangere e io sono come impazzito.» Tacque, contemplando qualche suo fantasma privato. «Mi ricordava la madre di Alan», riprese poi, all'improvviso. «E allora le ho colpito quella brutta faccia con la pistola. La odiavo, quella strega. Era lei che aizzava sempre tutti.»

«Come?»

«Oh, così», disse, prima di chiudersi in un altro silenzio, più lungo.

Cambiai argomento, chiedendogli che cosa intendeva quando, in una delle sue lettere, mi aveva scritto che Bridget si era tagliata una ciocca di capelli per imbucarla poi nella mia cassetta delle lettere come «sacrificio». «Sacrificio per cosa?» gli chiesi.

Sembrava più a suo agio, se parlava di Bridget. «Per tutte le brutte cose che le stavano succedendo... Una volta lei le aveva detto che le sarebbe piaciuto avere i capelli come i suoi, ricorda? Allora Bridget ha pensato che, se gliene avesse dato una ciocca, le cose brutte non sarebbero più successe.» Sorrise della mia aria sorpresa. «È vero, era un po' strano, ma lei aveva sempre idee strane. Una volta ha messo un sacco pieno di cipolle in camera di sua madre perché aveva letto da qualche parte che le cipolle assorbono le malattie, ma l'odore era così forte che Vivienne non riusciva a dormire.»

«Penso che funzionino con il raffreddore», dissi distrattamente, mentre riflettevo sulle altre cose che aveva detto. «Perché Bridget pensava che mi stessero succedendo brutte cose?»

«Lei sembrava sempre spaventata, in quel periodo», spiegò lui, deciso. «Era evidente che stava succedendo qualcosa di orribile nella sua vita.»

«Lo sai cos'era?»

Un lampo di emozione gli attraversò il viso. «Immaginavamo che le stessero facendo quello che hanno fatto ad Annie.»

«Chi?»

«Gli Slater. Un giorno ho visto il papà di Alan che cercava di buttarla giù dal marciapiede... e sua madre la chiamava 'amica dei negri'. Secondo Maureen, in America l'avrebbero linciata per le cose che diceva.»

«E che mi dici di tua madre? Era d'accordo con Maureen?»

Distolse ancora lo sguardo, come se l'argomento della madre fosse difficile da affrontare. «Non so», rispose, brusco. «Non ne parlavamo mai.»

«Avete parlato della morte di Annie?»

«No.» Ancora più brusco.

«Perché no?»

«Che c'era da dire? Eravamo felici di non averla più tra i piedi. La mamma poteva accogliere tutti i clienti che voleva senza dover sentire gli insulti che quella matta le gridava dall'altra parte del muro. E a lei interessava solo quello, cioè scucire soldi agli imbecilli», concluse amaramente.

«Era un circolo vizioso», mormorai. «Ogni volta che tu o gli Slater vi mostravate più aggressivi, Annie peggiorava. Magari, se l'aveste lasciata in pace, sarebbe riuscita a controllarsi, ma, quando avete incominciato a invadere i suoi spazi e spaventarla, ogni speranza di tranquillità è svanita.»

Si strinse nelle spalle. «La mamma diceva sempre che bisognava rinchiuderla in un manicomio.»

«Solo perché così si sentiva superiore», mormorai. «Non le piaceva essere chiamata 'puttana'... perché lo era. E agli Slater non piaceva essere chiamati 'spazzatura'... perché lo erano.»

Lanciò un fischio di sorpresa, come se l'immagine rassicurante che si era fatto di me fosse andata all'improvviso in frantumi. «Ci va giù pesante, eh?»

«Dici?» chiesi con calma. «Ho sempre pensato che Annie fosse fin troppo buona. Se fossi stata in lei, avrei trovato qualcosa di più incisivo per descrivere i delinquenti che si divertivano a torturare i gatti.»

Michael sembrava visibilmente a disagio.

«Siete stati tu e Alan?» domandai. «È il tipo di brutalità che probabilmente vi faceva godere: far soffrire una creatura più piccola e debole, per poi mostrarne gli scarni resti ad Annie e vedere come avrebbe reagito. È stato il fatto che Derek avesse ucciso il gatto tigrato a ispirarvi oppure Maureen mentiva per proteggere Alan?»

«Ah!» esclamò, rabbioso. «E lei si chiede perché odio quella strega? Era completamente pazza. Alan diceva che il suo cervello era spappolato perché Derek la pestava sempre, ma era il contrario. Quella strega è *nata* pazza, ecco perché quel disgraziato di Derek se la prendeva con lei.» Si chinò verso di me con fare aggressivo. «È stata Maureen a uccidere quella bestia, e l'ha fatto perché ci godeva. Ha costretto Alan a tenere il gatto fermo sul tavolo della cucina mentre lei lo pestava con la mazza da baseball e, quando Alan si è messo a piagnucolare che lui adorava gli animali, Maureen ha iniziato a pestare lui con la mazza, e gli ha detto che, se l'avesse spifferato ad Annie o a chiunque altro, avrebbe inchiodato un altro gatto sulla cancellata, costringendo lui, Alan, a guardarlo morire.»

Fu come una diga che crolla. Michael si mise a parlare del suo odio per Maureen e non riusciva a smettere. Mi raccontò della sua cattiveria, di quanto beveva, di come trattava male lui e la madre. «Mi fa star male l'idea che lei l'abbia sempre passata liscia», sibilò, furioso. «Ma mi fa stare ancora più male il fatto che Maureen è tranquilla a casa sua e io e Derek siamo al fresco.»

«Di che cosa avrebbero dovuto accusarla?»

«Di maltrattamenti ai figli, di ubriachezza molesta... La lista sarebbe lunga.»

«Dell'omicidio di Annie?»

Non rispose subito. «L'unica cosa che so è quella che le ho spiegato nella mia lettera», disse poi. «Sono tornato a casa dalla sala giochi e ho saputo che quella stupida cicciona era morta in un incidente stradale.»

Annuii, come se gli credessi. «Sai che gli Slater sono entrati in casa sua e l'hanno derubata, dopo?»

«Rosie l'aveva capito quando la polizia ha dichiarato che Annie viveva in miseria», ammise. «Pensava che avremmo dovuto dire qualcosa, ma io non intendevo spiegare perché sapevamo che cosa c'era in quella casa.»

«E Alan non ne ha parlato? Eravate inseparabili, all'epoca. Non sarebbe stato orgoglioso di far sapere quanto era stato intelligente?»

«No.»

«Perché il piano *era* intelligente, Michael. Lo era troppo per Derek e Alan da soli. Lo era nei dettagli, come chiudere l'acqua, sporcare i pavimenti per dare l'impressione di una scarsa igiene e di trascuratezza personale. A meno che la puzza di urina umana fosse più forte di quella dei gatti e necessitasse di una spiegazione.»

Scosse la testa, ma non capivo se lo facesse per negare che sapeva qualcosa oppure per rifiutare di ribattere. Dal modo in cui incominciò a guardarsi intorno, come se fosse in cerca di un sorvegliante in grado di salvarlo da me, era evidente che l'argomento lo metteva a disagio almeno quanto parlare di sua madre.

Proseguii, imperterrita. « Dici che ti fa star male il fatto che Derek sia in prigione », gli ricordai. « Vuol dire che è dentro? »

« Si è beccato due anni nel febbraio '98. Un tizio del mio braccio era in cella con lui a Pentonville prima di arrivare qui. È convinto che Derek stia morendo. Il fegato gli si è spappolato per il bere e con l'unica cellula del cervello che gli è rimasta riesce a malapena a ricordare come si chiama... fregandosene di tutto il resto. »

« Quando dovrebbe uscire? »

Fece un rapido calcolo mentale. « Avrà scontato la metà, quindi sarà fuori, ormai... Sempre che non sia già morto. »

« Ma di che cosa era incriminato? »

« Di furto », rispose, calmo. « È quello per cui lo beccano ogni volta. »

« E perché ti fa star male? »

Fece un sospiro inatteso. « Perché ha bisogno di un'educazione, non di fottute punizioni. Quando eravamo insieme, nell'altro carcere – ero stato rinviato a giudizio per la rapina in posta –, stavamo nello stesso braccio. È completamente analfabeta... Riesce a malapena a scrivere la 'd' e la 'e' nella sua firma, ma non riesce a fare la 'r' e la 'k'. Ho scritto un po' di lettere da parte sua ai figli, ma l'unica che ha risposto è stata Sally, e comunque solo perché pensava che lui avesse dei soldi nascosti da qualche parte. Mi faceva incazzare, davvero. Quel povero disgraziato stava semplicemente cercando di dire ai propri figli che gli voleva bene, ma, per loro, lui non esisteva nemmeno. »

Ero stupita. « Quand'eri piccolo, non lo sopportavi. »

Si strinse nelle spalle. « Non significa che non posso provare dispiacere per lui. Mi sono reso conto di com'è limitata la vita di un individuo che non sa né leggere né scrivere. È sconvolgente, se ci pensa. Voglio dire, non puoi nemmeno far domanda per un posto di lavoro se non riesci a scrivere il tuo nome su un modulo... E di sicuro per la gente non vali nulla, se sei un analfabeta. Credo che fosse quello a rendere Derek violento. L'unico modo in cui riusciva a farsi rispettare dalle persone era prendendole a botte e facendo in modo che avessero paura di lui.»

«È così che si giustifica?»

«No. Non gli interessa giustificarsi. Forse è per questo che mi dispiace per lui. Mi ha raccontato un po' della sua infanzia... È stato sbattuto in vari istituti perché la madre non lo voleva, poi se l'è svignata e ha vissuto in strada finché non è stato beccato a rubare in un negozio e spedito in riformatorio. Ecco perché è analfabeta: non è rimasto a scuola abbastanza a lungo da imparare le cose basilari. Questo ti fa capire quanto sia importante l'amore, per un bambino. Se sua madre gli avesse voluto bene, forse sarebbe diventato un bravo ragazzo», concluse, con una smorfia malinconica.

Immaginai che stesse parlando di se stesso, oltre che di Derek. «Tutti devono affrontare il rifiuto, a un certo punto della vita...»

«È peggio quando sei un bambino, però», ribatté. «Ci dev'essere per forza qualcosa che non va in te se persino tua madre non ti vuole.» Rimase in silenzio, stringendo i pugni come avevo visto fare a Drury. «Derek sostiene di aver sposato Maureen soltanto perché gli ricordava la madre... Aveva una foto in bianco e nero di lei, ed era la copia sputata di Maureen... Magra, occhi a fessura... La chiamava crotalo.»

«Come il serpente?»

Annuì.

«Perché?»

«Perché non lo guardava mai in faccia: lo pugnalava sempre alle spalle. Mi sembrava abbastanza plausibile nel caso della moglie, ma poi mi sono reso conto che Derek la pensava così di tutte le donne. Sono tutte serpi, mi ha detto una volta, e i serpenti sono tutti diversi. Se non riconosci quelli velenosi, sei un uomo morto.»

«Come faceva Maureen a colpirlo alle spalle?»

«Aizzava Alan contro di lui. Quella casa era zona di guerra: è andata avanti così per mesi. Se aprivamo le finestre, sentivamo fin da casa nostra gli strilli, le urla, i pianti, il rumore di corpi sbattuti contro i muri. Era come se dopo la morte di Annie si fosse scatenato l'inferno.»

«Perché? Cos'era cambiato?»

Michael scosse la testa. «Secondo la mamma, non sapevano con chi prendersela. Erano dei violenti, e i violenti hanno bisogno di una vittima... Quando Annie era in vita, se la prendevano con lei; una volta che lei è morta, si sono scatenati tra di loro.»

Non faceva una piega, pensai. Le persone non sono mai così unite come quando hanno un nemico comune. «Quante volte è finita in ospedale Maureen?»

«Due o tre. Ma non è stato Derek a conciarla così. È stato Alan. È accaduto più o meno nel periodo in cui ha violentato Rosie. Derek l'ha tenuto sotto controllo più che poteva, ma, a quindici anni, Alan era quattro dita più alto del padre e due volte più grosso. Non c'era molto che Derek potesse fare per fermarlo.»

«Sapevano che aveva stuprato Rosie?»

Scosse la testa. «No, a meno che non glielo abbia detto lo stesso Alan. Rosie aveva il terrore che sua madre lo scoprisse – era convinta che quella scoperta l'avrebbe uccisa più velocemente del cancro –, quindi abbiamo tenuto la bocca chiusa.»

Cercai di riorganizzare la cronologia. «E questo è successo nel '79?»

Annuì.

«È stato Alan a picchiare Maureen quando abitavo ancora lì?» chiesi, ripensando a quel periodo. «Più o meno nel febbraio del '79?»

Annuì ancora. «Era ubriaca e gli ha mollato un ceffone perché le aveva risposto male. Alan ha perso la testa e le si è scagliato addosso come un maniaco.»

«Chi ha chiamato l'ambulanza?»

«Derek. È arrivato circa un'ora dopo e l'ha trovata a terra, con il piccolo Danny che cercava di pulire il sangue. Alan piagnucolava in giardino perché pensava di averla ammazzata. Derek è andato di corsa alla più vicina cabina del telefono.»

Lo fissai, incuriosita. «Lo sapevi allora, oppure Derek te l'ha detto dopo?»

«Me l'ha detto dopo», ammise. «Ma poteva essere vero, considerando quello che Alan aveva fatto a Rosie.»

«Però Maureen ha sostenuto che è stato Derek», mormorai.

«Già. Be', è una bugiarda. Una volta ha quasi rotto un braccio al piccolo Danny, poi ha giurato ai medici che era caduto dalla bici. Noi bambini sapevamo che non era vero, perché l'aveva fatto davanti a noi.» Le labbra gli si assottigliarono visibilmente. «Era una donna spaventosa e, se non fossimo stati così maledettamente codardi...» S'interruppe, fissando il tavolo. «Derek è andato su tutte le furie quando gliel'ho detto. Ecco perché voleva scrivere le lettere ai suoi figli. Gli importava davvero di loro.» Puntò gli occhi nei miei. «So a che cosa sta pensando. Michael non è intelligente come immaginavo. Passa un paio di mesi a parlare con un uomo che disprezza e si fa fregare. Be', potrebbe essere vero, ma l'unica cosa che so di Derek è che lui è stupido, tanto stupido che persino un idiota potrebbe imbrogliarlo. Certo, era un prepotente, e di sicuro sapeva usare i pugni, ma doveva esserci qualcuno che gli diceva di farlo. Era come un missile guidato. Lo punti nella direzione giusta, gli dai le istruzioni giuste e... *bang!* Lui colpisce il bersaglio.»

E-mail del dottor Joseph Elias, psichiatra al Queen Victoria Hospital, Hong Kong, datata 1999

Signora M. Ranelagh

Da: Sarah Pyang (spyang@victorhos.com)
Data: 15 agosto 1999
A: mranelagh@jetscape.com

Inviato per conto del dottor Elias

Ah, le meraviglie della moderna tecnologia! La mia segretaria mi ha detto di aver ricevuto una sua e-mail ieri (sabato) e che lei attendeva una mia solerte risposta. Be', sono felice di dargliela, ma mi chiedo se le risposte date in fretta siano sagge.

Mi tempesta di domande. Chi va biasimato di più: il pianificatore di un crimine o colui che lo esegue? È giusto denigrare l'intera forza di polizia a causa di un'unica mela marcia? La giustizia può essere selettiva? I danni provocati da una madre al figlio possono essere riparati? È possibile curare gli stupratori? È giusto che i peccati di un padre ricadano sulla famiglia? E i peccati di una madre?

In un umile tentativo di scriverle qualcosa di sensato, le suggerisco di porsi una domanda: se sta onestamente cercando giustizia per la sua amica, non si arroga un'eccessiva autorità, pensando a queste cose? Non sono decisioni che sta a lei prendere, mia cara. La giustizia è imparziale. Solo la vendetta è prevenuta.

Ma non sono stati proprio i pregiudizi ciò che lei ha combattuto in tutti questi anni?

Con i miei migliori auguri,

Joseph

25

ERANO le tre. Imboccai la strada principale, rimuginando su quello che Michael aveva detto, come la lingua che batte sul dente dolorante. Ogni volta che superavo un tornante, il panorama di Weymouth Bay e di Chesil Beach si apriva di fronte a me in tutta la sua bellezza, ma ero troppo assorta nei miei pensieri sul ruolo di madre per notarlo. Qualche volta mi chiedevo se la mia fretta nel giudicare le varie Maureen Slater e Sharon Percy di questo mondo fosse un modo per punire mia madre e di conseguenza me stessa. Ogni mia azione come genitore era una parodia o una sfida a mia madre. Davvero non sapevo che cosa fosse giusto o sbagliato.

Provavo ben poco nei confronti di Sharon oltre al disprezzo per aver abbandonato il figlio, spinta dall'imbarazzo e dalla vergogna, quando Geoffrey si era trasferito da lei, facendole acquisire un briciolo di rispettabilità. Eppure non riuscivo a capire come mai Michael mi era sembrato così preoccupato ogni volta che veniva pronunciato il nome di Maureen, giacché la rabbia sarebbe stata una reazione più normale. Forse era già stato arrabbiato troppo a lungo con Maureen. Il fatto che Sharon si fosse sottratta alla condanna della società nei confronti di quel suo figlio violento la rendeva *ipso facto* incapace di commettere un omicidio? E la determinazione di Maureen a mantenere il silenzio sulla violenza di Alan, insieme con la mia assoluta certezza che fosse stata lei l'istigatrice della campagna razzista contro Annie e contro di me, la rendeva *ipso facto* capace di commettere un omicidio?

Ero stanca e un po' depressa, e non avevo intenzione

d'incontrare Danny nel pomeriggio, ma, quando raggiunsi l'incrocio in fondo alla Verne Common Road, decisi improvvisamente di svoltare a sinistra, verso la Cava Tout. Un quarto d'ora dopo, entrando nella cava, vidi che lui stava ancora lavorando al Gandhi. «Come va?» chiesi.

Lasciò cadere le mani lungo i fianchi, appoggiando scalpello e martello contro le cosce. «Non male», disse con un sorriso soddisfatto. «E lei?»

«Sono andata a trovare Michael Percy. Ti manda i suoi saluti e dice che, se ti annoi, sarà felice d'intrattenerti per un'ora in sala visite.»

Danny ghignò. «Fa sempre il buffone.»

«Talvolta», ammisi.

Appoggiò a terra i suoi attrezzi e si spazzò via la polvere dalle braccia. «Di che cosa potremmo parlare? Per lui ero solo un moccioso.» Estrasse il pacchetto di sigarette dalla tasca e si appoggiò a un masso, accanto a Gandhi. «Una volta mi ha beccato a sniffare colla dietro la chiesa e mi ha fatto un vero sermone.»

Mi sedetti al suo fianco. «Ha avuto effetto?»

«Direi di sì. È stato molto schietto. Ha detto che capiva perché lo facevo, poi mi ha descritto in modo molto realistico come si muore soffocati. Mi ha spiegato che potevo fare di meglio che finire sottoterra con il naso pieno di fumi di colla.» Mi lanciò un'occhiata di sbieco, piena di autocommiserazione ironica. «Allora ho provato l'eroina.»

La mia disillusione fu senza dubbio evidente. «Vuoi dire che le tattiche spaventose di Drury sono state più efficaci del sermone di Michael?»

Il sorriso di Danny si allargò. «Non mi piaceva sniffare colla, comunque, e per quanto riguarda l'eroina...» Scoppiò in una risata improvvisa. «Prima che il signor Drury mi beccasse, sono rimasto seduto sul cesso per un'ora, cercando il coraggio di ficcarmi quel maledetto ago in vena. Ho sempre odiato quelle siringhe del cazzo.»

Lo guardai con affetto. «Avresti lasciato perdere comunque?»

«I buchi? Sicuro. Per un po' l'ho sniffata, poi mi sono detto: al diavolo! Non ne ho bisogno. Preferisco la cannabis. Hai una visione più lucida con quel tipo di droga.»

«Perché non l'hai detto a tua madre, invece di lasciare che Drury si prendesse tutto il merito?»

«Perché lei non mi avrebbe creduto.» Rigirò la sigaretta tra le dita. «E nemmeno lei, signora Ranelagh, l'avrebbe fatto. Ero un ragazzino piuttosto ribelle e non è facile convincere la gente a cambiare la sua opinione su di te, se non fai altro che deluderla.»

Annuii. L'avevo sperimentato molte volte durante la mia carriera di insegnante. La calunnia uccide. Era il genere di pregiudizio inesorabile che detestavo, come mi aveva rammentato il dottor Elias in una delle sue pungenti osservazioni. «Cosa intendeva Michael quando ha detto che capiva perché sniffavi la colla?»

«Il senso di quella frase era che lui capiva com'era la mia situazione a casa. C'eravamo solo la mamma e io, e ci odiavamo come cane e gatto. La maggior parte delle volte lei era tanto ubriaca da non essere cosciente...» Scosse la testa. «Se era cosciente, poi, pestava il primo che le capitava a tiro: di solito me. Era davvero deprimente. Ha problemi seri, ma non vuole farci niente... Chiude la porta e affonda nel torpore.»

«Ha mai detto quali sono i suoi problemi?»

«Oltre alla dipendenza dall'alcol?»

Annuii.

«Gli stessi di qualsiasi altra persona che ha una dipendenza, immagino», rispose, stringendosi nelle spalle. «Paura di vivere, paura del dolore, paura di guardarsi dentro e scoprire che non ti piace quello che vedi.»

Mi chiesi se avesse ragione. «Sembrava a posto, quando l'ho vista io.»

«Solo perché sapeva del suo arrivo», tagliò corto lui.

«Ma scommetto che, non appena lei ha messo un piede fuori casa, è tornata davanti alla tele, con le sue sigarette e le sue bottiglie. Può recitare per un po', ma è troppo pigra per resistere a lungo. Mi fa schifo.»

«La vedi mai?»

«No. L'ultima volta è stato al battesimo di Tansy. Ogni tanto le telefono, giusto per farle sapere che sono ancora vivo, ma l'unico con cui vuole mantenere i contatti è Alan. È sempre stato il suo preferito. A lui perdona tutto. A me o alle mie sorelle, no.»

«Cosa ti ha fatto cambiare se prima eri così ribelle?»

Ci pensò su. «Mi hanno messo dentro a sedici anni per aver rubato alcune auto», rispose, con un ghigno. «Ricorda che le ho detto di aver passato un po' di tempo in prigione? È stata la cosa migliore che mi sia mai capitata. Mi ha tolto da Graham Road. Mi ha fatto pensare a cosa volevo nella vita.» Inclinò la punta della sigaretta verso Gandhi. «Un insegnante di arte mi ha detto che avevo talento... Era un buon diavolo... Mi ha trovato un posto alla scuola d'arte... Lui e sua moglie mi hanno persino ospitato a casa loro per un po', finché non ho trovato una sistemazione.»

Forse mi ero sbagliata quando avevo detto a Maureen che Beth influenzava positivamente Danny; a quanto pareva, era stato uno sconosciuto insegnante d'arte a cambiargli la vita. «Allora la prigione funziona, eh?»

«Soltanto se vuoi che funzioni.»

«E Alan? Anche per lui ha funzionato? È così che è cambiato?»

Un'alzata di spalle. «Ha passato un brutto periodo... lo prendevano in giro perché non era una cima. Gli hanno fatto venire il terrore di tornare alla vita normale. Poi ha incontrato Beth e ha pensato di poter avere un futuro, anche se lei l'ha tenuto in sospeso per un sacco di tempo, prima di acconsentire a sposarlo.» Un'altra alzata di spalle, ancora più decisa. «Sembra che la prigione non abbia fatto granché bene a Michael.»

« E nemmeno a tuo padre », mormorai, pensando ad Alan che veniva preso in giro e al fatto che in genere i prepotenti sono anche codardi. « Michael mi ha detto di avere passato un po' di tempo al carcere di Scrub con tuo padre, cinque anni fa. »

« Buon per lui », borbottò Danny, sarcastico.

« Ha detto che tuo padre è analfabeta, che non riesce nemmeno a firmare. Così Michael ha scritto alcune lettere per lui. Sostiene che una l'ha mandata a te, ma tu non hai risposto. »

« Balle », sbottò Danny. « Per quel bastardo di mio padre, potrei anche essere morto. Non gliene frega niente. »

« Non credo. »

« Dove l'ha spedita? »

« A casa di tua madre. »

« Oh, lei stracciava qualsiasi cosa riportasse l'indirizzo della prigione. Cosa diceva la lettera? »

« Che vi voleva bene. »

Scoppiò in una risata sarcastica. « Non sa nemmeno che faccia ho. »

« Già », concordai.

« Immagino che si sentisse in colpa per il fatto di averci abbandonato. »

« Già », ripetei.

Danny si accigliò.

« Cos'altro ha detto Michael? »

« Che ti sei rotto un braccio da bambino. Ricordi? »

Lanciò un'occhiata istintiva alla mano destra. « Qualcosa. Ricordo di aver avuto il gesso, ma pensavo avesse a che fare con il polso. Ogni tanto mi fa male. »

« Sai com'è successo? »

« Sono caduto dalla bici. »

« Lo ricordi o te l'hanno detto? »

Una sfumatura nella mia voce – troppo coinvolgimento, forse – gli fece aggrottare la fronte. « Perché le interessa tanto? Tutti i bambini si spaccano qualcosa, prima o poi. » Non risposi, e il mio silenzio parve irritarlo.

«Probabilmente è qualcosa che mi è stato detto», riprese, brusco. «Ma non ricordo molto di quando avevo sei o sette anni.»

«Nemmeno io», ammisi. «È strano: certe persone hanno ricordi molto nitidi dell'infanzia. Io no, e pensavo che le storie che mi raccontavano i miei genitori fossero vere, ma sono giunta alla conclusione che, se qualcosa ti viene ripetuta abbastanza spesso, finisce per sembrarti reale.» M'interruppi per osservare uno degli apprendisti scultori che scalpellava nervosamente un piccolo blocco di pietra informe. Mi chiesi perché si prendesse tanta briga. «Michael dice che non ricorda di aver visto Alan dopo che tuo padre se n'è andato», ripresi. «È in quel periodo che è finito in prigione per spaccio?»

Danny sembrava più tranquillo su quell'argomento. «Sicuro, è l'unica condanna che ha scontato. Una volta me ne ha parlato. Diceva che gli aveva fatto dare di volta il cervello.» Si chinò per raccogliere una pietra da terra. «Dopodiché non è ritornato a casa. Secondo i giudici, aveva una cattiva influenza su di noi... o viceversa.» Levigò la pietra con il pollice. «Ho scoperto che faccia aveva solo quando ho bigiato la scuola un giorno e sono andato a farmi un giro a Twickenham. Avevo più o meno tredici anni, e un ragazzone grande e grosso mi ferma per strada e dice: 'Ciao, sono Alan, come va?' Avrà avuto ventiquattro anni...» Si abbandonò a una risatina rauca. «E io non avevo idea di chi fosse. Sapevo di avere un fratello da qualche parte, ma non riuscivo a credere che si trovasse a pochi chilometri da casa. Disse di avermi tenuto d'occhio a distanza.»

«E tu hai detto a tua madre che l'avevi visto?»

«Neanche per sogno. Andava sempre su di giri quando si faceva il suo nome, poi prendeva a bere e a spaccare mobili. Ho sempre pensato che incolpasse Alan per il fatto di aver spinto papà ad andarsene. Poi Alan, un anno dopo, si è presentato e lei è scoppiata a piangere. Continuava a ripetere quanto le era mancato.»

«Perché era andato a trovarla?»

«Credo che volesse vederla.»

«Sì, ma perché *in quel momento*? Perché ha aspettato così a lungo?»

Sembrava incuriosito, come se non ci avesse mai pensato prima. «È successo dopo che Drury era andato in pensione... La mamma aveva detto che non era rimasto nessuno che potesse riconoscerlo...» S'interruppe bruscamente. «Forse voleva dire che non l'avrebbero punzecchiato più.»

«Alan è affezionato a lei?» chiesi, ricordando ciò che aveva detto Beth riguardo al fatto che Alan s'intristiva ogni volta che andava a trovare Maureen.

«Forse. È l'unico che si prende la briga di andare a trovarla.»

«Ma...» lo sollecitai, vedendo che non proseguiva.

Allungò il braccio destro e lasciò cadere la pietra, fissandosi poi la mano, affascinato, mentre fletteva le dita. «Ha paura di lei», rispose all'improvviso. «È l'unico motivo per cui va a trovarla: per evitare che gli si rivolti contro.»

Decidemmo di fare una passeggiata nel parco delle sculture, imboccando stretti sentieri tra le ruvide pareti di pietra. C'infilammo in una grotta dove una coperta rosa e parecchie lattine vuote indicavano che qualcuno si era stabilito lì, oppure che una coppia vi aveva trovato rifugio.

«Forse dovrei trasferirmi qui, e uscire di notte a scolpire le pietre alla luce della luna», borbottò Danny.

«Ti piace davvero scolpire, eh?»

Fece oscillare la mano. «Non sempre. Può essere molto frustrante, se non riesci a raggiungere il tuo scopo. Però è quello che voglio fare.»

«Sam ha pensato di offrirti la stalla in fondo al giardino», dissi, tornando all'aperto. «Dovresti mettere a posto la dispensa e lavorare con le porte aperte per avere luce, ma non ti costerebbe niente. Se riesci a scroccare qualche pietra e non ti dispiace dormire sul pavimento per un po'... è libera e disponibile.»

Non sembrava apprezzare granché. «In inverno, morirei congelato.»

«Già», concordai. «Inoltre Sam vorrà il tuo scalpo, se ti becca a farti le canne.»

«E lei?»

«Non discuto mai con mio marito in pubblico, quindi se vieni, e lui ti becca, dovrai vedertela da solo.» Mi voltai a guardarlo. «Pensaci, comunque. Almeno per oggi, non riceverai un'offerta migliore.»

Rimase in silenzio mentre raggiungevamo la macchina. «Perché vuole aiutarmi?» chiese, prendendomi le chiavi di mano per aprirmi la portiera.

«Consideralo un investimento per il futuro.»

Mi tenne la portiera aperta. «Non caverà mai un soldo», disse, cupo. «Non ho tanto talento.»

Lo abbracciai rapidamente. «Vedremo.» Scivolai sul sedile. «Ma non è un investimento finanziario, Danny, è una specie di prestito d'avviamento, che puoi ripagare con gli interessi a qualcuno che merita una possibilità del genere in un'altra occasione.»

Non voleva guardarmi negli occhi. «Cosa vuole in cambio?»

«Niente», dichiarai, allungando il braccio per chiudere la portiera. «Non ci sono condizioni. La stalla è lì, se vuoi usarla. Altrimenti amici come prima.»

Sfregò i piedi sulla ghiaia. «Alan mi ha telefonato un po' di volte per sapere cosa va in giro a dire di lui», disse bruscamente. «L'ha presa male, anche se continuo a ripetergli che a lei interessa solo capire cos'è successo alla donna di colore.»

Non risposi.

«Cosa le ha fatto Alan?» mi chiese.

«Cosa ti fa pensare che mi abbia fatto qualcosa?»

«Il suo viso s'irrigidisce ogni volta che salta fuori il

suo nome.» Mise la mano sulla portiera per impedirmi di chiuderla. «Io non mi metterei mai contro di lui», mormorò. «È mio fratello.»

«Non mi aspetterei che lo facessi», replicai, avviando il motore. «Ma l'offerta della stalla non ha niente a che fare con Alan, Danny. Se ti fa piacere, saremo felici di averti come vicino di casa. Spero che tu lo prenda in considerazione, qualunque cosa succeda...»

L'ultima fatica della giornata era una visita allo studio di Sheila Arnold, con cui mi ero accordata giorni prima. Larry e lei erano stati via la settimana precedente per un brevissimo soggiorno in Florida: «Per farlo felice», era stato il suo sarcastico commento al telefono. Volevo mostrarle le fotografie della casa di Beth e Alan. Aveva accettato di vedermi alla fine del suo turno di visite in ambulatorio, e quando mi lasciai cadere, esausta, sulla sedia davanti alla sua scrivania, stava aggiornando al computer alcune schede di pazienti.

Mi lanciò un rapido sorriso, poi allontanò la tastiera e si voltò verso di me. «Allora?»

Dopo che Drury aveva lanciato il mio zainetto nel fiume, mi ero fatta fare altre copie dai negativi. Le estrassi dalla tasca per disporle sulla scrivania.

«Dio santo!» esclamò lei, sorpresa. «Pensavo che stesse esagerando quando diceva di aver trovato la vena madre.»

Indicai il bracciale che aveva al polso, poi le mostrai il dettaglio del braccio di Beth. «Identico, eh? Ne ha quattro, e credo che li porti sempre perché sembra abituata a indossarli: li spinge verso il gomito quando si avvicina al lavello. Dubito che si renda conto che sono preziosi, e penso che non sappia nemmeno che sono di giada. Probabilmente è convinta che siano di plastica o resina.»

Sheila studiò una foto di Beth con i bambini. «Ha un bel viso, aperto...»

«Già», concordai.

«Le è simpatica?»

«Molto», ammisi, con un sospiro. «Il che rende difficile scegliere quale mossa fare. Penso che non si renda conto che si tratta di oggetti rubati. Mi ha detto che Alan ha comprato il Quetzalcoatl da un rigattiere e poi ha incominciato a collezionare altri pezzi messicani nella convinzione che quella azteca fosse una civiltà aliena. I suoi figli ne parlavano di continuo mentre scattavo le foto – pensano che il padre sia un genio perché sa più cose sugli alieni di chiunque altro – e mi sembra inutile renderli infelici solo per dimostrare che, vent'anni fa, lui era un ladro.»

Sheila analizzò le foto a una a una. «Ricordo alcuni di questi oggetti», disse alla fine. «Ma non posso giurare di averli visti tutti. Comunque, a parte i braccialetti e il mosaico, non sembrano esserci molte cose di valore. Che ne è dei pezzi d'oro e d'argento, per esempio?»

«La madre di Alan li ha venduti per comprarsi la casa», spiegai. «Però ho pochissime prove per dimostrarlo.» Le mostrai l'affidavit del gioielliere di Chiswick. «La descrizione della donna combacia con Maureen – insieme con il mezzo milione di altre persone con l'accento di Birmingham –, ma si tratta di cinque pezzi soltanto, che messi insieme valgono meno di mille sterline.»

«Quanto le è costata la casa?»

«Più o meno quindicimila sterline. Lei sostiene di aver vinto tutto al totocalcio, e quindi non ha dovuto dichiararlo.» Inarcai un sopracciglio, divertita. «Adesso quella casa vale duecentomila sterline e il valore sale ogni giorno, con il boom del mercato immobiliare.»

«Mio Dio!» esclamò Sheila, disgustata. «Noi non abbiamo preso molto di più per il nostro quadrilocale, sette anni fa.»

«Lo so. È uno schifo.» Isolai uno scatto del soggiorno fatto con il grandangolo. «Maureen aveva immagazzinato gran parte di questa roba nel ripostiglio del sottoscala, perché non credeva che avesse valore... » Sorrisi con aria ironica. « Ed era ancora lì quando lei ha cercato di convincere Drury che Annie era stata vittima di un furto. Anzi, siccome Alan ha recuperato quella roba almeno dieci anni dopo, Drury avrebbe potuto trovarla, se si fosse preso la briga d'indagare. »

Sembrava seccata. « E io avrei dovuto considerarmi soddisfatta? »

Annuii.

« Non perdonerò mai Peter Stanhope per avermi accusato di trascurare Annie. Disse che mi ero inventata i suoi tesori solo per mettermi in buona luce. »

« Lo so. » Ovviamente quella storia la faceva ancora soffrire, e decisi di non rivelarle che Drury sapeva del Quetzalcoatl molto prima che Sheila ne avesse denunciato il furto. Volevo un'opinione obiettiva, non offuscata dalla rabbia. « Il peggio è che la povera Beth ha fatto tutto questo lavoro con passione, impegnandosi a creare uno sfondo messicano per gli oggetti... » spiegai, mostrandole la foto. « Mi sembra crudele portarglieli via solo per dimostrare un'ipotesi. Nessuno li apprezzerebbe come lei e Alan. »

Sheila appoggiò il mento sulle mani a coppa e mi fissò con aria grave. « È un modo per chiedermi di far finta di non aver mai detto che Annie era stata derubata? »

« Non saprei », risposi, con un sospiro. « Continuo a chiedermi se è giusto distruggere la vita di bambini innocenti per un crimine commesso vent'anni fa. »

« Tranne per il fatto che mi sembra di ricordare le sue parole: se si trova il ladro che ha derubato Annie, si trova anche il suo assassino. Ha cambiato idea? »

Studiai il primo piano dell'obice di ottone che spiccava nel caminetto di Beth, con i vivaci fiori di seta disposti a ventaglio, come piume di pavone. « Ha importanza? » le chiesi. « Lo stesso principio non si applica a qualunque crimine? Non significherebbe scegliere il male minore se accettassi di considerare la morte di Annie come un incidente? »

Mi fissò, pensierosa. « Dipende da quanto vuole essere ipocrita. Probabilmente era la stessa scusa di Drury... Eppure lei ha passato vent'anni della sua vita nel tentativo di dimostrare che lui aveva torto. »

Corrispondenza per un incontro in data 20.08.99

Leavenham Farm
Leavenham
Nr Dorchester
Dorset DT2 XXY

Alan Slater
12 Peasmont Road
Isleworth
Surrey

Martedì 17 agosto 1999

Alan, sarò a casa di tua madre venerdì a mezzogiorno, il 20 di agosto. Ti prego di fare in modo di essere presente e di assicurarti che ci sia anche tua madre, altrimenti dovrò mettere in atto la mia minaccia di rivolgermi alla polizia, nonostante il dolore che ciò causerà a tua moglie, ai tuoi figli, e a tuo fratello. T'informo che ho scritto anche a Sharon Percy e Geoffrey Spalding per insistere affinché anche loro siano presenti.

In fede,

Da: Signora Wendy Stanhope,
Chanters Lane, St David's, Exeter

Mercoledì 18 agosto

Non ho problemi a trovarmi fuori della stazione di Richmond alle 11.30 di mattina, in modo che, come lei ben dice, avremo tutto il tempo per raggiungere Graham Road intorno a mezzogiorno. Non capisco perché lei abbia pensato che sarei stata riluttante a testimoniare a suo favore contro gli Slater. Non mi faccio intimidire così facilmente! Inoltre, mi è sempre dispiaciuto che Annie non mi abbia considerato un'amica, quand'era in vita. Quindi, mia cara, la ringrazio per avermelo chiesto.

Con affetto,

Wendy

26

Fu solo quando ci avvicinammo all'incrocio di Kew Road, appena fuori Richmond, che Sam mi chiese se sapevo quello che stavo facendo. Guidava da più di tre ore, e si era comportato in modo incredibilmente controllato per tutto il viaggio da Dorchester, a parte qualche occasionale scatto di rabbia nei confronti degli altri guidatori, che tradiva la sua ansia. Il giorno prima, seduti al sole con un bicchiere di vino, avevamo discusso alcune tattiche, e il piano c'era sembrato ragionevole – probabilmente è sempre così, con un goccio di alcol –, ma le dolci colline del Dorset in quel momento sembravano così lontane dalle congestionate vie di Londra che l'idea di confrontarsi con quattro persone potenzialmente violente nella città più anonima del mondo incominciava a sembrare sbagliata e pericolosa.

Eppure, se Sam non si fosse detto d'accordo con Sheila, avrei potuto abbandonare l'intero progetto. Non ero più io a dover gestire la situazione. E non si trattava di scegliere il minore tra due mali, aveva detto Sam; era più simile all'aprire il vaso di Pandora. Avevo sollevato il coperchio e i segreti erano usciti. Danny per un motivo e Michael Percy per un altro avrebbero incominciato a fare domande su Alan, sulle loro madri, persino su Derek, se fossero riusciti a trovarlo. E non era giusto che gli innocenti venissero trattati con lo stesso metro dei colpevoli.

Quando ci fermammo a un semaforo, gli appoggiai una mano sul braccio. «Grazie», gli dissi, con affetto sincero.

«Per cosa?»

«Per esserti fatto da parte. So quanto sei preoccupato, ma hai capito che è più ragionevole che io abbia al mio fianco una donna ben disposta, piuttosto che un marito arrabbiato che probabilmente perderebbe le staffe.»

«Possiamo sempre rivolgerci alla polizia.»

Scossi la testa. C'eravamo passati un sacco di volte. «Non farebbero niente: di sicuro non oggi e probabilmente mai. Ai genitori di Stephen Lawrence ci sono voluti sette anni per ottenere un'indagine, quindi non vedo perché dovrebbero credermi alla stazione di polizia di Richmond.» Sospirai. «Ci ho provato vent'anni fa e sono riuscita soltanto a ottenere che mi considerassero matta da legare.»

Annuì.

«A ogni modo, stavolta voglio davvero la verità e Wendy era l'unica persona che mi è parsa adatta. Sheila è troppo conservatrice per uscire dai ruoli. E comunque Larry non le avrebbe permesso di venire...»

«Dici che sarebbe riuscito a impedirglielo?» esclamò Sam, sorpreso.

«È lei che gli permette di farlo», risposi in tono cinico. «Lo usa come via d'uscita tutte le volte che il suo coinvolgimento diventa troppo gravoso.» Mi venne in mente il rifiuto inorridito di Sheila quando l'avevo invitata ad affrontare gli Slater – *Buon Dio, non potrei, assolutamente no. Larry non me lo permetterebbe per nulla al mondo* – e pensai a quanto mi fossi sbagliata a immaginare che il medico di Annie sarebbe stato l'alleato migliore in assoluto. Se fossi stata meno ingenua, mi sarei resa conto di com'era stata passiva, ammettendo di aver abbandonato la causa di Annie ai primi cenni d'irritazione di Larry; però mi ero lasciata affascinare dal referto pieno di commenti comprensivi che aveva inviato al coroner e dalla sua coraggiosa autodifesa contro le accuse di negligenza. L'ironia della situazione, ovviamente, era che non sarebbe stato necessario turbare mia madre, facendo trasferire tutta la famiglia a Dorchester, se solo avessi saputo prima che l'eccentrica moglie di un parroco del Devon aveva più fegato e spirito combattivo nel suo mignolo che in tutta la persona di Sheila Arnold. «E, a parte mia madre», proseguii con un sospiro, «non mi veniva in mente nessun altro oltre a Wendy che avesse il fegato di venire con me.»

Scoppiò a ridere. «Ho sentito bene? Avevi davvero preso in considerazione la possibilità di chiedere una cosa del genere a tua madre? È un progresso... o cosa?»

«Se ti devo dire la verità, è la prima persona che mi è venuta in mente», replicai, con un sorriso beffardo. «Poi mi sono resa conto che, con ogni probabilità, avrebbe preso tutti a borsettate e mi avrebbe lasciato in una situazione peggiore di quella di partenza.» Scrollai le spalle, incerta. «Ma è strano... Forse è vero che il sangue non è acqua.»

Sam si calmò mentre ci avvicinavamo alla stazione. «Be', tienilo a mente quando parli con Alan Slater», mi ammonì. «A meno che non sia un idiota assoluto, si renderà conto che il modo migliore per mantenere all'oscuro di tutto i suoi figli è allearsi con la madre...»

Eravamo in anticipo di un quarto d'ora, ma rifiutai di far conoscere Wendy a Sam. Temevo che sarebbe rimasto sconvolto dalla sua età e soprattutto dalla sua magrezza. Credo che la immaginasse come una gigantessa, una potente valchiria che avrebbe duellato al mio fianco sul campo di battaglia, e temevo quindi che avrebbe mandato tutto all'aria, se gli fosse stata messa di fronte la realtà. Era peggio di come credevo. Il lungo viaggio, iniziato la mattina presto, da Exeter, l'aveva sfiancata e, lontana dai confini sicuri della parrocchia, aveva perso l'aspetto da potente avvoltoio. Somigliava di più a una cavalletta stanca.

«Oh, santo cielo», disse allegramente, zigzagando fra i taxi per raggiungermi. «Ho un aspetto così terribile?»

«No», mentii, abbracciandola calorosamente. «Ma è

sicura di voler andare sino in fondo? Saremo in due contro quattro, e la situazione potrebbe davvero mettersi al peggio.»

Annuì. «Allora non è cambiato niente. Me l'ha spiegato molto bene l'altro giorno. Ma non dimentichi che io ho il vantaggio di conoscere alcuni dei loro segreti», aggiunse, con una risatina. «Quindi, se vediamo che tutto il resto non funziona, potrei riuscire a farli vergognare tanto da indurli a comportarsi bene.»

O a farli arrabbiare ancora di più, pensai, preoccupata. «Sembra solo più reale, ora», dissi, tentando di rimediare.

Infilò il braccio sotto il mio e mi condusse con fare deciso in direzione di Graham Road. «Se lei avesse voluto qualcuno per menare le mani, avrebbe chiesto al marito e ai figli di accompagnarla», mi fece notare. «Invece l'ha chiesto a me. Ora, non posso giurare che non la deluderò – magari cadrò al primo soffio di vento –, ma non ho intenzione di cedere addirittura prima di averci provato.»

«Sì, però...»

Mi diede un colpetto sulle nocche. «Non avrà mica fatto tutta questa strada per fare dietrofront davanti all'ultimo ostacolo, no? Quindi non ne parliamo più.»

Sharon e Geoffrey si trovavano sulla soglia della loro casa quando li raggiungemmo, ma non accennarono a muoversi. «È un fottuto ricatto», sibilò rabbiosamente Geoffrey. «E cosa ci fa *lei*, qui?» chiese poi, notando Wendy al mio fianco. «Che diavolo c'entra? Ha sempre ficcato quel suo lungo naso dove non doveva.»

«Salve, Geoffrey», disse Wendy, con un affabile cenno del capo. «Vedo che il suo carattere non è migliorato granché, da quando me ne sono andata. Dovrebbe davvero farsi misurare la pressione, amico mio.» Poi si rivolse alla donna. « E lei come sta, Sharon? La vedo in forma.»

Un sorrisetto forzato tese le labbra di Sharon, come se lei sospettasse che il complimento non era sincero. Tuttavia, visto che si era data tanto da fare con il trucco – per mettere Maureen nell'ombra, pensai –, Wendy aveva detto soltanto la verità. « Noi non veniamo », annunciò Sharon. « Non può costringerci. »

Mi strinsi nelle spalle. « Allora gli Slater potranno dire quello che vogliono su di voi e io dovrò accettarlo, perché è l'unica occasione che avete di mettere in chiaro le cose prima che renda pubblica la faccenda. »

Mi fissarono, con la paura negli occhi.

« Sentite, so che quella notte siete rimasti insieme fino alle 21, perché Geoffrey è stata l'ultima persona che ha parlato con Annie », ripresi. « E immagino che, se ci sono arrivata io, poteva arrivarci anche Maureen. » La loro paura aumentò. « Allora, cos'ha fatto? Vi ha chiesto dei soldi? » Scossi la testa, spazientita, quando, dalla loro espressione, capii che avevo ragione. « E voi avete il coraggio di accusare *me* di ricatto? »

« Lei non è diversa », sibilò Geoffrey, stringendo i pugni. « Ci ha mandato lettere minatorie, c'è stata tutto il tempo con il fiato sul collo, ha cercato di rovinare la nostra vita... »

« Se lei fosse stato onesto all'epoca, non avrei dovuto scrivere nessuna lettera », replicai stancamente. « Lei non era responsabile per la morte di Annie più di quanto lo fosse mio marito. Sam è passato accanto ad Annie *dopo* di lei. Anche lui ha pensato che fosse ubriaca e anche lui non ha fatto nulla per aiutarla. Siete stati entrambi colpevoli di averla trascurata, però non l'avete uccisa. » I suoi occhi si spalancarono per lo stupore. Sorrisi malignamente. « Ma sono felice che, per tanto tempo, lei abbia pensato di averlo fatto. In un modo o nell'altro, lei meritava di essere punito per aver picchiato Annie quando lei le ha chiesto aiuto. È ciò che ha fatto, vero? L'ha buttata a terra, poi si è fatto prendere dal panico allorché ha pensato che poteva finire sotto qualche macchina. »

Appoggiò una mano tremante sulla porta, ma era difficile capire se lo facesse per appoggiarsi o per chiudermela in faccia. Quale che fosse la sua intenzione, Sharon lo spinse di lato e fermò la porta con il piede. «Continui», sibilò.

«Chiunque abbia ucciso Annie, l'ha aggredita in casa sua tre o quattro ore prima che Geoffrey la superasse in strada, ed è morta per le percosse. È stata picchiata così selvaggiamente che ha perso i sensi... Poi si è ripresa e ha raccolto le forze per trascinarsi in strada e cercare aiuto. È probabile che l'aggressione sia avvenuta intorno alle sei, ma, da quello che ho scoperto, nessuno di voi si trovava in Graham Road a quell'ora, quindi non capisco che cosa possiate temere, dicendo la verità.»

Geoffrey non si lasciava persuadere facilmente. «Come facciamo a sapere che non sta mentendo?» mi domandò.

«A che scopo?»

«Per ingannarci... Per farci dire quello che vuole lei.»

«Oh, mio Dio!» sbottò Wendy, esasperata. «Non avevo idea che lei fosse così stupido, Geoffrey. La verità è così spaventosa da spingerla a tenere Sharon all'oscuro, prigioniera di una menzogna?» I suoi occhi brillavano di rabbia. «La signora Ranelagh sta cercando di aiutarvi, anche se, a essere sinceri, non sono sicura che ve lo meritiate... ma avrà le mani legate se non trovate il coraggio di affrontare Alan e Maureen.»

«Non ci saranno soltanto loro, vero?» chiese Geoffrey cupo. «Hanno fatto venire anche Derek, immagino.»

Mi sentii come una bambola di pezza cui improvvisamente venisse estratta l'imbottitura e, dal modo in cui Wendy si appoggiò all'inferriata, compresi che non ero l'unica a provare quella sensazione.

Avrei dovuto riflettere sulle dimensioni del soggiorno di Maureen prima di sceglierlo come luogo d'incontro. A malapena dieci metri quadri, era troppo piccolo per offrirci lo spazio di cui avevamo bisogno, e così, nel disagio più profondo, ci raggruppammo in base alle nostre fragili alleanze. Gli Slater sedevano rigidi sul divano contro il muro, mentre Wendy, Sharon, Geoffrey e io avevamo preso posto di fronte a loro, su alcune sedie accanto alla finestra. Quella disposizione mi ricordava le trincee della prima guerra mondiale. Incominciai a chiedermi se il risultato sarebbe stato altrettanto futile.

Non appena avevo visto Derek ero stata travolta da ondate di nausea, e lottai per sopportare il suo odore acre, che penso risiedesse più nella memoria che nella realtà. Continuavo a chiedermi perché non mi era venuto in mente che Maureen mi avrebbe affrontato con lui accanto, visto che instillare paura era il suo miglior talento. Cercai di parlare e scoprii di non riuscirci.

«Su, allora», disse Maureen, godendo del mio disagio. «Dica quello che deve dire, poi se ne vada.»

Fu uno strano momento. La rabbia e l'amarezza che provavo avevano subìto varie evoluzioni nel corso degli anni – da un selvaggio impulso omicida all'apatia e al desiderio di dimenticare – fino a quella mia condizione finale. In generale potevo illudermi che stavo cercando di fare giustizia per Annie, anzi molto spesso credo proprio che sia stata quella la mia intenzione. Talvolta però riconoscevo che il dottor Elias e Peter Stanhope avevano ragione, che le mie motivazioni si basavano principalmente sulla vendetta. Se Maureen avesse tenuto la bocca chiusa, sarei riuscita a convincermi che era proprio la giustizia ciò che cercavo... Ma fui percorsa da una tale ondata di odio che mi ritrovai al punto di partenza.

Che Derek fosse moribondo, come Michael aveva suggerito, non era così evidente. Era più magro di come ricordavo, e le sue mani erano scosse dal tremore costante dell'alcolismo, però teneva ancora la testa alta, come un pugile in cerca di un punto scoperto, ed emanava un'aggressività primitiva. Alan, invece, era una versione invecchiata e irrobustita del fratello e non riuscivo a guardarlo senza pensare a Danny. Per metà della mia vita me l'ero immaginato come una montagna di muscoli con il cervello di un bambino, ma in realtà era un uomo nervoso, con le unghie sporche e la pancia da bevitore di birra, che tentava di tenersi il più possibile lontano dai suoi genitori, per quanto lo permettesse il divano a tre posti.

Alla fine, toccò a Derek parlare per primo. La sua voce era cambiata assai poco e mi grattava nelle orecchie come vent'anni prima. «Non può dare la colpa al ragazzo», borbottò, mettendosi una sigaretta tra le labbra e accendendola. «Ha fatto soltanto quello che gli ho detto di fare.»

«Lo so.» Fissai il capo chino di Alan. «Non l'ho mai incolpato.»

«Allora lascerà perdere il resto se confesso quello che ho fatto a lei? È per questo che è venuta, no? Per vedere un cappio intorno al mio collo.»

«Non soltanto intorno al suo.»

Un bagliore pericoloso gli infuocò lo sguardo. «*Lei* si è messa un cappio intorno al collo», grugnì. «Non avrebbe dovuto aizzarmi contro Drury... Non avrebbe dovuto accusarmi di aver ammazzato la negra.»

Inghiottii amaro. «Non l'ho fatto», risposi, costringendo la mia voce a non tremare. «Il signor Drury mi ha chiesto di dargli i nomi di chiunque ritenevo avesse qualcosa contro Annie, quindi ho fatto il nome di Maureen e di Sharon nonché il suo. Ma a Drury interessava soltanto lei – probabilmente perché aveva già alcune denunce per aggressione – e mi ha chiesto che cosa avesse Derek Slater contro Annie. Io ho risposto che lei era un prepotente cui piaceva bere e che non nascondeva le sue vedute razziste, che aveva poca stima di sé, un quoziente intellettivo scarso e una mentalità da 'bianco povero'. Gli ho anche spiegato che lei aveva l'abitudine di prendere a pugni e a calci chiunque le desse fastidio; gli ho fatto l'esempio di quella volta che ha pestato Michael Percy perché è rimasto ad affrontarla mentre Alan è scappato via. Non l'ho mai accusata di aver ucciso Annie.» Sostenni il suo sguardo per un istante. «Anzi, l'unica accusa è stata quella di rivelare che lei mi ha minacciato, facendomi capire quello che mi sarebbe successo se non avessi tenuto la bocca chiusa.»

Mi puntò contro un dito tremante. «Ha mentito.»

Scossi la testa. «Se avesse letto la mia testimonianza, se ne sarebbe reso conto da solo. Ma lei non sa leggere, quindi ha accettato l'interpretazione di Drury.» Sorrisi debolmente. «La cosa divertente è che non biasimo nemmeno *lei* più di tanto. È nella sua natura sputare su qualunque cosa non capisca, quindi condannarla è stupido come prendersela con un ratto perché diffonde malattie.» Guardai Maureen. «Oppure con un serpente per il fatto di essere velenoso.»

Gli occhi di Maureen si strinsero sino a sembrare fessure. «Non mi trascini in questa storia», sibilò. «Io non c'entro.»

Ci fu un breve silenzio in cui io e lei ci fissammo con odio reciproco, evidentissimo sui nostri visi. «Ma almeno lei sa di cosa stiamo parlando io e Derek», ripresi, pacata. «E nessun altro lo sa.» Feci un gesto per indicare tutti i presenti. «Tranne Alan, ovviamente. Vede, ho sempre desiderato scoprire chi aveva architettato quel piano. Era troppo...» Cercai la parola giusta, poi la trovai. «Era troppo *raffinato* per questi due idioti.»

«Qualunque cosa abbiano fatto, è stata un'idea loro. Glielo chieda, se non mi crede.»

«Sarebbe inutile», dissi, scrollando le spalle. «Ha già convinto Derek a prendersi la colpa. Proprio come ha sempre fatto.»

«E come ci sarei riuscita, signora-so-tutto-io?» mi chiese con un ghigno. «È un uomo, no? Quindi fa quello che vuole.»

Era interessante osservare le reazioni di Alan. Sedeva in mezzo ai suoi genitori, con il capo chino e i gomiti sulle ginocchia; fissava il pavimento, ma, ogni volta che la madre parlava, il suo corpo si sporgeva leggermente verso il padre.

«Non saprei», ammisi. «Probabilmente spaventando Alan al punto di costringerlo a tenere la bocca chiusa. Doveva valerne la pena. Alan ha molto da perdere. Una moglie e dei bambini che lo adorano, una casa, la felicità.»

Mentre parlavo, notavo che Alan stringeva le nocche sino a farle sbiancare. «Ha appena detto che non incolpava me», borbottò.

«Infatti», risposi. «Ma lo farò, se continui a sostenere le menzogne di tua madre. Sono venuta per avere una spiegazione, Alan, non per fare di tuo padre un capro espiatorio. Perché avete dovuto minacciarmi, comunque? Drury aveva perso del tutto l'interesse per il caso, ormai... Voleva soltanto zittirmi perché continuavo ad accusarlo di razzismo. È l'unica ragione per cui ha aizzato Derek contro di me.»

Le labbra di Maureen si strinsero in un ghigno. «Lei non era migliore della negra», disse. «Chiamava il mio uomo 'bianco povero' e i tipi come lui non prendono gli insulti alla leggera. Soprattutto non da una maestrina piena di sé che si crede superiore a noi. C'era da farsi venir voglia di chiuderle la bocca, no?»

La cosa triste era che diceva la verità, perlomeno per quello che riguardava Derek. Lo scherno di una donna era l'unica motivazione di cui avrebbe avuto bisogno per aggredirla. Lo guardai negli occhi. «Ha pisciato addosso anche ad Annie?» gli chiesi. «Per quello puzzava di urina?»

Mi fissò con quel suo sguardo ottuso.

«Quando l'ha fatto?» lo incalzai. «Prima o dopo che perdesse i sensi?»

Si girò verso la moglie, incerto, in cerca di una risposta.

«Nessuno di noi l'ha mai toccata», sibilò lei, rabbiosa.

« Era all'obitorio da un pezzo quando le abbiamo fregato la roba in casa. Gliel'ho già detto. »

Era un'ammissione così sfacciata e compiaciuta che, nel silenzio che seguì, si sarebbe sentito volare una mosca. E ricordo di aver pensato: sarebbe tutto molto più facile se non le credessi.

27

ALAN spezzò il silenzio. « La mamma dice la verità », bofonchiò cupamente. « Okay, non sto dicendo che siamo perfetti e nemmeno che non siamo entrati in casa di Annie dopo aver saputo che era morta... Ma non siamo assassini. »

« Allora perché il suo cappotto puzzava di urina quando l'ho trovata? » gli chiesi.

« Quella donna puzzava sempre », sibilò Maureen. « E come fa a sapere che era sul cappotto? Magari si è pisciata addosso quando è stata travolta. »

« L'odore era troppo forte e lei era rannicchiata con le braccia sulla testa, per proteggersi. Comunque, dev'essere stata completamente impregnata di urina, altrimenti la pioggia l'avrebbe lavata via. » Mi rivolsi ad Alan. « Penso sia stato una specie di giro di prova per quello che mi avete fatto due mesi dopo... Proprio come *io* sono stata un giro di prova... » Esitai, fin troppo consapevole che il padre di Rosie Spalding era seduto accanto a me, poi conclusi: « Per il motivo che ti ha fatto interrompere i rapporti con Michael Percy ».

Gli occhi di Alan saettarono involontariamente verso Geoffrey. Poi lui si coprì il viso con le mani per nascondere la propria espressione.

« Era colpa di Michael », ribatté Maureen, così rapidamente che mi si raggelò il sangue. *Mio Dio! Sapeva di Rosie e non aveva fatto niente? Quella ragazzina aveva sanguinato per settimane, secondo Michael...* « Michael ha perso le staffe senza motivo e ha dato fuori di matto. È sempre stato pericoloso... infatti adesso è in prigione. » Lanciò uno sguardo sprezzante verso Sharon. « Se è un assassino, quello che cerca, allora dovrà concentrarsi su di lui o, ancor meglio, sull'amante di sua madre. Chieda un po' chi è stata l'ultima persona a parlare con Annie. Avrà la risposta che voleva.»

Con il viso violaceo per la rabbia, Geoffrey fece per alzarsi dalla sedia, ma Wendy gli afferrò il braccio e lo fece sedere di nuovo. «Non si lasci influenzare da Maureen. Non vede che cerca di aizzarla perché sa che lei ha un temperamento irascibile? È davvero interessante. Non vuole che Derek e Alan rispondano alle domande della signora Ranelagh e mi piacerebbe davvero sapere il perché.»

Gli occhietti malvagi di Maureen si spostarono su Wendy. «E lei che c'entra?»

«C'entro abbastanza, considerando che sono stata una delle vostre vittime. Lei, Maureen, ha ammesso il furto da Annie con assoluta disinvoltura, come se fosse qualcosa di cui andare fieri, ma mi si è spezzato il cuore quando i suoi figli mi hanno rubato la spilla di mia madre. Era insostituibile, l'unica cosa che mi rimaneva di lei, ma non aveva nessun valore, ovviamente. Un dettaglio di cui si sarà resa conto non appena avrà tentato di venderla.»

«Non ha niente a che fare con noi. È stato Michael a prenderla.»

Wendy scosse la testa. «No», ribatté, decisa. «So esattamente quando è sparita. Lei è venuta a rifugiarsi da noi, come al solito, e mi ha trattenuto a parlare in cucina, mentre i suoi figli cercavano qualcosa da sgraffignare. Ho incolpato me stessa, ovviamente, come lei sapeva che avrei fatto. Avrei dovuto chiudere tutte le porte a chiave non appena siete entrati in casa. Non m'illudevo su di voi.»

Maureen fece un sorriso sgradevole. «Esatto. Ci trattava come feccia.»

«Assolutamente no», ribatté Wendy, decisa. «Ho fatto in modo di usare la stessa cortesia con lei e la sua famiglia come facevo con chiunque altro.»

«Già, be', forse è stata un po' esplicita. Non le siamo mai piaciuti, questo è poco ma sicuro.»

Wendy annuì prontamente. «Sì, è verissimo», concordò. «Anzi era molto peggio. Non *sopportavo* lei, non sopportavo i suoi figli, non sopportavo la vostra presenza in casa mia. Ricordo che mi andava il cuore in gola ogni volta che bussavate alla mia porta, perché sapevo che avrei dovuto lottare tra la repulsione che voi tutti m'ispiravate e il mio dovere di cristiana.»

La schiettezza di quella risposta colse Maureen di sorpresa, come se lei credesse che le mogli dei pastori parlassero soltanto per eufemismi. «Ecco, questo prova che ci trattava come feccia», mormorò, dubbiosa.

«Oh, direi proprio di no», ribatté Wendy. «Altrimenti non sarebbe così sorpresa di sentire che sono d'accordo con lei. Ho detto che *lottavo* con la mia repulsione, non che me ne facevo sopraffare. La nostra porta era sempre aperta per lei, Maureen, persino dopo il furto della mia spilla. Abbiamo dato a lei e ai suoi figli tutta l'assistenza necessaria, anche se eravate la famiglia più sgradevole con cui avessimo avuto a che fare.»

Osservai la testa di Alan affondare sempre più tra le mani.

«Che mi dice di Michael Percy?» chiese Maureen, più belligerante che mai. «Era un ladruncolo, come mio figlio, ma a lei sembrava di non fare mai abbastanza per lui... Sempre lì a tenergli la mano, mentre la sgualdrina...» – alzò il mento verso Sharon –, «era impegnata altrimenti. Ma il suo pupillo finisce per pestare vecchie signore con la pistola, mentre mio figlio diventa un bravo ragazzo. Com'è successo, eh? Provi a spiegarmelo.»

Wendy scosse la testa. «Non pretendo di conoscere le risposte, Maureen. Tutto ciò che posso fare è dire la verità, come la vedo.» Anche lei guardò Alan. «A ogni modo, è ad Alan che dovrebbe chiedere, non a me. È l'unico che sa cos'è successo.»

«Già, be', forse sono stata una madre migliore di

quello che pensava», dichiarò Maureen trionfante. «Le piace come spiegazione?»

«Non eri migliore di me», disse Sharon, con una vocina stridente. «L'unica differenza tra noi è che i tuoi figli avevano paura di te, il mio no.»

«Peggio per te, allora», ribatté Maureen. «E guarda com'è finita. Il tuo Michael t'imbarazza tanto che non gli parli da anni... Per non dire di quella cagna di sua moglie che l'ha fatto finire dentro.» Si abbandonò a una risata roca. «Non voglio dare la colpa a te. Era un ragazzino impossibile. Pensi che i miei figli avrebbero iniziato a rubare se lui non gliel'avesse insegnato? Pensi che Annie avrebbe puzzato di piscio se lui non le avesse fatto gli onori di casa quando l'ha trovata?» Puntò la sigaretta al petto di Sharon. «Questo ti fa riflettere, eh? Non sai neanche che si trovava in casa di Annie quella notte, per non parlare del fatto che l'ha usata come vaso da notte.»

Lanciai un'occhiata incerta a Sharon e rimasi sconvolta dal suo incredibile pallore. «Sta insinuando che Michael l'ha uccisa?»

«Le ha dato una mano a crepare, forse. Michael ha detto ad Alan di essere tornato a casa alle 20.30, e di aver notato che la porta di Annie non era chiusa bene. Allora era entrato a vedere se riusciva a fregare qualcosa. L'ha trovata a terra sul tappeto in sala, ha immaginato che fosse ubriaca e che fosse divertente pisciarle addosso.» Scoppiò a ridere. «Quella casa puzzava talmente di gatto... Forse pensava che non avrebbe notato la differenza, una volta risvegliatasi.»

«Cos'è successo?»

Scrollò le spalle con fare annoiato. «Ha detto che Annie aveva incominciato a lamentarsi, quindi se l'era data a gambe, per evitare che lei se la prendesse con lui. Ma è probabile che abbia raccontato una delle sue bugie, e che le abbia dato invece una bella ripassata prima di andarsene. Gli piaceva farlo.»

Lanciai uno sguardo al capo chino di Alan. « E Alan si trovava con lui? »

« Certo che no », sbottò Maureen. « Le ha già detto che non ha mai toccato quella donna. Ma lei preferisce credere a Michael e non a lui, giusto? Lei è come quella lì », sibilò, guardando con aria minacciosa Wendy. « Lei pensa sempre bene di uno e male dell'altro. »

Wendy si sporse in avanti, puntò i gomiti sulle ginocchia e studiò Maureen, incuriosita. « Perché è così importante sottolineare che Alan non c'era? » le chiese.

Un cipiglio inferocito incupì ulteriormente l'espressione di Maureen. « Che vorrebbe dire? »

« Che lei sembra decisa a addossare tutta la colpa sul figlio di Sharon, ma, se ho capito bene, è stato *suo* figlio a eseguire la stessa, disgustosa azione sulla signora Ranelagh qualche settimana dopo. Eppure nessuno di voi sembra preoccuparsene minimamente. »

« E allora? »

« Ciò suggerisce che ad Annie sia successo qualcosa di peggio di quello che è accaduto alla signora Ranelagh... Qualcosa che lei non vuole collegare ad Alan. »

Lo stavo immaginando oppure Maureen aveva paura? Di sicuro, Alan era terrorizzato; se avesse abbassato ancor di più la testa, pensai, si sarebbe toccato le ginocchia.

« Michael ce l'ha raccontato dopo... ci ha dato l'idea », intervenne Derek all'improvviso. « Sembrava giusto che all'amichetta dei negri venisse fatto quello che era stato fatto alla negra. Tutte e due pensavano di poter parlare male di noi e passarla liscia. »

« Giusto », ammise Maureen. « Ma è stato Michael a dare l'esempio, come al solito. Aveva una cattiva influenza, quel ragazzo. Tutte le brutte cose che succedevano in strada partivano da lui e da sua madre, ma eravamo sempre noi che ci prendevamo tutte le colpe. »

« E che mi dice dello stupro? » sibilai, cinica. « Di chi è stata l'idea? Di sicuro non di Michael, perché ha quasi ammazzato Alan di botte quando ha assalito Rosie. E questa non le pare una brutta cosa?»

Erano solo parole – pronunciate in rabbiosa difesa di qualcuno che non era presente –, eppure, non appena mi uscirono di bocca, il tempo si fermò. Sul divano, nessuno si mosse. Era come se, per quelle persone, l'immobilità potesse in qualche modo congelare tutti noi nel tempo e nello spazio, lasciando le mie parole per sempre inespresse.

La mia prima reazione fu di sorpresa, perché Derek sembrava capire ciò di cui stavo parlando, finché non ricordai le parole di Michael: Alan aveva fatto a botte con lui solo dopo lo stupro di Rosie. La mia seconda reazione fu interamente fisica perché compresi all'improvviso il motivo del gelo tra loro. Alan aveva stuprato anche Annie... Cristo! Dimenticai l'autocontrollo, dimenticai la giustizia, persino la vendetta. Vent'anni di ragionamenti logici furono cancellati in un secondo. Regredii a un primitivo impulso di uccidere.

Saltai su Alan come una tigre. La mia repulsione, la paura, l'odio: tutto fluì come un torrente in piena nel mio sangue. «Tu, *piccola merda schifosa*!» ruggii, sbattendogli la testa contro il muro. «Stava *morendo*, Cristo. Come hai *osato* violentare una donna moribonda?»

Si appiattì contro il divano, per allontanarsi da me. «Non ho mai... Solo nella sua bocca...»

Con la coda dell'occhio, vidi Maureen balzare verso di me con le unghie puntate al mio viso. E allora, con tutto l'odio che avevo in corpo, le sferrai un pugno sui denti.

Sarebbe scoppiata una rissa se Geoffrey non fosse stato un pacifista di natura. Mi staccò da Maureen, afferrandomi per le braccia e tirandomi dietro di sé. «Basta», ordinò, mettendosi tra me e il divano. «Tieni a bada tua madre», intimò ad Alan. «Altrimenti chiederò alla signora Stanhope di chiamare la polizia.»

Erano istruzioni inutili, perché Alan stava già trattenendo la madre, con un braccio intorno al collo, ma, non appena Maureen sentì parlare di polizia, si lasciò cadere di nuovo sul divano. Lanciò uno sguardo carico di odio a Geoffrey. « Lei non è nella posizione di atteggiarsi a giudice supremo », sibilò. « Ha le mani sporche come le nostre. »

Geoffrey abbassò la testa come un furetto, e la fissò. « La signora Ranelagh sostiene che Annie è stata picchiata in casa sua due o tre ore prima che io la vedessi e che è morta per quelle lesioni. Quindi non mi accusi di avere le mani sporche. Lei è l'unica qui dentro che si scatena con la mazza da baseball. »

Gli occhi semichiusi di Maureen si fissarono con rabbia su di me. « Le stanno raccontando un sacco di balle. Una settimana fa, questa strega affermava che era stato Derek a pestare Annie prima di spingerla in strada... Ora cerca di dare la colpa a me. Be', come avrei potuto trascinare quella palla di lardo nero fuori di casa sua, eh? Me lo dica lei. »

« Si è trascinata fuori da sola », risposi, inspirando a fondo per cercare di calmare gli spasmi che mi scuotevano il corpo come scariche elettriche. « Aveva il cranio fratturato e un braccio rotto; aveva perso i sensi da chissà quanto tempo con lo schifo di suo figlio addosso, ma aveva ancora tanto desiderio di vivere da barcollare fino in strada in cerca di aiuto. » Feci un altro balzo in avanti, ma Geoffrey mi bloccò. « E nessuno gliel'ha dato perché tutti hanno creduto che fosse ubriaca. »

« Anche suo marito l'ha pensata così », ribatté Maureen, con un ghigno.

Premetti un dito sul tremolio rabbioso che mi pulsava sotto il labbro. « Penso che si sia diretta verso casa mia perché sapeva che ero l'unica persona che l'avrebbe aiutata. Probabilmente ha persino bussato alla mia porta, e mi sento così in colpa per non essere stata in casa, perché ero a scuola, ad aspettare che alcuni parassiti come lei e Derek venissero a parlarmi dei progressi dei loro figli. »

Mi lasciai ricadere sulla sedia, esausta. «Buffo, no? Sapevamo tutti che l'unica direzione che stavano prendendo i vostri figli era quella della prigione.»

«Non ci chiami parass...» attaccò Derek.

Ma Geoffrey lo interruppe. «Cos'hai fatto a Rosie?» chiese ad Alan.

«Non rispondergli», ordinò Maureen, sputando sangue. «Solo perché quella maestrina stronza racconta balle su di noi, non significa che dobbiamo giustificarci.»

«Invece sì», ringhiò Geoffrey. «Se ha violentato la mia Rosie voglio saperlo. Dev'essere sbattuto dentro.»

«La *tua* Rosie?» chiese Maureen, pulendosi il sangue dalla bocca con la manica. «Questa è proprio bella. Com'è che diventa tua, adesso, quando non vedevi l'ora di sbarazzartene per trasferirti dalla sgualdrina?»

«Veniamo al dunque, Maureen», s'intromise Wendy, decisa. «Quand'è che Alan le ha rivelato il suo ruolo in questa faccenda? E perché non ha fatto nulla per impedire che la situazione peggiorasse?»

La donna si appiattì contro lo schienale del divano. «Quello deve chiederlo a Derek», disse, sprezzante. «Ha già spiegato che era lui a dire ad Alan cosa fare. Che potevo fare io tranne che prenderle?... Cosa che peraltro succedeva tutte le volte che Derek mi accusava d'interferire.»

Ancora una volta, Derek scosse la testa rabbiosamente. «Ho detto che mi sarei preso la colpa per l'insegnante», borbottò. «Nient'altro.»

«Non *c'è* nient'altro», ribatté Maureen, furiosa. «Abbiamo solo fregato un po' di cose alla negra e dato alla signora-so-tutto-io una lezione di buone maniere. Il resto sono balle.»

Sollevai gli occhi su di lei. «E che mi dice dei gatti?» chiesi, gelida. «Erano anche quelli una lezione di buone maniere?»

Abbassò immediatamente lo sguardo e cercò subito una sigaretta.

« È stata troppo precisa sul numero dei gatti in casa di Annie. Non poteva sapere il numero esatto se non avesse spuntato ogni povero randagio che torturava. »

Perché mai fu quella la chiave che aprì il cuore – e la bocca – di Alan? La morte di un gatto era più tremenda di quella di una donna? L'umiliazione di un animale più difficile da dimenticare? Gli strilli di dolore più acuti? *Apparentemente sì.* Annie poteva morire, io potevo essere umiliata, Rosie poteva piangere e sanguinare... Ma un animale doveva essere amato. La sua angoscia mi spaventava, perché, mentre lo osservavo lottare con le lacrime per quelle creature morte da un pezzo, mi ritrovai a domandarmi se Alan fosse ancora così dissociato dal dolore umano come lo era stato in passato. In quel caso, avevo poche speranze per Beth e i suoi bambini.

È impossibile raccontare quello che disse come lo fece lui. Una volta liberate, le sue emozioni, formulate in frasi spesso a malapena comprensibili, si trasformarono in un fiume in piena, che travolse la sensibilità di tutti. Fummo resi partecipi dell'odio di sua madre per il sesso, della brutalità del padre su di lei tutte le volte che voleva rivendicare il suo ruolo di maschio, del loro alcolismo, della violenza che dominava i loro rapporti e quelli con i figli. Ma, soprattutto, Alan si soffermò su come Maureen aveva massacrato il gatto tigrato, ripetendo all'infinito che, quando aveva cercato di fermarla, lei gli si era rivoltata contro con la mazza da baseball.

Gli chiesi perché Maureen avesse fatto una cosa del genere e, come con Michael, l'unica spiegazione che lui poteva darmi era che « le piaceva ». Sostenne che si era messa a ridere quando il cervello del gatto era schizzato dappertutto. Aveva anche detto che le sarebbe piaciuto aver maciullato così la testa della negra.

« E gli altri gatti? » gli chiesi. « Perché ha continuato a mandarglieli in casa? »

«Perché Annie impazziva a vedere tutti quei gatti entrare dalla gattaiola. Urlava e imprecava e si agitava ogni volta, e la mamma pensava che se non avesse fatto le valigie e se ne fosse andata da sola, di sicuro sarebbe stata portata via in una camicia di forza.»

«Ma se far soffrire gli animali ti turbava tanto, perché la aiutavi?»

«Non ero l'unico», borbottò. «Lo facevamo tutti: le ragazze, Michael, Rosie, Bridget... Andavamo a cercare randagi e li portavamo a casa negli scatoloni.»

Mi chiesi tristemente se quella fosse la vera spiegazione del sacrificio dei capelli di Bridget. «Ma perché, se sapevi quello che tua madre ne avrebbe fatto?»

«Era meglio che vederli con la testa maciullata.»

«Solo se si crede che una morte veloce sia peggiore di una lenta.»

«Non morivano tutti... Annie ne ha salvato la maggior parte... e noi eravamo sicuri che l'avrebbe fatto.» Si premette la fronte sulle mani. «Era meglio che assistere alle esecuzioni sommarie che la mamma voleva mettere in atto. Vederli morire faceva perdere la testa ad Annie.»

«Quelli che avete messo sotto le assi del mio pavimento sono morti, perché non sapevo che fossero lì», mormorai.

Alan sollevò il capo con uno sguardo confuso, ma non disse nulla.

«E se ti fossi ribellato a tua madre, nessuno dei gatti sarebbe morto», sottolineai. «Di sicuro Michael era abbastanza intelligente da capirlo, anche se tu non ci arrivavi.»

«Pure noi ragazzini volevamo che Annie se ne andasse», replicò, cupo. «Non era giusto abitare vicino a una negra.»

Ignoro che cosa stesse passando per la testa di Maureen mentre Alan parlava. Fece un paio d'incerti tentativi di zittirlo, ma probabilmente si rese conto che era troppo tardi. La cosa strana è che forse si vergognava davvero della sua crudeltà, forse perché si trattava dell'unico crimine che aveva commesso da sola. Ma ancora più interessante era il fatto che non aveva staccato gli occhi da Sharon allorché Alan aveva ammesso che lui e Michael erano entrati in casa di Annie intorno alle 20.30, la notte in cui era morta.

«È stato Michael a notare che la sua porta era socchiusa», disse. «Stavamo andando a casa sua a guardare la tele, perché sapeva che sua madre non c'era, e a un certo punto mi ha detto: 'La negra ha lasciato la porta aperta'. In casa era buio pesto: niente luci, niente di niente... Lui allora mi ha detto: 'Facciamo un giro prima che ritorni'. Così ci siamo infilati nell'atrio e per poco non siamo inciampati su di lei. È stato Mike a incominciare», insistette. «Ha acceso la lampada sul tavolo, ha pensato che fosse ubriaca fradicia e ha tirato fuori l'uccello...» S'interruppe, rifiutandosi di proseguire.

«Annie ti ha detto qualcosa?»

Alan lanciò un rapido sguardo a Sharon. «Continuava a dire che la sgualdrina l'aveva picchiata... così Mike ha perso la testa e ha incominciato a tirarle calci finché non è stata zitta. Dopodiché siamo andati al centro commerciale, e Mike ha detto che mi avrebbe ammazzato se avessi aperto bocca su sua madre. E io ho risposto: 'A chi vuoi che gliene freghi? È stata una bella liberazione, chiunque sia stato...'»

«Glielo avevo detto, che non eravamo stati noi», gongolò Maureen. «L'avevo avvisata: 'Tenga d'occhio la sgualdrina'. Sono stati lei e suo figlio.» Puntò un dito contro Geoffrey. «Per quello ha spinto la pazza nel canalino di scolo: perché aveva rivelato chi l'aveva picchiata.»

Mi sentivo male. Anche se sospettavo che Michael sapesse com'era morta Annie, avevo sempre sperato che non fosse coinvolto. *Ma potevano quei «calci» sferrati alle 20.30 aver provocato quell'infiltrazione di sangue nelle cosce di Annie così evidente nelle fotografie?* Guardai Sharon. Difenda suo figlio, avrei voluto gridarle. *Dica a tutti com'era mingherlino per la sua età, spieghi che calci letali come quelli dovevano essere stati sferrati prima e da una persona molto più forte...*

«È vero, Geoffrey?» chiese Wendy, sbigottita.

«No», borbottò lui, guardando Sharon, improvvisamente incredulo. «Non ha detto niente... Ha soltanto continuato ad afferrarmi la manica, cercando di tirarsi su. E io l'ho spinta via...» La sua voce si affievolì, mentre incominciava a chiedersi quante menzogne Sharon gli avesse già propinato. «Non mi sorprende che tu mi abbia lasciato pensare che era colpa mia», continuò poi, risentito. «Chi stavi proteggendo? Te stessa o quel disgraziato di tuo figlio?»

Ma l'unica risposta di Sharon fu un gesto di rifiuto quasi impercettibile, mentre le ultime tracce di colore le scivolavano via dal viso.

«Se sviene si farà male», dissi, freddamente.

«Peggio per lei», sibilò Maureen sprezzante. «Non si merita altro.»

«Oh, mio Dio», sospirai, esausta, alzandomi per aiutare Wendy a sostenere il peso morto di Sharon. «Se ci credeva, perché non ha detto la verità a Drury?»

Ma era una domanda stupida, cui Maureen non si prese nemmeno la briga di rispondere. Non aveva rimpianti per la morte di Annie. Il suo unico scopo era stato quello di allontanare i sospetti il più possibile, in modo da poter godere del bottino con maggior profitto. E se ciò significava sfruttare gli istinti più bassi degli uomini per instillare terrore nelle donne, andava bene lo stesso. In un certo senso, potevo persino ammirarla per quello, perché il suo era un mondo malvagio, dove l'avidità – sia materiale sia sessuale – era uno stile di vita e, secondo i suoi standard, lei aveva avuto successo. Di sicuro era l'unica persona in quella stanza che si era guadagnata la propria casa grazie a una mente acuta.

Posai una mano sui capelli ossigenati di Sharon e mi sembrarono secchi e polverosi. « La cosa peggiore che questa signora abbia mai fatto ad Annie è stata di buttarle un secchio d'acqua in testa e avanzare qualche lamentela in comune », dissi a Geoffrey. « Ma, se lei non ci crede, allora dovrebbe sparire e darle la possibilità di riavvicinarsi a suo figlio. Wendy ha ragione. Lei l'ha soltanto resa prigioniera della verità. »

« Ma... »

« Ma cosa? » sbottai. « Preferisce accettare la versione di Maureen? La mia è gratis, non dimentichi, la sua ha un prezzo. » Gli afferrai un gomito e lo costrinsi a guardare Sharon. « Questa donna è stata al suo fianco per più di vent'anni: quanto ha bisogno di conoscerla per fidarsi di lei? Oppure deve sempre essere giudicata con i parametri disgustosi che lei... » – indicai il divano –, « e questo delinquente avete scelto? » Parlavo per me, oltre che per Sharon, perché conoscevo fin troppo bene quella sofferenza che portava a vivere in un'atmosfera di sfiducia e sospetto. Anneghi o nuoti, lotti o cedi... e qualsiasi strada imbocchi, la imbocchi da solo.

Geoffrey scosse la testa, confuso.

M'inginocchiai davanti a Sharon e le presi le mani tra le mie. « Venda questa casa e se ne vada », la spronai. « Cancelli quest'uomo dalla sua vita e ricominci da zero. Si avvicini a Bridget, aiuti Michael a ritornare a una vita normale. Ha bisogno dell'amore di sua madre come di quello di sua moglie... e lei glielo deve. Michael pensava che lei fosse un'assassina, Sharon... Però l'ha protetta, e non ha capito perché lei lo ha abbandonato così bruscamente. Lotti per lui. Diventi la madre che suo figlio desidera. »

Era troppo intontita per afferrare quello che stavo dicendo e fissò impotente prima me, poi Geoffrey: la sua remissività nei confronti degli uomini era così radicata che avrebbe fatto qualsiasi cosa lui le avesse chiesto.

La voce di Maureen giunse trionfante dal divano. « C'è sempre stata soltanto una sgualdrina in questa strada, ed è caduta come un sacco di patate non appena è stata scoperta. Vada, vada alla polizia a vedere se gliene frega qualcosa dei ninnoli che abbiamo rubacchiato. »

Avrei voluto ucciderla. Avrei voluto stringerle quella gola scheletrica tra le dita e farne uscire il veleno. Invece mi alzai con un sospiro e presi il mio zainetto. « Annie non ha mai chiamato Sharon 'sgualdrina', la chiamava 'puttana'. Me l'ha detto lei, Maureen. »

Rimase a bocca aperta, per una volta incapace di trovare le parole, perché sapeva che avevo ragione. Avevo desiderato che la mia voce diventasse stridula... Avrei voluto gridare e ruggire, battere i piedi a terra, urlare la mia frustrazione ai venti. Avevo sperato che un miracolo dimostrasse che mi ero sbagliata, invece mi sentivo soltanto disperatamente triste e disperatamente stanca.

« E se fossi in lei, non sarei così sicura di farla franca con la polizia », incalzai con fermezza, esercitando quel tipo di signorile autorità che avrebbe suscitato un sorriso di approvazione in mia madre. « L'unica protezione che ha avuto è stato il silenzio di altre persone. Finché avevano segreti da nascondere, lei era salva. » Mi strinsi nelle spalle. « Ma ora non ci sono più segreti, Maureen. Cosa farà adesso? »

Derek scoppiò in una risata inattesa. « Dicevo sempre a mia moglie che lei non avrebbe mai ceduto, ma non mi dava retta », esclamò. « Secondo lei, le insegnanti erano troppo viziate per alzare il culo e combattere. »

Wendy e io ci dirigemmo verso la porta, con Maureen alle calcagna che faceva domande cui mi rifiutavo di rispondere. Chi era stato, se Sharon non c'entrava? Cosa avrei raccontato alla polizia? Che prove avevo in mano? Con le labbra gonfie per il pugno che le avevo mollato, mi afferrò la manica per trattenermi, minacciando di denunciarmi se non le avessi dato qualche «*fottuta* spiegazione».

Mi liberai dalla sua presa. «Faccia pure», la incitai. «Le dirò persino dove sono diretta – sarò dal signor Jock Williams al numero 7 di Alveston Road, a Richmond –, quindi mandi pure la polizia ad arrestarmi. Così non dovrò chiamarla io. Inoltre, per quanto riguarda il fatto di darle qualche risposta, se lo scordi», dissi, scuotendo la testa. «Ciò che lei ignora non può aiutarla. Inoltre andrei all'inferno piuttosto di ascoltare Derek e Alan che raccontano altre balle per salvare lei.» Alzai lo sguardo verso Alan, in piedi tra le ombre dell'atrio. «Ho tutti i motivi per odiarti e disprezzarti», gli dissi, «ma penso che tua moglie sia l'unica donna su un milione che possa salvarti da tua madre. Quindi il mio consiglio è: vai a casa e porta tuo padre con te. Se Beth sente da Derek la verità su di te, potrebbe capire e perdonare. Se la sente da tua madre, non credo che lo farebbe.»

«Santo cielo!» annaspò Wendy, picchiandosi una mano sul cuore, mentre ci allontanavamo. «È la prima volta che ho visto Maureen spaventata.»

«Va tutto bene?» le chiesi, preoccupata, avvicinandomi a lei per sostenerla.

«Assolutamente no. Non ho mai avuto tanti shock in tutta la mia vita.» Si appoggiò al muretto del numero 18. «Mi faccia solo riprendere fiato.» Inspirò a fondo alcune volte, poi mi puntò contro un dito ammonitore, mentre incominciava a riprendersi. «Peter la metterebbe in guardia contro l'ossessione per la vendetta, mia cara. Direbbe che l'unica via per il paradiso è il perdono.»

«Già», concordai. «È il consiglio che mi ha dato quando gli ho detto di Derek e Alan.»

Scosse la testa, spazientita. «È la volta in cui l'ha delusa?»

Vidi una macchina rallentare sui dossi artificiali.

« Non l'ha fatto apposta », mormorai, imbarazzata. « Era come tutti gli altri... pensava che fossi isterica. » Lanciai uno sguardo a Maureen, che era rimasta accanto al cancello. « Adesso penso di sapere perché. Non rimanevo obiettiva abbastanza a lungo da tenere sotto controllo la mia voce. È quella, che mette le persone a disagio. »

« Ma perché Peter? » chiese, incuriosita. « Non aveva nessun altro con cui parlare? »

Soltanto Libby... « Era la chiesa, più che Peter », dissi, in tono vago. « Non sapevo dove altro andare. »

« Oh, santo cielo, mi dispiace davvero. È stata *davvero* una grande delusione. »

« No, direi il contrario. Sono entrata piagnucolante e patetica, in cerca di comprensione, e all'uscita mi sentivo un angelo vendicatore. » Scoppiai in una risata improvvisa. « Continuavo a pensare: se *mai* perdonerò, sarà alle *mie* condizioni, non per le chiacchiere di un grassone sudaticcio che mi considera una bugiarda. » Mi resi subito conto di quello che mi era uscito di bocca. « Mi scusi, non intendevo offendere nessuno. »

Wendy raddrizzò la schiena magra. « È una buona descrizione di Peter », commentò, acida. « In cuor suo è un attore, quindi è davvero felice soltanto se è in costume. È persuaso che conferisca autorità a ciò che dice. »

« Ero un po' strana a quell'epoca », dissi, come per scusarmi. « E lui ha cercato di mostrarsi gentile. »

« Non ha il fuoco nel sangue. Io gli dico sempre che i suoi sermoni sono così politicamente corretti da sfiorare il ridicolo. Dovrebbe parlare del male, non dare un contentino ai liberali. »

Ridacchiai divertita. « Lei sarebbe un pastore tutto tuoni e fulmini, allora? »

« È l'unico tipo di pastore che abbia senso », concordò allegramente. « Un po' d'inferno e di zolfo mettono in fuga il peccato più in fretta di qualsiasi altra cosa. Le fiamme della dannazione sono molto più eccitanti della beatitudine del paradiso. »

La adoravo per la sua schiettezza e la sua tenacia e... *Dio mi perdoni, anche per la sua somiglianza con mia madre.* Notai che era troppo stanca per fare anche solo un altro passo. La convinsi a sedersi su un basso muro lì accanto, e frugai nello zainetto in cerca del cellulare che Luke mi aveva prestato per chiamare un taxi. Una macchina accostò prima che potessi trovarlo.

«Volete un passaggio?» chiese Alan in tono brusco dal finestrino del passeggero, mentre si allungava di lato per chiudere la cintura di sicurezza del padre. «Passiamo per Alveston Road.»

Ero troppo sorpresa per rispondere, e rivolsi lo sguardo a Wendy.

«Grazie, miei cari», disse lei, alzandosi con grazia. «È davvero gentile da parte vostra.»

Nessuno aprì bocca finché Alan non accostò davanti alla casa di Jock. Derek e Wendy apprezzavano il silenzio, mentre Alan continuava a lanciarmi occhiate nervose dallo specchietto retrovisore, con la bocca che cercava di formare parole accettabili.

Solo quando la macchina fu parcheggiata, trovò il coraggio. Si voltò. «Forse è un po' tardi, e non la biasimerei se lei rifiutasse...» balbettò. «Ma vorrei non aver mai... Danny le ha detto che in questi quindici anni ho messo la testa a posto?»

Lo fissai, severa. «Se vuoi chiedermi scusa, Alan, fallo. Non rovinare tutto con i giri di parole.»

Abbassò il capo, annuendo timidamente, come aveva fatto da ragazzino quando l'avevo beccato a frugare nel mio portafoglio. «Le chiedo scusa.»

«Anch'io.» Gli tesi la mano. «Non ti ho aiutato quando ne ho avuto la possibilità e me ne sono sempre pentita.»

La sua mano era calda e sudaticcia nella mia – e non posso dire che non mi vennero i brividi al contatto –, eppure percepii la conclusione di qualcosa. Per entrambi. Per un attimo pensai di consigliargli di non interpretare quel gesto come un motivo per non essere sincero con Beth, ma la presenza di Derek era un segnale positivo e quindi tenni la bocca chiusa. In quel caso, fui felice di averlo fatto.

«Giusto per informarla... non siamo stati noi a metterle i gatti sotto le assi del pavimento», aggiunse Alan, mentre aiutavo Wendy a scendere dalla macchina.

Gli lanciai uno sguardo truce. «Vuoi dire che non c'erano gatti? O che qualcun altro ce li ha messi?»

Inclinò la testa verso la porta di Jock. «Il signor Williams era al corrente di ogni cosa... Osservava tutto quello che facevamo noi ragazzini dalla finestra di Sharon. L'unico motivo per cui è rimasto zitto è perché la negra lo chiamava 'checca'. La odiava per quello, proprio come noi la odiavamo perché ci chiamava 'spazzatura'.»

Chiusi gli occhi per un attimo. «Andrò alla polizia, Alan», mormorai. «Capisci perché, vero?»

«Già.»

«Allora fatti un favore», dissi con un sospiro. «Cancella la parola 'negro' dal tuo vocabolario, perché, se ti sento ancora chiamare Annie così, ti faccio a pezzi.»

Annuì, obbediente, mentre inseriva la marcia. «Farò come dice lei, signora Ranelagh.»

Wendy bussò decisa contro il finestrino di Derek. «E lei?» chiese. «Ha intenzione di scusarsi?»

Ma Derek le lanciò uno sguardo vacuo, prima di fare un cenno a suo figlio di partire.

Rimanemmo sul marciapiede a fissare la vettura finché non svoltò sulla strada principale. «Penso che lei sia stata appena fregata», disse Wendy con una risatina. «Scommettiamo che vanno al bancomat più vicino, che Alan preleva un centinaio di sterline e che le dà al padre, chiedendogli di sparire dalla faccia della terra?»

«Oh, donna di poca fede!» esclamai, facendole strada tra la nostra macchina e una Renault Espace piena di fango parcheggiata accanto sul vialetto di Jock. Mi chiesi per un attimo dove fosse la vecchia Mercedes, ma mi resi subito conto che Jock, per sempre prigioniero della verità, doveva averla nascosta per non rivelare che aveva mentito sulla Jaguar.

E-mail di Libby Garth – ex moglie di Jock Williams, in precedenza residente al 21 di Graham Road e ora nel Leicestershire –, datata 1999

M.R.

Da: Libby Garth (liga@netcomuk.com)

Data: 17 agosto 1999 20.17

A: M. Ranelagh

Oggetto: Incontro venerdì a casa di Jock

Cara M, due righe in fretta prima di andare a prendere Amy a casa della sua amica. Dici che è passata tanta acqua sotto i ponti e che non dobbiamo sentirci imbarazzati dopo un tempo così lungo, ma io sono MORTIFICATA! Come posso guardarvi in faccia, soprattutto te e Jock? So che mi hai chiesto di non giustificarmi o chiedere scusa, ma mi fa stare ancora male. MI DISPIACE. Ti prego, credimi, qualunque cosa sia successa tra me e Sam tanti anni fa era già morta e sepolta prima che lasciaste l'Inghilterra.

Capisco che questo incontro di venerdì è molto importante, ma davvero non penso di farcela. Tu e Jock sarete a pezzi per la confessione di Sam dopo vent'anni... Tu, in particolare, mi odierai per la mia ipocrisia. Probabilmente pensi che stessi solo fingendo di esserti amica, mentre ti aiutavo per il caso di Annie, ma, credimi, non era così. Mi faceva piacere aiutarti e soprattutto ero felice che il nostro legame di amicizia rimanesse saldo nonostante tutto. Se devo essere sincera, ero convinta che Sam non avrebbe mai detto la verità, non soltanto perché era persuaso che tu non avresti retto alla confessione, ma soprattutto perché stava molto vicino a Jock. Non era poi così importante dove Sam si trovava quella notte, fintanto che lui e Jock ammettevano di non aver visto Annie alle 19.45. In tutti quegli anni, le uniche bugie che ti ho raccontato avevano a che fare con quel penoso alibi – Dio solo sa quanto vorrei essere stata onesta all'epoca –, tuttavia quel fatto sembrava davvero secondario rispetto alla sofferenza che ti avrebbe causato scoprire la relazione. Certo, mi sbagliavo, però credevo che non ci fosse niente di male. Sam e Jock non avevano ovviamente nulla a che fare con la morte di Annie – come continuavo a dirti – e non volevo che pensassi male di me.

Comunque, la conclusione di tutto ciò è che ho scritto una dichiarazione, completa di orari precisi, su tutti i movimenti avvenuti, quella sera, in entrata e in uscita dal numero 21. L'ho stilata in base a quello che ricordo e te la mando in allegato. Probabilmente troverai che tutto concorda con le affermazioni di Jock e Sam. Ovviamente, confermerò la dichiarazione in modo ufficiale quando verrà il momento. Nel frattempo, ti penso con affetto, pregando che tu possa ancora accettarlo.

L

P.S. Oltretutto, non posso abbandonare le ragazze a se stesse per tutta la giornata, e il povero Jim si preoccuperebbe a morte se gli rivelassi che ho deciso di andare a un incontro al quale sarebbe presente il mio ex marito! Vorrebbe sapere perché. E allora dovrei dirgli di Sam e di come ho ingannato la mia migliore amica. Mi dispiace, mia cara. Spero che tu capisca.

Libby Garth

Da: M.R. (mranelagh@jetscape.com)

Data: 18 agosto 1999 12.42

A: Libby Garth

Oggetto: Incontro venerdì

Mia cara Libby, allegato ricevuto, affetto accettato e comprensione concessa! Credimi, ho sempre apprezzato l'aiuto che mi hai dato per la «causa» di Annie. Avrei saputo metà di quello che so dei suoi spaventosi vicini, se non fosse stato per te! Purtroppo, ho notato un paio di discrepanze tra la tua dichiarazione e quella di Sam: lui dice che stavi facendo una lavatrice quando è arrivato, mentre tu scrivi che stavi guardando la TV. Inoltre, lui afferma che ti sei fatta un bagno prima che arrivasse, e tu invece che stavi cucinando. So che si tratta di piccole cose, ma ho davvero bisogno che tutto combaci prima di consegnare le dichiarazioni alla polizia. Sai che non te lo chiederei se non fosse davvero importante. E non c'è davvero nulla di cui preoccuparsi. Jock e Sam si sono riconciliati – anche se i loro rapporti sono ancora un po' freddini –, mentre Sam e io andiamo d'amore e d'accordo. Stiamo insieme da tanto tempo che siamo come siamesi e in questo periodo camminiamo perfettamente a ritmo. Tuttavia, se non riesci a venire qui perché non vuoi lasciare sole le ragazze e temi che Jim possa insospettirsi, possiamo venire a Leicester noi tre, anzi lo faremo.

Con affetto,

M

28

AVEVO chiesto a Jock di lasciare la porta socchiusa, in modo che Wendy e io potessimo entrare senza disturbarlo e, mentre attraversavamo l'atrio, dirette in cucina, vidi Libby prima che lei notasse me. Era seduta su una sedia dallo schienale rigido, il viso di profilo, ed ebbi un paio di secondi per studiarla prima che il suono dei passi rivelasse la nostra presenza. Oh, dolce vendetta! La bruna frizzante, poco più che ventenne, che amava pavoneggiarsi, era sparita e al suo posto c'era una donna dal naso adunco con le guance cadenti e i capelli appena tinti, troppo scuri per la sua carnagione.

I ricordi più vividi di lei erano i gesti impazienti e l'espressione irritabile, che rivelavano come un libro aperto tutta la sua frustrazione esistenziale in quel 1978; mi divertì vedere che erano rimasti immutati. In effetti, si aveva l'impressione che tutta l'acqua che avrebbe dovuto passare sotto il suo ponte si era semplicemente accumulata dietro una fragile diga... sul punto di crollare.

«Ne ho abbastanza», stava dicendo, puntando rabbiosamente il dito sull'orologio, mentre Wendy e io ci avvicinavamo. «Mi ha detto alle 12.30, e se non arriva entro cinque minuti...»

Ammutolì quando Sam e Jock alzarono uno sguardo riconoscente su di noi.

«Ciao, Libby», dissi con un sorriso smagliante. «Ti vedo in forma.»

Mi studiò anche lei, ma non mi rispose con lo stesso sorriso. «Sei in ritardo», sibilò.

Forse avrei dovuto essere sorpresa dalla sua mancanza di cordialità dopo i numerosi fax e le molte lettere ed e-mail che mi aveva mandato nel corso degli anni, professando sostegno, amicizia e *affetto*, ma non lo ero. La sua dolcezza stucchevole era strettamente collegata alla mia prolungata inconsapevolezza della sua relazione con Sam; in tal modo, tra noi due, risultavo io, quella stupida. Ma Sam e Jock – su mia esplicita richiesta – le avevano ovviamente detto che sapevo già tutto quando le avevo scritto la mia prima lettera. Il che rendeva *lei*, quella stupida. E l'essere presa in giro era una cosa che non aveva mai tollerato.

«Lo so e mi dispiace», dissi, allegramente. «Ci ho messo più di quanto pensassi. Ricordi Wendy Stanhope, la moglie del pastore? Wendy... Libby, Jock, Sam...» Lanciai uno sguardo interrogativo agli uomini, che si alzarono per stringere la mano di Wendy. «Avete preso i sandwich? Stiamo morendo di fame!»

Jock aprì il frigorifero con un mezzo inchino. «È tutto pronto», annunciò, estraendo qualche piatto e passando a Sam una bottiglia di Chardonnay.

«Siamo stati informati da fonti affidabili che era il suo preferito», disse Sam, riempiendo un bicchiere e passandolo a Wendy. «Immagino che se lo sia guadagnato, giusto?»

Lei ridacchiò allegramente, prendendone un sorso. «Santo cielo, no! Facevo soltanto il coro all'incredibile coloratura di sua moglie. Dev'essere molto orgoglioso di lei, Sam.»

«Oh, lo sono», esclamò lui, passandomi un bicchiere prima di far accomodare Wendy in poltrona. «È anche uno schianto, non trova?» Mi strizzò l'occhio maliziosamente. «Bella come il giorno in cui ci siamo sposati.»

Osservai le labbra di Libby assottigliarsi dall'invidia mentre rifiutava il bicchiere che Sam le offriva e mi chiesi quanto avrebbe sopportato prima di ficcarmi gli artigli in un occhio. «Devo guidare», spiegò, brusca.

«Che ne pensi della barba di Jock?» le chiesi, appoggiandomi a una scrivania da dove potevo guardarla bene. «Gli dona, non trovi?»

«Libby non la sopporta», borbottò Jock, carezzandosela. «Dice che mi fa sembrare sciatto.»

Libby fece un sorriso irritato. «Abbiamo già parlato di tutto. Anche della calvizie di Sam, di Dorchester, di Leicester, del clima...» Tamburellò impaziente sul tavolo. «Mi avevi *promesso* di arrivare alle 12.30, in modo che potessi essere in autostrada prima dell'ondata di rientro del venerdì», sbottò. «*Sapevi* che volevo arrivare a casa prima di Jim.»

«Chiamalo e digli che arriverai in ritardo», ribattei con calma.

«È quello che le abbiamo consigliato di fare», mormorò Jock.

«Non posso. Non voglio che sappia che ho lasciato le ragazze da sole.»

«Non potevano andare da qualche amica?»

«Non senza evitare domande», ribatté subito. «E non intendevo affatto dare lunghe spiegazioni sul perché questo ridicolo incontro era necessario. Non possiamo darci una mossa?»

Ignorai la richiesta. «Avresti dovuto lasciarci venire a Leicester», insinuai. *Povera me! Se gli sguardi potessero uccidere...* «Jock non intende certo avanzare pretese su qualcosa», proseguii, prendendogli la mano e facendola oscillare leggermente al mio fianco, per cementare alleanze e disporre le truppe. «Le preferisce giovani e bionde, in questo periodo.»

Jock scoppiò a ridere. «Giustissimo», concordò, spavaldo. «E *mai* con il matrimonio in mente. È un errore che non intendo ripetere.»

Era crudele, ma non mi sentii in colpa. All'epoca dei fatti, se avessi saputo della relazione, avrei cancellato a pugni il sorriso dalla faccia di lei e poi inchiodato al muro le balle di mio marito. Ma una vendetta lenta era altrettanto soddisfacente. Ero sicura che le sarebbero saltati i nervi se fosse stata costretta a una banale conversazione con i suoi ex amanti – era di natura troppo impaziente ed egocentrica per sopportarla – e né Sam né Jock erano pronti ad affrontare una donna frustrata. Avevano fallito totalmente in passato e di certo non era cambiato granché nel frattempo.

Le labbra di Libby si tesero. « Non ha niente a che fare con Jock », sibilò. « Secondo Jim, Amy è troppo giovane per badare alle sorelle. Ma non è così, ha quasi quattordici anni. »

« È naturale », borbottò Wendy pigramente, allungando le dita adunche come pinze per afferrare un sandwich al tonno e cetriolo. « Un nido incustodito e una nidiata affamata fanno pensare al maschio che la compagna è volata via. » Sorrise a Libby. « Immagino che suo marito abbia trovato il nido vuoto altre volte, no? »

Ci fu una breve pausa in cui Libby guardò in cagnesco Wendy che addentava placidamente il suo tramezzino. Noi affondammo il naso nei bicchieri. A essere sincera, io non ero neppure remotamente sorpresa dal fatto che fosse ancora una farfallona; per gli uomini, invece, ingenuamente convinti che la sua natura passionale fosse stata domata dalla maternità e dalla carriera, quello era uno shock. Infatti i due abbassarono il capo, fissandosi i piedi. Era un esempio così lampante della legge di due pesi e due misure che vige tra uomini e donne che non potei trattenermi dal fare un sorrisetto.

Ovviamente Libby lo notò. Rappresentavo l'unica, vera nemica per lei, quindi ero per forza al centro della sua attenzione. Scattò all'attacco immediatamente. « Pensi di sapere tutto, vero? » sibilò.

« No », mormorai. « Mi ero davvero sbagliata su di te. Pensavo che avessi più dignità. Non immaginavo che ti saresti messa alle calcagna dei mariti di altre donne. »

« Oh, per favore! » ringhiò. « Sam è stato bravissimo a farsi inseguire. Quando ne aveva l'opportunità, si calava i pantaloni alla velocità della luce. Oppure anche questo è stato dimenticato e perdonato perché ha scontato vent'anni di occhi bassi e orgoglio ferito? »

Sam scattò verso di lei, ma io lo raggelai con lo sguardo. Era la *mia* guerra, e l'avevo attesa così a lungo... « Se vuoi uno scambio d'insulti, Libby, sarò felice di accontentarti, come pure Sam e Jock, immagino. Ma se, come sembra, sei così ansiosa di tornare a casa, ti consiglio di ponderare le tue affermazioni. »

Detestava trovarsi in una posizione di svantaggio, ma ebbe il buon senso di fare un sorriso tirato. « Va bene. Cosa vuoi sapere? »

« Quale versione è quella giusta? Hai fatto un bagno o una lavatrice prima che arrivasse Sam? Oppure avevi cucinato e stavi guardando la televisione? »

Scosse la testa con convincente perplessità. « Onestamente non saprei », scandì. « È successo tanto tempo fa che ho dimenticato quasi tutti i dettagli. Ho scritto solo quello che facevo di solito a quell'ora – cucinare, poi guardare il telegiornale –, ma se Sam è sicuro... » S'interruppe per guardarlo. « Ricordi tutto così bene? »

« Sì. »

Era sconcertata dalla schiettezza di quella risposta. « Non capisco come fai. Non era l'unica volta che venivi a trovarmi in cerca di sesso. »

« No », ammise lui. « Ma era l'*ultima* volta... E quel pomeriggio, al telefono, te l'avevo detto, chiarendo che volevo parlarti per dare un taglio a quella relazione senza far soffrire nessuno. Ed ero furioso quando mi sei saltata addosso non appena sono entrato in casa tua, sostenendo che ti eri fatta un bagno in mio onore e che stavi lavando le lenzuola in modo da poter sostituire quelle che avremmo sporcato prima che Jock rientrasse. Non puoi essertene dimenticata, Libby. Mi avevi detto che ti facevo paura perché minacciavo di farti del male se non mi avessi tolto subito le mani di dosso. »

Lei ridacchiò. « Oh, be'... Se è così che la metti, non è affar mio. Che importanza ha quello che stavo facendo, in ogni caso?» Riportò lo sguardo su di me. «Seguiremo la versione di Sam. Sei contenta adesso?»

Annuii.

«Allora sei una stupida.»

«Forse.» Incrociai le braccia al petto e mi studiai la punta delle scarpe, senza nessuna fretta di proseguire.

«Tutto qui?» incalzò Libby, indignata. «Mi hai fatto fare tutta questa strada per poterti sentire più tranquilla riguardo al tradimento di tuo marito?»

«Non proprio», ribattei. «C'è un grosso punto interrogativo sull'ora dell'arrivo di Sam. Lui dice alle 19.45; tu alle 18.30.»

Si accigliò, come per concentrarsi. «Okay, facciamo una via di mezzo», propose. «Diciamo alle 19. Nessuno di noi può essere così preciso dopo vent'anni.»

«Sam può», ribattei con calma. «Ha studiato i suoi spostamenti molto più accuratamente di te... ed è impossibile che possa averti raggiunto prima delle 19.45. Se calcoli il tratto a piedi dal suo ufficio alla metropolitana, la durata media del viaggio, più la camminata dalla stazione di Richmond a Graham Road, capirai che è impossibile percorrere quel tragitto in meno di un'ora e un quarto. Il che significa che le 19.45 dev'essere l'orario esatto, perché ha lasciato l'ufficio alle 18.30.»

Libby agitava le mani in grembo con impazienza. «Come fai a saperlo? Perché Sam dovrebbe ricordare l'ora in cui ha lasciato l'ufficio con maggior precisione di quanto io ricordi l'ora in cui è arrivato da me?»

«Perché non mi baso sul ricordo di Sam», le dissi. «Dopo che Sam e Jock avevano testimoniato, io ero così sospettosa che ho verificato al suo ufficio. Speravo di trovare le prove che Sam avesse mentito sull'ora in cui era arrivato in Graham Road, perché sapevo che la guardia della sicurezza segnava il nome e l'ora di tutti coloro che lasciavano gli uffici, in modo da assicurarsi che l'edificio fosse vuoto, quando lo chiudeva. Così ho convinto la guardia a darmi una fotocopia del registro del 14 novembre 1978.» Indicai lo zainetto ai miei piedi. «È lì dentro e, accanto al nome di Sam, c'è scritto 18.30.»

Libby abbassò immediatamente lo sguardo sullo zaino, ma non aprì bocca.

«Allora, siamo d'accordo sul fatto che Sam è arrivato alle 19.45?» ripetei.

Fece un gesto vago con la mano. «Non vedo che differenza ci possa essere. Non abbiamo fatto altro che parlare.»

«Sì, è quello che dite entrambi. Secondo la tua versione, avete parlato per due ore e mezzo; secondo quella di Sam, per un'ora.»

Libby si strinse nelle spalle. «Non me lo sono segnato.»

«Però non siete d'accordo su com'è andata la conversazione. Sam afferma che ti ha dato un ultimatum: o si chiudeva la storia, o mi avrebbe rivelato ogni cosa quella sera stessa. Tu dici di essere stata quella che ha dato l'ultimatum.»

Lanciò un'occhiata truce in direzione di Sam. «Non posso dire nient'altro», borbottò. «Se vuole farti credere che mi sono buttata su di lui non appena ha messo piede in casa...»

Sorrisi. «Ma proprio questo è il punto, Libby. Dopo lo spettacolino che gli hai dato quando è arrivato, Sam si aspettava che sarebbe stato difficile convincerti... invece no. Gli hai detto che l'avresti lasciato in pace, che non avresti più ronzato intorno al suo ufficio, che non avresti più chiesto di vedervi.... E l'unica clausola era che lui tenesse la bocca chiusa, in modo che Jock non avesse una scusa per divorziare.»

«Il che indica che sono stata io a dare l'ultimatum, no?»

«Se fosse vero, perché Sam è stato così pronto ad accettarlo?»

Socchiuse gli occhi, insospettita, cercando di capire

dove volevo andare a parare. « Che cosa ti fa pensare che lo fosse? »

« Perché non avrebbe potuto firmare il patto, e il tuo alibi costruito, più rapidamente. Ha persino coinvolto Jock nella bugia, pur di allontanarsi da te. Non che a tuo marito importasse granché », dissi lanciando un'occhiata ironica a Jock. « Non voleva che le sue seratine del martedì con Sharon divenissero di dominio pubblico. Ma perché *Sam* avrebbe dovuto fare un patto, se non ci guadagnava qualcosa? Avrebbe potuto elencare un sacco di motivi per essere stato a casa tua quella sera, niente che facesse sorgere sospetti. Per esempio avrebbe potuto dire che cercava Jock. »

« Perché lo chiedi a me? » domandò subito lei. « È stato Sam a mentire. Io non ho fatto altro che dire la verità, cioè che ero stata a casa tutta la sera ad aspettare mio marito. E non dovevo nemmeno pretendere di essere sola, perché la polizia lo dava per scontato. Non è affar mio se Sam ha deciso di firmare una dichiarazione in cui sosteneva di trovarsi a casa vostra, mentre non lo era. »

« Tranne per il fatto che, secondo lui, tu non gli hai dato scelta. Hai detto di avergli telefonato in ufficio il giorno dopo, per informarlo che la polizia stava indagando sui movimenti di varie persone la sera prima, perché cercava qualcuno che avesse visto Annie. Poi hai sottolineato che l'avresti cavato d'impaccio, affermando che Jock e lui erano stati a casa nostra dalle 19.45. Stava a lui, convincere Jock a confermare quella versione. Gli hai detto che io non avrei mai sospettato che Sam fosse con te, se tuo marito gli avesse dato un alibi. E avevi ragione: non l'ho sospettato. »

« Questa è la versione di Sam, dico bene? » mormorò sarcastica.

« Sì. »

Lanciò un altro sguardo al mio zainetto. « E non c'è nessuna dichiarazione di un operatore telefonico spione a sostenerla, eh? »

« No. »

« Allora *tu* puoi credere a quello che pare a *te*, i poliziotti a quello che pare a *loro* », disse, con indifferenza. « Comunque Sam ci metterà sempre qualche tocco suo; non sarebbe umano se non lo facesse. Però è lui quello che ha mentito, mentre io ho detto la verità. E che io sia dannata se lascerò che incolpi me del suo spergiuro. »

Annuii, come se fossi d'accordo con lei. « Mi sta bene, ma devi prepararti alle domande della polizia su chi ha proposto cosa e quando, perché la dichiarazione modificata di Sam sostiene che l'idea è venuta da te, in particolare il dettaglio che lui e Jock avevano visto Annie alle 19.45... » M'interruppi per un istante, poi ripresi: « Secondo Sam, quel suggerimento era tuo. Gli hai detto che la polizia voleva la prova che lei stesse barcollando per strada prima di quell'ora. Se Sam lo avesse confermato, avrebbero archiviato il fatto come incidente e tutto il casino sarebbe finito ».

Mentivo, ovviamente – Sam non aveva mai negato che la ragione per cui aveva fatto cenno ad Annie era per tirarsi fuori del guaio che temeva di aver provocato dicendomi che era ubriaca –, ma Libby non aveva il monopolio delle invenzioni. Libby si sentì accusata di qualcosa che non aveva fatto e fu affascinante vedere come il suo autocontrollo a poco a poco la abbandonò. Fu anche orribile: mi ricordò Maureen mentre sibilava e sputava le sue furiose proteste. Eravamo dei bastardi: allearci così contro di lei, pretendendo che Sam fosse la vittima e cercando di scaricare la responsabilità su di lei... « Perché avrei dovuto suggerire qualcosa di così maledettamente stupido? » esclamò d'un tratto. « Supponendo forse che la polizia non aveva creduto a Sam e a Jock? Supponendo che tutti noi ammettessimo che cosa avevamo fatto davvero quella notte? Perché avrei dovuto convincere Sam a dire che aveva visto Annie poco prima dell'unico momento in tutta la serata in cui entrambi avevamo un alibi di ferro? Non ha senso. Avrebbero pensato che ci eravamo accordati per allontanare i sospetti da noi. Non mi sarei mai fatta carico di qualcosa di così inutile.»

La studiai per un istante. «Ma perché arrivi persino a parlare di un accordo?» chiesi, incuriosita. «Di certo, quando hai telefonato a Sam la mattina dopo, tutto ciò che sapevi era che Annie era morta davanti a casa nostra alle 21.30, no? Come può questo rendere stupido e inutile il fatto di citare il nome di Annie?»

Si calmò rapidamente. «Sam mi disse che secondo te era un omicidio.»

«Non è vero», ribatté Sam con violenza. «Mi sentivo così in colpa per aver lasciato quella povera donna sul marciapiede che mi guardavo bene dal parlare di tutto quel maledetto episodio. La mattina in cui ci siamo parlati al telefono abbiamo semplicemente deciso come evitare di dire che ero stato con te.»

Libby fece un sorrisetto inferocito. «Allora forse sto parlando con il senno di poi, ma non è proprio questo il punto. Mi stai accusando di aver inventato una bugia assurda perché chiunque avesse attirato l'attenzione su di sé, dicendo di aver visto Annie quella notte, era uno stupido... soprattutto se stava cercando di nascondere una scappatella. *Tu* potresti essere abbastanza stupido, Sam, *io* di sicuro no.»

«È verissimo», convenni, prima che Sam potesse ribattere. «Ho sempre pensato che sei stata geniale a mantenere la tua versione candidamente semplice, a dichiarare un'assoluta ignoranza senza offrire nessun alibi. Dovevi solo dire: *non posso aiutarvi. Ero sola in casa fin dalle 17... Non ho sentito nulla, non ho visto nulla, non sono andata da nessuna parte*. Potevi ripeterlo sino a non avere più fiato, perché non c'era nessuno a contraddirti, tranne Sam. E, una volta imbavagliato lui, saresti stata perfettamente al sicuro, perché, se la polizia avesse scoperto che mentivi, avresti fatto spallucce, dichiarando qualcosa sul genere: 'Be', stavo solamente cercando di nascondere una relazione'.»

«Non avevo bisogno di un alibi», dichiarò.

«No», concordai. «Ma solo perché nessuno ti ha visto con Annie alle 18.30. Immagino che tu l'abbia incontrata in strada e lei abbia preso a chiamarti 'sporca sgualdrina', per l'ennesima volta. Ma perché sei uscita di casa? Per cosa? Per comprare qualche alcolico nella speranza di addolcire un po' Sam? O forse avevi bisogno tu, di un goccetto perché eri distrutta all'idea di ricevere il benservito? Per quello hai perso le staffe con Annie? Perché odiavi l'idea che Sam preferisse sua moglie a qualche scopata con una sgualdrina depressa che non aveva la grinta per alzare il culo e trovarsi un'identità senza sfruttare gli uomini? Perché non sei rimasta nel tuo sordido letto a piangere sulle tue mancanze invece di uccidere Annie perché aveva osato mostrartele?»

La cautela lisciò i solchi del suo viso, trasformandolo in una maschera che, di certo, aveva indossato spesso. «Non essere ridicola», mormorò. «E che c'entrano le 18.30?»

Estrassi di tasca la stampata della dichiarazione che mi aveva mandato per e-mail. «È l'orario che hai fornito nell'e-mail, quindi presumo sia importante.»

Fece un altro gesto indifferente. «Ho già detto che seguirò la versione di Sam, non la mia. Hai intenzione di mettermi in croce per aver fatto un errore?»

«I tuoi errori più gravi sono stati fare un bagno e lavarti i vestiti», dissi. «Ma immagino che avessi addosso il sangue di Annie. Le fotografie post mortem dimostrano che l'hai aggredita con una violenza selvaggia.»

«Oh, Dio mio!» sbottò, spazientita. «Avevo dato per scontato che Sam e io avremmo fatto l'amore, quindi mi sono fatta un bagno. E poi non ho lavato vestiti, ho messo in lavatrice le lenzuola.»

Picchiettai sul foglio. «Allora perché non l'hai scritto nell'e-mail? Perché nascondere la verità?»

Fece una risatina forzata. «Perché me l'ero dimenticato. A ogni modo, non avrei lasciato entrare Sam, se avessi avuto qualcosa da nascondere.»

«Non potevi permettertelo. Ti aveva già detto al telefono che mi avrebbe confessato tutto la sera stessa, se tu non avessi accettato di troncare.»

«Era finita, comunque. Perché avrebbe dovuto importarmene?»

Guardai Sam. «Perché temevi che lui mi dicesse che Annie sapeva della relazione. Ha spiegato che ti abbordava sempre in strada chiamandoti 'sporca sgualdrina'.» Indicai lo zainetto con la punta del piede. «Lì dentro c'è una lettera di Michael Percy, in cui descrive come l'hai presa a borsettate e sei finita a gambe all'aria. E non avresti di certo voluto che ti aggiungessi all'elenco di persone che ce l'avevano con Annie, non se l'avevi appena lasciata in casa sua, pensando che fosse morta.»

«Non ho mai messo piede in quella topaia», disse, con voce incredibilmente ferma. «Né allora né mai.»

«Oh, sì, che l'hai fatto», incalzai. «Ti sei introdotta in casa sua dopo di lei, perché aveva avuto il fegato di dirti quello che eri: una sgualdrina da due soldi.» Presi dallo zaino la foto dell'obice di ottone nel soggiorno di Beth Slater. «È questo che hai usato?» le chiesi, passandole la foto. «È la prima cosa che hai trovato sottomano, perché Annie lo teneva nell'atrio. Che cos'hai fatto? Hai strappato via le piume di pavone e gliel'hai scagliato sulla nuca con entrambe le mani, facendola crollare sul pavimento del soggiorno? E poi che cos'è successo? Hai perso completamente la testa e l'hai riempita di calci e pugni finché non è svenuta? Te la sogni questa scena, Libby? Non ti svegli madida di sudore ogni volta che l'incubo ritorna?»

Si alzò come un fulmine, facendo cadere la sedia all'indietro. «Non sono obbligata ad ascoltarti», disse, afferrando la borsetta.

Sam alzò il capo. «Invece temo proprio di sì», annunciò, in un tono sorprendentemente gentile. «Non la passerai liscia, Libby. Non stavolta. Nessuno è disposto a sopportare oltre le tue bugie.»

Si voltò per guardarlo. «Non ho detto nessuna bugia, Sam, non intenzionalmente, comunque. Lo sai... e anche Jock lo sa.»

La guardò per un attimo. «Hai convinto Jock a dirmi che il sergente Drury aveva messo gli occhi su mia moglie. E quella non era una bugia?»

Mi lanciò uno sguardo trionfante. «Certo che no. Chiunque fosse dotato di un po' di buon senso avrebbe capito cosa stava succedendo. Il tuo problema è che sei così pieno di sensi di colpa da dare per scontato che ogni parola pronunciata da quella stronzetta ipocrita di tua moglie sia vera. Ma perché lei dovrebbe essere più fedele di quanto sei stato tu?»

Ci fu un breve silenzio. Sentii la mano di Sam scivolare nella mia, e notai che tremava. Però non sapevo se per l'odio nei confronti di Libby o di se stesso. «Lei crede nelle promesse fatte», disse, semplicemente. «A differenza di me e di te, Libby, che abbiamo rotto le nostre non appena ce n'è capitata l'occasione.»

La donna che un tempo era stata mia amica mi lanciò un'altra occhiata, piena di odio. «Sei così infantile, Sam», sibilò. «Non hai capito quanto è vendicativa tua moglie? Non vedeva l'ora di farmela pagare per averti strappato a lei, persino se ciò significava accusarmi di omicidio...»

Corrispondenza ufficiale della polizia metropolitana, datata 1999

Dall'ufficio del commissario
della polizia metropolitana

New Scotland Yard
Signora M. Ranelagh
Leavenham Farm
Leavenham
Nr Dorchester
Dorset DT2 XXY

5 ottobre 1999

Oggetto: morte di Ann Butts, 30 Graham Road, Richmond – 14.11.78

Cara signora Ranelagh,

il commissario mi ha chiesto di tenerla informata su questioni relative all'oggetto sopraccitato. Posso ora darle conferma che è stata condotta una serie completa di colloqui, con l'eccezione del signor Derek Slater, il cui indirizzo attuale è ignoto.

Posso anche confermare che, da tali colloqui, sono emersi alcuni capi d'imputazione. Signor Alan Slater: furto al 30 di Graham Road intorno alle 2.00 del 15.11.78. Signor Alan Slater e signor Michael Percy: atti osceni e lesioni corporali nei confronti della signorina Butts compiuti intorno alle 20.30 del 14.11.78. Signora Maureen Slater: ottenimento di denaro con l'inganno da Smith Adler, gioielliere di Chiswick, tra il 06.06.79 e il 10.11.79. Inoltre, i funzionari dell'RSPCA stanno analizzando la questione della crudeltà sugli animali, anche se, visto che la signorina Butts ha quasi certamente contribuito alle sofferenze e alla morte dei gatti non riferendo gli incidenti e/o cercando l'aiuto di un veterinario, un procedimento giudiziario è improbabile.

Il commissario si rende conto che queste imputazioni non soddisfano le sue aspettative; tuttavia mi richiede di ricordarle che l'onere della prova nei casi criminali è assai pesante, e per nulla alleggerito dal passare del tempo. Di certo, l'unica ragione per cui sono state mosse accuse è perché il signor Alan Slater, il signor Michael Percy e la signora Bridget Percy hanno collaborato pienamente con gli investigatori. Invece, non ci è giunto nessun tipo di cooperazione dalla signora Slater, dal signor James Drury e dalla signora Libby Garth, i quali negano vigorosamente le accuse mosse contro di loro.

Il signor Drury nega (come lei invece afferma) di aver visto nella casa della signora Slater gli articoli rubati in seguito alla morte della signorina Butts. Nega anche di aver ricevuto, come lei ha suggerito, una bustarella dalla signora Slater per « chiudere un occhio ». Senza la conferma della signora Slater, non c'è prova che il signor Drury sia stato negligente, decidendo di non considerare la casa della signorina Butts come « scena di un crimine ». La signora Slater nega di essere stata precedentemente al corrente dei crimini che il marito e il figlio hanno commesso. Ammette di essere stata informata del furto in seguito, ma sostiene che gli oggetti erano stati portati via dal marito e dal figlio e poi riposti in casa del signor Alan Slater, dove lei li ha fotografati; nega anche di essere la donna che ha venduto gli anelli a Chiswick. Inoltre, è improbabile che l'affermazione di Alan Slater, secondo cui è stata la madre a « ordinare » il furto, supererà il controinterrogatorio, dal momento che durante un processo, nel 1980, egli è stato condannato per « aver cercato di attribuire alla madre la colpa dei suoi peggiori eccessi ». Questa frase è diventata di dominio pubblico e la signora Slater l'ha citata varie volte in sua difesa durante gli interrogatori. Proseguono comunque le indagini su come abbia potuto permettersi di acquistare l'abitazione al 32 di Graham Road. Finora non ci sono prove a confutare la sua affermazione secondo cui ha vinto il denaro al totocalcio, perché i documenti vengono regolarmente distrutti.

La signora Libby Garth è stata interrogata in varie occasioni e nega qualsiasi coinvolgimento nella morte della signorina Butts e nega altresì di aver cercato di perseguitarla con telefonate offensive, lettere anonime calunniose o torturando animali. Nega pure che le varie occasioni « di collaborazione » con lei in seguito alla morte della signorina Ann Butts fossero « spedizioni d'avanscoperta » per capire che cosa lei conoscesse e se suo marito cominciasse ad avere incertezze riguardo all'alibi che aveva fornito. Infine nega con decisione di essere al corrente del fatto che gli Slater avessero tormentato la signorina Butts nei mesi precedenti alla sua morte, rifiutando del tutto qualunque insinuazione di averla tormentata in modo simile allo scopo di 1) concentrare i suoi sospetti sugli Slater; 2) creare dissapori tra lei e suo marito.

In conclusione, il commissario mi ha chiesto d'informarla che il fascicolo sulla morte della signorina Butts rimane aperto, sebbene, con i risultati ottenuti finora, è improbabile che il Crown Prosecution Service accetterà di processare la signora Garth per l'omicidio della signorina Butts.

In fede,

Alisdair Fielding

Da parte del commissario, polizia metropolitana

Leavenham Farm
Leavenham
Nr Dorchester
Dorset DT2 XXY

Alisdair Fielding
Ufficio del commissario
Polizia Metropolitana di Londra
New Scotland Yard

7 ottobre 1999

Egregio signor Fielding,

la prego d'informare il commissario che non solo le imputazioni citate nella sua lettera sono ben lontane dalle mie aspettative, ma che ne avevo già previste tre quando incoraggiai Alan Slater e Michael Percy a essere sinceri con la polizia. Entrambi avevano quattordici anni nel 1978, quindi qualsiasi imputazione ora sarebbe da considerare poco più di un dettaglio tecnico, a meno che non s'intenda giudicarli come adulti in un tribunale minorile. L'accusa sporta contro Maureen Slater è ugualmente inutile perché dipende dalla sua improbabile identificazione da parte di un gioielliere vent'anni dopo i fatti.

Presumo che il commissario mi stia offrendo queste imputazioni come un contentino, allo scopo di tenermi tranquilla per qualche mese, mentre i suoi funzionari continuano a fingere d'investigare sull'omicidio di Ann Butts. Se è così, ha pericolosamente sottovalutato la mia sete di giustizia per la vittima. Ripeto quello che ho scritto all'inizio del rapporto che ho sottoposto alla vostra attenzione in settembre: *Ann Butts è stata assassinata perché le autorità hanno permesso che un regime di odio razziale e di disprezzo per l'handicap si sviluppasse in modo incontrollato a Graham Road.*

Non ho intenzione di abbandonare questa causa. Se non mi chiamerete entro una settimana con notizie più positive, contatterò la stampa.

In fede,

M. Ranelagh

EPILOGO

Era un autunno variabile nel Dorset, con i venti di sud-ovest che soffiavano dalla Manica e frustavano gli alberi, in una danza frenetica intorno al cascinale. Sam e io passavamo le giornate a rastrellare le foglie in mucchi color ruggine, solo per vederle vorticare nuovamente non appena tornava il vento, ma non sembrava importarci granché. Era passato tanto tempo da quando non godevamo dei gloriosi mutamenti cromatici dell'autunno inglese e il semplice fatto di stare all'aperto ci rendeva felici.

I ragazzi si adattarono alla vita del college locale con l'idea di prepararsi per l'università l'anno seguente. Erano più vecchi dei loro compagni, soprattutto Luke, ma preferivano l'idea di un anno di adattamento rispetto alla prospettiva di buttarsi a capofitto in una nuova vita. Anche Sam e io apprezzavamo quell'intermezzo. Non eravamo ancora pronti per vederli prendere strade diverse proprio mentre stavamo ancora cercando di mettere radici. Ebbi un attimo di angoscia quando impegnammo la nostra piccola fortuna nell'acquisto della fattoria. Il tetto sarebbe crollato prima che avessimo avuto il tempo di ripararlo? Il marciume sotto le tavole del pavimento era grave come sembrava? Ma Sam era indomito e infondeva fiducia in tutti noi.

Durante le vacanze di metà quadrimestre, mio padre portò i ragazzi nelle Highland scozzesi per dar loro un assaggio della vera patria dei Ranelagh e, in cambio, Sam e io ospitammo mia madre. L'intento quasi machiavellico di mio padre era fare in modo che ci conoscessimo meglio e, in un certo senso, così fu, perché la mamma si divertì a interferire con i lavori di restauro di Sam e a rimproverarmi per i miei terribili gusti in fatto di tende.

Sarebbe esagerato dire che i nostri rapporti migliorarono. Le dinamiche della competizione e della critica reciproca esistevano da troppo tempo per svanire nel giro di pochi giorni. Io ero ancora una moglie inadeguata per Sam, ignoravo i suoi problemi di cuore incoraggiandolo a lavorare troppo, e non gli cucinavo i pasti a orari fissi. I ragazzi, sebbene assenti, erano ancora troppo liberi e poco formali nelle maniere e avrebbero dovuto comunque tagliarsi i capelli. Per quanto riguardava lei... Be', sarebbe sempre stata una maniaca del comando, pronta a offrire consigli non sempre richiesti e a impartire ordini a tutti, fingendo al contempo di rivestire il ruolo della schiava martirizzata. Ma le scintille scoccavano un po' meno di frequente, quindi stavamo facendo piccoli progressi... forse.

Provava una leggera gelosia nei confronti di Wendy Stanhope, le cui visite erano state molto più frequenti delle sue. Le avevo presentate, ma era stato un errore. Erano troppo simili, sotto certi aspetti: due donne forti, decise, ma di mentalità assai diversa. Wendy ammirava i giovani e desiderava dar loro spazio, mentre mia madre voleva solo comandarli e metterli in riga. Wendy non sarebbe mai stata così rozza da fare commenti dopo aver conosciuto mia madre, mentre la mamma, senza farsi scrupoli, mi disse che non la sorprendeva affatto che quella stupida donna avesse l'abitudine di urlare dalla cima delle scogliere. Perché? chiesi. Perché non era in grado di stringere amicizia con gente della sua età, fu la sua tagliente risposta.

Uno dei motivi per cui Wendy passava spesso a trovarmi era perché faceva visita a Michael in prigione e poi si spingeva fino a Bournemouth, per andare da Bridget. Feci il viaggio con lei la prima volta, ma in seguito ci andò da sola. Di tanto in tanto andavo a trovare Michael per conto mio. Una volta gli chiesi se pensava che Wendy desiderasse ancora adottarlo. Con un ghigno mi rispose che ultimamente gli propinava solo lunghi sermoni, perché aveva trasferito il suo affetto su Bridget e con lui si comportava da suocera. Era una cosa buona o cattiva? Buona, mi disse. Forse sarebbe stato più difficile deludere sua moglie in futuro con una dragonessa sputafuoco che gli stava sempre addosso. E aggiunse, in tono quasi malinconico, che era un peccato che la signora Stanhope non avesse imboccato prima quella strada. Sottintendendo che anch'io avrei dovuto prenderla.

Per conto mio, mi chiesi perché il mio alunno più intelligente dovesse lottare con l'idea che l'unica ricompensa fosse la buona condotta, mentre Alan, il Neandertaliano, l'aveva messa in pratica e accettata. Alla fine, concordai con l'analisi di Sam: una donna forte è l'amico migliore di un uomo.

Verso la metà di settembre, ricevetti una lettera infuriata da Beth Slater, in risposta a una mia in cui avevo tentato di spiegarle quanto avessi a cuore la causa di Annie e perché era stato necessario coinvolgere Alan. Ma era impossibile convincerla, e la sua rabbia mi rattristò. Odiava la gente che diceva una cosa e ne faceva un'altra. Odiava la polizia, che aveva spogliato la sua casa di tutto, persino delle cose che Alan poteva dimostrare di aver acquistato regolarmente. Odiava Derek, un bastardo, e Maureen, una strega. E c'era da stupirsi che Alan avesse preso la strada sbagliata visti gli abusi tremendi che aveva subìto? Ma niente poteva scusare ciò che avevo fatto io. Non mi rendevo conto che, distruggendo Alan, avrei distrutto anche Danny?

Beth concludeva dicendo che non voleva più sapere nulla di me. Tuttavia rimasi ottimista: avevo imparato molto sul potere curativo del tempo, ed ero sicura che lei sapeva quanto l'ammiravo.

Con mio grande sollievo, Danny comparve verso la fine di ottobre. Aveva un terribile mal di testa, era irritabile e stizzoso, e imponeva regole e clausole sul suo spazio privato e su cosa gli era permesso di farci. Per esempio? chiese Sam. Rilassarsi, farsi una canna di tanto in tanto... Aveva bisogno di pace e tranquillità per schiarirsi le idee, e glielo dovevamo, per aver messo i suoi familiari l'uno contro l'altro.

Sam, altrettanto sollevato, lo prese da parte. Che ne pensava allora del dolore che aveva subìto sua moglie? La sua famiglia non mi doveva qualcosa per quello che suo padre e suo fratello avevano fatto? Danny era sprezzante. Come potevano gli Slater compensare la sua signora? Cos'avevano loro, che lei desiderasse? Dannazione, la signora era di una classe diversa. Per quello aveva deciso di stare un po' alla fattoria. La signora poteva insegnargli un paio di cose: sul dolore interiorizzato, per esempio, su come poteva usarlo per sfruttare il suo talento.

Sheila Arnold e io rimanemmo amiche, ma a distanza. Ci salutavamo calorosamente quando c'incontravamo in strada, ma riconoscevamo di avere ben poco in comune. Alla fine preferivo l'anarchia delle urla dalle scogliere all'elegante conformismo dei panama uguali. Accettò con ben poco entusiasmo di lasciarmi usare alcuni stralci della sua corrispondenza in articoli per la stampa, ma insistette sul fatto che non avrebbe concesso nessuna intervista. Larry non avrebbe approvato, precisò.

Jock arrivò a novembre per trascorrere un lungo fine settimana con noi e ci aiutò a riparare la parte del tetto sopra il solaio. Lui e io passavamo a Sam, a cavalcioni sul travone, tutti i materiali necessari. Poi, quando scendeva la sera, ci lasciavamo cadere in poltrona e tiravamo cuscini addosso a Sam finché non accettava di versarci enormi bicchieri di vino e di prepararci la cena. Arrivai a chiedermi come mai Jock mi fosse sempre stato antipatico, e cosa mi aveva fatto pensare che Sam scegliesse i suoi amici con poco senno.

Ogni tanto, Jock scompariva nella stalla per condividere qualche canna con Danny e offrirgli saggi consigli su donne e denaro ma, fortunatamente, la maggior parte delle sue parole entrava da un orecchio di Danny e usciva dall'altro. Un atto invece molto più ragionevole di Jock fu di comprare la prima, e piuttosto bella, scultura che Danny creò alla fattoria. Era una figura di donna, con la testa sulle ginocchia, intitolata *Contemplazione*, e rappresentava un enorme passo avanti rispetto al *Gandhi* che avevo messo in terrazza. Ma non avrei cambiato il *Gandhi* per nulla al mondo.

La prima sera dal suo arrivo, Jock ci mostrò una copia del giornale locale di Richmond, in cui compariva un articolo sulla morte di Annie dal titolo: «Incidente o assassinio?» Ci chiese se l'avevamo visto, e mi travolse con una profusione di complimenti sinceri quando Sam, ridendo, gli disse che l'avevo scritto io. Ovviamente era stato tagliato parecchio, ma avevo cercato di ricreare l'atmosfera di Londra nell'inverno dello scontento, nel '78, quando la società era in guerra con se stessa nei mesi che portarono a un voto di sfiducia in parlamento e alla drammatica caduta del governo laburista. Mi chiedevo come, in un clima simile, ci potesse essere qualche speranza che s'investigasse in modo adeguato sulla morte di una donna di colore e proseguivo descrivendo l'odio razziale che era stato lasciato prosperare in Graham Road, citando l'elenco di lamentele infondate sporte contro Annie da un gruppetto di «scrocconi di sussidi» che non venivano mai puniti dalle autorità, e le angherie subite da una donna vulnerabile, tormentata da una campagna di odio i cui fautori non vennero mai interrogati dal poliziotto bianco incaricato dell'indagine. Ciò permise al sergente James Drury di spiccare, insieme con il suo successivo «pensionamento forzato» per l'aggressione razzista di un giovane asiatico. Pubblica e sii dannata, dicevano! Ma la parte dell'articolo che mi dava più soddisfazione era una brutta fotografia di Maureen Slater, colta nell'atto di chiudere la sua porta di casa, con la didascalia: «Beneficiaria di sussidio nega di aver orchestrato la campagna razziale». Ne ero orgogliosa.

Feci giurare a Sam che non avrebbe mai più pronunciato il nome di Libby. Faceva troppo male. A Jock faceva anche un po' pena, perché pensava di essere in parte da biasimare, e Sam aveva un residuo di senso di colpa per lo stesso motivo... Io, invece, oscillavo da un senso di vittoria trionfale a una profonda tristezza per ciò che stavo facendo alle sue figlie. Ma a un certo punto fui superata in «cattiveria» e, su istigazione di Sam, Jock, a cena, il giorno prima di partire mi aggiornò sulla situazione.

Mi raccontò che, secondo «amici comuni», il marito di Libby l'aveva sbattuta fuori di casa e si era rivolto a un giudice per impedirle di avere rapporti con le figlie. A quanto pareva, aveva i nervi a fior di pelle, «troppi poliziotti che facevano troppe domande», tanto che aveva picchiato una figlia con una barra d'acciaio, facendo finire la ragazza in ospedale. Ancor peggio, le figlie avevano rivelato che la madre se la prendeva con loro quando la sua frustrazione raggiungeva il culmine: ora dunque Libby si trovava ad affrontare l'accusa di abuso minorile e l'inevitabile perdita del suo lavoro d'insegnante.

Jock disse che Libby stava mostrando la sua vera natura e che non mi biasimava per aver cantato vittoria. Ma la mano di Sam scivolò sotto il tavolo per prendere la mia e stringerla affettuosamente, mentre io m'immaginavo davanti a un fiume, a guardare i corpi dei nemici di Annie che mi passavano davanti, trascinati dalla corrente...

Messaggio di Ann Butts infilato nella cassetta delle lettere dei Ranelagh al 5 di Graham Road il giorno prima che morisse. Era indirizzato alla «bella signora»

30 Graham Road
Richmond
Surrey

13 novembre 1978

Cara bella signora (mi scusi, ma non so come si chiama),

mi dispiace di averla chiamata «sporca bianca». A volte mi agito e dico cose che non dovrei. Per questo la gente pensa che non sono una brava persona, ma il medico le direbbe che non posso farne a meno. Ho solo gatti per amici perché loro sanno che non lo faccio per cattiveria.

Ho cercato di parlarle, ma la lingua mi si blocca quando sono nervosa. Se viene a trovarmi, la lascero' entrare in casa, ma la prego di perdonarmi in anticipo se la chiamero' ancora con qualche brutta parola. Significa solo che sono agitata. Vorrei tanto un'amica.

Con tanta speranza,
sua Annie

RINGRAZIAMENTI

I MIEI ringraziamenti a: Adrian, Alec, Andrew, Annika, Beverley, Caroline, James, Jane, Michael, Philippa, Richard, Sharon e Susanna.

E un ringraziamento speciale a Nick Godwin, Allen Anscombe, Rachel Harris e Ruth Wild per i loro consigli e l'aiuto professionale.

502-0243-1

Visita il sito internet della TEA

www.tealibri.it

potrai:

SCOPRIRE SUBITO LE NOVITÀ DEI TUOI AUTORI
E DEI TUOI GENERI PREFERITI

ESPLORARE IL CATALOGO ON LINE
TROVANDO DESCRIZIONI COMPLETE
PER OGNI TITOLO

FARE RICERCHE NEL CATALOGO
PER ARGOMENTO, GENERE,
AMBIENTAZIONE, PERSONAGGI...
E TROVARE IL LIBRO CHE FA PER TE

CONOSCERE I TUOI PROSSIMI
AUTORI PREFERITI

VOTARE I LIBRI CHE TI SONO PIACIUTI DI PIÙ

SEGNALARE AGLI AMICI I LIBRI
CHE TI HANNO COLPITO

E MOLTO ALTRO ANCORA...

Vieni a scoprire il catalogo TEA su
www.tealibri.it

TEA

Finito di stampare
nel mese di settembre 2002
per conto della TEA S.p.A.
dalla S.A.T.E. s.r.l.
di Zingonia (Bergamo)
Printed in Italy

TEADUE
Periodico settimanale del 18.9.2002
Direttore responsabile: Stefano Mauri
Registrazione del Tribunale di Milano n. 565 del 10.7.1989